페스트

부클래식
047

페스트

알베르 카뮈

김성범 옮김

부북스

차 례

일러두기

번역에 사용한 대본은 1962년에 출간된 갈리마르 출판사의 '비블리오테크들라플레이야드' 총서 171권입니다.

1부

한 종류의 감옥살이를 다른 종류의 감옥살이로 재현하는 것은
실제로 존재하는 그 무엇이든 존재하지 않는 어떤 것으로 재현
하는 것만큼이나 사리에 맞다.

- 다니엘 디포

이 연대기의 소재가 되는 신기한 사건들은 194x년 오랑에서 일어났다. 일반적인 견해에 의하면, 그 사건들은 일상에서 좀 벗어나기에 그곳에서 일어날 것들이 아니었다. 첫눈에 보아도 오랑은 사실 평범한 도시이자 알제리 해안의 프랑스 도청 소재지에 불과하다.

인정해야만 하건대, 시가지 자체는 못생겼다. 평온한 모습이기에, 기후권을 통틀어서 오랑 시를 수많은 다른 상업도시들과 다르게 만드는 점을 알아차리려면 약간의 시간이 필요하다. 이를테면 비둘기도, 나무도, 공원도 없이 새들의 날갯짓과 흔들리는 나뭇잎을 접하지 못하는 곳, 더 말할 수 없이 밋밋한 곳인 한 도시를 상상할 수 있겠는가? 오랑에서는 계절 변화가 하늘에서만 읽혀질 뿐이다. 봄은 오직 공기의 질을 통해 혹은 많은 어린 장사꾼들이 교외에서 가져오는 꽃 광주리를 통해 알려진다. 그야말로 시장에서 파는 봄이다. 여름 내내, 태양이 바싹 마른 집을 빨갛게 달구고 벽을 잿빛으로 덮어버려서 덧문을 닫고 그늘 속에서 지낼 수밖에 없다. 그와 달리 가을에는 진흙탕이 된다. 맑은 날씨는 겨울에만 온다.

한 도시에서 사람들이 어떻게 일하고, 사랑하고, 죽는가를 찾는 것이야말로 그곳을 아는 손쉬운 방법이다. 우리의 작은 시에서는 기후 때문인지 이런 일 전부가 몰아서 이뤄지는데, 분위기는 하나같이 광적이고 정신이 없다. 무슨 말이냐 하면, 사람들은 그곳에서 지루해 하고 적응하려 애쓴다. 우리 시민들은 일을 많이 하지만 그것은 항상 부유해지기 위해서이다. 특히 상업에 관심을 갖고 있어서 그들의 표현대로 건수 올리기에 우선 열심이다. 당연히, 단순한 재미들에도 맛이 들어 있고 여자와 영화, 해수욕을 좋아한다. 그러나 아주 합리적으로, 그런 쾌락들을 토요일 저녁과 일요일로 예약해두고 다른 요일에는 돈을 많이 벌려고 한다. 저녁에 퇴근하면 일정한 시간에 카페에 모이거나, 똑같은 길을 거닐거나 아니면 자기 집 발코니에 앉아 있거나 한다. 새파란 젊은이들의 욕망은 과격하고 순간적인데 비해 고령자들의 탈선이라고 해 봐야 쇠공 굴리기 동호회, 친목회 회식 그리고 내기 카드놀이 모임의 선을 넘지 않는다.

그런 일이 우리의 시에만 있는 일이 아니다, 요컨대 우리의 동시대인들 모두가 그렇다, 라고들 말할 것이 틀림없다. 필시 요즘에는, 사람들이 아침부터 저녁까지 일한 다음에는 여가를 카드놀이에, 카페에서 그리고 잡담들에 쓰기로 정한다고 보는 것은 너무나 당연한 일이다. 그러나 주민들이 때때로, 다른 일을 해 볼 생각을 하는 도시들과 나라들이 있다. 일반적으로, 그런다고 해서 그들의 삶이 바뀌지는 않는다. 단지, 다른 일을 해 볼 생각을 한다는 것은 늘 이로운 일이다. 오랑은 그와 반대로 그럴 여지가 없는 도시 다시 말해 완전히 현대적인 도시이다. 그러므로 우리 고장에서의 사랑법에 대해서 상술할 필요가 없다. 남녀들은 성행위라 부르는 것 속에서 서로를 빠르게 삼켜버리거나 둘의 긴 교제를 시작하거나 한다. 그 두 극단 사이에서 중간이란 흔치 않다. 이것 역시 유별난 일이 아니다. 다른 곳에서처럼 오랑에서도 사람들은 시간과 성찰이 모자라서 무턱대고 사랑할 수밖에 없다.

우리 시에서 가장 독특한 점이라면 죽을 때 그곳에서 겪게 될 수 있는 어려움이다. 아니 어려움이라는 말은 맞지 않으니 불편함이라고 말해야 더 맞겠다. 병이 난 것은 결코 기분 좋은 일이 아니다. 그러나 투병 중에 의지가 되는 곳, 이를테면 그냥 지낼 수 있는 도시들과 고장들이 있다. 병자가 부드러움을 필요로 하고 무엇인가에 기대기를 좋아하는 것은 아주 당연하다. 그러나 오랑에서는 극단적인 기후, 거기서 거래되는 사업의 규모, 무미한 환경, 빠르게 지는 황혼 그리고 쾌락들의 특성 등 모든 것이 건강을 요구한다. 병자는 그곳에서 정말 외롭게 지낸다. 그러면 모든 주민이 전화로 혹은 카페에서 어음들이니 선하증권들이니 어음할인이니 하는 이야기를 주고받는 동안 열기가 지글거리는 수많은 벽들 뒤에서 덫에 걸려 곧 죽게 될 누군가를 생각해 보라. 어느 무미건조한 장소에서 죽음이 그런 식으로 닥쳐온다면 옛날이나 지금이나 죽음에는 불편한 점이 있을 수 있음을 사람들은 이해할 것이다.

이런 몇 가지의 예시는 어쩌면 우리 시가지를 충분히 파악할 수 있게 해준다. 그래도 역시 아무것도 과대평가해서는 안 된다. 도시와 삶의 일상적인 모습은 강조해야만 했다. 그건 그렇고, 사람이란 익숙한 것들이 있으면 곧 어렵지 않게 생활한다. 마침 우리 시는 익숙해지기 쉬운 곳인 이상 모든 것이 최적이라 말할 수 있겠다. 이런 각도에서 본다면 그것은 틀림없이 아주 흥미진진한 삶은 아니다. 적어도 우리 고장에서 무질서를 겪을 일은 없겠다. 그리고 솔직하고 정겹고 활동적인 우리 주민은 여행자에게 항상 어느 정도의 호감을 불러일으켰다. 사람들은 다채롭지도 않고, 수풀도 영혼도 없는 이 시가지가 안락해 보이기까지 해서 결국 그곳에서 잠든다. 그러나 이 시가지가 벌거숭이 고원 한가운데, 완벽한 선을 이루는 만(灣)과 마주하고 환한 언덕들로 에워싸인 비할 바 없는 경치와 접해 있다는 것을 덧붙여야 마땅하다. 단지 시가지가 만을 등지고 세워진 탓에 바다를 볼 수가 없어서 아쉬울 수 있겠다. 바다를 보려면 항상 찾아 가야만 한다.

　이쯤 되면, 우리 시민들은 결코 그해 봄에 일어난 소동들 같은 것들이 일어나리라 상상할 수 없었음을 힘들이지 않고 받아들일 것이다. 우리는 얼마 안 지나서 그것들이 일련의 심각한 사건들의 첫 신호들 같은 것들이었음을 깨닫게 되었다. 이런 일들이 일어났다는 것이 어떤 사람들에게는 아주 자연스러워 보일 것이고 또 어떤 사람들에게는 그와 반대로 믿을 수 없어 보일 것이다. 그러나 뭐니 뭐니 해도 연대기의 기록자라면 이런 모순들에 신경 쓸 수 없다. 그의 임무는 오직, 그것이 실제로 일어났다는 것, 그것이 한 민중 전체의 삶과 관계되었다는 것, 따라서 그가 말하는 것의 진실을 마음으로 평가해 줄 수천 명의 증인들이 있다는 것을 알고 있을 때《그런 일이 일어났다》고 말하는 것이다.

한편, 때가 되면 그가 누구인지 알게 되겠지만 만일 서술자가 우연히 상당수의 진술들을 직접 모을 수 있는 입장이 되지 못했고 진술하기로 마음먹은 것 전부에 어쩔 수 없이 끼어들게 되지 않았다면 그는 이런 종류의 작업에서 서술자로 행세할 자격이 전혀 없으리라. 바로 이런 정황이 그에게 역사가로서의 소임을 행할 권리를 주는 그것이다. 역사가는 당연히, 비록 그가 비전문적인 역사가라 해도 항상 자료들을 가지고 있다. 따라서 이 역사의 서술자 역시 그것들을 가지고 있다. 우선 자신의 증언, 그 다음으로 자신의 임무로 인해 이 연대기에 나오는 모든 인물들의 사적인 이야기들을 모으게 된 상황의 소치인 다른 사람들의 증언, 그리고 마지막으로 피치 못할 사정으로 인해 그의 수중에 들어온 서류들이다. 그는 적절하다고 판단될 때는 그것들을 참고하고 마음대로 그것들을 이용할 생각이다. 그의 생각은 또한…… 그러나 토를 달고 말을 고르고 하는 일은 그만하고 이야기의 본론으로 들어가야 할 시간인 듯하다. 처음 며칠과 관련된 진술은 좀 상세히 해야 할 필요가 있다.

4월 16일 아침, 의사 베르나르 리외는 자신의 의원을 나와 층계참 한복판에서 죽은 쥐 한 마리에 발이 걸렸다. 그때는 별 생각

없이 그 짐승을 옆으로 밀어내고 층계를 내려왔다. 그러나 거리에 이르자, 쥐가 있을 곳이 아니라는 생각이 들어 수위에게 일러주려고 발길을 돌렸다. 늙은 미셸 씨의 반응 앞에서 자신이 뭔가 예사롭지 않은 것을 발견했다는 느낌이 훨씬 분명해졌다. 쥐가 죽어있다는 사실이 그에게는 괴상해 보였을 뿐이었는데 수위에게는 난리거리가 되었다. 수위의 태도는 완강했다. 건물 안에는 쥐가 없었다는 것이다. 의사가 2층 층계참에 죽은 듯한 쥐가 한 마리 있다고 아무리 다짐해도 미셸 씨의 확신은 여전히 그대로였다. 건물 안에는 쥐가 없었으므로 누군가 밖에서 쥐를 가져다가 거기에 놓은 것이어야만 했다. 간단히 말해서, 장난질이었다.

그날 저녁, 베르나르 리외는 집으로 올라가기 전에 옥내 현관에 서서 열쇠를 찾다가, 어두운 회랑 깊숙한 곳에서 잘 걷지도 못하고 털이 푹 젖은 큼지막한 쥐 한 마리가 튀어나오는 것을 보았다. 그 짐승은 멈춰 서서 균형을 잡는 듯하더니 의사 쪽으로 나아갔고, 다시 멈춰 서서 작은 비명을 내며 제자리에서 뱅뱅 돌다가 살짝 벌어진 주둥이로 피를 내뱉으면서 쓰러지고 말았다. 의사는 잠시 그 짐승을 물끄러미 보다가 집으로 올라갔다.

그는 쥐에 대해 생각하고 있지 않았다. 그 각혈로 인해 그의 개인적인 걱정이 다시 떠올랐다. 1년 전부터 병을 앓아 온 아내가 이튿날 산림 요양소로 떠나야 했다. 그는 아내를 보러 갔다. 그가 부탁한 대로 그녀는 침실에 누워 있었다. 그녀는 그렇게 여독에 대비하고 있었다. 아내는 미소를 지었다.

"몸이 아주 좋아." 그녀의 말이었다.

의사는 자신을 향해 돌려진, 침대 협탁의 전등 불빛을 받은 아내의 얼굴을 바라보았다. 리외에게 이 얼굴은, 서른 살이라는 나이와 병색에도 불구하고 언제나 처녀 시절의 얼굴이었다. 그 것은 어쩌면 잡생각들을 모두 사그라뜨리는 그 미소 때문이었다.

"되도록 잠을 자둬." 그가 말했다. "간호사는 11시에 올 거고 내가 12시 기차에 맞춰 두 사람을 데려다 줄게."

그는 약간 땀에 젖은 아내의 이마에 입을 맞췄다. 그녀의 미 소가 그를 방문까지 배웅했다.

이튿날인 4월 17일 8시, 수위는 지나가는 의사를 불러 세우 더니 못된 장난꾼들이 죽은 쥐 세 마리를 현관 한복판에 갖다 놓 았다고 투덜댔다. 쥐들이 피투성이였으므로 누군가 커다란 덫으 로 잡았을 것이다. 수위는 쥐들의 다리를 잡아들고 잠시 문턱에 서서, 범인들이 비웃음을 참지 못해 분명 본색을 드러내지 않을 까 기다렸다. 그러나 아무 일도 일어나지 않았다.

"아! 이것들을," 미셸 씨의 말이었다. "내 이것들을 잡고야 말 테다."

꺼림칙해진 리외는 그의 환자들 중에서 가장 기난한 사람들 이 사는 지역부터 왕진을 시작하기로 마음을 먹었다. 그곳에서 는 쓰레기를 아주 늦게 수거하고 있어서 먼지 가득한 직선 길을 따라 달리던 자동차는 인도 끝에 내놓은 쓰레기통에 스치고는 했다. 어느 길을 그런 식으로 따라가다 의사가 세어보니 채소 찌 꺼기와 더러운 걸레들 위에 던져진 쥐의 수가 열 마리 정도였다.

그가 찾아간 첫 번째 환자는 거리로 창이 나 있고 침실 겸 식당으로 쓰는 방의 침대에 있었다. 얼굴이 각지고 움푹한 늙은 스페인 사람이었다. 그의 앞에는 완두콩이 가득 찬 냄비 두 개가 이불 위에 놓여 있었다. 의사가 들어갔을 때 침대에서 반쯤 일어나 앉아 있던 환자는 몸을 뒤로 젖혀 만성천식성의 거친 숨을 내뱉으려 했다. 그의 아내가 타구를 갖다 주었다.

"근데, 선생님," 주사를 맞는 동안 그가 말했다. "그것들이 나오는데, 보셨소?"

"맞아요," 그의 아내가 말했다. "옆집에서는 세 마리나 주웠대요."

노인은 손을 비벼댔다.

"그것들이 밖으로 나오고 어느 쓰레기통에서나 보인다는 건 배가 고파서죠!"

리외는 온 동네가 쥐 이야기를 하고 있음을 곧 어렵지 않게 확인할 수 있었다. 왕진이 다 끝나서야 그는 집으로 돌아왔다.

"위에 선생님한테 전보가 와 있습니다." 미셸 씨가 말했다.

의사는 그에게 쥐들을 또 봤느냐고 물었다.

"에이! 없었죠," 수위는 말했다. "제가 감시 중인 거 아시잖아요. 이러고 있는데 그 돼지 같은 녀석들이 감히 무슨 짓을 하겠어요."

전보를 통해 리외는 어머니가 이튿날 도착한다는 것을 알았다. 어머니는 환자인 아내가 없는 동안 아들의 뒷바라지를 하러 오고 있었다. 의사가 집에 들어왔을 때 간호사는 이미 와 있었다. 리외는 정장 차림에 색조 화장을 하고 서 있는 아내를 보았다. 그

는 아내에게 미소를 짓더니,

"좋은데," 그가 말했다. "아주 좋아."

잠시 후, 역에서 그는 아내를 침대칸에 앉혔다. 그녀는 객실을 둘러보았다.

"우리 형편에 너무 비싼 거 아닐까?"

"필요한 일인데 뭐." 리외가 말했다.

"대체 그 쥐 이야기는 뭐야?"

"모르겠어. 괴상하기는 하지만, 사라지겠지."

이어서 그는 아주 빠르게 아내에게 미안하다고, 그녀를 돌보는 일에 많이 소홀했다고 말했다. 아내는 그에게 아무 말 말라는 듯이 머리를 저어댔다. 그러나 그는 덧붙이기를,

"당신이 돌아오면 전부 다 아주 잘 될 거야. 우린 새 출발할 거라고."

"그래," 눈을 반짝이며 그녀가 말했다. "우리 새 출발하게 될 거야."

잠시 후 그녀는 남편에게 등을 돌리고 유리창 밖을 내다보았다. 승강장에서는 사람들이 바삐 움직이다가 서로 부딪히고는 했다. 기차가 증기를 내뿜는 소리가 그들에게까지 들려왔다. 리외는 아내의 이름을 불렀고, 그녀가 돌아서자 눈물로 뒤덮인 그녀의 얼굴을 보았다.

"그러지 마." 그가 부드럽게 말했다.

눈물 아래로 아내의 미소가 되돌아왔다. 약간 경직된 미소였다. 아내는 심호흡을 하더니,

"이제 가. 다 잘 될 거야."

그는 아내를 품에 안았다가 이제는 승강장에 서서, 유리창 저쪽으로 그녀의 미소만 보고 있을 따름이었다.

"제발" 그가 말했다. "몸 돌보도록 해."

그러나 아내는 그의 말을 들을 수가 없었다.

출구 근처의 승강장에서 리외는 예심판사 오통 씨와 마주쳤다. 그는 어린 아들의 손을 잡고 있었다. 의사는 그에게 여행을 떠나느냐고 물었다. 키가 훤칠하고 검은 옷을 입은 오통 씨는 반은 이른바 옛날 상류층 사람과 반은 상여꾼과 닮은 모습이었는데, 호의적이지만 자르는 어조로 대답하기를,

"시댁에 인사를 드리러 갔던 집사람을 기다리고 있습니다."

기관차가 기적을 울렸다.

"쥐들이……" 판사가 말했다.

리외는 살짝 기차 방향으로 움직였으나 출구를 향해 되돌아섰다.

"네," 그는 말했다. "별일 아니겠죠."

그가 그때 기억해 둔 것이라고는 죽은 쥐들이 가득한 궤짝 하나를 팔에 낀 한 역원이 지나쳐 갔다는 것이었다.

그날 오후, 진료 시작 즈음에 리외는 젊은 남자의 방문을 받았는데, 신문기자이며 이미 아침에 왔다 간 사람이라고 말했다. 그는 레몽 랑베르라고 자신을 소개했다. 작은 키, 두툼한 어깨, 확신에 찬 얼굴, 맑고 총명한 눈, 활동복 차림인 그는 안락하게 사는 사람인 듯해 보였다. 그는 곧장 용건으로 들어갔다. 파리의 큰

신문사를 위해 아랍인들의 생활 여건을 취재하고 있어서 그들의 보건 상태에 대한 정보들을 원했다. 리외는 그에게 그들의 보건 상태가 안 좋다고 말했다. 그러나 그는 더 깊이 들어가기 전에 그 기자가 진실을 말할 수 있는지 알고 싶어 했다.

"그야 그렇죠." 상대방이 말했다.

"제 뜻은 이런 겁니다. 전부 고발할 수 있습니까?"

"전부는 아니라고 말해야만 될 것 같습니다. 하지만 그런 폭로는 근거 없는 것이 아닐까 하는 추측이 듭니다."

리외는 부드럽게, 실상 그 같은 폭로가 근거 없는 것일지 모르지만 그런 질문을 해서 랑베르가 제한 없이 보도할 수 있는지 없는지를 알고자 한 것뿐이라고 말했다.

"저는 제한 없는 보도들만 받아 들이겠습니다. 따라서 당신이 제 정보들을 보도하도록 지원할 수 없어요."

"정도(正道) 생 쥐스트식의 말이시군요." 신문기자가 미소를 지으며 말했다.

리외는 언성을 높이지 않고, 자신이 그런지 전혀 알지 못한다, 그러나 그것은 자신이 사는 세계에 대해 지쳐 있다 해도 사람들을 좋아하고 나름대로 불의와 타협을 거부하기로 마음먹은 사람의 말이다, 라고 말했다. 랑베르는 어깨를 웅크린 채 의사를 바라보고 있었다.

"이해할 것 같습니다." 마침내 그는 자리에서 일어서며 말했다.

의사는 그를 문까지 배웅하면서,

"이렇게 사정을 봐줘서 감사합니다."

랑베르는 참을성을 잃은 듯해 보였는데,

"예," 그는 말했다. "이해합니다, 폐를 끼쳐 죄송합니다."

의사는 그와 악수를 하며 요즘 시내에서 수없이 보는 죽은 쥐들에 대한 특별 취재를 할 수 있을 거라고 말했다.

"음!" 랑베르는 탄성을 발했다. "그거 흥미로운데요."

오후 5시, 의사는 다시 왕진을 나가다가 층계에서 아직은 젊고 몸은 육중하며, 큼직하고 패인 얼굴에 짙은 눈썹이 드리워진 남자와 마주쳤다. 리외는 건물의 꼭대기 층에 사는 스페인 무용수들의 집에서 그 남자를 몇 번 만났다. 장 타루는 발을 디딘 계단 위에서 뻗어가던 쥐의 마지막 경련을 우두커니 바라보면서 열심히 담배를 피우고 있었다. 그는 침착하고 약간 힘이 들어간 회색 눈을 의사 쪽으로 들어 올려 인사를 건네고는 쥐들의 출현은 희한한 일이라고 덧붙였다.

"그래요," 리외가 말했다. "하지만 짜증나는 일이 되고 말겁니다."

"한 가지 의미에서는 그렇죠, 의사 선생, 오직 한 가지 의미에서요. 우리는 결코 이와 비슷한 일을 하나도 본 적이 없다는 것, 그게 전부입니다. 그러나 내가 보기에 이건 흥미로운 일입니다, 그래요, 정말 흥미로운 일입니다."

타루는 손으로 머리를 뒤로 쓸어 넘기고서, 이제 움직임이 없는 쥐를 다시 쳐다본 후 리외에게 미소를 짓더니,

"하지만 의사 선생, 여러 말 할 것 없이 이런 일은 누구보다도

수위한테는 문제죠."

마침 의사는 집 앞에서 입구 근처의 벽에 등을 기대고 있는 수위를 보게 되었다. 평소에는 늘 혈기왕성한 수위의 얼굴에 피로의 기색이 완연했다.

"네, 압니다." 쥐를 또 발견했다고 신호하던 리외에게 늙은 미셸이 말했다. "이젠 아예 두세 마리씩 발견되네요. 그런데 다른 집들에서도 마찬가지예요."

그는 맥이 없고 근심스러워 보였다. 그는 기계적인 동작으로 목덜미를 쓰다듬었다. 리외는 그에게 괜찮으냐고 물었다. 물론 수위는 몸이 안 좋다고 말할 수 없었다. 입맛이 없었을 뿐이다. 그의 생각에 그것은 마음고생을 해서였다. 이 쥐들이 그를 한방 먹였으니 이것들이 사라진다면 모든 것이 훨씬 나아지겠지.

그러나 이튿날 아침, 4월 18일 의사는 역에서 어머니를 맞이해 돌아오다가 미셸 씨가 훨씬 더 패인 얼굴을 하고 있는 것을 보게 되었다. 지하실에서 다락까지, 층계마다 십여 마리의 쥐들이 깔려있었던 것이다. 이웃집 쓰레기통들은 쥐들로 가득했다. 의사의 어머니는 그 소식을 동요하지 않고 들었다.

"그런 일은 일어날 수 있지."

그녀는 은발에 검고 부드러운 눈의 작은 여인이었다.

"널 다시 보니 행복하단다, 베르나르야." 그녀의 말이었다. "그러니 쥐들을 거리낄게 뭐 있겠니."

그도 공감했다. 정말이지 어머니와 함께라면 모든 것이 항상 수월해 보였다.

리외는 그렇지만 시청의 구서과에 전화를 걸었다. 그곳의 과장과 잘 아는 사이였다. 과장은 많은 수의 쥐가 밖에 나와 죽는다는 이야기를 들었을까? 메르시에 과장은 그런 이야기를 듣고 있었고 부둣가에서 그리 멀지 않은 곳에 자리한 구서과 사무실에서 죽은 쥐를 50여 마리나 발견한 적이 있었다. 그럼에도 불구하고 그는 그것이 심각한 일일지는 의문이었다. 리외는 심각한 일이라고 판정할 수 없었지만 구서과가 나서야 한다고 생각했다.

"그래야지," 메르시에는 말했다. "지시를 받아서 말이야. 만약 자네 생각에 정말 그래야 할 가치가 있는 것 같다면, 지시를 얻도록 노력할 수 있어."

"여전히 그래야 할 가치는 있네." 리외가 말했다.

그의 가정부가 방금 그에게 남편이 일하는 큰 공장에서 죽은 쥐를 수백 마리나 수거했다고 일러줬다.

어쨌든 대충 그때쯤, 우리 시민들은 불안해하기 시작했다. 18일부터 실제로 공장마다 창고마다 쥐의 사체들을 수백 마리씩 쏟아냈기 때문이다. 어떤 경우에는 그 짐승들이 너무 오래 참혹한 고통을 당하고 있어서 끝을 내줘야 할 수밖에 없기도 했다. 그러나 쥐들은 외곽 동네들에서부터 도심까지 리외가 어쩌다 지나가는 곳 어디에서나, 우리 시민들이 모여 있는 곳 어디에서나, 쓰레기 통 속에서 무더기로 혹은 도랑 속에서 줄지어 기다리고 있었다. 석간신문은 그날 당장 이 건을 특종으로 잡아 과연 시 당국이 행동을 개시할 용의가 있는지 없는지 그리고 혐오스러운 쥐떼들의 침해로부터 시민들을 보호하기 위해 어떤 긴급 대책들을 고려해뒀는지를 물었다. 시 당국은 어떤 것도 결정해 두거나 고려해 두거나 하지 않았지만 그 건에 대해 의결하기 위한 대책 회의를 열기 시작했다. 죽은 쥐들을 매일 아침 동틀 무렵에 수거하라는 지시가 구서과에 시달되었다. 수거가 끝나면 담당과의 차 두 대가 그 짐승들을 쓰레기 소각장으로 운반했는데, 그것들을 태워 없앨 목적이었다.

그러나 그 뒤로 며칠 간 상황이 갈수록 심각해졌다. 쌓여가는 그 설치류들의 수가 늘어서 수거량은 매일 아침 더 많아졌다. 넷째 날부터 쥐들은 떼를 지어 나와 죽었다. 헛간, 지하실, 지하 창고, 하수구 등에서 쥐들이 삐딱하게 줄지어 올라와서는 햇빛에 휘청하고 제자리에서 돌다가 사람들 근처에 와서 죽었다. 밤에는 복도나 골목길에서 쥐들의 작은 단말마가 뚜렷이 들려왔다. 아침에는 변두리에서 뾰족한 주둥이에 작은 혈흔을 묻힌 채, 어떤 쥐들은 부풀어서 썩은 채로 또 어떤 쥐들은 빳빳한 몸통에 수염은 아직 꼿꼿이 서 있는 채로 개울에 그대로 널브러져있는 것을 보게 되었다. 시내에서조차 층계참이나 안마당에서 쥐들이 작은 무더기로 발견되고는 했나. 어떤 때는 한 마리씩 관공시의 대기실에, 학교의 안뜰에, 카페의 테라스에 죽어 있기도 했다. 얼떨떨해진 우리 시민들은 시의 가장 번화한 장소들에서 그것들을 발견하고는 했다. 아름 광장, 간선 도로, 프롱 드 메르 산책길 같은 곳도 군데군데 더럽혀져 있었다. 새벽에 죽은 쥐들을 씻어 없앴지만 시민들은 낮 동안에 그것들을 조금씩, 점점 많은 수로 다시 보게 되었다. 인도에서, 죽은 지 얼마 안 된 물컹한 시체덩이를 발밑에서 느껴야 했던 밤 산책자들 또한 한두 명이 아니었다. 우리 집들이 박혀 있던 땅 자체가 속에 담겨 있던 체액을 덜어내느라 지금까지 안에서 곪던 진물과 피고름을 표면으로 내뿜고 있다고 말할만했다. 응고수치가 높은 혈액이 급작스럽게 역류하기 시작한 건강한 사람처럼, 그때까지만 해도 너무나 평온하다가 불과 며칠 사이에 뒤집힌 우리 작은 시가 얼마나 경악했을지 예상이라도 해보기를!

랑스도크(랑스도크는 정보, 자료 수집, 모든 문제에 대한 모든 정보를 수집한다의 준말이었다) 통신이 무료 정보 제공용 라디오 방송에서 25일 단 하루 동안에 6,231마리의 쥐가 수거, 소각되었다고 알렸을 정도로 상황이 아주 나빠졌다. 시민들이 목격 중인 흔한 광경의 명료한 뜻을 말해 주던 그 숫자는 혼란을 더욱 가중시켰다. 그때까지만 해도 사람들은 약간 혐오스러운 사건이라고 불평했을 뿐이다. 이제 사람들은 아직 규모를 규정할 수도 연원을 찾아낼 수도 없는 이 현상에 무엇인가 위협적인 것이 있음을 알아차렸다. 천식환자인 스페인 노인만 연신 손을 비벼대며 노망이 난 듯이 신나게 "그것들이 나와, 나온다고"라고 되풀이했다.

그런데 4월 28일에는 랑스도크 통신이 8천여 마리의 쥐를 수거했다는 보도를 하자 시내의 불안은 절정에 달했다. 사람들은 근본적인 대책을 세우라고 요구하며 당국을 비난했고, 바닷가에 집을 갖고 있던 몇몇 사람들은 이미 그곳으로 피난하는 것에 대해 이야기하고 있었다. 그러나 이튿날, 통신사는 기현상이 급격히 멎어 구서과에서 수거한 죽은 쥐의 수가 무시해도 좋을 정도에 불과하다고 보도했다. 시는 한숨을 돌렸다.

하지만 그날 정오, 의사 리외는 집 건물 앞에 차를 세우다가 멀리 길 저쪽 끝에서 수위가 고개를 푹 숙인 채 팔다리를 벌리고 허수아비 같은 자세로 힘겹게 걸어오는 것을 보았다. 노인은 한 신부의 팔에 의지하고 있었는데 의사는 그를 알아봤다. 그 사람은 파늘루 신부로서, 리외가 몇 번 만난 적이 있었고 우리 시에서는 종교에 대해 무관심한 사람들 사이에서도 대단히 존경받는 학식 있고 사회참여적인 예수교도였다. 의사는 두 사람을 기다렸다. 늙은 미셸의 눈은 희번덕거렸고 숨 쉴 때는 새는 소리가 났다. 그는 몸이 아주 안 좋다는 느낌이 들어 바람을 쐬러 나갔다. 그러나 목과 겨드랑이, 서혜부의 통증으로 인해 돌아와야만 해서 파늘루 신부에게 도움을 청할 수밖에 없었다.

"종기 때문이에요," 그가 말했다. "움직이기가 힘들었어요."

리외는 차창 밖으로 팔을 내밀어 미셸이 내민 목 아래쪽을 손가락으로 촉진해 보았는데 거기에는 일종의 나무옹이 같은 것이 나 있었다.

"가서 누우시고 체온을 재세요. 오후에 와서 봐 드리겠습니다."

수위가 가고 나서 리외는 파늘루 신부에게 이 쥐 문제를 어떻게 생각하느냐고 물었다.

"오!" 신부는 말했다. "이거 돌림병일 겁니다." 그런데 그의 두 눈은 둥근 안경 뒤에서 미소를 짓고 있었다.

점심 식사 후, 리외가 아내의 도착 소식을 알리는 요양소의 전보를 다시 읽고 났을 때 전화가 울렸다. 그의 예전 환자들 중의 한 사람인 시청 서기에게서 온 전화였다. 그는 오랫동안 대동맥 협착증으로 시달렸는데 가난해서 리외가 무료로 치료해준 사람이었다.

　　"네," 그의 말이었다. "기억하시는군요. 그런데 이번엔 다른 사람에게 일이 생겨섭니다. 빨리 좀 와주세요, 이웃집에 일이 났습니다."

　　가쁜 목소리였다. 리외는 수위에 대해 생각해보고는 이 일 다음으로 그를 보기로 결정했다. 몇 분 후, 그는 한 외곽 동네의 패데르브 가에 있는 나지막한 집의 문 안으로 들어갔다. 썰렁하고 고약한 냄새가 나는 층계 중간에서, 그를 마중하러 내려오던 시청 서기 조제프 그랑을 만났다. 나이는 50쯤 되었고, 노란 콧수염에 키는 크고 구부정하며 어깨가 좁고 몸이 마른 남자였다.

　　"훨씬 나아지고 있지만," 그는 리외에게 다가서면서 말했다. "저 사람이 저 세상으로 갈 거라고 생각했죠."

　　그는 수건으로 코를 풀었다. 마지막 층인 3층, 왼쪽 문 위에서 리외는 붉은 분필로 남긴 글씨를 읽을 수 있었다. '들어오시오. 나는 목을 매달았소.'

　　그들은 안으로 들어갔다. 뒤집어진 의자 위에는 밧줄이 천장에 대롱대롱 매달려 있었고 탁자는 한구석에 치워져 있었다. 그러나 밧줄은 빈 채로 늘어뜨려져 있었다.

　　"제 때에 제가 풀어줬어요," 그랑의 말이었는데, 쉬운 말을 하는 것인데도 불구하고 그는 언제나 머뭇거리는 것 같았다. "마침 밖에 나가다가 무슨 소리를 들었어요. 그 글을 봤을 때는 뭐랄까 허풍이려니 생각했어요. 하지만 저 사람이 희한하고 음산하다고 도 할 수 있는 신음소리를 내는 거예요."

그는 머리를 긁적거리며,

"제 생각에 고통에 겨운 일이었겠죠. 당연히 저는 안으로 들어갔어요."

그들은 문을 밀어 열고 밝기는 하나 변변치 못하게 꾸며진 방 문턱에 섰다. 동글동글한 작은 사내가 동제(銅製)침대에 누워 있었다. 그는 숨을 헐떡이고 있었고 충혈이 된 눈으로 그들을 쳐다봤다. 의사는 걸음을 멈췄다. 의사에게는 환자가 숨 쉬는 사이사이에 쥐가 찍찍거리는 소리가 들리는 느낌이었다. 그러나 아무것도 방구석에서 움직이지 않았다. 리외는 침대 쪽으로 갔다. 그 사람은 상당히 높은 곳에서 떨어진 것도 아주 급히 떨어진 것도 아니어서 척추는 말짱했다. 물론 약간의 질식 증상은 있었다. 엑스레이를 찍어야 할 필요는 없을 듯했다. 의사는 장뇌유 주사를 한 대 놓아주고서 며칠 후면 다 괜찮아실 것이라고 말했다.

"고맙습니다, 선생님." 사내가 잠긴 목소리로 말했다.

리외가 그랑에게 경찰서에 신고했느냐고 묻자 서기는 낭패한 표정이 되었고,

"아뇨," 그가 말했다. "아! 안했어요. 제가 가장 급하다고 생각한 것은……"

"당연하죠," 리외가 말을 끊었다. "그럼 제가 신고할게요."

그러나 그 순간 환자가 동요했고, 자신은 괜찮으니 그럴 필요
가 없다고 반대하면서 침대에서 몸을 일으켜 세웠다.

"진정하세요," 리외는 말했다. "아무 일 아니에요, 저를 믿으세
요, 한데 저는 경위진술을 해야만 됩니다."

"오!" 상대방이 내뱉었다.

그리고 뒤로 벌떡 자빠지면서 찔끔 눈물을 흘렸다. 조금 전부
터 콧수염을 쓰다듬고 있던 그랑이 그의 곁으로 다가갔다.

"자, 코타르 씨," 그가 말했다. "이해하려 해 봐요. 의사 선생님
이 책임자라고 말할 수가 있어요. 혹시, 예를 들어 말이에요, 또
그런 짓을 하고픈 생각이 생기기라도 하면……"

그러나 코타르는 우는 와중에, 다시는 안 그럴 것이고 자신은
극히 흥분해 있으니 제발 조용히 놔두기를 바랄 뿐이라고 말했
다. 리외는 처방전을 썼다.

"알았어요," 그가 말했다. "그 일은 그냥 두기로 합시다. 이삼
일 내에 다시 올게요. 하지만 어리석은 짓은 하지 말아요."

층계참에서 그는 그랑에게 자신은 진술을 할 수밖에 없지만
형사에게 조사를 이틀 후에나 해 달라고 부탁하겠다고 말했다.

"오늘 밤에는 저 사람을 지켜봐야 해요. 가족이 있나요?"

"가족에 대해서는 모릅니다. 그러나 제가 직접 돌볼 수 있어요."

그는 머리를 설레설레했다.

"이건 알아주세요, 저 사람도 그렇고 저도 그를 잘 안다고 말
할 수 없어요. 그러나 서로 도와야 도리죠."

그 건물 복도에서 리외는 기계적으로 구석구석 쳐다보고는

그랑에게 쥐들이 동네에서 완전히 없어졌느냐고 물었다. 시청 서기는 그것에 대해 전혀 아는 바가 없었다. 사람들이 사실 그에게 그런 이야기를 한 적이 있었지만 그는 동네 소식에 큰 관심을 두지 않고 있었다.

"신경 쓸 다른 일이 있어서요." 그가 말했다.

리외는 이미 그와 악수를 하고 있었다. 아내에게 편지를 쓰기 전에 수위를 봐야 해서 바빴다.

석간신문 판매원들이 쥐들의 침입은 완전히 멎었다고 외치고 있었다. 그건 그렇고 리외가 마주한 환자는 한 손을 배에 대고 다른 한 손으로 목을 감싸고 침대 밖으로 몸을 반쯤 내민 채 크게 칵칵거리면서 오물통에 불그스름한 담즙을 게우고 있었다. 오랫동안 애를 쓴 후, 숨이 가빠진 수위는 다시 자리에 누웠다. 체온은 39도 5부였고 목의 신경절들과 사지가 부풀 대로 부푼 데다가 옆구리에서는 거무스름한 반점 두 개가 커지고 있었다. 그는 이내 속이 아프다고 호소했다.

"타는 것 같아요," 그의 말이었다. "이 돼지 같은 게 저를 태우는 것 같아요."

거무죽죽해진 입으로 어물거리며 그는 두통으로 인해 눈물이 고인 붉거진 두 눈을 의사 쪽으로 돌렸다. 그의 아내는 아무 말이 없는 리외를 불안하게 쳐다보고 있었다.

"선생님," 그녀의 말이었다. "대체 이게 무슨 일이래요?"

"여러 가지 일일 수 있습니다. 하지만 아직 아무것도 확실하지 않아요. 오늘 저녁까지는 굶기고 피를 맑게 해야 합니다. 남편께서는 물을 많이 마셔야 합니다."

그때 마침 수위는 갈증이 나서 견딜 수 없는 지경이었다.

집에 돌아오자 리외는 동료 의사이자 시에서 가장 중요한 의사들 중 한 사람인 리샤르에게 전화를 걸었다.

"아니오," 리샤르의 말이었다. "특이한 점은 아무것도 못 봤죠."

"국부적인 염증을 동반한 열 증상도요?"

"아! 예, 그렇지만 신경절들이 대단히 부어오른 두 가지 사례였고요."

"비정상적으로요?"

"음," 리샤르는 말했다. "정상이라 하면, 아시죠……"

그날 저녁 어쨌거나 수위는 헛소리를 하다가 열이 40도가 되자 쥐들을 원망해댔다. 리외는 화농촉진치료를 시도해 보았다. 따가운 테레빈 유(油)가 들어가자 수위는 고함을 질렀다. "아! 그돼지 같은 것들!"

신경절들은 더 두툼해져 있었고 손으로 만져보면 단단하고 나무질이었다. 수위의 아내가 극히 흥분하자,

"잘 지켜보세요," 의사는 그녀에게 말했다. "필요하시면 부르시고요."

이튿날인 4월 30일, 파랗고 습한 하늘에서는 벌써 약간 더운 미풍이 불고 있었다. 가장 먼 교외 쪽에서 오던 꽃향기가 바람에 실려 왔다. 거리의 아침 소음은 평상시보다 더 활기차고 유쾌한 듯했다. 1주 동안 겪은 막연한 걱정에서 벗어나 홀가분해진 우리

의 작은 시 어디에서나 그날은 재생의 날이었다. 리외 자신도 아내의 편지를 받고 안심이 되어 경쾌하게 수위의 집으로 내려갔다. 그리고 아침에는 실제로 열이 38도로 떨어져 있었다. 쇠약해진 환자는 침대에 누워 미소를 짓고 있었다.

"나아진 것 같아요, 안 그래요 선생님?" 그의 아내가 말했다.

"더 기다려 보죠."

그러나 정오에는 열이 단번에 40도로 올라가 환자는 끊임없이 헛소리를 하고 있었는데, 그에 앞서 구토가 다시 시작되었다. 목의 신경절들은 건드리기만 해도 아파서 수위는 목을 뗄 수 있는 한 몸에서 멀리 두고 싶어 하는 듯했다. 그의 아내는 침대의 발치에 앉아 두 손을 이불 위에 올려 환자의 두 발을 지그시 잡고 있었다. 그녀는 리외를 쳐다보고 있었다.

"저기요," 리외가 말했다. "환자를 격리시켜서 특수 치료를 해 봐야겠습니다. 제가 병원에 전화를 걸 테니 구급차로 옮기도록 하죠."

두 시간 후 구급차 안에서 의사와 수위의 아내는 환자를 내려다보고 있었다. 곰팡이가 슨 듯한 환자의 입에서 말이 더듬더듬 튀어나왔다. "쥐!" 그의 말이었다. 푸르죽죽한 밀랍 같은 입술, 밑으로 쳐진 눈꺼풀, 고르지 못하고 짧은 숨결, 신경절들에 의해 찢겨지고, 마치 간이침대로 자신을 덮고 싶다는 듯이 아니 마치 땅 속 깊은 곳에서 온 무엇인가가 그를 끊임없이 부르기라도 하는 듯이 간이침대 깊숙이 움츠린 수위는 보이지 않는 어떤 압박 아래에서 질식했다. 그의 아내는 울고 있었다.

"그럼 더 이상 가망이 없는 건가요, 선생님?"

"돌아가셨습니다." 리외가 말했다.

수위의 죽음은 당황케 하는 징후들로 채워진 이 시기의 끝과 초기의 뜻하지 않은 놀라움이 차츰 공황으로 변해 가는, 상대적으로 더 어려운 다른 한 시기의 시작을 표한다고 말할 수 있다. 우리 시민들은 우리의 작은 시가, 햇빛이 드는 곳에서 쥐들이 죽고 괴상한 병으로 수위들이 횡사하는 곳으로 특별히 지정된 장소가 될 수도 있다고 생각한 적은 결코 없었는데, 그때에야 비로소 그것을 알게 되었다. 이런 관점에서 보면, 그들은 요컨대 착각에 빠져 잘못된 생각을 해오고 있었다. 만약 모든 일이 거기에서 그쳤다면 필시 계속 그렇게 지냈을지 모른다. 그러나 우리 시민들 중에서, 반드시 수위들이나 빈민들이었던 것은 아닌 다른 사람들이 미셸 씨가 맨 먼저 들어선 노정을 따라가게 되었다. 바로 그 순간부터 공포가, 그리고 공포를 통한 성찰이 시작되었다.

그렇지만 서술자의 생각으로는 이런 새로운 사건들을 상술하기 전에 방금 묘사된 시기에 대한 다른 사람의 견해를 제기할 필요가 있다. 이 이야기의 서두에서 이미 만난 장 타루는 몇 주 전에 오랑에 정착했고 그때부터 도심의 한 대형 호텔에서 지내 오고 있다. 분명 생활하는 데 아주 넉넉한 수입인 듯했다. 그러나 시민들이 그를 점점 자주 대하게 되었어도 아무도 그가 어디서 왔고 왜 그곳에 있는지를 얘기할 수 없었다. 어느 공공장소에서

나 그를 볼 수 있었다. 사람들은 초봄부터 바닷가에서 그를 많이 보았는데, 그는 눈에 보일 정도로 즐겁게 자주 헤엄을 쳤다. 호인이며 항상 웃는 낯인 그는 모든 일상적 쾌락들을 좋아하는 듯했어도 그것의 노예가 되지는 않았다. 실상 사람들이 알만한 그의 유일한 습관은 우리 시에 제법 많은 수가 사는 스페인 무용수들이나 음악가들과 꾸준히 교류한다는 것이었다.

어쨌든 그의 비망록 역시 이 어려운 시기에 대한 일종의 연대기를 이루고 있다. 그러나 문제는 그것이 무의미한 임의적 선택에 따르는 듯한 아주 특이한 연대기라는 것이다. 언뜻 보기에는, 타루가 다소 초연한 태도로 사물들이나 존재들을 다뤄보려고 고심했다는 생각이 들 수도 있겠다. 그는 전반적으로 체계가 없어서 요컨대 이야깃거리 없는 것에 대한 역사가가 되려고 심혈을 기울였다. 사람들은 필시 그런 임의적 선택을 개탄하고 그의 마음이 메말라서 그러려니 의심할 수는 있다. 그러나 그 비망록은 그 시대의 한 연대기로서 상당수의 부차적인 세부 사항들을 제공할 수 있는데, 이것들은 부차적임에도 불구하고 중요성을 지니고 그 기묘함 자체 때문에 이 흥미로운 인물에 대한 너무 성급한 판단을 막아줄 것이다.

장 타루의 첫 기록들은 오랑에 도착한 날 적은 것들이다. 그 기록들은 서두부터, 타고났을 정도로 못 생긴 한 도시에 있다는 것에 대해 기이한 만족감을 보여준다. 시청을 장식하는 쌍사자 동상에 대한 세밀한 묘사, 나무 한 그루 없는 시내, 볼품없는 집들 그리고 부조리한 도시 구획 등에 대한 우호적인 평가를 거기에서 읽을 수 있다. 타루는 전차 칸이나 거리에서 들은 대화들 역시 거기에 섞지만 해석은 가하지 않고 있다. 약간 뒤에, 캉이라는 이름의 사람과 관련된 한 화제에 대해서는 예외이다. 타루는 두 전차 검표원의 이야기를 듣게 되었는데,

"자네 분명 캉을 만난 적이 있을 걸," 한 사람의 말이었다.

"캉? 키가 크고 검은 수염 난 친구?"

"맞아. 전철과(轉轍課)에 있었어."

"응, 물론이지."

"글쎄 그 친구가 죽었네."

"아! 그래 언제?"

"쥐 사건 후에."

"저런! 그래 대체 무슨 일이었나?"

"잘은 모르지만 열병이었겠지. 게다가 그 친구 튼튼하질 못했네. 겨드랑이에 종기가 났었어. 못 버텼지."

"하지만 말이야 그 사람 체구는 웬만했는데."

"아니야, 폐가 약했는데도 악대에서 음악을 했어. 줄곧 나팔을 불면 약해지지."

"허!" 다른 사람이 끝을 맺었다. "아플 때는 나팔을 불지 말아야 하는데."

이런 약간의 사실을 알려준 후 타루는 캉이 왜 가장 확실한 자신의 이익을 거스르면서까지 관악대에 들어갔는지, 일요일 시가행진을 위해 생명을 걸도록 그를 이끈 깊은 이유들이 어떤 것들이었는지 궁금해 했다.

이어서 타루는 그의 방 창문과 마주한 발코니에서 자주 벌어지던 한 광경에 대해 호감을 가지게 된 듯했다. 그의 방은 작은 횡단로 쪽으로 나 있었는데 그 길의 담 그늘에서 고양이들이 잠을 자고는 했다. 그런데 매일 점심식사가 끝난 후, 도시 전체가 더위 속에서 졸 때 길 건너편 발코니에 자그마한 노인이 모습을 나타냈다. 흰 머리를 단정히 빗질하고 군복처럼 재단한 옷을 입어 꼿꼿하고 준엄한 용모인 그는 거리감이 있고도 부드러운 소리로 "나비야, 나비야" 하고 고양이들을 불렀다. 고양이들은 바로 움직이지는 않고 졸음에 겨운 파란 눈을 쳐들었다. 그 사람이 종이를 잘게 찢어 거리 위로 날리면 고양이들은 비처럼 떨어지는 흰 종이 나비들에 끌려 길 한복판으로 걸어 나와 마지막 종잇조각들을 향해 한쪽 발을 주춤 내밀었다. 그러면 그 자그마한 노인은 고양이들에게 힘차고 정확하게 침을 뱉었다. 그 침 하나가 목표물에 맞으면 그는 웃어댔다.

　끝으로, 타루는 외양과, 활기 그리고 심지어 쾌락들조차 상거래의 필요성에 의해 주도되는 듯하던 시의 상업적 성격에 완전히 매혹된 것 같았다. 이런 특이성이(비망록에서에서 시용된 표현이다) 그에게 인정을 받아 그의 찬사조의 고찰들 중 하나는 심지어 '드디어!'라는 감탄사로 마무리되었다. 그 여행자의 이날 기록들은 바로 이 대목에서만 개성이 뚜렷한 듯하다. 다만 그것이 의미 있고 진지하다고 평가하기는 어렵다. 죽은 쥐를 발견한 호텔 경리가 계산 실수를 범한 이야기를 상술하고 나서 타루가 평소보다 좀 불분명한 필체로 다음과 같이 덧붙인 것이 그렇다.

'질문 : 시간을 버리지 않으려면 어떻게 해야 하는가? 답 : 시간을 처음부터 끝까지 전부 체험해 보기. 방법 : 치과 대기실에서 불편한 의자에 앉아 며칠을 보내기, 집 발코니에서 일요일 오후를 지내기, 이해하지 못하는 외국어로 하는 강연들을 청강하기. 가장 길고 가장 불편한 기차 노선을 골라 당연히 입석으로 여행하기. 공연장의 매표구에서 줄을 섰다가 표는 사지 않기.' 그러나 이런 엉뚱한 이야기와 엉뚱한 생각을 한 다음에 비망록은 곧장 우리 시의 전차들, 그 조각배 같은 형태, 그 어정쩡한 색깔, 그 일상적인 불결함에 대한 상세한 묘사들로 시작해서 '굉장하다'라는 뜬금없는 말로 이런 고찰들을 끝맺는다.

어쨌거나 쥐 사건에 대해 타루가 준 정보는 바로 이것인데,

'오늘 맞은편의 작은 노인은 난감하다. 이제 고양이가 한 마리도 없지 않은가. 시가에서 다수로 발견되는 죽은 쥐들에 자극을 받아 고양이들이 정말 사라졌다. 내 의견으로는 고양이들이 죽은 쥐들을 먹는다는 것은 말이 안 된다. 내 고양이들은 그걸 싫어했다는 기억이 난다. 그렇다 해도 고양이들은 지하실들에서 뛰어다니고 있을 테니 작은 노인은 난감하다. 빗질도 전만 못하고 활기도 덜해 보인다. 걱정하는 기색이 그에게서 느껴진다. 얼마 지나지 않아 그는 도로 들어가 버렸다. 그러나 허공에 대고 침을 한번 뱉기는 했다.

시내에서 사람들이 오늘 전차를 정차시켰다. 어떻게 거기까지 이르렀는지 모르지만 죽은 쥐가 한 마리 발견되었기 때문이다. 두세 명의 여자가 차에서 내렸다. 쥐는 밖에 버려졌다. 전차

는 다시 출발했다.

호텔에서, 믿을 만한 사람인 야간 경비원이 내게 이 모든 쥐들 때문에 뭔가 불행이 예견된다고 말했다. "쥐들이 배를 떠나면……" 나는 배에서라면 그것이 사실이지만 도시에 대해서는 결코 입증된 적이 없다고 대답했다. 그럼에도 불구하고 그의 소견은 확고했다. 나는 그에 따르면 다가올 불행이 무엇일 수 있겠느냐고 물었다. 불행이란 예측할 수 없는 것이기에 그는 알지 못했다. 그러나 그는 놀랍지도 않다는 듯이 지진이 맞지 않겠느냐 했다. 내가 그럴 수도 있다고 인정하자 그는 내게 그것이 걱정되지 않느냐고 물었다.

"제 관심은 한 가지 뿐입니다." 내가 그에게 한 말이다. "바로 마음의 평화를 찾는 일입니다."

그는 내 말을 완벽하게 이해했다.

호텔 식당에는 참 재미있는 한 일가가 있다. 아버지는 키가 크고 말랐는데, 옷깃이 빳빳한 검은 양복 차림이다. 머리 한가운데는 벗겨지고 양쪽에 회색머리가 수북하다. 작고 동글동글하며 엄한 두 눈, 가는 코, 얇은 입 등은 잘 훈련된 올빼미 같은 인상을 준다. 그는 언제나 맨 먼저 식당 문 앞에 와 옆으로 비켜서서 까만 생쥐 같은 작은 아내를 지나가게 하고 그 다음에는 훈련받은 강아지처럼 차려입은 어린 아들과 딸을 발 뒤에 달고 들어간다. 식탁에 도착하면, 아내가 자리에 앉기를 기다린 후에 그가 앉고 두 강아지들도 비로소 의자에 올라가 앉을 수 있다. 그는 아내와 자식들에게 '해요' 하고, 아내에게는 점잖은 핀잔을 그리고 자식

들에게는 호령들을 내뱉는데,

"니콜, 대단히 불쾌한 태도를 보이고 있어요!"

그러면 딸아이는 울상이 된다. 그래야 일단락된다.

오늘 아침, 어린 아들이 쥐 사건으로 인해 잔뜩 흥분해 있었다. 아이가 식탁에서 그 이야기를 하고 싶어 하자,

"식탁에서는 쥐 이야기를 하는 게 아니죠, 필립. 앞으로 그런 얘기를 꺼내는 건 금지입니다."

"아버지가 옳단다." 까만 생쥐의 말이었다.

두 강아지가 코를 박고 밥을 먹자 올빼미는 별 뜻 없는 고갯짓으로 고마움을 표했다.

이런 좋은 실례와 상관없이, 시내에서는 쥐 사건에 대해 말이 많다. 신문이 거기에 일조했다. 평소에는 매우 다양했던 지역 소식란이 지금은 온통 시 당국에 대한 성토로 가득하다. "우리 시 당국자들은 이 설치류들의 썩은 시체들이 나타낼 수도 있는 위험을 알기나 했는가?" 호텔 지배인은 더 이상 별 말이 없다. 그러나 그것은 또한 그의 기분이 상해서이다. 격 있는 호텔의 승강기에서 쥐들이 발견된다는 것은 그가 보기에 생각할 수 없는 일이다. 나는 그를 달래려고 이렇게 말했다. "하지만 어느 누구나 그런 상황을 겪고 있어요."

"그겁니다," 그가 내게 한 대답이다. "우리는 이제 모든 사람들과 다를 바가 없어요."

내게 사람들이 걱정하기 시작한 놀라운 첫 열병 사례들을 이야기해 준 사람이 그 지배인이다. 그의 호텔의 객실정리 여직원

한 명이 열병을 앓고 있다.

"하지만 물론 전염성은 없습니다." 그는 서둘러 말을 분명히 해뒀다.

나는 상관없다고 말했다.

"아! 알겠습니다. 손님도 저처럼 운명론자이시네요."

나는 그와 비슷한 말을 한 적이 없는데다가 운명론자가 아니다. 그에게 그렇게 말했다……'

여기서부터 타루의 비망록은 사람들이 공공연히 걱정하던 그 알 수 없는 열병에 대해 좀 더 상세하게 이야기하기 시작한다. 쥐들이 사라지자 드디어 고양이들을 다시 보게 된 그 작은 늙은이는 참을성 있게 침 사격을 조준하고 있다는 사실을 기록하고서 타루는 대부분이 치명적이었던 이런 열병 사례를 이미 열 건 정도 들 수 있다고 덧붙였다.

참고가 될 테니 마지막으로, 타루가 그린 의사 리외의 모습을 옮겨 적으면 어떨까 한다. 서술자가 판단할 수 있는 한에서는 아주 충실한 초상이라고 볼 수 있는데,

'서른다섯으로 보인다. 중키. 딱 벌어진 어깨. 거의 직사각형인 얼굴. 눈은 색이 짙고 곧지만 턱이 튀어 나왔다. 큰 코는 균형이 잡혀 있다. 아주 짧게 깎은 검은 머리. 입은 활처럼 둥글고, 입술은 도톰하고 거의 언제나 굳게 다물어져 있다. 햇볕에 탄 피부, 검은 몸털 그리고 늘 짙은 색이지만 그에게는 잘 어울리는 옷들로 인해 약간 시칠리아의 농부 같은 모습이다.

걸음이 빠르다. 걷는 속도를 바꾸지 않고 인도에서 내려서

지만, 세 번 중에 두 번 꼴로 가볍게 뛰어 반대편 인도로 올라선다. 차를 몰 때는 방심하는 편이라서 길모퉁이를 돈 뒤에도 흔히 방향등을 안 끄고 그냥 둔다. 항상 모자를 안 쓴 맨머리. 통달한 표정.'

타루의 수치는 정확했다. 의사 리외는 수치가 어느 정도인지 알고 있었다. 수위의 시신을 격리시키고 그는 이 서혜부 열병에 대해 물어보기 위해 리샤르에게 전화를 건 적이 있었다.

"나는 전혀 이해가 안 되는 일입니다." 리샤르가 한 말이었다. "두 명이 사망했는데, 한 명은 48시간 만에 다른 한 명은 3일 만에 죽었어요. 이 사람은 아침에는 회복세가 완연해서 가만 놔두고 있었어요."

"또 다른 사례가 생기면 알려 주십시오." 리외가 말했다.

그는 다시 몇몇 의사들에게 전화를 걸었다. 그런 식으로 조사해서 얻은 결과로는 며칠 사이에 비슷한 사례가 약 20여 건이 있었다. 거의 모두가 치명적인 사례였다. 그래서 오랑의 의사회 회장인 리샤르에게 새로운 환자들의 격리를 요구했다.

"하지만 내가 할 수 있는 것은 아무것도 없어요." 리샤르는 말했다. "도청의 조치들이 있어야만 할 것 같습니다. 그런데요, 누가 선생에게 전염의 위험이 있다고 말하는 겁니까?"

"아무것도 제게 그렇게 말하지 않지만 증세들이 심각합니다."

리샤르는 그렇다 해도《자신은 권한이 없었다》고 평가했다.

그가 할 수 있던 일이라고는 도지사에게 그것에 대해 이야기하는 것이었다.

그러나 의견이 분분하는 동안 날씨는 나빠졌다. 수위의 사망이틀날 짙은 안개가 하늘을 뒤덮었다. 억수 같은 짧은 비가 여러 번 도시를 강타했다. 그리고 그 갑작스러운 소나기들에 이어 폭우를 동반한 더위가 왔다. 바다 역시 짙은 파란빛을 잃더니 안개 낀 하늘 아래에서 눈을 아리게 하는 은빛이나 무쇠 빛으로 번뜩거렸다. 그런 습한 봄 더위보다는 여름의 혹서가 차라리 나았다. 고지 위에 달팽이 모양으로 자리하고 바다 쪽으로 약간 열린 시내에는 맥없는 무기력증이 지배적이었다. 초벽칠이 된 기나긴 벽들 사이에서, 창문들에 먼지가 가득 낀 시가에서, 지저분한 노란색의 전차 속에서, 사람들은 약간 날씨의 포로가 된 느낌이 들었다. 리외의 늙은 환자만큼은 천식을 이겨내고 있어서 그런 날씨를 즐겼다.

"푹푹 찌네," 그의 말이었다. "이게 기관지에는 좋죠."

실제로 푹푹 찌는 날씨였지만 열병보다 더하지도 덜하지도 않았다. 시 전체가 열병에 걸려 있었다. 코타르의 자살미수에 대한 조사에 입회하려고 패데르브 가로 가던 날 아침 의사 리외를 따라다니던 인상은 적어도 그랬다. 그러나 그런 인상이 그에게는 불합리해 보였다. 그는 그런 인상을, 자신을 괴롭히던 신경과민과 걱정거리 탓으로 돌리며 무엇보다 생각을 가다듬는 것이 급선무라고 여겼다.

그가 도착했을 때 형사는 아직 와 있지 않았다. 그랑이 층계참에서 기다리고 있었는데, 그들은 문을 열어 놓고 우선 그의 집에 들어가 있기로 결정했다. 시청 서기는 가구가 아주 단출한 방 두 개짜리 집에 살고 있었다. 두드러져 보이는 것이라고는 두세 권의 사전이 놓여 있는 흰색 나무선반과 칠판이었는데, 칠판에는 반쯤 지워졌으나 아직 알아볼 수 있을 만한 '꽃길'이라는 글자가 있었다. 그랑에 따르면, 코타르는 밤에 잠을 잘 잤다. 그러나 아침에는 머리가 쑤셔 깨어나 어쩔 줄 몰라해했다. 그랑은 피곤하고 예민해 보였는데, 방 안을 이리저리 거닐기도 하고 손으로 쓴 원고지들이 가득한 두툼한 서류철을 탁자 위에서 열었다 닫았다 했다.

그렇지만 그랑은 의사에게 코타르를 잘 모르나 추측컨대 재산이 좀 있는 것 같다는 이야기를 했다. 코타르는 괴상한 사람이었다. 오랫동안 그들의 관계는 어쩌다가 층계에서 인사나 하는 정도였다.

"그 사람하고 딱 두 번 얘기를 나눴을 뿐이죠. 며칠 전에 분필상자 한 통을 집에 가져 오다가 층계참에서 쏟았어요. 빨간색과 파란색 분필들이 들어 있었죠. 그때 마침 코타르가 층계참으로 나와서 저를 도와 그것들을 주웠죠. 여러 색의 분필을 어디에 쓰느냐고 묻더라고요."

그래서 그랑은 코타르에게 라틴어를 다시 좀 하려고 한다고 설명했다. 고등학교 이후로 그의 라틴어 지식은 점점 희미해져 가고 있었다.

"그래요," 그는 의사에게 말했다. "사람들이 제게 라틴어가 프랑스 어의를 잘 아는 데 유용하다고 단언하더라고요."

그는 그래서 칠판에다 라틴어 단어들을 써 왔다. 파란 분필로 는 어미변화와 동사변화에 따라 변하는 부분을 그리고 빨간 분 필로는 전혀 변하지 않는 부분을 베껴 쓰고는 했다.

"코타르가 제 말을 잘 이해했는지는 모르지만 흥미가 있어 보 였고, 빨간 분필을 하나 달라고 했어요. 저는 약간 놀랐지만 여 하튼…… 그 분필이 자살 계획에 사용되리라고는 물론 예측 못 했죠."

리외는 두 번째 대화의 내용이 뭐였느냐고 물었다. 그러나 형 사가 조수를 데리고 도착해서 우선 그랑의 진술을 듣고자 했다. 의사는 그랑이 코타르에 대해 이야기할 때마다 항상 그를 '절망 자'라고 부른다는 점에 이목이 끌렸다. 어떤 때는 심지어 '숙명적 인 결단'이라는 표현을 사용했다. 그들은 자살 동기에 대해 의견 을 주고받았는데, 그랑은 어휘 선택에 세심한 모습을 나타냈다. 마침내 그들은 '내적 비애'라는 단어에서 방점을 찍었다. 형사가 코타르의 태도에서 그랑이 '그의 결심'이라 한 것을 짐작하게 해 준 것이 아무것도 없었느냐고 물었다.

"그 사람이 어제 문을 두드리더니," 그랑이 말했다. "성냥을 찾았어요. 그래서 통째로 줬습니다. 이웃 사이니까…… 운운하 면서 사과하더군요. 그러더니 돌려주겠다고 다짐하더라고요. 가 지라고 했죠."

형사는 시청 서기에게 혹시 코타르가 이상해 보이지 않았느 냐고 물었다.

"이상해 보인 점은 그가 말을 걸고 싶어 하는 분위기였다는 점입니다. 하지만 저는 일하는 중이었죠."

그랑은 리외 쪽으로 돌아서더니 난처한 모습으로 덧붙였다.

"개인적인 일이었어요."

형사는 그렇지만 환자를 만나고자 했다. 그러나 리외는 우선 코타르에게 만날 준비를 시키는 것이 낫다는 생각이었다. 그가 방 안에 들어갔을 때, 코타르는 흐릿한 회색 플란넬 잠옷만 입고 침대에서 일어나 앉아 불안한 표정으로 문 쪽으로 몸을 돌리고 있었다.

"경찰이죠, 그죠?"

"예," 리외는 말했다. "흥분하지 말아요. 형식적으로 두세 가지 조사만 받고나면 조용히 지내게 될 거예요."

그러나 코타르는 그런 것은 아무 쓸데없고 경찰은 싫다고 대답했다. 리외는 답답함을 내비췄다.

"저도 경찰을 안 좋아해요. 단번에 이 일을 마무리해 버리려면 경찰의 질문에 빠르고 정확하게 대답하는 게 중요해요."

코타르가 입을 다물자 의사는 문을 향해 되돌아섰다. 그러나 작은 사내는 서둘러 리외를 부르더니 그가 침대 가까이 오자 두 손을 잡으면서 말했다.

"환자를요, 목매달았던 사람을 건드리지는 못하겠죠, 안 그래요, 선생님?"

리외는 잠시 그를 유심히 보다가 결국, 그런 종류의 문제가 일어난 적은 절대 없을 뿐만 아니라 자신은 환자를 보호하기 위해 와 있다고 그를 안심시켰다. 환자가 진정하는 듯해 보이자 리외는 형사를 들어오게 했다.

그 사람은 코타르에게 그랑의 증언 내용을 읽어주고 나서 그가 한 행동의 동기를 밝힐 수 있느냐고 물었다. 그는 형사를 쳐다보지 않고 "내적 비애, 딱 그거였습니다."라고만 대답했다. 형사는 다시 하고 싶은 심정인지 말하라고 그를 다그쳤다. 코타르는 흥분해서, 그렇지 않으니 바라건대 그저 조용히 놔두기를 바란다고 대답했다.

"알아 두쇼," 형사는 언짢다는 어조로 말했다. "지금 사람들에게 폐를 끼치는 건 당신이오."

그러나 리외가 신호하자 그쯤에서 그쳤다.

"상상이 되시죠," 밖으로 나오면서 형사는 한숨을 쉬었다. "그 열병 때문에 시끌벅적해진 이후로 저희는 더 시급한 다른 일들이 생겨서……"

그가 의사에게 사태가 심각한지 묻자 리외는 그런지 아닌지 아무것도 아는 바가 없다고 대답했다.

"날씨 탓일 뿐이죠," 형사가 결론지었다.

필시 날씨 탓이었다. 시간이 갈수록 모든 것이 손에 끈적하게 달라붙었고, 리외는 왕진 때마다 자신의 우려가 커져간다는 것을 느꼈다. 그날 저녁, 변두리에 있는 늙은 환자의 한 이웃이 서혜부를 움켜쥐고 헛소리를 하며 구토를 했다. 그의 신경절들은 수위의 그것들보다 훨씬 더 컸다. 그중 하나는 고름이 나오기 시작하더니 곧 상한 과일처럼 벌어졌다. 집에 돌아온 리외는 도청의 의

약품저장고에 전화를 걸었다. 그의 당일 임상일지에는 '부정적인 회답'이라고만 언급되어 있다. 그리고 이미 그곳 말고도 다른 곳에서 비슷한 사례들 때문에 그를 요청하고 있었다. 종기를 터트려야만 하는 것은 명백했다. 열십자로 절개하자 신경절들에서 피가 섞인 반죽이 쏟아져 나왔다. 환자들은 피를 흘리며 사지를 뒤틀었다. 그러나 배와 다리에는 반점들이 돋아 있었고, 신경절은 고름의 분출이 멈추자 다시 부어올랐다. 거의 항시 환자는 끔찍한 악취를 내며 죽어갔다.

언론은 쥐 문제로는 너무나 수다스럽더니 이제 아무 이야기도 하지 않고 있었다. 쥐들은 눈에 띄는 거리로 나와 죽고 사람들은 방 안에서 죽기 때문이다. 즉 신문들은 거리에서 일어나는 일에만 신경을 쓴다. 그러나 도청과 시청은 의문을 갖기 시작했다. 각각의 의사가 기껏해야 두세 가지 사례 밖에 아는 바가 없던 때에는 아무도 움직일 생각을 안 했다. 그러나 여하튼 간에 누군가가 그 모두를 합해 보려 생각했다면 충분히 알 일이었다. 합계는 참담했다. 겨우 며칠 사이에 사망건수가 배가되어서 그 기이한 병에 주의를 기울여 온 사람들에게는 그것이 진짜 돌림병이라는 것이 명백해졌다. 바로 그때를 택해 리외의 동료의사이고 그보다 한참 연배가 높은 카스텔이 그를 보러 왔다.

"당연히," 그는 리외에게 말했다. "리외, 이게 뭔지 알죠?"

"분석 결과를 기다리고 있습니다."

"나야 결과가 뭔지 알고 있네. 그리고 난 분석할 필요가 없지. 중국에서 의사 생활을 한 적도 있고 파리에서 몇몇 사례를 봤소.

20년 정도 되었군. 다만 당시에는 사람들이 그것들에다가 병명을 붙일 엄두를 못 냈어. 여론이란 대단해. 특히 야단을 부려서는 안 된다는 거지. 그러더니 동료 의사가 말했네. '불가능한 일이다, 서양에서는 그 병이 사라졌다는 것을 다들 안다' 그래, 다들 알고는 있겠지, 죽은 사람만 빼고. 자, 리외, 당신도 나처럼 대체 이게 뭔지 잘 알잖소."

리외는 심사숙고했다. 진료실의 창문을 통해 멀리 만(灣) 위에서 끝나는 암벽의 등마루를 바라보고 있었다. 하늘은 파랗지만 해가 기울어감에 따라 연해지는 흐릿한 광채를 띠고 있었다.

"그렇습니다, 카스텔," 그가 말했다. "믿기 어려운 일이죠. 하지만 페스트인 게 분명한 것 같아요."

카스텔은 일어나 문 쪽으로 갔다.

"사람들이 우리한테 뭐라 대답할지 알고 있죠," 늙은 의사가 말했다. "'그 병은 온대지방에서는 수년 전부터 사라졌습니다.'"

"사라졌다, 대체 그게 무슨 뜻일까요?" 리외가 어깨를 으쓱하면서 대답했다.

"그렇소. 그리고 잊지 말아요. 거의 20년 전에 파리에서도 있었다는 걸."

"좋습니다. 지금이 그때보다 더 심하지 않기를 기대해야죠. 그러나 정말 믿기지 않는 일입니다."

처음으로 '페스트'라는 말이 막 입 밖으로 튀어나왔다. 이 대목에서 베르나르 리외를 창 뒤에 남겨 두고 서술자가 의사의 망설임과 놀라움이 왜 당연한지 밝히는 것을 허락해주기 바란다. 왜냐하면 미세한 차이들은 있지만 그의 반응은 거의 우리 시민들 모두의 반응과 같았기 때문이다. 재앙이란 사실 늘 있는 일이지만 막상 그것이 머리 위에 떨어지면 재앙이라고 생각하기 어렵다. 세상에는 전쟁만큼이나 많은 페스트가 있었다. 그러나 페스트나 전쟁이 닥쳐오면 사람들은 언제나 똑같이 속수무책이다. 의사 리외는 우리 시민들 모두가 그랬듯이 속수무책이었다. 바로 그런 식으로 그의 망설임을 이해할 필요가 있다. 그가 걱정과 자신감을 나눠 갖고 있던 것 또한 바로 그런 식으로 이해할 필요가 있다. 전쟁이 터지면 사람들은 말한다. "이거 오래 안 갈 거야, 너무나 어리석은 짓이잖아." 그리고 필시 전쟁은 분명히 너무나 어리석지만 그렇다고 해서 전쟁이 지속되지 못하는 것은 아니다. 어리석음은 언제나 끈덕지다, 만일 사람들이 늘 자기 생각만 하지 않았다면 이것을 자각할지도 모른다. 우리 시민들은 그런 점에서 세상 사람들 모두와 마찬가지여서 자기 생각만 하고 있었다. 달리 말하자면 그들은 인간중심주의자들이었다. 그들은 재앙이 오리라 생각하지 않았던 것이다. 천재(天災)란 인간의 척도로 잴 수 있는 것이 아니어서 사람들은 그것을 비현실적인 것, 즉 곧 사라질 나쁜 꿈으로 여긴다. 그러나 천재는 사라지지 않고 거듭되는 나쁜 꿈속에서 사라지는 것은 바로 사람들인데 그 선두에 인간중심주의자들이 있다. 왜냐하면 그들은 대비책들을 마련해두지 않았기 때문이다. 우리 시민들은 다른 사람들보다 죄가 크지 않앴고 겸손할 줄 몰랐을 뿐이며 자신들에게는 아직 모든 것이 다 가능하다고 생각하고 있었다. 재앙이란 불가능하다고 전제한 것이다. 그들은 계속 사업을 하고 있었고 여행을 준비하고 있었으며 각자의 소신이 있었다. 그들이 미래, 지역 간 이동, 협상 등을 없애버리는 페스트를 생각이나 했겠는가? 그들은 자유롭다고 생각해 왔어도 재앙이 있는 한 누구도 결코 자유롭지 못할 것이다.

여기저기에서 몇 명의 환자들이 소리 소문도 없이 페스트로 죽었다는 사실을 친구 앞에서 인정하고 나서도 의사 리외에게는 그 위험이 여전히 비현실적이었다. 다만, 직업이 의사인 사람은 그나마 통증에 대해 생각을 해봤기에 약간의 상상력을 더 갖고 있다. 창밖으로 변한 것이 없던 도시를 내다보자 의사는 불안이라 부르는 미래와 마주하여 그의 속에서 가벼운 구역질이 이는 것을 거의 느끼기 어려웠다. 그는 그 병에 대해 자신이 아는 것을 머릿속에 모아보려고 애를 썼다. 몇몇 숫자들이 기억 속에서 흘러갔고, 그는 역사상으로 알려진 30번 정도의 대규모 페스트가 1억에 가까운 사망자를 냈다고 생각했다. 그러나 1억의 사망자란 무엇인가? 전쟁을 치루고 나면, 사람들은 사망자 한 명이 대체 무슨 의미인지를 알기가 어렵다. 그리고 죽은 사람이란 사람들이 그가 죽는 것을 봤을 때만 무게를 갖는 까닭에 역사에 걸쳐서 여기저기 산재되어 있는 1억의 시신들은 상상 속의 한 줄기 연기에 불과하다. 의사는, 프로코피우스에 의하면 하루 사이에 만 명의 희생자를 낸 콘스탄티노플의 페스트가 기억났다. 만 명의 사망자라면 대형 영화관 관객의 다섯 배이다. 이런 식으로 해봐야만 하리라. 즉 다섯 개의 영화관에서 나오는 사람들을 모아 시의 한 광장으로 데리고 가서 무더기로 죽이는 식이면 그것이 조금 더 분명하게 보인다. 그 다음에는 최소한, 아는 얼굴들을 익명의 시체 더미 위에 올려놓을 수 있어야 한다. 그러나 이것은 당연히 실현 불가능하다는 것은 둘째 치고 대체 누가 만 명이나 얼굴을 알고 있단 말인가? 한편 프로코피우스 같은 사람들이 수를 헤아릴 줄 몰랐다는 것은 널리 알려져 있다. 70년 전 중국 광동에서는 천재가 주민들에게 미치기에 앞서 4만 마리의 쥐가 페스트로 죽었다. 그러나 1871년에는 쥐의 수를 세는 방법이 없었다. 사람들은 어림짐작으로, 뭉뚱그려서, 즉 분명 오차 가능성이 있는 계산을 했다. 하지만 쥐 한 마리의 길이가 30센티미터일 때, 쥐 4만 마리를 줄지어 놓으면 얼마가 되느냐 하면……

그러나 의사는 초조해졌다. 그는 방관해 왔는데 그래서는 안 되었다. 몇 가지 사례로 돌림병이 되지는 않으니 예방책들만 세우면 충분하다. 알고 있는 것에 충실해야 했다. 인사불성과 쇠약 증세, 눈의 충혈, 오염된 입, 두통, 가래톳, 격심한 갈증, 헛소리, 전신에 돋은 반점들, 장기 손상 그리고 그것이 모두 끝나면…… 그것이 모두 끝나자, 한 구절이 의사 리외의 기억에서 되살아났다. 의학서 속에서 증세의 열거를 결론짓던 구절이었다. '맥박이 실같이 약해지고 미동하다가 숨이 끊어진다.' 그렇다, 그것이 모두 끝나면 한 가닥 실에 매달린 형국이 되고 딱 맞아 떨어지는 수치인 4명 중 3명은 견디지 못하고 그들의 파멸을 재촉하는 이런 작은 동작을 하게 된다.

의사 리외는 여전히 창밖을 바라보고 있었다. 유리창의 한쪽에는 신선한 봄 하늘이 다른 쪽에는 단어 하나가 아직 방에서 울리고 있었다. 페스트. 그 단어는 과학이 그 속에 넣어두려던 것뿐만이 아니라 길게 이어지는 이례적인 영상들도 담고 있었는데, 이것들은 이 시간 때면 적당히 활기를 띠어 시끄럽지 않게 웅성대고 만약 생기 없는 행복이 있을 수 있다면 결과적으로 행복하다고 할 수 있는 이 누런 잿빛 도시와 어울리지 않았다. 그리고 너무나 평화롭고 너무나 무심한 어떤 평온함이 거의 힘을 안 들이고 그런 천재의 옛날 모습들을 부인하고 있었다. 페스트에 휩쓸리고 새들이 사라진 아테네, 말없이 죽어가는 사람들로 가득한 중국의 도시들, 썩은 물이 뚝뚝 떨어지는 시체들을 구덩이에 쌓는 마르세이유의 강제 부역자들, 페스트의 광풍을 막으려는 프로방스의 거대한 성벽 건설, 자파 시와 그 시의 끔찍한 거지들, 콘스탄티노플 병원의 흙바닥에 깔린 축축하고 썩은 침상들, 갈고리에 의해 끌려가는 환자들, '대흑사병' 때 마스크를 쓴 의사들의 카니발, 밀라노의 공동묘지들에서 행해지는 산 자들의 성교, 몸서리치는 런던 시의 시체 운반 수레들, 이디에서나 그리고 언제나 사람들의 끊이지 않는 비명으로 가득한 낮과 밤. 그렇다, 이런 것 전부 이날의 평화를 해치기에는 충분하지 못했다. 유리창 저쪽으로부터 문득 시야 밖의 전차의 경적이 울리더니 잔혹과 고통을 즉각 반박했다. 침침한 체커 판 무늬를 이룬 집들 저 너머에서 바다만이, 세상에는 불안하게 하고 결코 쉬는 법이 없는 무엇인가가 있다는 것을 증언하고 있었다. 그리고 의사 리외는 해만(海灣)을 바라보면서, 루크레티우스가 전하고 있고 병에 치인 아테네 사람들이 바다 앞에 세웠다는 화장터를 생각했다. 사람들은 밤중에 시신들을 그곳에 옮겼으나 자리가 모자랐다. 산 자들은 자신들에게 소중했던 사람들의 시신을 그곳에 놓기 위해 유해들을 포기하기보다는 혈전을 고집해서 횃불로 서로를 후려치며 싸웠다. 잔잔하고 어두운 바닷물 앞에서 빨갛게 타오르는 장작을, 불티들이 튀고 땅을 굽어 살펴보는 하늘을 향해 솟아오르는 짙고 유독(有毒)한 김이 서린 한밤의 횃불싸움을 상상할 수 있었다. 염려될 수 있던 점은……

그러나 이런 딴생각은 이성 앞에서 버티지 못했다. '페스트'라는 말이 입 밖으로 튀어나온 것도 천재가 이 순간에 한두 명의 희생자를 흔들어 바닥에 내동댕이친다는 것도 사실이었다. 그러나 어쨌거나 그것은 멎을 수도 있었다. 마땅히 해야 할 일은 인정해야 할 것을 깨끗이 인정하고 쓸데없는 잔영들을 쫓아버려 적절한 대책을 세우는 것이다. 그 다음, 페스트로 고려할 일고의 가치가 없었거나 잘못 고려되었거나 해서 페스트는 멈출지 모른다. 만일 페스트가 멈추고 있었다면, 그리고 멈출 개연성이 가장 높았다면 모든 것이 괜찮아지리라. 그 반대의 경우, 사람들은 무엇이 페스트였고 그것을 선수습, 후격퇴하는 방법이 없었는가를 알게 될 터이다.

의사가 창문을 열자 도시의 소음이 확 커졌다. 인근 공장으로부터 짧고 반복적인 날카로운 기계톱 소리가 올라왔다. 리외는 머리를 흔들었다. 확신은 저기, 바로 매일의 노동에 있었다.

그 나머지는 실오라기들이나 무의미한 움직임들에 달려 있으니 그것에 매달릴 수는 없었다. 본질은 자신의 직업을 충실히 행하는 것이었다.

의사 리외가 그런 생각을 하고 난 즈음해서 조제프 그랑이 만나러 왔다는 전갈이 있었다. 시청 서기인 그는 아주 다양한 시청 업무를 맡고 있었으나 정기적으로 통계과, 호적과로 차출되었다. 그래서 그는 사망자의 수를 집계하게 되었다. 그리고 그는 남을 돕기 좋아하는 성격이어서 집계 결과의 사본을 리외의 집에 직접 갖다 주기로 약속했다.

　의사는 그랑이 이웃인 코타르와 함께 들어오는 것을 보았다. 시청 서기는 서류 한 장을 들어 흔들었다.

　"숫자가 올라가고 있네요, 선생님," 그가 알려줬다. "48시간 사이에 사망자가 11명입니다."

　리외가 코타르에게 인사하며 기분은 어떠냐고 묻자 그랑은 코타르가 어떻게든 의사에게 감사를 전하고 폐를 끼친 점을 사과하려 했다고 설명했다. 그러나 리외는 통계표를 살펴보다가,

　"갑시다," 리외가 말했다. "어쩌면 이 병을 무슨 병이라고 부를 생각을 해야겠네요. 이제까지 우리는 제자리걸음을 했죠. 그건 그렇고 같이 갑시다, 검사소에 가야 해요."

　"맞습니다, 맞아요," 의사를 따라 계단을 내려가던 그랑의 말이었다. "뭐든지 원래 이름대로 불러야만 해요. 그래 대체 이건 병명이 뭡니까?"

"그건 말해서는 안 되고요, 게다가 두 분한테 도움이 되지도 않을 겁니다."

"그것 봐요," 서기가 미소를 지었다. "말이란 게 그다지 쉬운 일이 아니에요."

그들은 아름 광장 쪽으로 향해갔다. 코타르는 쭉 말이 없었다. 거리에는 사람들이 들어차기 시작했다. 우리 고장의 짧은 황혼은 벌써 어둠에 밀려 물러가고 선명한 지평선 위로 첫 별들이 나타나고 있었다. 잠시 후, 거리거리의 가로등이 켜지며 온 하늘을 가렸고 대화 소리는 한 음정 높아지는 것 같았다.

"미안하지만," 아름 광장의 모퉁이에서 그랑이 말했다. "나는 전차를 타야만 할 것 같습니다. 저녁에는 지켜야 할 일이 있어요. 내 고향 속담대로 '결코 내일로 미루지 말라……'"

리외는 몽텔리마르 출신인 그랑이 그의 고향의 속담들을 끌어다 쓴 다음에는 '꿈같은 시간'이라든가 '선계(仙界)의 빛' 등등, 출처 불명의 진부한 문구들을 덧붙이는 기벽이 있음을 이미 눈여겨뒀다.

"아!" 코타르가 말했다. "맞아요. 저녁 식사 후에는 이 사람을 집 밖으로 나오게 할 수가 없어요."

리외는 그랑에게 시청 일을 해야 하느냐고 물었다. 그랑은 그것이 아니라 개인적인 일을 한다고 대답했다.

"아!" 리외는 별 뜻 없이 말했다. "그래 잘 되어 가나요?"

"작업을 한 지 여러 해니, 그럴 수밖에요. 다른 의미에서 보면 큰 진전이 없는 것일 수도 있지만요."

"한데 대강 어떤 것과 관계되는 일인가요?" 의사가 멈춰서면서 말했다.

그랑은 둥근 중절모를 커다란 두 귀까지 푹 눌러쓰면서 얼버무렸다. 그리고 리외는 아주 어렴풋이나마 그것이 개성 발휘와 관련된 어떤 것이라고 이해했다. 그러나 시청 서기는 벌써 그들과 헤어져 잰걸음으로 무화과나무들이 서 있는 마른 가(街)를 거슬러 올라가고 있었다. 검사소 문턱에서, 코타르는 의사에게 조언을 부탁하고자 꼭 만나고 싶다고 말했다. 리외는 호주머니 속에서 통계표를 만지작거리며 그에게 진찰 시간에 찾아오라고 하려다가 곧 생각을 바꿔 내일 코타르의 동네에 가야 하니 오후 늦게 보러 들르겠다고 말했다.

코타르와 헤어지자 의사는 자신이 그랑에 대해 생각하고 있었다는 것을 깨달았다. 그는, 어쩌면 여기 이 심각하지 않을 페스트가 아니라 역사적인 대규모 페스트의 한복판에 있는 그랑을 상상했다. '그런 경우에도 살아남을 수 있는 종류의 사람이야.' 페스트가 체질이 약한 사람들은 살려뒀고 특히 활발한 체형의 사람들을 파괴했다는 것을 읽은 기억이 났다. 그리고 그런 생각을 이어가보니 서기에게서 조금 신비로운 분위기를 발견했다.

첫눈에 보기에도 실제로 조제프 그랑은 그의 생김새대로 시청의 하급 서기에 불과했다. 키가 크고 마른 그는 헐렁하게 옷을 입고 다녔는데, 그런 옷들이 자신에게는 더 유용하다는 착각 속에서 항상 너무 큰 옷을 골랐다. 아래 잇몸에는 대부분의 이가 그대로 있던 반면에 위턱의 이는 다 빠져있었다. 웃을 때는 위쪽 입술이 특히 치켜 올라가서 휑한 입이 되었다. 이런 모습에다가 신학교 학생 같은 몸가짐, 벽을 깎듯이 붙어가다 문 안으로 미끄러지듯이 들어가는 솜씨, 담배 연기와 지하실 냄새, 무의미한 온갖 표정을 덧붙이면 시내의 공중목욕탕 요금을 재검토한다든가 젊은 주사(主事)를 위해 신규 쓰레기 수거세에 관련된 보고 자료들을 수집한다든가 하는 일에 골몰하는 사무실 책상 앞이 아닌 다른 곳에 있는 그를 상상할 수가 없었음은 수긍이 될 것이다. 선입견이 없는 사람에게조차 그는 일당 62프랑 30상팀의 시청 임시직 서기라는 눈에 띄지는 않지만 없어서는 안 될 업무들을 수행하기 위해 세상에 태어난 사람인 듯이 보였다.

그랑이 이야기한 대로, 그 일당은 사실 그가 고용계약서의 '근로 조건'란에 명기해 달라고 요청한 기재사항이었다. 22년 전, 돈이 없어 진학이 불가능해서 학사과정을 마치고 나온 후 이 직책을 받아 들였을 때 사람들이 그에게 빠른 '정식 발령'을 기대할 수 있을 것이라고 말했다. 당분간 우리 시의 행정상에 생기는 미묘한 문제들을 해결할 능력이 그에게 있다는 증거들을 주기로 한 계약일 뿐이었다. 그 다음에 사람들은 그에게 넉넉한 생활을 할 수 있게 해줄 주사 직위에 틀림없이 오를 수 있다고 단언했다. 분명, 조제프 그랑은 야심 때문에 마음이 움직이는 사람이 아니었다. 그는 우울한 미소를 지으면서 이 점을 장담했다. 그러나 정직한 방법으로 물질적인 생활이 보장될 수 있다는 장래성, 자신이 즐겨하는 일에 여한 없이 몰두할 수 있으리라는 가능성 등이 아주 그의 마음에 들었다. 그런 정직한 이유들과 예컨대 어떤 이상에 대한 미움으로 인해 그는 그에게 제안된 자리를 받아들였다.

수년 동안 그런 임시직 상태가 지속되었다. 물가는 과도한 비율로 올랐지만 그랑의 급여는 몇 번의 정기적인 인상에도 불구하고 여전히 보잘 것 없었다. 그랑이 리외에게는 이런 점에 대해 하소연한 적은 있지만 다른 사람들은 그것을 모르는 듯했다. 그랑의 독특한 점, 아니 적어도 그의 개성은 바로 여기에 있다. 실제로 그랑은 그로서는 확신이 서지 않던 권리들은 아니더라도 최소한 사람들이 그에게 준 보장조건들을 내세울 수는 있었다. 그러나 우선, 그를 채용한 국장이 오래전에 죽었고 시청 서기 자신도 정확히 어떤 조건들을 약속받았는지 기억하지 못했다. 그 다음으로 그리고 무엇보다도 조제프 그랑은 어떤 단어를 써야 할지 찾아내지 못했다.

리외가 간파할 수 있었듯이, 이것이 바로 우리의 시민 그랑을 가장 잘 그려주던 특성이다. 실제로 이런 특성으로 인해 그는 심사숙고해온 청원서를 쓴다든가 긴요한 사정들에 필요한 신청서들을 제출한다든가 하는 일을 항상 꺼려했다. 그랑의 말을 믿자면, 그는 *그*가 단호하게 내세우지 못하던 '권리'라는 단어나, 제 몫을 요구한다는 뜻을 함축하게 되어 결과적으로 그가 맡고 있던 낮은 직책에 맞지 않는 주제넘은 성격을 갖게 될지도 모르는 '약속'이라는 단어를 쓰는 일은 특히 꺼림칙하게 느끼고 있었다. 다른 한편 그는 자존심에 어울리지 않는다고 평가하던 '호의', '간청한다', '감사' 같은 어휘들은 사용하고 싶지 않았다. 적절한 말을 찾지 못한 우리 시민 그랑은 그래서 나이가 제법 될 때까지 불명료한 자기 직책을 계속 수행해 왔다. 게다가, 이것 역시 그가 의사 리외에게 한 말에 따르면, 그는 어쨌든 수입에 지출을 맞추는 것으로 족했으니 물질적 생활은 그에게 보장되어 왔다는 것을 어쩌다보니 깨달았다. 그는 그래서 우리 시의 대사업가인 시장(市長)이 즐겨 쓰던 말들 중 하나가 맞는 말이라고 인정했다. 시장이 힘차게 단언하던 대로라면, 결론적으로(시장은 자기 논리의 모든 무게를 받치고 있는 이 단어를 강조했다) 정말 결론적으로 굶어 죽는 사람을 본 적은 전혀 없다. 하여간 결론적으로, 조제프 그랑이 영위해 온 거의 고행에 가까운 생활은 실제로 이런 부류의 모든 근심에서 그를 해방시켜 줬다. 그는 계속 단어들을 찾고 있었다.

어떤 의미에서 보면, 그의 생활은 모범적이었다고 말할 수 있다. 그는 다른 곳과 마찬가지로 우리 시에서도 드문, 스스로의 선한 감정들에 대해 항상 용기를 지닌 사람들 중 하나였다. 자신에 관해서 털어놓고는 하던 얼마 안 되는 내용들은 실로 요즘 사람들이 감히 고백하지 못하는 선의와 애착의 증거물이었다. 그는 당당하게 그에게 남은 유일한 친척이자 2년 마다 프랑스로 만나러 가던 조카들과 누이를 사랑한다고 시인한다. 그는 자신이 아직 젊었을 때 돌아가신 부모님 생각을 하면 슬퍼진다고 인정한다. 그는 오후 5시 경에 부드럽게 울리는 동네의 종소리를 무엇보다 좋아한다는 것을 부정하지 않는다. 그러나 너무나 단순한 감정들을 떠올리기 위한 것임에도 불구하고 아주 작은 말 하나를 골라내는 것도 그에게는 엄청난 힘이 드는 일이었다. 결국, 그런 어려움이 그의 가장 큰 근심이 되었다. "아! 선생님," 그의 말이었다. "나를 잘 표현하는 법을 배우고 싶습니다." 그는 리외를 만날 때마다 그것에 대해 말했다.

그날 저녁, 의사는 떠나가는 시청 서기를 바라보다가 그랑이 말하고 싶어 한 것을 문득 깨닫게 되었다. 그는 필시 책이나 그와 비슷한 것을 쓰고 있었던 것이다. 마지막에 도착한 검사실 내에서까지 내내 이 사실이 리외에게 안도감을 줬다. 그는 이런 느낌이 어리석다는 것은 알고 있었다. 그러나 훌륭한 특기들을 살려가는 소박한 공무원들을 볼 수 있는 어떤 도시에 페스트가 자리잡을 수도 있다는 것이 믿기지 않았다. 정확히 말하자면 그는 페스트의 한복판에 그런 특기들이 자리한다는 것을 상상할 수 없었으므로 해서 그의 판단으로는 현실적으로 페스트는 우리 시민들 사이에서 미래가 없었다.

이튿날, 부적절하다는 소리를 들으며 고집을 부린 덕택에 리외는 도청으로부터 보건위원회 소집 허기를 얻었다.

"사실 주민들은 불안하죠." 리샤르가 인정했다. "게다가 중구난방으로 인해 전부 과장되고 있잖아요. 도지사가 나더러 '원하신다면 어서 해버리죠, 그러나 조용히요.' 이러더라고요. 한데 도지사는 이건 잘못된 경보라고 확신해요."

베르나르 리외는 도청으로 가는 길에 카스텔을 차에 태웠다.

"알고 있소?" 카스텔이 리외에게 말했다. "도청에 혈청이 하나도 없다는 걸?"

"압니다. 의약품 저장고에 전화했어요. 소장이 기절초풍하더라고요. 파리에서 가져오게 해야만 됩니다."

"오래 안 걸렸으면 좋겠는데."

"제가 벌써 전보를 쳐뒀습니다," 리외가 대답했다.

도지사는 친절했으나 예민해져 있었다.

"시작합시다, 여러분," 그의 말이었다. "제가 상황을 요약해야 할까요?"

리샤르는 그럴 필요가 없다는 의견이었다. 의사들은 상황을 알고 있었다. 관건은 다만 어떤 조치를 취하는 것이 적절한지 아는 데 있었다.

"문제는," 늙은 카스텔이 다짜고짜 말했다. "이게 페스트인지 아닌지를 아느냐 입니다."

두세 명의 의사들이 탄성을 발했다. 다른 사람들은 망설이는 것 같았다. 도지사에 대해 말하자면, 그는 펄쩍 뛰더니 기계적으로 문 쪽을 향해 몸을 돌렸다. 이 어마어마한 말이 복도로 퍼지지 못하도록 문이 잘 막고 있는지 점검하려는 듯이. 리샤르가 자신의 견해로는 흥분에 휩쓸리면 안 된다고 말했다. 그는 서혜부 부위의 발병으로 인한 고열 증세다, 과학에서나 실생활에서나 가설이라는 것은 항상 위험한 것이므로 우리가 말할 수 있는 것은 그것이 전부다, 했다. 가만히 노란 콧수염을 깨물고 있던 늙은 카스텔이 맑은 두 눈을 들어 리외를 보았다. 그리고는 참석자들을 향해 호의어린 시선을 돌리더니 자신은 그것이 페스트라는 것을 아주 잘 알고 있으나 그 사실을 공식적으로 인정하면 당연히 가혹한 조치를 취할 수밖에 없을 것이라고 지적했다. 그는 동료들이 뒷걸음질하는 것이 결국은 그것 때문이라는 것을 잘 알고 있어서 그들의 안정을 위해 그것이 페스트가 아니기를 정말 바랐다. 흥분한 도지사는 여하튼 그런 식으로 추론하는 것은 좋지 않다는 뜻을 표명했다.

"중요한 건," 카스텔이 말했다. "그런 식으로 추론하는 게 좋다는 것이 아니라 그런 식의 추론이 깊은 성찰을 하게끔 한다는 겁니다."

리외는 아무 말도 하지 않고 있다가 누군가 그의 견해를 묻자,

"이건 장질부사성 열병이지만 가래톳과 구토증을 동반하고 있습니다. 저는 가래톳 절개 시술을 했습니다. 그렇게 해서 여러 분석실험을 해보도록 할 수 있었는데, 연구소는 그 실험들을 통해 땅딸막한 간상균이 확인된다는 소견이었습니다. 보충해서 얘기하자면, 그 세균의 몇몇 특수한 변이체들이 과거의 전통적인 묘사와는 일치하지 않는다는 것을 말해야 할 필요가 있겠죠."

리샤르는 그것이 주저하게 하는 비이니 저어도 며칠 전부터 시작된 일련의 분석실험의 통계 결과를 기다릴 필요가 있다는 점을 강조했다.

"세균으로 인해," 잠깐 침묵하고 나서 리외가 말했다. "비장의 크기가 3일 만에 네 배로 불어나고 장간막의 신경절들이 오렌지 크기만큼 커지면서 죽처럼 물러지면 당연히 주저하지 말아야 합니다. 전염된 가정의 수는 증가되고 확산되고 있습니다. 병이 퍼

지는 추세로 보아, 만일 정지되지 않는다면 2개월이 되기 전에 이 병은 시민 절반의 목숨을 앗아갈 위험이 있습니다. 결과적으로 여러분이 이걸 페스트라 부르거나 지혜혈이라 부르거나 별로 중요하지 않습니다. 다만 이 병이 시민 절반의 목숨을 앗아가는 걸 여러분이 막는 것이 중요합니다."

리샤르는 무엇이건 어두운 쪽으로 밀어붙이면 안 된다고 그리고 어쨌거나 그의 환자들의 가족들은 아직 무사한 까닭에 전염성이라는 증거가 없다고 보았다.

"그렇지만 다른 사람들은 죽었습니다," 리외가 지적했다. "그리고 잘 알다시피 전염성이란 결코 무조건 전염된다는 뜻이 아닙니다. 안 그렇다면 무한히 산술적으로 증가하게 되어 날벼락 같은 인구 감소가 생기겠죠. 결코 어두운 쪽으로 밀어붙이려는 게 아닙니다. 예방책들을 취하자는 겁니다."

리샤르는 그럼에도 불구하고, 만일 병이 저절로 멈추지 않는다면 병을 멈추기 위해 법률에 규정된 예방 조치를 취해야 하고 또 그러자면 병이 페스트라는 사실을 공식적으로 인정해야만 하는데, 이 점에 대한 확실성이 절대적이지 않으니 문제를 심사숙고할 필요가 있다고 지적하면서 상황을 정리하려는 생각이었다.

"문제는," 리외가 주장했다. "법률에 규정된 조치들이 가혹하냐 아니냐가 아니라 시민 절반이 목숨을 잃는 것을 막기 위해 그것들이 필요한지를 아는 데 있죠. 그 나머지는 행정적인 일이고 현행 제도는 이런 문제들을 해결하기 위해 도지사를 둔 겁니다."

"그럴 겁니다," 도지사가 말했다. "그러나 저한테 필요한 것은 우선 여러분이 공식적으로 이것을 페스트라는 돌림병으로 인정해주시는 겁니다."

"저희가 그 사실을 인정하지 않는다 해도," 리외가 말했다. "이 병은 시민 절반을 죽일 위험성이 있습니다."

리샤르가 약간 신경질을 내며 끼어들었다.

"저 동료 의사는 페스트라고 생각하고 있는 게 사실입니다. 그의 증상 묘사가 그걸 증명합니다."

리외는 증상을 묘사한 것이 아니라 눈으로 본 것을 묘사했다고 대답했다. 그리고 그가 눈으로 본 것이란 가래톳, 반점, 정신을 잃게 하고 48시간 사이에 치명적이 되는 고열이었다. 과연 의사 리샤르가 가혹한 예방조치들 없이도 돌림병이 멈춰질 거라고 단언하는 책임을 질 수 있었겠는가?

리샤르는 주저하다가 리외를 쳐다보면서,

"진정으로, 당신 생각을 말해 주십시오, 이게 페스트와 관련이 있다고 확신하나요?"

"문제를 잘못 제기하셨습니다. 이건 어휘 문제가 아니라 시간문제입니다."

"선생님의 생각은" 도지사가 말했다. "이것이 그러면 설령 페스트와 관련이 없음에도 불구하고 페스트가 발생했을 때 사용하도록 되어 있는 보건 예방 조치들이 적용되어야 한다는 거군요."

"반드시 저한테 어떤 의견이 있어야만 한다면, 제 의견은 사실 그겁니다."

의사들은 서로 의견을 주고받았고 리샤르가 결국 말하기를,

"그러면 우리는 마치 이 병이 페스트인 것처럼 행동하는 책임을 져야만 합니다."

그 표현은 열렬한 동의를 얻었다.

"동료분의 의견이기도 하지 않습니까?" 리샤르가 물었다.

"표현에는 관심이 없습니다," 리외는 말했다. "다만 우리가 마치 시민 절반의 목숨을 앗길 위험이 없다는 듯이 행동해서는 안 된다는 말입니다. 그때에는 정말 그렇게 될지도 모르니까요."

모두가 상을 찌푸리는 가운데 리외는 자리를 떴다. 얼마 후, 튀김 냄새와 지린내가 나는 변두리에서 한 여인이 서혜부가 피투성이가 되어 죽을 듯이 소리치면서 고개를 돌려 그를 쳐다보았다.

토론회 다음날 열병은 약간 더 뛰어올랐다. 열병 소식은 신문에도 났지만 평이한 형식이었다. 열병에 대한 몇 가지 암시를 하는 데 그친 까닭이다. 어쨌든 토론회 이틀 후 리외는 도청에서 가장 이목을 끌지 않는 길모퉁이들에 신속히 붙이도록 한 작은 흰색 벽보들을 볼 수가 있었다. 그 벽보에서 당국이 상황을 정면으로 바라보고 있다는 증거를 끌어내기는 어려웠다. 조치들은 엄준하지 않았고, 당국은 여론을 불안하게 하지 않으려는 희망으로 인해 많은 것을 희생한 것 같았다. 포고령의 머리말은 과연, 아직까지는 전염성인지 아닌지를 말할 수 없는 몇 건의 악성 열병 사례가 오랑 관내에서 발생하고 있다, 그 사례들은 실질적으로 우려스럽다고 할 만큼 증상이 뚜렷하지 않으니 주민이 냉정을 유지하리라는 것은 의심의 여지가 없다, 그렇기는 하지만 신중을 기해야 한다는 누구나 이해할 수 있는 생각에서 도지사는 몇 가지 예방적인 조치를 취한다, 이 조치들은 응당한 이해와 협조를 받는다면 돌림병의 위협 전부를 근절할 수 있는 성격의 것이다, 결론적으로, 도지사는 도민들이 자신의 개인적 노력에 대해 극히 헌신적인 협조를 아끼지 않으리라는 것을 한순간도 의심치 않는다, 라고 공고했다.

이어서 벽보에는 개괄적인 대책들이 공고되어 있었는데, 그중에는 하수구에 독가스를 주입하는 과학적 쥐잡기라든가 수도 공급의 철저한 감독이라든가 하는 조항들이 들어 있었다. 벽보는 지역민들에게 극도의 청결을 권장했고, 몸에 벼룩이 있는 사람들은 시립 보건소들에 출두하라고 권유했다. 다른 한편 환자의 가족들은 의사의 진단이 내려진 사례들을 의무적으로 신고하고 환자들을 병원의 특별 병실에 격리하는 데 동의해야 했다. 이 병실들은 게다가 최소의 기간으로 최대의 완치 기회를 가질 수 있도록 환자들을 치료할 설비를 갖추고 있었다. 몇 가지 부가조항들은 환자의 방과 운송 차량의 의무적인 소독을 명했다. 벽보의 나머지 부분은 환자의 주변 사람들에게 위생 보호 관찰에 응하라고 권장하는 정도였다.

의사 리외는 벽보로부터 바삐 몸을 돌려 그의 의원으로 가는 길을 되잡았다. 그를 기다리던 조제프 그랑이 그를 보자 새삼 두 팔을 쳐들었다.

"그래요." 리외가 말했다. "알아요, 숫자가 올라가고 있죠."

전날 밤, 시에서 십여 명의 환자가 목숨을 잃었다. 의사는 그랑에게 자신이 코타르를 방문하러 갈 것이기에 어쩌면 저녁에 그를 보게 될 것 같다고 말했다.

"맞습니다." 그랑이 말했다. "선생님이 가면 좋아할 거예요, 내가 보기에 그 사람 변했으니까요."

"그래 어떤 식으로요?"

"공손해졌어요."

"전에는 안 그랬나요?"

그랑은 망설였다. 그는 코타르가 무례했다고 말할 수는 없었다. 맞는 표현이 아니었으리라. 그는 조용히 틀어박혀 지내는 약간 멧돼지 같은 사람이었다. 방, 수수한 식당 그리고 거의 수수께끼 같은 외출, 그것이 코타르의 생활의 전부였다. 그는 형식적으로 포도주와 주류의 대리판매원이었다. 드문드문 두세 사람의 방문을 받았는데, 그의 고객이었을 것이다. 저녁때는 가끔 집 맞은편에 있는 영화관에 갔다. 시청 서기는 코타르가 갱영화를 즐겨 보는 듯하다는 지적도 했다. 그 대리 판매원은 언제나 혼자였고 의심이 많았다.

그런 모든 것이 그랑에 따르면 정말 바뀌어 있어서,

"어떻게 말해야 할지 모르겠지만, 내가 보기에 뭐랄까 사람들한테 호감을 사려 애쓰고 모든 사람을 자기편으로 놓고 싶어 한다는 인상이에요. 나한테 말을 자주 걸고 같이 외출하자고 제안하는데 그때마다 거절할 수는 없죠. 더구나 나도 그 사람이 흥미로운데다가 어쨌든 내가 목숨을 구해줬잖아요."

자살 시도 이후 코타르는 더 이상 아무 방문도 받지 않고 있었다. 거리에서, 상점에서 그는 환심을 사려 애썼다. 식료품점 주인들에게 그렇게 부드럽게 이야기하는 사람도 담배 가게 여주인의 이야기를 그렇게 관심 있게 들어 주는 사람도 결코 없었다.

"담배 가게 여주인은," 그랑의 평이었다. "그야말로 진짜 독사예요. 코타르한테 그런 말을 해줬지만 내가 틀렸다면서 그 여자한테는 좋은 면들이 있으니 그것들을 볼 줄 알아야만 한다고 대답하더군요."

하여간 두세 번 정도 코타르는 그랑을 시내의 호화로운 식당과 카페에 데려간 적이 있었다. 그는 실제로 그런 곳들에 자주 드나들고 있었다.

"거긴 편해요." 그랑의 말이었다. "그런데다가 사람들 분위기도 좋아요."

그랑은 종업원들이 그 대리판매원에게 특별한 대접을 한다는 것을 눈치챘는데, 코타르가 과한 팁을 남기는 것을 목격하게 되자 그 이유를 이해했다. 코타르는 그 대가로 받는 친절에 상당히 민감한 것 같았다. 하루는 호텔 지배인이 그를 배웅하고 외투를 입는 것을 거들어 주자 코타르가 그랑에게 말하기를,

"괜찮은 친구라서, 증인이 될 수 있겠어요."

"뭘 증언해요?" 코타르가 주저했다.

"아 그거야, 내가 못된 사람이 아니라는 거죠."

한편 그는 변덕이 심하기도 했다. 어떤 날은 식료품점 주인

이 덜 친절했다고 과하게 광분한 상태가 되어 가지고 집에 돌아
와서는,

"다른 것들하고 어울리다니, 그 비열한 놈." 그는 되뇌었다.

"다른 누구요?"

"전부 다요."

그랑은 여주인의 담배 가게에서 기이한 장면을 목격하기도
했다. 한참 신바람이 나서 이야기를 주고받다가 여주인이 알제에
서 떠들썩했던 최근의 어떤 체포 건에 대해 이야기했다. 바닷가
에서 아랍인을 죽인 어느 젊은 직장인의 이야기였다.

"그런 천한 것들을 몽땅 감옥에 쳐 넣어야" 여주인이 한 말이
었다. "정직한 사람들 숨통이 트이지."

그러나 그녀는 코타르가 실례한다는 말 한마디 없이 돌연 부
산을 떨며 가게 밖으로 몸을 날리자 말을 멈춰야 했다. 그랑과
여주인은 두 팔을 내려뜨리고, 그가 도망가는 것을 쳐다보고 있
었다.

그것에 이어 그랑은 리외에게 코타르의 변화된 다른 성격을
알려주게 되었다. 코타르는 언제나 아주 극자유주의자적인 의견
쪽이었다. 그가 즐겨 쓰는 구절인 '항상 큰 것이 작은 것을 잡아
먹는다'가 그것을 잘 증명해주었다. 그러나 얼마 전부터는 오랑
의 온건파 신문만 샀다. 그리고 그 신문을 공공장소에서 다소 우
쭐거리며 읽고 있다는 생각이 사람들에게 들지 않을 수가 없었
다. 또한 회복한 지 며칠 후 그는 우체국에 가려던 그랑에게 멀
리 있는 누이에게 매달 보내 온 우편환 100프랑을 대신 부쳐줄

수 있느냐고 부탁한 적이 있었다. 그러나 그랑이 나가려던 순간,

"200프랑을 보내 줘요." 코타르가 부탁했다. "누이가 상당히 놀랄 거예요. 누이는 내가 누이 생각을 전혀 안한다고 믿거든요. 그러나 사실 나는 누이를 아주 사랑해요."

마지막으로 그는 그랑과 기묘한 대화를 나눈 적이 있었다. 그랑은 자신이 저녁마다 매달리는 사소한 일에 대해 궁금증이 난 코타르의 질문들에 대답을 안 할 수가 없었다.

"알겠어요." 코타르가 말했다. "책을 쓰는군요."

"그렇다고 할 수 있지만 그보다 더 복잡해요."

"아!" 코타르는 탄성을 냈다. "정말 당신처럼 해 보고 싶어요."

그랑이 놀라는 듯해 보이자 코타르는 예술가가 된다면 많은 일들이 정리될 것이라고 더듬거렸다.

"왜요?" 그랑의 질문이었다.

"그야 예술가는 다른 누구보다도 더 많은 권리가 있기 때문이죠. 그건 다들 알아요. 사람들은 예술가한테는 사정을 더 많이 봐주잖아요."

"보아하니," 벽보가 나붙은 날 아침에 리외가 그랑에게 말했다. "쥐 사건 때문에 그 사람도 다른 많은 사람들처럼 머리가 좀 어찔해진 것뿐이죠. 아니면 그 사람도 열병이 두려운 거예요."

그랑은 대답하기를,

"내 생각은 안 그래요, 선생님, 내 의견을 알려주자면……"

쥐잡이 차가 큰 배기음을 내면서 창문 밑을 지나갔다. 리외는 서로 들릴 때까지 입을 다물고 있다가 건성으로 시청 서기의

의견을 물어보았다. 그는 심각한 표정으로 리외를 바라보았다.

"그 사람," 그가 말했다. "죄 지은 게 있는 사람이에요."

의사는 어깨를 으쓱했다. 형사가 말했듯이 다른 시급한 일들이 있었다.

리외는 그날 오후에 카스텔과 회동했다. 혈청은 도착하지 않았다.

"그런데," 리외의 질문이었다. "그게 과연 쓸모가 있을까요? 이 간균은 괴상해요."

"오!" 카스텔은 말했다. "내 의견은 달라요. 이 생물체들은 항상 독특한 모습을 갖지. 그러나 근본에 있어서는 같아."

"그건 선생님의 가설일 따름입니다. 사실상 우리는 그것 모두에 대해서 아는 게 아무것도 없어요."

"당연히 내 가설이지. 그러나 모두들 그런 가설을 세우네."

그날 하루 종일 의사는 페스트 생각을 할 때마다 매번 일어나는 작은 현기증이 커져가는 것을 느꼈다. 결국 그는 자신이 겁내고 있다는 것을 인정했다. 그는 두 번 사람들이 가득 들어찬 카페에 들어갔다. 그 역시 코타르처럼 사람의 온기에 대한 욕구를 느끼고 있었다. 리외가 보기에 그것은 어리석었다. 그러나 대리판매원에게 방문 약속을 했다는 것을 기억해내는데 도움이 되었다.

그날 저녁, 의사는 코타르가 집 식당의 탁자 앞에 있는 것을 보았다. 그가 들어섰을 때 탁자 위에는 탐정소설 한 권이 펼쳐져 있었다. 그러나 이미 저녁이 되어 어둠이 시작되는 그 속에서 책을 읽기는 어려웠을 것이다. 그것보다 코타르는 방금 전까지 어둠 속에 앉아 생각에 잠겨 있지 않았을까. 리외는 그에게 어떻게 지내느냐고 물었다. 코타르는 자리에 앉으면서 잘 지내고 있다. 아무도 자신에게 간여하지 않는다는 확신이 든다면 훨씬 잘 지낼 거다, 라고 투덜댔다. 리외는 사람이란 항상 혼자일 수 없다는 것을 알아야 한다고 말했다.

"아! 그런 게 아닙니다. 저는요 남을 성가시게 하려는 사람들에 대해 이야기하는 겁니다."

리외는 잠자코 있었다.

"저는 안 그러거든요, 그건 꼭 알아주세요. 그게 아니라 이 소설을 읽고 있었어요. 어떤 불쌍한 사람이 어느 날 아침에 갑자기 체포를 당한 겁니다. 사람들이 그의 일에 간섭하고 있었는데 그는 아무것도 모르고 있었죠. 기관들에다 그에 대해 이야기했고 그의 이름을 명단에 올렸어요. 그게 옳다고 생각하세요? 한 인간에 대해 그런 짓을 할 권리가 있다고 생각하세요?"

"경우에 따라 다르죠," 리외가 말했다. "어떤 의미에서 보면 사람들은 사실 결코 그럴 권리가 없어요. 그러나 그런 건 다 나중 일입니다. 지나치게 오랫동안 집 안에 박혀 지내는 것은 좋지 않아요. 외출을 해야만 해요."

코타르는 이 말에 흥분된 듯하더니 자신이 하는 일이라고는 그것밖에 없고 만약 그럴 필요가 있다면 온 동네가 자신의 증인이 될 수 있을 것이라고 말했다. 동네 밖에서 어울리는 사람들의 수도 적지 않았다.

"리고 씨라는 건축가, 아시죠? 그 분도 제 친구라고요."

방 안에는 그림자가 짙어졌다. 변두리 거리는 활기를 띠고 있었고 가로등불이 켜지던 순간 밖에서 먹먹하고 안도감이 섞인 환영의 탄성이 울렸다. 리외가 발코니로 가자 코타르 역시 그를 따라 그쪽으로 갔다. 모든 인근 동네들로부터 우리 시의 여느 저녁처럼 가벼운 미풍이 사람들의 속삭임들, 고기 굽는 냄새, 떠들썩한 젊은이들에 의해 점령된 거리를 차츰 부풀리던 유쾌하고 향기로운 자유의 파동을 실어오고 있었다. 밤, 보이지 않는 선박들의 커다란 고동, 바다 그리고 수가 줄어가는 군중들로부터 올라오는 웅성거리는 소리, 리외가 익히 알고 전에는 좋아한 이 시간이 오늘은 그가 알고 있는 모든 것들 탓에 마음을 압박하는 듯했다.

　"불 좀 켤까요?" 그가 코타르에게 말했다.

　불이 들어오자 작은 사내는 눈을 깜박거리며 그를 쳐다봤다.

　"저기요, 선생님, 만약 제가 병들면 병원에서 선생님이 담당하는 곳에 받아 주실 거죠?"

　"안 그럴 이유가 있겠습니까?"

　그러자 코타르는 진료소나 병원에 있는 사람을 체포해 가는 일이 생긴 적이 있느냐고 물었다. 리외는 그런 일이 생겼을 수도 있지만 다 환자의 상태에 달려 있다고 대답했다.

　"저는," 코타르가 말했다. "선생님을 믿어요."

　그런 다음 그는 의사에게 차로 시내에 태워다 줄 수 있느냐고 부탁했다.

　중심가의 거리들에는 이미 사람이 드물었고 불도 많이 꺼져 있었다. 아이들이 아직 문 앞에서 놀고 있었다. 코타르가 부탁하자 의사는 한 무리의 아이들 앞에 차를 세웠다. 아이들은 소리를 지르면서 사방치기 놀이를 하고 있었다. 그러나 그중에서 착 붙은 검은 머리에 가운데 가르마를 탄 지저분한 얼굴의 한 아이가 맑고 매서운 눈길로 리외를 응시하고 있었다. 의사는 시선을 돌렸다. 코타르는 인도 위에 서서 의사와 악수를 했다. 그 대리판매원은 목이 쉬어서 잘 안 나오는 음성으로 이야기하고 있었다. 두세 번, 그는 뒤를 돌아보았다.

"사람들이 돌림병 이야기를 하더라고요. 대체 그게 사실인가요, 선생님?"

"사람들은 늘 이야기를 해요, 보통 그렇죠." 리외가 말했다.

"맞아요. 그런 다음에 우리 중에 한 열 명만 죽으면 세상 끝이 될 겁니다. 우리한테 일어나야 하는 건 그런 일이 아닐 테죠."

자동차 엔진이 벌써 털털댔다. 리외는 기어의 손잡이를 붙잡고 있었다. 그러나 그는 그 아이를 다시 쳐다보았는데, 아이는 심각하면서도 침착한 표정으로 끊임없이 그를 응시하고 있었다. 그런데 갑자기 그 아이가 뜬금없이 이가 다 보이도록 그에게 미소를 지었다.

"그럼 대체 어떤 일이 우리한테 일어나야 하죠?" 아이에게 미소를 던지면서 의사가 물었다.

코타르는 갑자기 자동차 문의 손잡이를 붙잡더니 달음박질하기에 앞서 눈물과 분노가 가득한 목소리로 외치기를,

"지진이요. 진짜 지진이요!"

그러나 지진은 일어나지 않았고 그 다음 날 리외는 환자 가족

들과 협의하고 환자들과 상의하면서 시내 곳곳을 끝에서 끝으로 달리며 지냈을 뿐이다. 리외는 자기 직업을 그렇게 버겁게 여긴 적이 없었다. 그 전까지는 환자들이 일을 덜어 주었고 그에게 자신들을 완전히 맡겼다. 그런데 의사 리외는 처음으로 그들이 불신에서 오는 일종의 놀라움으로 인해 주저하고 병 속에 깊이 숨어 있는 것 같다는 느낌을 받았다. 그것은 싸움이었고, 그런 싸움에 그는 아직 익숙하지 않았다. 그래서 그날 밤 10시쯤, 마지막 차례로 들른 늙은 천식 환자의 집 앞에 차를 세우자 리외는 운전석에서 몸을 빼내기가 힘들었다. 그는 거기에서 어두운 거리와 검은 하늘에 출몰하는 별들을 바라보며 늑장을 부렸다.

늙은 천식 환자는 침대에서 일어나 앉아 있었다. 호흡은 훨씬 나아진 듯했고 이집트콩을 이 용기에서 저 용기로 옮겨 담으며 수를 세고 있었다. 그는 즐거운 얼굴로 의사를 맞이했다.

"그래, 선생님, 그거 콜레라요?"

"어디서 그런 걸 들으셨어요?"

"신문에서요, 또 라디오에서도 그러던데요."

"아니요, 콜레라가 아니에요."

"하여튼," 노인은 몹시 흥분해서 말했다. "그것들 너무 심해요, 에구, 아는 척 하는 잘난 것들!"

"그런 건 아무것도 믿지 마세요." 의사가 말했다.

노인을 진찰하고 나서 이제 그는 초라한 부엌 한가운데 앉아 있었다. 그렇다, 그는 두려웠다. 그는 이 변두리에서도 내일 아침에는 십여 명의 환자들이 가래톳 쪽으로 몸을 구부린 채 그를 기다리고 있으리라는 것을 알고 있었다. 두세 건만이 가래톳 절개 수술로 호전되었을 뿐이었다. 그러나 대다수는 병원행일 것이고 그는 병원이 영세민들에게 뭘 의미하는지 잘 알고 있었다. "이 사람이 저들의 실험에 이용되는 건 바라지 않아요"라고 한 환자의 아내가 그에게 말했다. 환자는 저들의 실험에 도움을 주지 못하고 죽게 될 뿐이었다. 시행된 대책들이 불충분하다는 것은 아주 분명했다. '특별히 설비된' 병실들에 대해 말하자면, 리외는 그것들이 어떤 상태인지 알고 있었다. 다른 환자들을 급히 옮기고 창문들을 밀폐해 방역선을 전체에 두른 두 개의 병동이었던 것이다. 돌림병은 스스로 멈추지 않는다면 당국이 상상해 낸 조치들로는 이겨낼 수 없을 터였다.

그런데도 그날 저녁 공식 발표는 여전히 낙관적이었다. 이튿날 랑스도크 통신은 도청의 조치들이 차분하게 수용되어 이미 30여 명의 환자들이 자진 신고했다고 보도했다. 카스텔이 리외에게 전화를 걸어서는,

"전체 병동에는 병상이 몇 개요?"

"80개 입니다."

"시내에는 환자가 확실히 30명 이상이겠지?"

"겁먹은 환자들이 있고요, 그 외의 환자들은 수는 가장 많은데 시간이 없었겠죠."

"시신 매장은 감독되고 있고?"

"안 되고 있습니다. 제가 리샤르에게 전화를 해서 말이 아니라 광범위한 조치가 필요하니 돌림병에 대항해서는 진짜 차단벽

아니면 아무것도 세우지 말아야만 한다고 했습니다."

"그랬더니요?"

"자기는 힘이 없다고 대답하더군요. 제 의견인데, 수치가 곧 올라갈 겁니다."

3일 만에 과연 두 개의 병동이 가득 채워졌다. 리샤르는 학교를 하나 징발해서 보조병원으로 쓰게 될지 알아볼 생각이었다. 리외는 백신을 기다리면서 가래톳을 째고 있었다. 카스텔은 오래된 책들을 다시 훑었고 도서관에 가서 오랫동안 머물러 있기도 했다.

"쥐들은 페스트나 그것과 대단히 닮은 뭔가에 의해 죽었소." 카스텔의 결론이었다. "쥐들이 수만 마리의 벼룩을 퍼뜨려 놓아서 제때에 감염을 막지 않는다면 벼룩들이 기하급수적으로 전염시킬 거요."

리외는 입을 다물고 있었다.

그 무렵에는 날씨가 일정해지는 듯해 보였다. 태양은 지난번 소나기들로 생긴 물웅덩이들을 양수하듯이 말려버렸다. 연일 노란 광채 하나가 넘쳐흐르는 아름다운 파란 하늘, 막 시작된 더위 속에서 비행기들이 내는 부웅 소리, 그 계절의 모든 것이 차분해지고 싶어지게 했다. 그렇지만 나흘 동안 열병은 경악할만한 4단 도약을 했다. 사망자가 16명, 24명, 28명 그리고 32명이 된 것이다. 넷째 날, 한 유치원에 보조 병원이 개설된다는 통보가 있었다. 그때까지 계속 농담 속에 불안감을 숨겨 온 우리 시민들은 거리에서 더 기가 죽어 더 말이 없는 듯했다.

리외는 도지사에게 전화를 걸기로 결심했고,

"그 조치들로는 불충분합니다."

"수치는 보고받았는데," 도지사가 말했다. "실로 걱정되는 수치네요."

"걱정 이상입니다, 명백한 수치들입니다."

"총독부에 명령을 요청할 겁니다."

리외는 카스텔 앞에서 전화를 끊었다.

"명령이라니! 창의력을 발휘해야만 좋을 텐데."

"근데 혈청은?"

"이번 주 내에 도착할 겁니다."

도청에서는 리샤르를 통해 리외에게 식민지 수도에 보낼 목적의 명령 요청 보고서 작성을 의뢰했다. 리외는 거기에 임상적인 묘사와 수치들을 기재했다. 같은 날, 사망자 수가 약 40명이 되었다. 도지사는 자신이 말한 것처럼, 자신의 책임 하에 그 다음 날부터 규정된 조치들을 한층 강화하기로 결정했다. 의무적 신고와 격리가 계속되었다. 환자의 집은 폐쇄 소독되어야 했고 주변 사람들은 격리 보호 관찰에 따라야 했으며 매장은 추후 정해질 조건에 따라 시에서 조직하기로 했다. 하루 후에 혈청이 비행기편으로 도착했다. 현재 치료중인 사례들에는 충분한 혈청이었다. 만약에 돌림병이 확산되어 버린다면 그 혈청으로는 부족했다. 리외의 전보에 대한 답은 구급용의 재고가 고갈되어 새로 제조에 착수했다는 것이었다.

그동안, 인접한 모든 교외 지역들로부터 봄이 시장들에 도착하고 있었다. 수천 송이의 장미꽃들이 인도에 줄지은 꽃장수들의 바구니 속에서 흐드러져 그 달콤한 냄새가 온 시내에 감돌고 있었다. 겉으로는 아무것도 변하지 않았다. 전차는 여전히 절정 시간대에는 만원이다가 낮에는 텅 비고 더러웠다. 타루는 작은 노인을 관찰하고 작은 노인은 고양이들에게 침을 뱉고 있었다. 그랑은 그의 수수께끼 같은 일을 위해 매일 저녁 집으로 돌아갔다. 코타르는 맴돌고 예심판사 오통 씨는 여전히 그의 애완동물들을 끌고 다녔다. 늙은 천식 환자는 콩을 옮겨 담고 사람들은 태연하면서도 호기심이 많은 표정의 신문기자 랑베르를 종종 마주쳤다. 저녁에는 인파가 변함없이 시가를 메우고 영화관 앞에는 줄이 길게 늘어섰다. 게다가 돌림병이 물러가는 듯했고, 며칠 동안 사망한 수가 불과 십여 명이었다. 그러더니 병은 단번에 다시 급상승하기 시작했다. 사망자 수가 다시 30명에 도달한 날, 베르나르 리외는 도지사가 "저들이 겁먹었어요."라고 말하면서 내민 공식 급전을 받아 읽었다. 급전에는 이렇게 적혀 있었다.

'페스트 사태를 공포하라. 도시를 폐쇄하라.'

2부

그 순간부터, 페스트는 우리 모두의 문제였다고 말할 수 있겠다. 그때까지는 우리 시민 누구나, 그런 특별난 사건들이 가져다준 놀라움과 걱정에도 불구하고 일상적인 자기 자리에서 할 수 있는 한 자기 일을 계속해 오고 있었다. 그리고 필시 계속 그러면 좋았을 것이다. 그러나 일단 관문(關門)들이 폐쇄되자 그들은 서술자 자신도 포함하여 그들 모두가 한 자루에 든 처지이고 거기에 적응해야만 한다는 것을 깨달았다. 바로 그런 식으로 해서 첫 주간부터 갑자기, 예를 들어 사랑하는 사람과의 이별이라는 개인적 감정이 공포와 이울러 온 시민의 감정이자 그 긴 귀양살이 시절의 주된 고통이 되었다.

관문 폐쇄의 가장 주목할 만한 결과들 중의 하나는 사실 그것에 대한 준비가 되어있지 않던 사람들이 처한 급작스러운 이별이었다. 며칠 전만 해도 잠시 이별하는 것이리라 생각하여 우리 역의 승강장에서 두세 가지 당부를 하면서 서로를 껴안았고, 며칠 혹은 몇 주 후에는 다시 만난다고 확신하는 미래에 대한 어리석은 인간적 믿음 속에 깊게 빠져 있었으며 그 작별로 인해 일상적 근심으로부터 조금 풀려나 있던 어머니와 자식, 부부, 연인은 일거에 돌이킬 수 없이 떨어져 있게 되어 다시 만나거나 교류하는 것도 막힌 처지가 되었다. 관문 폐쇄는 도청 시행령이 공시되기 몇 시간 전에 행해졌고 개별 사정들을 참작하는 것은 당연히 불가능했으니까. 병의 급습이 미친 첫 번째 영향은 우리 시민들로 하여금 마치 개인적 감정이 없는 사람처럼 행동하게 한 것이라고 말할 수 있다. 시행령이 발효된 날 도청은 이른 시각부터 많은 진정인들에 의해 시달렸는데, 그들은 전화로 혹은 공무원들을 찾아 와서 하나같이 마음이 끌리지만 동시에 하나같이 검토하기 불가능한 사정들을 토로했다. 진실을 말하자면, 우리가 타협의 여지가 없는 상황에 놓여 있어서 '양해', '특전', '예외'라는 단어들이 더 이상 의미를 지니지 못한다는 것을 우리는 여러 날이 걸려서야 깨달았다.

우리에게는 편지 쓰기라는 가벼운 욕구충족마저 거절되었다. 한편으로는 실제로 오랑 시가 더 이상 일상적인 통신 수단으로는 다른 지역과 연락할 수 없었고 다른 한편으로는 편지들이 감염 매체가 될 수 없게 하려고 새로운 시행령에 따라 모든 우편물의 교환이 금지되었다. 초기에 몇몇 운 좋은 사람들은 관문 경비소의 보초병들과 교섭할 수 있어서 서신들을 외부로 전하는 것을 용인받기도 했다. 그렇지만 그것은 경비병들이 보기에 아직은 동정심의 발로에 굽히는 것이 당연하던 돌림병 초기라서 그랬다. 그러나 얼마쯤 지나자 그 경비병들도 상황의 심각성을 똑똑히 깨닫게 되어 그 파장을 예측할 수 없던 책임들을 지려 하지 않았다. 시외전화가 초기에는 허가되었지만 얼마나 공중전화와 회선의 체증을 야기했는지 며칠 동안 완전히 중단되었다가 나중에 사망, 출산, 결혼과 같은 절박한 사정들이라 할 수 있는 일들로 엄격하게 제한되었다. 그래서 전보가 우리에게 남은 유일한 방편이었다. 영혼, 몸과 마음으로 맺어졌던 존재들이 열 단어 내의 대문자 전문(電文) 속에서 오랜 공감의 징표들을 찾아내야 하는 딱한 처지가 되었다. 그리고 사실 전보에서 사용할 수 있는 문구들은 빠르게 바닥이 나, 오랫동안 공유해 온 삶들 혹은 아픈 정념들은 곧 정기적인 서식 문구 교환으로 축소되었다. '난 잘 지낸다', '그립다', '사랑한다.'

그래도 우리 중의 몇몇은 끈덕지게 편지를 써서 바깥 세계와 서신교환을 해보려고 여러 가지 꾀들을 쉬지 않고 궁리하고 있었는데, 그것들은 항상 환상임이 판명되고야 말았다. 설사 우리가 궁리해낸 방법들 중의 몇 가지는 성공했을지 몰라도 우리는 답장을 못 받으니 그 사실을 전혀 알 수 없었다. 그래서 우리는 몇 주 동안 같은 편지를 끊임없이 다시 시작하고 같은 호소들을 다시 베껴 쓸 수밖에 없었다. 그리하여 처음에는 우리의 심장에서 피어리게 나왔던 단어들이 얼마의 시간이 지나자 의미를 잃고 텅 비어갔다. 우리는 그때 기계적으로 그 단어들을 다시 베껴 썼고, 이런 죽은 구절들을 통해 우리의 힘든 생활을 표현해보려 했다. 그래서 결국 우리에게는 전보문의 관용적인 호소가 보람 없는 이런 고집스러운 독백보다, 벽과의 이런 무미건조한 대화보다 나아보였다.

한편 며칠이 지나자, 그러니까 아무도 우리 시에서 나갈 수 없다는 것이 확실해졌을 때쯤 사람들은 돌림병 전에 떠난 사람들의 귀가는 허용될 수 있는지 물어보자는 생각을 했다. 며칠간 검토한 뒤에 도청은 긍정적인 답변을 했다. 그러나 일단 귀향한 자는 어떤 경우에도 다시 시에서 나갈 수 없다는 것과 오는 것은 그들의 자유이지만 다시 떠날 자유는 없다는 것을 명백히 했다. 그런데도, 드물기는 했지만 여전히 몇몇 가정들은 상황을 가벼이 여겨, 조금이라도 신중을 기하기보다 그들을 사로잡고 있던 가족 재회의 욕망이 앞서 가족들에게 이 기회를 이용하라고 권했다. 그러나 대단히 빠르게, 페스트의 포로였던 사람들은 가까운 사람들을 위험에 노출하게 된다는 것을 깨닫고는 이런 이별의 고통을 감수하기로 했다. 그 병이 가장 심각한 상태였을 때 고문당하는 것 같은 죽음의 공포보다 인간적 감정이 더 강했던 예는 단 한 건을 제외하고는 볼 수 없었다. 그것은 사람들이 기대했음직한, 사랑에 의해 고통을 넘어서 서로에게 향하는 두 연인이 아니었다. 결혼한 지 오래 된 늙은 의사 카스텔과 그의 아내만이 그 경우였다. 카스텔 부인은 돌림병 며칠 전에 이웃 도시에 들리러 갔다. 그 부부는 심지어 세상 사람들에게 행복의 모범을 보여주는 부부들 중의 하나가 아니었고, 서술자는 모든 개연성으로 보아 그 내외가 그때까지 자신들의 결합에 만족한다는 확신은 없었다고 말할 수 있다. 그러나 급작스럽고 길어진 이 이별은 그들로 하여금 서로에게서 떨어져 살 수 없다는 것과 일순간 백일하에 드러난

이 진실에 견주어 페스트는 하찮은 것임을 확신하게 만들었다.

그것은 정말 하나의 예외였다. 대다수의 경우 이별은, 이것은 분명했다, 돌림병과 함께 끝날 수밖에 없었다. 그리고 우리 모두에게, 우리의 삶이 되었으나 우리가 잘 안다고 생각해 온 감정이 (오랑 사람들은 이미 말한 바 있듯이 단순한 정염의 소유자들이다) 새로운 면모를 갖기 시작했다. 배우자를 가장 신뢰하던 남편이나 연인이 질투심을 드러냈다. 사랑을 가볍게 생각하던 남자가 믿음을 되찾았다. 어머니 곁에 살면서도 어머니를 거의 쳐다보지 않던 자식들이 그들의 뇌리를 떠나지 않는 어머니 얼굴의 주름살에 모든 걱정과 후회를 갈무리했다. 이 급작스럽고 가차 없으며 기약 없는 이별은 우리를 당황하게 했다. 우리는 여전히 그토록 가까우면서도 어느새 너무나 멀리 있고 이제는 우리의 하루하루를 차지하는 현존자에 대한 추억을 떨쳐버릴 수 없었다. 사실 우리는 이중으로 고통스러웠다—우선 우리 자신의 고통, 그다음으로 집에 없는 사람들 즉 자식들, 아내 혹은 연인을 마음속에 그리는 고통이었다.

한편 다른 정황들에서라면 우리 시민들은 더 외적이고 더 적극적인 생활 속에서 탈출구를 발견했을지 모른다. 그러나 페스트는 일거에 우리 시민들을 무위하게 해서, 축 처진 시내를 맴돌거나 매일매일 맥 빠지는 추억 놀이들에 몰두하게 했다. 정처 없는 산책에서 그들은 항상 같은 길을 지나가게 마련인데, 대개의 경우 그렇게나 좁은 시내에서는 그 길이 바로 지난 시절 부재자와 함께 돌아다닌 길이었으니까. 이처럼 페스트가 우리 시민들에게 맨 먼저 가져다 준 것은 귀양살이였다. 그리고 서술자는 여기에 모두의 이름으로 자신이 그때 통감한 것을 쓸 수 있다고 굳게 믿는다. 그 까닭은 서술자가 수많은 우리 시민들과 함께 그것을 통감했기 때문이다. 그렇다, 그것은 분명 귀양살이의 감정이었다. 그때 우리는 이런 구멍, 이런 구체적인 감정 즉 뒤로 돌아가거나 혹은 그 반대로 시간의 흐름을 재촉하려는 비이성적인 욕구, 이런 기억의 불붙은 화살들을 항시 속에 지니고 있었다. 우리는 종종 되는대로 상상해서 귀가를 알리는 초인종 소리 혹은 층계의 친밀한 발소리를 기대하며 즐거워하기도 했다. 그럴 때마다, 기차의 운행이 정지되었다는 것을 잊기로 마음먹기도 했다. 그 다음에는 저녁 급행을 타고 온 여행자가 우리 동네에 도착한 시간에는 집에서 그를 기다릴 수 있도록 일정을 잡아보기도 했다. 비록 그랬을지라도, 물론 이런 장난들은 오래 갈 수 없었다. 기차가 오지 않는다는 사실을 우리가 명료하게 깨닫는 순간은 늘 오고 말았다. 우리는 그때 우리의 이별이 계속될 것이니 시간에 적응하려고 노력해야 한다는 것을 알고 있었다. 그때부터 우리는 결국 수감자 상태로 되돌아와 과거밖에 없는 자가 되었다. 그리고 설사 우리 중의 몇몇은 미래를 보고 살려는 유혹을 갖고 있었어도 그런 유혹을 조속히 포기했다. 적어도 아직은 그럴 수 있는 시간이 있던 자들은 그리고 상상이란 그것을 믿는 자에게 결국에 가서는 상처를 준다는 것을 통감하면서 말이다.

특히 우리 시민들 모두가 그들이 가질 수 있었던 이별의 기간을 재는 습관을 아주 빠르게 심지어는 공공연히 내버렸다. 왜

일까? 그것은 극비관주의자들이 이별의 기간을 예를 들어 6개월로 정해 놓고 있었다 해도, 그들이 다가올 그 6개월의 모든 쓰라림을 비워 없애고 그들의 용기를 이런 시련의 수준까지 가까스로 끌어올려 마지막 힘까지 뻗어 너무나 긴 나날들로 늘어난 고통에 견주어 약해지지 않고 버티고 있었다 해도, 그때 우연히 만난 친구, 신문이 전한 의견, 찰나간의 의혹이나 갑자기 얻은 혜안 등이 때때로 그들로 하여금 어쨌든 그 병이 6개월 이상 그리고 아마 1년이나 그 이상 지속되지 못할 이유도 없다는 생각을 갖게 해서이다.

그런 순간, 그들의 용기와 의지, 인내는 너무나 급격히 붕괴되어서 그들이 보기에 그들은 더 이상 그 수렁에서 다시 올라올 수 없었다. 그들은 그 결과 그들이 해방될 때까지의 기한을 결코 생각하지 않고서 더 이상 미래를 향해 돌아서지 않으려고 이를테면 항상 두 눈을 내린 채 있으려고 매진했다. 그러나 당연히 이런 조심성은, 이런 식으로 고통을 회피하고 싸움을 거절하기 위해 방어 태세를 푸는 방법은 결과가 좋지 않았다. 절대 원하지 않던 붕괴를 피한 동시에 그들은 사실 언젠가 올 사랑하는 사람들과의 재회를 머릿속에 그리면서 페스트를 잊을 수 있을 순간들을, 요컨대 아주 빈번한 그런 순간들을 포기했다. 그렇게 해서 이런 심연과 절정으로부터 중간 거리에 좌초된 그들은 산다기보다는 떠다니고 있었다. 방향 없는 많은 날들과 무익한 추억들에 버려진 그들은 고통의 흙 속에 뿌리를 박기를 받아 들여야만 힘을 얻을 수 있을 방황하는 망령들이었다.

이와 같이 그들은 모든 죄수들과 모든 유형자들의 고통을, 아무 소용이 없는 기억을 간직하고 살아가는 고통을 통감하고 있었다. 그들이 끊임없이 되새기던 과거조차 후회의 맛밖에 없었다. 실제로 그들은 그들이 기다리던 그 남자 또는 그 여자와 아직 할 수 있었을 때 하지 않았다고 한탄하던 모든 것을 그 과거에 덧붙일 수 있기를 원했으리라—포로 생활의 모든 상황에 심지어는 상대적으로 행복한 포로 생활의 상황에도 부재자를 섞어 넣어 생각하고 있었으니 그들의 처지가 그들에게 만족스러울 리가 없었다. 현재를 참을 수 없고 과거에게 적대적이며 미래를 빼앗긴 우리는 그렇게 해서 정의나 인간적 증오에 의해 철창 뒤에서 살게 된 자들과 정말 닮아 있었다. 결론적으로, 이런 견딜 수 없는 휴가에서 벗어나는 유일한 방법은 상상 속에서 다시 기차를 전진시키고 악착같이 침묵하고 있는 경적을 반복해서 울리게 함으로써 시간을 채우는 것이었다.

그러나 그것은 귀양살이이기는 했지만 대다수의 경우 자기 집에서의 귀양살이였다. 그리고 서술자가 겪은 것은 공통된 귀양살이뿐이지만 서술자는 그 대신 신문기자 랑베르나 다른 사람들처럼 페스트에 의해 붙잡혀 도시 내에 억류된 여행자들, 다시 볼 수 없는 사람과 고향에서 동시에 멀리 떨어져 있게 된 사실로 인해 이별의 고통이 더 배가된 사람들을 잊어서는 안 된다. 모두가 귀양살이를 하던 중에 그들이 가장 심하게 귀양살이를 했다. 그것은 시간이 모두에게 그렇듯이 그들에게도 그것 고유의 불안을 야기하던 동안, 그들은 공간에도 역시 묶여있어서 페스트에 감염된 임시 거처와 잃어버린 그들의 본고장을 갈라놓은 벽들에 끊임없이 부닥치고 있었기 때문이다. 침묵 속에서 그들만이 아는 밤과 고향의 아침을 부르며 종일 먼지투성이 시내를 헤매 다니는 자들이 보이고는 했는데, 그것은 필시 그들이었다. 그때 그들은 제비들의 비행, 황혼의 이슬방울, 또는 태양이 간혹 황량한 시가에 내던져둔 기이한 빛줄기들 같은 정체불명의 징조들과 황당한 계시들로 스스로의 화(禍)를 키우고 있었다. 언제든지 모든 것을 면하게 해 줄 수 있던 이 바깥 세계, 이 도시를 그들은 보지 않았다. 지나치게 실재적인 그들의 망상을 어루만지며 그들의 일은 어느 계절의 빛, 두세 개의 언덕, 좋아하는 나무와 여자 얼굴들 등이 그들에게는 그 무엇도 대신할 수 없는 하나의 생활 환경 요소인 고향땅의 모습들을 온 힘을 다해 쫓아가는 것이라고 고집을 피우면서.

끝으로 가장 흥미롭고 그들에 대해 이야기하기에는 어쩌면 서술자가 훨씬 나은 위치에 있는 연인들에 대해 더 자세히 이야기하자면, 그들은 다른 시름들로 인해 더 시달리고 있었는데 그 중에서 특기해야만 할 것은 회한이다. 사실 그 상황은 그들로 하여금 일종의 과열된 객관성을 가지고 자신들의 감정을 고찰할 수 있게 해줬다. 그리고 그 기회에 그들이 자신들의 결함들을 뚜렷이 보지 못하는 일은 드물었다. 그들은 우선 그들이 부재자의 일거일동을 정확히 상상하기 어렵다는 사실에서 그 결함들을 보게 되었다. 그래서 사랑하는 사람의 일과를 모른다는 사실을 한탄했다. 또한 연인의 일과에 대해 알아보기를 소홀히 하거나 사랑하는 존재에게 그것은 모든 기쁨의 원천이 아니라 생각하는 척하거나 했던 경솔함을 자책했다. 그 순간부터 자신들의 사랑을 거슬러 올라가서 불완전했던 점들을 검토하는 일이 다반사였다. 평상시 우리는 모두 의식적이든지 무의식적이든지, 한계를 넘지 못하는 사랑이란 없다는 것을 알고 있었다. 그런데도 우리는 다소 담담한 태도로 우리의 사랑이 초라한 상태에 머무르는 것을 받아들여 왔다. 한데 추억은 더 까다롭다. 그리고 아주 당연한 일이지만, 우리의 외부에서 왔고 주민 전체를 강타한 그 불행은 우리로서는 분개할 수 있었을 어떤 부당한 고통만 갖다 준 것이 아니었다. 그것은 또한 우리가 스스로를 괴롭히도록 충동함으로써 우리로 하여금 고통에 찬동하게끔 만들었다. 그것이 바로 우리의 주의를 산만하게 하고 카드를 뒤죽박죽 뒤섞는 그 병이 지녀온 수법들 가운데 하나였다.

그래서 누구나 그날그날 홀로 하늘만 마주보고 살아가는 것을 받아들여야 했다. 그런 전적인 체념은 길게는 성질을 무뎌지게 할 수는 있었으나 경박하게 만들기 시작했다. 우리 시민들의 몇몇에 대해 말하자면, 예를 들어 그들은 그때 태양과 비를 섬기는 또 다른 노예상태에 예속되어 있었다. 그들이 어떤 모습이었느냐 하면, 그들은 처음으로 날씨에 따른 영향을 직접적으로 받게 된 것 같았다. 수수한 황금빛 햇빛이 찾아온 것뿐인데도 즐거운 표정이던 반면에 비가 오는 날에는 얼굴과 생각에 두꺼운 장막이 쳐져 있었다. 그들은 몇 주 전만 해도, 그들 혼자 세계와 마주한 것이 아니라 어느 정도까지는 그들과 함께 살던 존재가 그들의 세상 앞에 자리하고 있었기 때문에 그런 허약함과 비이성적인 노예화에서 벗어나 있었다. 그와 반대로 이제부터 그들은 분명 하늘의 변덕에 내맡겨진 상태였다. 다시 말해서 이유 없이 괴로워하고 희망을 가졌다.

결국 그런 극도의 고독 속에서는 누구도 이웃의 도움을 바랄 수 없어서 각자 자신의 근심거리를 안고 홀로 지내고 있었다. 우리 중의 누군가 우연히 자기감정을 뭔가 털어놓거나 말하거나 했을 때, 그가 받는 대답은 그것이 어떤 것이든지 간에 대개는 그에게 상처를 줬다. 그는 그럴 때 상대방과 자신이 같은 것에 대해 이야기하지 않았음을 알아차렸다. 그의 경우 사실 숙고와 아픔의 긴 나날들을 토대로 스스로를 표현했고, 그가 상대방에게 전하고자 한 영상은 기다림과 열정의 불 속에서 오랫동안 익혀 온 것이었다. 상대방은 그와 반대로, 관례적인 하나의 감동 즉 시장에서 사고파는 아픔, 판에 박힌 우울함을 상상했다. 호의적이든지 적대적이든지 대답은 언제나 엉뚱했기에 대답하기를 단념해야만 했다. 혹은 어쨌든, 어떤 사람들에게 침묵이란 견딜 수 없는 것이었어도 그 외의 사람들은 마음에서 나오는 참된 언어를 찾을 수 없었기 때문에 그들 모두 시장용어(市場用語)를 빌려 쓰고 그들 역시 관례적인 방식으로 즉 단순 소식과 신변잡사, 신문 고정란 같은 식으로 이야기하는 데 만족하고 있었다. 거기서도 여전히 가장 진솔한 고통이 진부한 대화 어구들로 바뀌는 일이 흔했다. 바로 그 같은 대가를 치러야만 페스트의 포로들은 자기 집 수위의 동정(動靜)과 듣는 이의 관심을 얻을 수가 있었다.

그렇지만 아무리 그 시름이 아픈 것이었다 해도, 아무리 그 마음이 텅 비어 있으나 짊어지기에는 무거운 것이었다 해도, 이 런 유형자들은 페스트의 초기에는 혜택 받은 자들이었다고 분명 히 말할 수 있고, 이 점이 가장 중요하다. 주민들이 정신을 잃기 시작한 그 순간에도 실제로 그런 유형자들의 생각은 온통 그들 각자가 기다리던 존재를 향해 돌려져 있었다. 전반적인 비탄 속 에서 사랑의 이기주의가 그들을 보전해줬고, 그들은 오직 페스 트가 그들의 이별을 영원하게 할 위험을 갖다 준다는 범위 내에 서만 페스트에 대해 생각했다. 그들은 그렇게 전염병의 와중에도 위안거리가 되었는데, 사람들은 이것을 냉정함이라 여기고 싶어 했다. 그들의 절망이 그들을 공황으로부터 구했고 그들의 불행에 는 좋은 점도 있었다. 예컨대 거의 항상, 그들 중의 누군가 그 병 으로 목숨을 잃는 일은 조심한다고 해서 안 생길 일이 아니지 않 았는가. 그는 그가 지속해 온 그림자와의 이 기나긴 내적 대화로 부터 끌려나온 다음에 다짜고짜 가장 깊은 대지의 침묵에 내던 져졌다. 그에게는 남아 있는 시간이 전혀 없었다.

우리 시민들이 그 갑작스러운 귀양살이와 타협해 보려고 노력하 던 동안, 페스트는 관문마다 보초를 세워뒀고 오랑으로 항해해 오던 선박들을 돌아가게 했다. 폐쇄 이후, 차량은 한 대도 시내에 못 들어왔다. 바로 그날부터 자동차들이 맴돌기 시작한다는 인상 을 갖게 되었다. 항구 역시, 대로들의 높은 곳에서 그것을 바라보는 사람들에게 특이한 모습을 보여주고 있었다. 오랑 항을 연안에서 가장 중요한 항구들 가운데 하나로 만들었던 일상적 활기는 순식간에 사라지고 없었다. 격리된 선박들이 아직 몇 대 보이기는 했다. 그러나 부두 위에 있는 빈손의 커다란 기중기들, 뒤집어놓은 소화물 운반차, 한적하게 쌓여 있는 나무통들과 부대들은 상업 역시 페스트로 죽었다는 사실을 증거하고 있었다.

그런 익숙하지 않은 광경들에도 불구하고 분명 우리 시민들은 자신들에게 무슨 일이 생긴 것인지 이해하기 힘들었다. 이별이나 공포처럼 공통된 감정들은 있었지만 사람들은 그래도 계속 개인적인 염려거리를 우선순위로 두고 있었다. 아직 아무도 그 병을 현실로 받아들이지 않았다. 대부분의 사람들은 그들의 일상을 방해하거나 그들의 이해관계에 영향을 미치는 것에 대해 무엇보다 예민했다. 그들은 그것에 비위를 거슬려했고 짜증도 냈는데, 그런 것들은 페스트와 맞설 수 있는 감정들이 아니다. 그들의 최초의 반응은 예를 들어 행정당국을 문제시하는 것이었다. 언론이 반향한 여러 비판들에('예고된 조치의 완화는 불가한가?') 대응하여 도지사는 이주 예상 밖의 답변을 했다. 그때까지는 신문들도 랑스도크 통신사도 그 병의 통계들을 공식적으로 전달받지 못하고 있었다. 도지사는 주간으로 공지해달라는 부탁을 하면서 그 통계들을 그날그날 통신사에 전달했다.

그런데도 그때 역시 대중의 반응은 즉각적이지 않았다. 페스트 발생 후 3주 만에 사망자 수가 302명을 헤아렸다는 공지는 실제로 상상력에 호소하지 못했다. 한편으로는 어쩌면 모두가 페스트로 죽은 것은 아니었다. 그리고 다른 한편으로는 시민 누구도 평상시 주당 몇 사람이 사망하는지 몰랐다. 시의 주민은 20만 명이었다. 그런 사망률이 정상인지 아닌지 몰랐다. 그것은 심지어 사람들이 결코 신경 쓰지 않는 종류의 정확성들이기도 하다. 그것들이 제시하는 바는 확실히 중요한 것임에도 불구하고. 대중은 말하자면 비교 기준이 부족했다. 사람들이 진실을 인식하게 된 것은 시간이 한참 지나 사망자 수의 증가를 확인하면서였을 뿐이다. 실제로 다섯째 주에는 321명 그리고 여섯째 주에는 345명이었다. 이런 수치 증가들은 최소한 설득력은 있었다. 그러나 그것들은 충분히 강력하지 못해서 우리 시민들은 걱정은 하면서도 필시 기분이 나쁘기는 하지만 어쨌든 일시적인 사고라는 인상을 갖지 않을 수 없었다.

그들은 그래서 여전히 거리를 돌아다니거나 노천카페들에 앉아 있거나 했다. 전체적으로, 그들은 겁쟁이들이 아니어서 한탄보다는 농담을 더 주고받았고, 일시적인 것이 분명한 불편들을 기분 좋게 받아들이는 낯빛이었다. 겉은 멀쩡했다. 그럼에도 불구하고 그달 말이자 나중에 이야기하게 될 기도주간 즈음해서, 더 심각한 변화들이 우리 시의 모습을 바꿔놓았다. 맨 먼저, 도지사는 차량 운행과 식량보급에 관한 조치들을 취했다. 식량보급은 제한되었고 연료 배급제가 실시되었다. 절전 명령도 내려졌다. 필수품들만 육로와 항공로를 통해 오랑에 반입되었다. 그런 곡절로 해서 차량 운행이 거의 전무한 상태가 될 때까지 점차 줄어들고, 사치품 상점들이 하루 만에 문을 닫고, 구매자들의 줄이

문 앞에서 체증을 이루는 다른 상점들의 진열장이 품절 안내문들로 채워지고 하는 것을 보게 되었다.

오랑은 그래서 특이한 모습을 갖게 되었다. 보행자들의 수가 현저히 늘은 것은 물론이고 상점이나 몇몇 사무실들의 폐업으로 할 일이 없어진 많은 사람들이 심지어 한가한 시간대에도 거리와 카페를 채우고 있었다. 당시 그들은 아직 실업 상태가 아니라 휴직 상태였다. 오랑은 그때, 예를 들어 오후 3시경, 맑은 하늘 아래에서 공개 행사가 진행될 수 있도록 그리고 주민들이 축연들에 참여하기 위해 거리를 점령할 수 있도록 교통을 차단하고 상점들의 문을 닫은 축제의 도시라는 거짓된 인상을 주고 있었다.

당연히 영화관들은 전체 휴직 상태의 혜택으로 큰 건수를 올렸다. 그러나 도내에서 이뤄져온 필름 유통이 중단되었다. 2주가 지나자 업소들은 상영작들을 서로 교환할 수밖에 없게 되었고 또 얼마 후에는 영화관마다 항상 똑같은 영화를 상영하게 되었다. 그런데도 영화관들의 매출은 줄지 않았다.

끝으로 카페들은 포도주와 술의 무역이 주된 자리를 차지하는 어느 도시에나 상낭랑 비축되어있는 제고 더분으로 손님들에게 고르게 공급할 수 있었다. 사실을 말하자면, 사람들은 많이 마시기도 했다. 어느 카페가 '제대로 된 포도주는 세균을 죽인다'라고 써 붙이자 술이 감염성 질병을 예방해 준다는 대중에게는 이미 자연스러웠던 생각이 여론 속에 굳건해졌다. 매일 밤 2시쯤, 카페에서 쫓겨난 아주 상당한 수의 주정꾼들이 거리거리를 채우고 낙관적인 얘기들을 잔뜩 늘어놓고 있었다.

그러나 이런 모든 변화들이 어떤 의미에서는 너무나 유별났고 너무나 신속하게 이뤄진 까닭에 그것들을 정상적이고 지속적인 것으로 고려하기는 쉽지 않았다. 그 결과 우리는 계속 우리의 개인적인 감정들을 우선순위로 두고 있었다.

관문들이 폐쇄된 지 이틀 후, 의사 리외는 병원에서 나오는 길에 코타르를 만났는데 코타르는 그를 향해 만족감에 차 있다고 할 얼굴을 들어올렸다. 리외는 그에게 안색이 좋다고 축하해 주었다.

"예, 아주 잘 지내고 있어요." 그 작은 사내는 말했다. "그런데 선생님, 그 망할 페스트, 참! 심각해지기 시작하네요."

의사는 그렇다고 시인했다. 그리고 상대방은 유쾌하다는 투로 확언하기를,

"이제 멈출 리가 없어요. 전부 뒤죽박죽이 되겠죠."

그들은 잠시 함께 걸었다. 코타르는 자기동네의 한 식료품 도매상이 비싸게 팔아먹을 생각으로 식료품들을 매점했는데 그를 병원으로 데려가려고 찾아 온 사람들이 침대 밑에서 통조림 깡통들을 발견했다는 이야기를 했다. "그 친구는 거기서 죽었어요. 페스트는 돈으로 살 수 없잖아요." 이처럼 코타르는 전염병에 관한 사실인지 거짓말인지 모를 이야기들로 가득했다. 예를 들면 중심지에서 어느 날 아침에 한 남자가 페스트의 증상들을 보이다가 병으로 머리가 이상해져 밖으로 뛰쳐나가더니 첫 번째로 만난 여자에게 달려들어 자신은 페스트에 걸렸다고 외치면서 꼭 껴안았다는 소문도 있었다.

"그래요!" 코타르는 단정하는 내용에 맞지 않는 상냥한 어조로 지적했다. "우리 모두 미칠 거예요, 분명해요."

같은 날 오후 조제프 그랑이 의사 리외에게 자신의 개인적인 속사정을 털어놓은 것도 마찬가지였다. 그는 책상 위에 있는 리외 부인의 사진을 발견하고서 의사를 쳐다보았다. 리외는 아내가 시외에서 요양 중이라고 대답했다. "어떤 점에서는" 그랑은 말했다. "다행이네요." 의사는 필시 다행이고 그저 아내가 낫기를 빈다고 대답했다.

"아!" 그랑은 말했다. "이해합니다."

그리고 그랑은 리외가 그를 알게 된 후 처음으로 생각나는 대로 이야기를 하기 시작했다. 여전히 맞는 단어들을 찾으려 했음에도 불구하고 그랑은 마치 자신이 말하던 것에 대해 오래 전부터 생각해 온 듯이 거의 항상 단어들을 찾아내는 데 성공했다.

그는 꽤 젊었을 때 가난한 이웃집 처녀와 결혼했다. 심지어 공부를 그만두고 직장을 갖게 된 것도 결혼하기 위해서였다. 잔도 그도 그들의 동네를 떠난 적이 결코 없었다. 그는 잔을 보러 그녀의 집을 들락거렸는데, 잔의 양친은 말없고 서투른 그 구혼자를 약간 비웃었다. 그녀의 아버지는 역무원이었다. 그는 쉴 때면 언제나 창 근처의 한 구석에 앉아 큼직한 두 손을 펴서 허벅지에 얹고 생각에 잠겨 거리의 움직임을 바라보는 모습이었다. 그녀의 어머니는 항상 집안일을 했고, 잔은 그녀를 거들고는 했다. 잔은 어찌나 몸이 호리호리했는지 그녀가 길을 건너는 것을 볼 때마다 그랑은 걱정을 안 할 수가 없을 정도였다. 그때 그에게는 차들이 비정상적일 만큼 커보였다. 어느 날 성탄절 선물 가게 앞에서 잔은 진열장을 감탄스럽게 바라보다가 "참 아름다워!" 하면서 그랑에게 몸을 기댔다. 그는 그녀의 손목을 꼭 쥐었다. 그렇게 해서 그들의 결혼이 성사되었다.

나머지 이야기는 그랑의 말에 의하면 아주 간단했다. 세상 누구라도 그렇듯이, 결혼하고, 조금 더 사랑하고 일한다. 너무 일해서 사랑하기를 잊을 정도가 된다. 잔 역시 일해야 했다. 국장의 약속이 지켜지지 않았기 때문이다. 여기서, 그랑이 말하고 싶어 하던 것을 이해하려면 약간 상상력이 있어야만 했다. 피로가 보태어져 그는 되는대로 지냈고, 차츰 말수가 줄어 젊은 아내가 사랑받고 있다고 생각하도록 받쳐주지 못했다. 일하는 남자, 가난, 서서히 닫혀가는 장래, 밤이면 식탁 주위에 흐르는 침묵, 이런 세계에 열정이 파고들 여지는 없다. 틀림없이 잔은 괴로웠다. 그녀는 그래도 머물러 있었다. 자기도 모르게 오랫동안 괴로워하는 일이 생기니까. 몇 해가 지났다. 나중에 그녀는 떠났다. 그녀는 물론 혼자 떠나지 않았다. '당신을 많이 사랑했지만 이제는 지쳐. 떠나는 것이 기쁘지는 않지만 다시 시작하기 위해서 행복해야 할 필요는 없어.' 이것이 대충 그녀가 그에게 썼던 편지이다.

이번에는 조제프 그랑이 괴로웠다. 리외가 그에게 지적했듯이, 그도 역시 다시 시작할 수 있었다. 그런데 원 세상에, 그는 자신이 없었다.

그저 그는 늘 그녀에 대해 생각해 왔다. 그의 바람은 변명을 해보기 위해 그녀에게 편지를 한 장 쓰는 것이었다. "그러나 그건 어려운 일이죠." 그의 말이었다. "그런 생각을 한 지는 오래됩니다. 서로를 사랑했을 때만큼은 말을 안 해도 서로를 이해할 수 있었어요. 그러나 사람이란 서로를 항상 사랑하지는 못하죠. 적당한 순간에 그녀를 붙잡을 수 있는 말들을 찾아냈어야 했지만 그러질 못했죠." 그랑은 사각 무늬가 새겨진 냅킨 같은 것에 코를 풀었다. 그러더니 콧수염을 닦았다. 리외는 그를 바라보고 있었다.

"미안해요, 선생님," 그 친구의 말이었다. "하지만 뭐랄까?…… 선생님한테는 믿음이 가요. 선생님하고는 이야기를 할 수 있어요. 그래서 이런 일이 나를 감성적이게 하죠."

보기에도 그랑은 페스트로부터 수천 해리 멀리 있었다.

그날 저녁에 리외는 아내에게 시가 폐쇄되었다, 자신은 잘 지낸다, 계속 스스로를 잘 돌봐라, 그립다는 전보를 쳤다.

관문 폐쇄 후 셋째 주, 병원 출입구에서 리외는 그를 기다리는 한 젊은 남자를 만났다.

"아마," 그 남자가 말했다. "저를 알아보시겠죠."

리외는 아는 사람이라는 생각이 들었지만 머뭇거렸다.

"이 사건들이 있기 전에 찾아뵈었어요." 상대방이 말했다. "아랍인들의 생활 상태에 대한 정보들을 청했습니다. 제 이름은 레몽 랑베르입니다."

"아! 그래요," 리외가 말했다. "그래 이제 좋은 취재감을 찾은 거네요."

상대방은 신경이 날카로워 보였다. 그는 그것 때문이 아니라 의사 리외에게 도움을 하나 청하러 왔다고 말했다.

"죄송하기는 하지만," 그가 덧붙였다. "이 도시에 아는 사람이 아무도 없는데다 불행히 저희 신문사의 통신원이 멍청해서요."

리외는 보건소에 몇 가지 지시를 해야 해서, 그에게 중심지의 한 보건소까지 같이 걸어가자고 제안했다. 그들은 흑인가의 골목길을 내려갔다. 저녁이 가까워지고 있었으나 예전에는 그 시간 때에 아주 떠들썩했던 시가 기이하게도 고적해 보였다. 아직 황금빛인 하늘 속에서 울리던 몇몇 나팔 소리는 군인들이 일과를 수행하고 있다는 동정을 보여주고 있었다. 그러는 동안 무어 인식 가옥들의 파랗고, 붉고 자주색인 벽들 사이로 가파른 길들을 따라가며 랑베르는 상당히 북받쳐서 이야기했다. 그는 아내를 파리에 두고 왔다. 사실대로 말하자면, 아내는 아니었지만 아내나 다름없었다. 시가 폐쇄되자 그는 즉시 그녀에게 전보를 쳤다. 처음에는 임시사태라고 생각하고 그녀와 연락하는 길만 모색했다. 오랑에 있는 동료기자들은 그에게 그들로서는 아무것도 할 수 없다고 말했고, 우체국은 그를 되돌려 보냈으며, 도청의 한 여자 비서는 그에게 콧방귀를 뀌었다. 마침내 그는 두 시간이나 줄을 서서 기다린 후에 '다 괜찮소. 곧 봅시다'라고 쓴 전보를 하나 접수시켰다.

그러나 그는 아침에 일어났을 때 갑자기, 어쨌거나 이것이 얼마나 지속될지 알 수 없다는 생각이 들었다. 그래서 떠나기로 결심했다. 그는 추천을 받아(그의 직업은 여러 가지로 편리하다) 도지사의 비서실장과 접촉할 수가 있었고, 그에게 자신은 오랑과는 관계가 없고 자기 일은 여기에 머무르는 것이 아닌데 우발적으로 여기에 있게 되었으니 밖으로 나가면 일단 격리 수용되어야 할지라도 자신이 떠나는 것을 허락해 주는 것이 옳다고 말했다. 실장은 아주 잘 이해하지만 예외를 만들 수는 없다, 검토는 해보겠지만 요컨대 상황이 심각하여 아무런 결정도 내릴 수 없다고 대답했다.

"그러나 어쨌든," 랑베르가 말했다. "저는 이 도시에서는 외지인입니다."

"필시 그렇기는 합니다만, 하여튼 돌림병이 지속되지 않기를 희망해 봅시다."

끝으로 실장은 오랑에서 흥미 있는 취재거리를 얻을 수 있을 것이니 잘 생각해보건대 좋은 면이 없는 사건이란 없다고 짚어 주면서 랑베르를 위로하려 애썼다고 한다. 랑베르는 어깨를 으쓱했다. 그들은 중심지에 다다르고 있었는데,

"한심한 일이죠, 선생님, 이해하실 겁니다. 저는 기사를 쓰려고 세상에 태어나지는 않았어요. 그래도 어쩌면 여자하고 살기 위해서 세상에 태어난 것 같기는 하고요. 이게 정상이지 않나요?"

리외는 이쨌든 그것이 합당해 보인다고 말했다.

중심가의 대로들은 평상시처럼 북적대지 않았다. 몇몇 통행인들이 멀리 있는 집들을 향해 바삐 가고 있었다. 아무도 미소 짓고 있지 않았다. 리외는 그것이 그날 발표된 랑스도크 통신사의 공지가 가져온 결과라고 생각했다. 24시간이 지나면 우리 시민

들은 다시 희망을 갖기 시작했다. 그러나 당일에는 통계치가 아직 그들의 기억 속에 너무나 생생했다.

"왜냐하면," 랑베르가 다짜고짜 말했다. "그녀와 저는 만난 지 얼마 안 되었는데도 서로 마음이 잘 맞았거든요."

리외는 아무 말이 없었다.

"이런, 제가 지루하게 하는 것 같습니다." 랑베르가 말을 이었다. "저는 단지 제가 그 망할 병에 걸려 있지 않다는 것을 확인하는 증명서를 써 주실 수 없는지 부탁하고 싶었습니다. 그게 저한테 도움이 되리라고 생각합니다."

리외는 고개를 끄덕했고, 다리 사이로 뛰어든 한 남자아이를 받아서 부드럽게 일으켜 세워주었다. 그들은 다시 출발해서 아름 광장에 도착했다. 공화국을 상징하는 먼지투성이의 더러운 여신상 주위에서 무화과나무와 종려나무 가지들이 움직임 없이 잿빛을 띠고 처져 있었다. 그들은 그 기념물 아래에서 멈춰 섰다. 리외는 희멀건 켜가 덮인 양발로 한 번씩 땅을 쳤다. 그는 랑베르를 바라보았다. 약간 뒤로 젖혀진 펠트 모자, 넥타이 아래 단추를 풀어헤친 와이셔츠 깃, 제대로 깎지 못한 수염, 그 신문기자는 곤경에 처해 있고 불만스러워 하는 모습이었다.

"당신을 이해한다는 것은 알아줘요," 마침내 리외가 말했다. "그러나 당신이 생각하는 방식은 맞지 않습니다. 그런 증명서는 해줄 수 없습니다, 사실 당신이 그 병에 걸렸는지 안 걸렸는지 모르고 심지어 아는 경우라 해도 진찰실을 나가는 시각부터 도청에 들어가는 시각까지 전염이 안 된다고 증명할 수는 없으니까요. 그 다음에 또……"

"그 다음에 또?" 랑베르가 말했다.

"그 다음에, 그 증명서를 준다 해도 당신한테 아무 소용이 없을 겁니다."

"왜요?"

"이 시에는 당신 같은 경우가 수천 명이 됨에도 불구하고 그들을 밖으로 나가게 둘 수 없으니까요."

"그러나 만일 그들이 페스트에 안 걸린 사람들이면요?"

"그건 충분한 이유가 아니에요. 한심한 이야기라는 건 나도 잘 알지만 그건 우리 모두와 관계됩니다. 그걸 있는 그대로 받아들여야만 하죠."

"그러나 저는 이곳 사람이 아닙니다!"

"지금부터 당신은 유감스럽게도 모든 사람들처럼 이곳 사람입니다."

상대방은 격해지면서,

"이건 인도적인 문제입니다, 정말입니다. 어쩌면, 서로 마음이 통하는 두 사람한테 이와 같은 이별이 뭘 의미하는지 헤아리시지 못하는 겁니다."

리외는 곧바로 대답을 하지 않았다. 그러더니 그는 자신이 그것을 헤아리고 있다고 믿는다고 말했다. 그는 랑베르가 아내와 다시 만나게 되고 서로 사랑하는 사람들 모두가 다시 결합하기를 온 힘을 다해 갈망했지만 시행령과 법률이라는 것이 있었고 페스트가 있었으니 그의 역할은 해야만 할 것을 해야 하는 것이었다.

"아니죠," 씁쓰름해하며 랑베르가 말했다. "이해하시지 못합니다. 이성적으로 이야기하시고 있고 생각이 추상적이십니다."

의사는 공화국을 상징하는 여신상을 향해 눈을 들며 자신이 이성적으로 이야기하는 것인지는 알 수 없으나 현실적으로 이야기하는 것이고 그것은 반드시 같은 것이 아니라고 말했다. 신문 기자는 넥타이를 바로 맸다.

"그러면 제가 다르게 일을 풀어나가야만 한다는 말씀인가요? 그래도," 그는 도전적인 투로 말을 이었다. "저는 이 도시를 떠날 겁니다."

의사는 그것 또한 이해하지만 그것은 자신과 상관없다고 말했다.

"그렇지 않죠, 상관이 있으세요." 랑베르는 갑자기 큰 소리를 했다. "제가 온 것은 이번에 취해진 결정에 역할이 크셨다는 말을 들었기 때문입니다. 그래서 저는 그런 결정에 기여하신 만큼 적어도 한 건 정도는 풀어줄 수도 있으시리라고 생각했어요. 그러나 그런 건 상관없으시다는 거군요. 다른 사람 생각은 해 보신 적이 없습니다. 이별당한 사람들을 고려하시지 않아요."

그것이 사실이라고 시인했다. 그는 그들을 고려하고자 하지 않은 적이 있었다.

"아! 알겠어요," 랑베르가 말했다. "공적인 일이라고 말하겠죠. 그러나 공공의 선은 개개인의 행복으로 만들어지는 겁니다."

"저기요," 방심한 상태에서 빠져 나온 듯한 의사가 말했다. "그런 점도 있고 또 다른 점도 있습니다. 딱 잘라 말해서는 안 되겠죠. 그러나 당신이 화내는 것은 잘못된 겁니다. 만약 당신이 이 사태에서 벗어날 수 있다면 나는 마음 속 깊이 기뻐할 겁니다. 다만 내 직무상 금지된 일들이 있습니다."

상대방은 조급히 머리를 흔들었다.

"예, 제가 화낸 것은 잘못입니다. 게다가 이미 제법 많은 시간을 빼앗았군요."

리외는 랑베르에게 앞으로의 근황을 자신에게 알려 달라, 자신을 원망하지 말라고 부탁했다. 확실히 그들이 의기 상통할 수 있는 면이 있었다. 랑베르는 갑자기 혼란스러워 보였는데,

"그럴 생각입니다." 잠깐 침묵이 흐른 후 그가 말했다. "예, 저 자신이나 저한테 말씀하신 모든 것에도 불구하고 그럴 생각입니다."

그는 망설였다가,

"그러나 말씀에 동의할 수는 없습니다."

랑베르는 펠트 모자를 이마 위로 내려쓰고 잰걸음으로 떠났다. 리외는 그가 장 타루가 묵던 호텔로 들어가는 것을 보았다.

잠시 후, 의사는 머리를 흔들었다. 그 신문기자가 행복에 조바심을 내는 것은 옳았다. 그러나 그가 리외를 비난한 것은 옳았을까? '사는 게 추상적이십니다.' 페스트가 희생자를 주당 평균 500명으로 올리며 두 배로 먹어치우던 병원에서 보낸 그날들이 정말로 추상이었을까? 그렇다, 불행 속에는 추상적이고 비현실적인 어떤 면이 있다. 그러나 추상이 당신을 죽이기 시작할 때는 분명히 그 추상에 전념해야만 한다. 그리고 리외는 그것이 무엇

보다 쉽지 않다는 것을 알고 있었을 뿐이다. 예를 들어 그가 책임자이던 임시병원을(이제는 세 개가 되었다) 관리하는 일은 쉽지 않았다. 그는 진찰실로 난 방을 접수실로 꾸미게 했다. 바닥을 파크레졸수로 욕탕을 만들었는데, 그 가운데에 벽돌로 된 작은 섬이 있었다. 환자를 그 섬으로 옮겨 신속히 옷을 벗겨냈고, 옷은 물속에 넣었다. 몸을 씻겨 말리고 거친 병원용 내의를 다시 입힌 환자는 리외의 손으로 넘어왔다가 이어서 병실들의 한 곳으로 이송되었다. 부득이 어떤 학교의 지붕만 있는 뜰을 이용할 수밖에 없었고, 그곳에는 지금은 다 합쳐서 500개의 병상이 들어가 있었는데 거의 전부가 환자로 차 있었다. 자신이 직접 지휘하던 오전의 환자 접수, 백신 주사, 가래톳 절개 후에 리외는 다시 통계를 검토했고 오후 회진을 돌았다. 끝으로 저녁이 되면 왕진을 다녔고 밤늦게 집에 돌아왔다. 전날 밤에 리외의 어머니는 며느리에게서 온 전보를 건네주다가 의사의 손이 떨리는 것을 알아차렸다.

"네," 그의 말이었다. "하지만 끈기를 가지면 덜 과민해질 거예요."

그는 정력적이고 질겼다. 실상 그는 아직 피곤하지는 않았다. 그러나 왕진의 경우 견디기 힘들어졌다. 유행성 열병이라는 진단을 내리는 것은 환자를 신속히 끌어가도록 하는 일이나 다름없었다. 그때 추상과 난관이 시작되었다. 왜냐하면 환자의 가족은 환자가 완치되거나 죽어야만 그 환자를 다시 볼 수 있으리라는 것을 알아서였다. "봐 주세요, 선생님!" 타루의 호텔에서 일하는 청소부 여자의 어머니인 로레 부인이 그렇게 말했다. 그것은 무슨 의미였을까? 물론 의사는 동정이 갔다. 그러나 그런 것은 아무에게도 발전적이지 않았다. 전화를 걸어야만 했다. 얼마 안 있어 구급차의 경적이 울려왔다. 초기에는 이웃들이 창문을 열고 쳐다보았다. 나중에는 창문을 서둘러 닫아 버렸다. 그러면 싸움, 눈물, 설득, 결국 추상이 시작되었다. 열병과 불안감으로 과열된 아파트 속에서 난장판이 벌어졌다. 그러나 환자는 끌려가게 되었다. 리외는 떠날 수 있었다.

처음 몇 번은 전화만 걸고서 구급차를 기다리지 않고 다른 환자들에게 달려가고는 했다. 그러나 그럴 때 환자의 가족들은 이제는 결과가 무엇인지를 알고 있는 이별보다는 차라리 페스트와 상대하려고 문을 잠갔다. 아우성들, 독촉들, 경찰의 개입 그리고 나중에는 무장부대의 개입, 환자는 공략되고 만다. 처음 몇 주 동안, 리외는 구급차가 도착할 때까지 남아있을 수밖에 없었다. 이어서 의사마다 자원봉사 감독관을 동반하고 순회를 하게 되자 리외는 이 환자로부터 저 환자에게로 달려갈 수 있었다. 그러나 초반기에는 매일 저녁이 그가 로레 부인 집에 들어갔던 그날 저녁과 같았다. 부채와 조화로 장식된 조그만 아파트에서 그를 맞이한 환자의 어머니는 어색한 미소를 지으면서 그에게 말하기를,

"사람들이 이야기하는 그 열병은 아니겠죠."

그런데 그는 홑이불과 잠옷을 들치고 배와 넓적다리의 빨간 반점들, 부풀은 신경절들을 말없이 찬찬히 살펴보고 있었다. 딸의 허벅지를 바라보던 어머니는 참지 못하고 비명을 질렀다. 매일 저녁 어머니들이 치명적인 징후들이 다 드러난 복부 앞에서

넋을 잃은 표정으로 그렇게 울부짖었고, 매일 저녁 사람들의 팔이 리외의 팔을 붙들고 늘어져 무용한 말들, 약속들 그리고 눈물들을 쏟아냈고, 매일 저녁 구급차의 경적은 모든 고통만큼이나 헛된 경기를 일으키게 했다. 그리고 언제나 비슷한 저녁들이 길게 이어지고 나자 리외는 무한정 다시 시작되는 유사한 광경이 길게 이어지는 것 이외에는 다른 아무것도 희망할 수가 없었다. 그렇다, 페스트는 마치 추상처럼 단조로웠다. 어쩌면 단 한 가지가 달라졌고 그것은 바로 리외 자신이었다. 그는 이것을, 그날 저녁 공화국을 상징하는 기념물의 발치에서 그를 채우기 시작한 힘겨운 무관심만을 의식하며 랑베르가 사라진 호텔의 문을 계속 바라보다가 느꼈다.

진을 빼는 몇 주가 지나, 시민들이 거리로 쏟아져 나와 거리를 맴돌던 그 모든 황혼들 이후 리외는 더 이상 동정심을 막으려 하지 않아도 된다는 것을 깨달았다. 사람이란 동정심이 소용없어지면 동정심에 대해 피곤해진다. 그리고 서서히 저절로 닫혀가는 심장의 감각 속에서, 의사는 짓누르는 듯한 이 며칠 동안의 유일한 위안을 얻게 되었다. 그는 자신의 임무가 그것으로 인해 수월해지리라는 것을 알았다. 바로 그렇기 때문에 그는 그 감각에 대해 기뻐했다. 그의 어머니가 새벽 2시에 그를 맞이하면서 자신을 바라보는 아들의 공허한 시선에 마음이 쓰라렸을 때, 그녀는 바로 리외가 그때 받아들일 수 있었을 유일한 안도감에 대해 안쓰러워했던 것이다. 추상에 대항하기 위해서는 약간 그것과 닮아야만 한다. 그런데 어떻게 그런 것이 랑베르에게 느껴질 수 있었겠는가? 랑베르에게는 자신의 행복에 대립되는 것은 다 추상이었다. 그리고 사실 리외는 어떤 의미에서는 그 신문기자가 옳다는 것을 알고 있었다. 그러나 그는 추상이 행복보다 더 강한 것으로 나타나는 일이 있으니 그럴 때는 오직 추상만을 고려해야 한다는 것 또한 알고 있었다. 바로 그런 일이 랑베르에게 생기게 되었고 리외는 랑베르가 나중에 그에게 한 속사정 이야기들을 통해 그것에 대해 자세히 깨우칠 수 있었다. 그렇게 해서 그리고 새로운 바탕 위에서 리외는 그 기나긴 기간 동안 우리 도시의 삶 전체를 구성했던, 각자의 행복과 페스트의 추상들 사이의 그런 종류의 지긋지긋한 투쟁을 수행할 수 있었다.

그러나 어떤 사람들이 추상을 보고 있던 그곳에서 다른 어떤 사람들은 진리를 보고 있었다. 페스트의 첫 달의 끝은 실제로 뚜렷한 돌림병 사례의 증가와 미셸 영감이 앓기 시작할 때 도와준 예수회 파늘루 신부의 신랄한 설교로 인해 암울했다. 파늘루 신부는 오랑 지리학회 회보에 사주 기고를 해서 이목을 끌었는데, 그 학회에서 그의 금석문(金石文)의 재구성은 권위가 있었다. 그러나 그는 현대 개인주의에 관한 일련의 강연회를 하면서 어느 전문가보다 더 많은 청중을 모았다. 그는 강연에서 현대의 방종에서나 지난 세기들의 몽매주의에서나 똑같이 거리가 먼 엄격한 기독교의 열렬한 옹호자가 되었다. 이때 그는 청중들에게 가혹한 진실들을 에둘러 말하지 않았고, 그로부터 명성을 얻었다.

그런데 그 달 말경에 우리 시의 담임 성직자들이 공동기도 주간을 세워 그들 나름의 방법을 통해 페스트와 싸우기로 결정했다. 대중적 신앙심을 표현하려는 그 행사들은 그 주 일요일, 페스트에 걸렸던 성(聖) 로크의 가호 아래 드리는 공식 미사로 끝을 맺게 되어 있었다. 이때 사람들이 파늘루 신부에게 연설을 부탁했다. 그는 보름 정도 전부터, 그로 하여금 자신의 종파 내에서 특별한 자리를 얻게 해준 성 아우구스티누스와 아프리카 교회에 대한 연구에서 손을 뗐다. 천성이 팔팔하고 열정적인 그는 사람들이 그에게 맡긴 그 사명을 결연히 받아들였다. 그 설교가 있기 오래 전에 벌써 사람들이 그것에 대해 이야기들을 해 오더니 그 설교는 나름대로 그 시기의 이야기 속에 중요한 한 날짜를 새겨 넣었다.

많은 군중이 기도 주간을 좇았다. 그것은 평상시에 오랑 시민들의 신앙심이 특히 각별해서가 아니다. 일요일 아침에는 예를 들어 해수욕이 미사의 심각한 경쟁 상대였다. 그들이 무슨 급작스러운 귀의(歸依)를 깨달았거나 해서도 아니었다. 그러나 한편으로는 시의 폐쇄와 항구의 차단으로 해수욕이 불가능했고 다른 한편으로는, 시민들이 그들에게 들이닥친 놀라운 사건들을 마음속 깊숙이 받아들이지 않고서 뭔가 변한 것은 명증하게 잘 느끼는 아주 특별한 정신 상태에 처해 있었던 것이다. 많은 사람들은 그럼에도 불구하고 항상 돌림병이 곧 멈춰 자신들이 가족들과 함께 무사했으면 하는 희망을 갖고 있었다. 결과적으로, 아직 그들은 전혀 무언가에 의해 강제되어 있다고 느끼지 않았다. 페스트란 그들에게는 왔기 때문에 언젠가 떠나야 할 불쾌한 방문자였다. 겁은 났으나 절망하지 않은 그들에게 페스트가 그들의 생활양식 자체로 보여, 페스트의 발병 전까지 그들이 영위할 수 있었던 존재방식을 잊게 될 그 순간은 아직 오지 않았다. 요컨대 그들은 대기상태였다. 종교와 관련해서 말하자면, 다른 많은 문제들과 관련해서와 마찬가지로 페스트는 그들에게 열성뿐만 아니라 무관심과도 거리가 멀고 '객관성'이라는 말로 충분히 잘 정의할 수 있는 특이한 영적 국면을 제공했다. 기도 주간을 좇았던 사람들 대부분은 예를 들어 신자들의 한 사람이 의사 리외 앞에서 한 이런 표현을 자신의 것으로 삼았을지 모른다. "…… 하여간 이게 해가 될 리 없죠." 타루조차 중국인들은 이와 비슷한 경우 페스트 귀신 앞에서 작은 북을 칠 것이라고 비망록에 적은 후, 작은 북이 보건 예방 조치들보다 실질적으로 더 효과를 나타낼지를 아는 것은 절대 불가능하다고 지적했다. 그는 다만 그 궁금증을 해소하려면 우선 페스트 귀신의 실재에 대해 통달하고 있어야만 할 터인데 우리는 그것을 모르니 사람들이 가질 수 있는 모든 의견들을 무의미하게 만든다고 덧붙였다.

우리 시의 대성당은 어쨌든 기도 주간 동안 신자들로 거의 가득 찼다. 처음 며칠, 많은 주민들이 거리까지 물결처럼 밀려나오던 청원과 기도를 듣기 위해 성당 문 앞에 늘어선 종려나무와 석류나무 정원에 서 있기만 했다. 조금씩 그 청중들 역시 다른 사람들을 따라 성당으로 들어가 숫기 없는 목소리를 청중의 복창에 섞기로 마음을 먹었다. 그리고 일요일에는 어마어마한 군중이 성당의 주랑을 가득 채웠는데, 앞뜰과 마지막 층계에까지 넘쳐났다. 전날부터 하늘은 어두워져 있었고, 비가 잔뜩 내리고 있었다. 밖에 있던 사람들은 우산을 펼쳐 들고 있었다. 성당 안에 향로 냄새와 젖은 옷 냄새가 감도는 와중에 파늘루 신부가 설교단에 올랐다.

그는 중키였지만 딱 벌어진 체격이었다. 설교단의 난간에 기대어 큰 손으로 나무틀을 쥐었을 때, 그는 얼룩같이 붉게 타오르는 양쪽 볼이 철테 안경 아래에 달려 있는 두껍고 검은 하나의 형체로만 보였다. 그는 멀리까지 울리는 굳세고 열정적인 목소리를 갖고 있었는데, 그가 "형제님들, 여러분은 불행을 겪고 계십니다. 형제님들, 여러분은 그래야 마땅했습니다."라는 신랄하고 강세를 넣은 단 한 구절로 청중을 후려치자 성당 앞뜰의 회중까지 한바탕 술렁댔다.

논리적으로 볼 때, 그 뒤의 내용은 비장한 권두사와 일치하지 않는 듯했다. 그 신부가 능란한 웅변 절차에 의해 설교 전체의 주제를 마치 치명타를 가하듯이 단번에 제시했던 것임을 우리 시민들로 하여금 겨우 알아차리게 한 것은 그 다음 연설이었다. 파늘루 신부는 실제로 첫 구절에 이어서 이집트에서의 페스트와 관계된 〈출애굽기〉의 한 구절을 인용하더니 말했다. "이 천재가 처음 역사 속에 나타난 것은 신의 적들을 치기 위해서였습니다. 파라오가 하나님의 무궁한 계획에 대항하자 페스트는 그의 무릎을 꿇게 합니다. 모든 역사의 시작부터 하나님의 천재는 오만한 자들과 눈먼 자들을 그 발아래에 뒀습니다. 이 점을 잘 생각하시고 무릎을 꿇으십시오." 밖에서는 비가 한층 더 심해졌다. 유리창을 때리는 폭우 때문에 더욱더 깊어진 완전한 침묵 한복판에 던져진 그 마지막 구절이 얼마나 강하게 울렸는지 몇몇 청중들은 잠시 망설이다가 의자에서 기도용 무릎받침대 위로 미끄러져 내려왔다. 다른 사람들도 그들을 따라 해야만 한다고 생각해서 결국 몇몇 의자의 삐걱거림 이외의 다른 소리는 없이 모든 청중이 곧 무릎을 꿇었다. 파늘루는 그때 다시 몸을 일으켜 깊이 숨을 들이쉬고서 점점 더 강한 어조로 말을 이었다. "오늘 페스트가 여러분의 문제가 된 것은 성찰할 때가 왔기 때문입니다. 올바른 사람들은 이런 일을 두려워할 수 없지만 악인들이 떠는 것은 당연합니다. 우주라는 거대한 곳간에서, 천재는 가차 없이 쭉정이와 알곡을 나누기 위해 인간이라는 밀을 타작할 것입니다. 알곡보다는 쭉정이가, 택함을 받은 자들보다는 부름을 받은 자들이 더 많을 것이되 이런 불행은 신이 원하신 것이 아닙니다. 너무나 오랫동안 이 세상은 악과 타협했고, 너무나 오랫동안 신적 자비에 의지했습니다. 회개하는 것으로 충분해서 모든 것이 허용되어 왔습니다. 그리고 누구나 회개에는 자신 있다고 느껴왔습니다. 때가 되면 사람들은 틀림없이 그것을 경험하게 될 테죠. 그때까지 가장, 가장 쉬운 회개는 되는대로 지내는 것이었고 그 나머지는 하나님의 자비가 알아서 하시겠죠. 그런데요, 그런 일은 지속되지 못했습니다. 너무 오랫동안 이 도시의 사람들 위에 연민의 얼굴을 기울이신 하나님은 기다림에 지치시고 당신의 무궁한 희망이 무너져 막 시선을 돌리셨습니다. 그래서 우리는 이렇게 하나님의 광명을 잃고 오랫동안 페스트의 암흑 속에서 지내는 겁니다!"

성당 내에서 한 사람이 마치 놀란 말처럼 콧바람소리를 냈다. 잠깐 쉰 후에 신부는 더 낮은 목소리로 말을 이었다. 《황금 전설》에 나오는 이야기가 있습니다. 롬바르디아의 움베르토 왕 시대에 이탈리아는 페스트에 의해 참화를 당했는데, 페스트는 너무나 거세서 산 사람들의 수로는 죽은 사람들을 매장할 수 없을 정도였고 유독 로마와 파비아에서 창궐했습니다. 그리고 멧돼지 사냥용 창을 든 악의 천사한테 지시를 내리던 한 착한 천사가 모습을 드러내더니 악의 천사한테 집들을 두드리라고 명했습니다. 그러자 집마다 두드린 숫자만큼 사망자가 나왔습니다."

파늘루는 여기서 짧은 두 팔을 성당 앞뜰 방향으로 뻗었는데, 마치 움직이는 비의 장막 뒤의 무엇인가를 가리키는 듯했다. "형제님들!" 그는 힘차게 말했다. "바로 그와 같은 죽음의 사냥이 오늘 우리의 거리들에서 벌어지고 있습니다. 그를 보십시오, 이 페스트 천사를요, 루시퍼처럼 아름답고 악의 본령처럼 빛나며, 여러분의 지붕들 위에 서서 오른손으로는 머리 높이에 빨간 사냥용 창을 들고 왼손으로는 여러분의 집들 가운데 하나를 가리키고 있습니다. 지금 어쩌면 그의 손가락은 당신의 문을 향해 뻗어 있고 사냥용 창은 나무 문 위에서 부르르 떨고 있습니다. 또 지금 페스트는 당신의 집에 들어가 방에 앉아 당신이 돌아오기를 기다리고 있습니다. 페스트는 거기서, 참을성 있고 주의 깊게, 이 세계의 질서 그 자체처럼 만반의 준비를 하고 있습니다. 지상의 그 어떤 권능도 그리고, 잘 알아두십시오, 저 공허한 인간의 과학조차도 페스트가 여러분한테 뻗을 그 손을 여러분이 피하게 할 수 없습니다. 그리고 고통의 피투성이 타작마당에서 두들겨 맞은 여러분은 쭉정이와 함께 버려질 것입니다."

여기서 신부는 천재의 비통한 형상을 더 확장해서 다시 이어 갔다. 그는 '진리의 수확을 준비할 터인 파종을 위해' 도시의 상공에서 소용돌이치며 닥치는 대로 후려쳐 피를 뒤집어쓰고 다시 일어나 마침내 인간의 피와 고통을 뿌리는 거대한 나무토막을 상기시켰다.

그 긴 구절이 끝나자 파늘루 신부는 말을 멈췄다. 머리카락은 이마 위로 흘러내려 있었고, 몸은 떨림으로 인해 흔들거렸는데, 그 떨림이 두 손을 통해 설교단에 전달되었다. 그러다가 더 가라앉은 음성이기는 하나 힐책하는 어조로 말을 이었다. "예, 성찰의 시간이 왔습니다. 여러분은 주일에 하나님을 찾아뵈면 충분하니 다른 날들은 자유롭다고 믿었습니다. 몇 번 무릎을 꿇는 것으로 여러분의 죄스러운 무관심을 하나님한테 넉넉히 갚으리라 생각했습니다. 그러나 하나님은 미지근하시지 않습니다. 그런 한가한 관계는 그분의 삼킬 듯한 애정에 충분하지 않습니다. 그분은 여러분을 더 오래 보고 싶어 하셨는데, 그것이 여러분을 사랑하는 그분의 방식이자 사실을 말하자면 그것이 사랑하는 유일한 방식입니다. 자 그렇기 때문에, 여러분이 오기를 기다리다 지치신 그분은 천재가 인간에게 역사가 있던 때부터 죄지은 모든 도시들을 방문했듯이 그것이 여러분을 방문하게 그냥 두신 겁니다. 여러분은 이제 죄가 뭔지를 압니다, 카인과 그의 자손들이, 노아의 대홍수 이전의 자손들이, 소돔과 고모라의 자손들이, 파라오와 욥 그리고 또한 모든 저주받은 자들이 그것을 알았듯이 말입니다. 그리고 이 사람들 모두 그렇게 했듯이, 이 도시가 여러분과 천재를 벽으로 둘러 가둔 그날부터 여러분은 정말 새로운 눈으로 모든 존재와 사물들을 바라보고 있습니다. 여러분은 지금 그리고 마침내, 본질적인 것으로 돌아와야만 한다는 것을 압니다."

그때 습한 바람이 성당의 주랑으로 들이닥치자 큰 양촛불들이 휘어지면서 지지직댔다. 진한 촛농 냄새, 기침소리들, 재채기 소리가 파늘루 신부에게로 올라갔는데, 신부는 대단히 호평을 받았던 정교함을 보여주는 자신의 논고로 되돌아와 조용한 음성으로 말을 이었다. "여러분 대다수는, 저는 그것을 알고 있습니다, 도대체 제가 어떤 이야기를 하려는지 궁금하실 겁니다. 저는 여러분이 진리로 오도록, 제가 말한 모든 것에도 불구하고 여러분이 기쁨을 갖도록 가르쳐 드리고 싶습니다. 지금은 더 이상 많은 조언들, 우애의 손이 여러분을 선으로 밀어주는 수단이던 시절이 아닙니다. 오늘날 진리란 하나의 명령입니다. 그리고 구원의 길, 그것은 그 길을 여러분한테 보여주고 여러분을 그곳으로 밀어주는 빨간 사냥용 창입니다. 바로 여기서, 형제님들, 선과 악, 분노와 연민, 페스트와 구원을 만물 속에 가득히 넣어두신 신적인 자비가 드디어 드러나는 것입니다. 여러분을 상심케 하는 이 천재 자체가 여러분을 향상시키고 여러분한테 길을 보여주고 있습니다.

아주 오래 전에 아비시니아의 기독교도들은 페스트 속에서,

하나님이 그 기원이신 영생에 다다를 수 있는 효과적인 수단을 보았습니다. 병에 걸리지 않은 자들은 확실하게 죽을 목적으로 페스트 환자들의 홑이불을 몸에 감고 있었습니다. 필시 구원에 대한 그런 격정은 바람직하지 않겠죠. 그 격정은 오만에 아주 가까운 안타까운 경솔함을 드러내고 있습니다. 하나님보다 더 서두르지 말아야만 합니다. 그리고 하나님이 궁극적으로 세워두신 불변의 순서를 앞당기려 시도하는 것 전부가 이단으로 이끌어갑니다. 그러나 어쨌든 이 예는 교훈을 담고 있습니다. 가장 사물을 잘 꿰뚫어보는 정신의 소유자들한테 이런 예가 가치 있게 해주는 것은 오직 모든 고통의 바닥에 깔려있는 영생의 황홀한 미광입니다. 이 미광의 경우 해방으로 이끄는 황혼의 길을 비춰 줍니다. 어김없이 악을 선으로 바꾸는 신적인 의지를 분명히 나타내줍니다. 오늘도 역시 이 빛은 죽음, 시름과 비명의 길을 통해 본연의 침묵과 모든 생명의 원칙으로 우리를 인도하고 있습니다. 자이것이, 형제님들, 여러분이 이곳으로부터 응징의 말들뿐만 아니라 마음을 달래주는 말씀 역시 가지고 돌아갈 수 있도록 제가 여러분한테 가져다주고 싶었던 커다란 위안입니다."

사람들은 파늘루의 말이 끝났다고 느꼈다. 밖에는 비가 그쳐 있었다. 물기와 해가 뒤섞인 하늘은 광장 위에 더욱 싱싱한 햇살을 쏟고 있었다. 거리로부터 사람들의 소리와 차들이 미끄러져 가는 소리, 깨어난 도시의 온갖 언어가 올라오고 있었다. 청중들은 나지막하고 어수선한 분위기 속에서 조심스레 소지품을 챙기고 있었다. 그러나 신부는 말을 이어갔는데, 페스트의 신적

기원과 천재의 징벌적인 성격을 밝힌 후 이야기를 일단락 맺었으나 너무나 비극적인 주제와 맞닿은 자신의 결론을 내리기 위해 어떤 어울리지 않는 웅변도 이용하지 않겠다고 말했다. 그가 보기에 모든 것이 모두에게 명백해진 것 같았다. 그는 다만 마르세이유의 대 페스트 창궐 때 연대기 기록자인 마티외 마레가 지옥에 빠진 처지를 한탄했던 탓에 구제도 희망도 없이 살아야 했다는 것을 상기시켰다. 그렇다! 마티외 마레는 혜안이 없었던 것이다! 그와 반대로 파늘루 신부가 모두에게 주어진 신의 구제와 기독교적 희망을 오늘보다 더 많이 느껴본 적은 결코 없었다. 그는 우리 시민들이 매일의 참상과 죽어가는 자들의 비명에도 불구하고 기독교도적일 유일한 기도인 사랑의 기도를 하늘에 올리기를 그 어떤 희망보다도 더 희망하고 있었다. '나머지는 하나님께서 알아서 하시리라.'

이 설교가 우리 시민들에게 뭔가 영향을 끼쳤을까, 그것을 말하기는 어렵다. 예심 판사인 오통 씨는 의사 리외에게 파늘루 신부의 논고가 '절대 이론의 여지가 없는' 것으로 보인다고 단언했다. 그러나 모든 사람들이 그 정도로 단정적인 의견을 가지고 있지는 않았다. 다만 그 설교는 몇몇 사람들에게 자신들이 미지의 어떤 죄악으로 인해 상상할 수 없는 감금형을 받고 있다는 생각, 그때까지는 어렴풋하던 이런 생각을 더 와 닿게 했다. 그리고 어떤 사람들의 경우 그들의 작은 삶을 계속해 가며 그 유폐생활에 적응해간 반면에 그때부터 또 어떤 사람들의 경우 그와 반대로 이 감옥에서 탈출해야겠다는 것이 그들의 일념이 되었다.

사람들은 그들의 몇몇 일상들만을 어질러놓을 일시적인 불편은 어떤 것이라도 받아들였을 것처럼 우선 외부와 차단당하는 것을 받아들였다. 그러나 여름이 지글대기 시작한 솥뚜껑 같은 하늘 아래에서 급작스럽게 일종의 유폐를 의식한 그들이 그 징역살이가 그들의 삶 전체를 위협하고 있다는 것을 막연히 느끼게 되자, 저녁이 되면 서늘한 공기와 더불어 되찾은 기력이 간혹 그들을 절망적인 행동으로 내몰고는 했다.

무엇보다도 먼저 그리고 그것이 우연의 영향이든지 아니든지 간에, 바로 그 일요일부터 우리 시내에는 상당히 전반적이고 상당히 깊은 일종의 공포가 있었다. 그래서 우리 시민들이 정말 그들의 상황을 의식하기 시작한 것이 아닌가 하는 생각이 들 정도였다. 이런 관점에서 보면 우리 시내에서 우리는 약간 달라진 분위기를 겪고 있었다. 그러나 사실, 그 변화가 분위기 속에 있느냐 아니면 마음속에 있느냐, 문제는 바로 그것이었다.

설교 후 며칠 안 되어 그랑과 함께 변두리 동네들로 가면서 이 사건에 대해 논하던 리외는 어둠 속에서 그들 앞에서 비틀거리는 한 남자와 부딪쳤다. 바로 그 순간 갈수록 늦게 켜지던 우리 시의 가로등들이 갑자기 환해졌다. 돌연 두 보행자의 뒤쪽에 위치한 높은 전구가 눈을 감고 소리 없이 웃고 있던 그 남자를 비춰주었다. 말없는 조소로 일그러진 그의 희멀건 얼굴에서는 땀방울이 굵게 흐르고 있었다. 그들은 그를 지나쳤다.

"미친 사람이네요." 그랑이 말했다.

그를 끌고 가려고 팔을 잡았던 리외는 시청 서기가 흥분한 나머지 떨고 있다는 것을 느꼈다.

"머지않아 우리 시내에는 미친 사람밖에 없게 되겠네요." 리외가 받아 말했다.

피로가 보태어져 그는 목마른 느낌이었다.

"뭐 좀 마십시다."

그들이 들어간 조그만 카페는 스탠드바 위의 전등 하나만으로 조명되고 있었는데, 손님들은 짙고 불그스름한 분위기 속에서 뚜렷한 이유 없이 낮은 목소리로 이야기를 하고 있었다. 스탠드바에서 그랑은 의사의 예상과 달리 술을 한 잔 주문해서 단숨에 마시더니 자신은 술이 세다고 말했다. 그러더니 그는 나가고 싶어 했다. 카페 밖, 리외가 보기에 밤은 한탄으로 가득한 듯했다. 가로등들 저 위, 검은 하늘 어딘가의 나지막한 획획 소리에 그는 지칠 줄 모르고 더운 공기를 휘젓던 보이지 않는 천재가 떠올랐다.

"다행이지, 다행이야." 그랑의 말이었다.

리외는 그가 뜻하고자 하는 바가 무엇인지 궁금했다.

"다행히," 상대방의 말이었다. "나야 할 일이라도 있죠."

"그래요," 리외가 말했다. "그건 장점입니다."

그리고 그는 획획 소리를 듣지 않기로 마음을 먹고 그랑에게 그 일에 만족하느냐고 물었다.

"뭐랄까, 내 길에 있다는 생각이 들어요."

"아직 한참 걸리나요?"

그랑은 생기가 돌아 보였고 뜨거운 술기운이 목소리에 섞여 있었다.

"모르죠. 그러나 문제는 그게 아니에요, 선생님, 그건 문제가 아니에요, 절대 아니죠."

어둠 속에서 리외는 그가 두 팔을 흔들고 있다는 짐작이 들었다. 그랑은 유유히, 별안간 생각이 난 뭔가를 말할 채비를 하는 듯했는데,

"내가 원하는 것은요 선생님, 그러니까 원고가 출판업자에게 도착하는 날 그가 그것을 읽고 나서 일어서며 직원들에게 '여러분, 모자를 벗어 경의를 보냅시다!'라고 말하는 겁니다."

이 갑작스러운 선언에 리외는 놀랐다. 리외는 그의 동행자가 한 손을 머리로 가져가 팔을 수평으로 뻗는 동작, 모자를 벗는 동작을 하는 듯한 느낌이 들었다. 저기 높은 곳에서 이상한 획획 소리가 더 강하게 다시 이어지는 듯했다.

"그래요," 그랑의 말이었다. "그건 완전무결해야만 해요."

문단의 관례에 대해서 아는 바가 거의 없음에도 불구하고 리외는 일이 그런 식으로 간단하게 될 리가 없을 것이고 예컨대 출판업자들은 사무실에서 모자를 쓰고 있지 않으리라는 느낌이었다. 그러나 사실 그것은 결코 알 수 없는 일이어서 리외는 차라리 잠자코 있었다. 자신도 모르게 그는 페스트의 신비한 괴음들에 귀가 쫑긋해졌다. 그랑의 동네가 가까워졌다. 그곳은 지대가 조금 높았으므로 가벼운 산들바람이 그들을 식혀주는 동시에 도시

의 온갖 소음들을 씻어냈다. 그랑은 그럼에도 불구하고 계속 이야기를 했고, 리외는 그 사람이 하는 말을 다 이해하지는 못했다. 그는 단지 문제의 작품이 이미 많은 분량에 이르고 있지만 작가가 그것을 완전하게 만들려고 하던 고생은 아주 괴로운 것이었다는 사실만큼은 이해했다. "단어 하나에 며칠 저녁, 몇 주 동안 내내…… 그리고 때로는 단지 단순한 접속사 하나에." 여기서 그랑은 멈춰 서서 의사의 겉옷 단추를 잡았다. 이 빠진 입에서 말이 떨리듯이 나왔다.

"잘 생각해 보세요, 선생님. 엄밀히 말하자면 '그러나'와 '그리고' 중에서 하나를 고르는 건 아주 쉬운 편입니다 '그리고'와 '그 다음에' 사이에서 취하는 건 뭔가 더 어려워요. '그리고 나서'와 '이어서'가 되면 어려움은 커집니다. 그러나 단연 가장 곤란한 것은 '그리고'를 넣어야만 하느냐 넣지 않아야만 하느냐를 결정하는 일이죠."

"그렇죠," 리외가 말했다. "이해합니다."

그리고 그는 다시 길을 가기 시작했다. 상대방은 어리둥절해하다가 다시 그를 따라잡았다.

"용서하세요," 그가 중얼댔다. "오늘 저녁에 왜 이러는지 모르겠네요!"

리외는 그의 어깨를 부드럽게 두드리면서 그를 돕고 싶고 그의 이야기가 아주 흥미롭다고 말했다. 그랑은 기분이 좀 좋아진 듯해 보였는데, 집 앞에 도착했을 때 약간 망설이다가 의사에게 잠깐 올라왔다 가라고 제안했다. 리외는 받아들였다.

식당에서 그랑은 리외에게 깨알 같은 글씨 위에 삭제줄들이 뒤덮인 원고지들이 잔뜩 펼쳐져 있던 탁자 앞에 앉으라고 권했다.

"네, 바로 그거예요." 그랑은 묻듯이 자신을 쳐다보던 리외에게 말했다. "그런데 뭐 좀 마실래요? 포도주가 좀 있어요."

리외는 사양했다. 그는 원고지들을 바라보고 있었다.

"읽지 마요," 그랑이 말했다. "이건 첫 구절이에요. 그것 때문에 애먹고 있죠, 엄청 애먹고 있어요."

그 역시 원고지들 전체를 물끄러미 바라보고 있었는데 저항할 수 없는 힘에 손이 끌린 듯이 그중 한 장을 집어 들어 갓 없는 전등 앞에 대고 비춰 보았다. 원고지가 그의 손에서 떨리고 있었다. 리외는 서기의 이마가 촉촉하다는 것을 알아차렸다.

"앉아요," 그가 말했다. "그걸 읽어 주십시오."

상대방이 리외를 쳐다보더니 고맙다는 듯이 미소를 지었다.

"네," 그가 말했다. "그러고 싶은 생각이에요."

그는 그 원고지를 계속 바라보며 잠시 기다리다가 앉았다. 리외는 그것과 동시에 시내에서 천재의 획획 거리는 도리깨 소리에 대답하는 듯한 희미한 인종의 윙윙거리는 소리를 듣고 있었다. 그는 바로 그 순간, 자신의 두 발 아래에 펼쳐진 그 도시, 그 도시가 이루던 갇힌 세계 그리고 그 도시가 어둠 속에서 조르던 무시무시한 울부짖음을 극도로 날카롭게 지각할 수 있었다. 그랑의 목소리가 은은하게 울렸다. "5월, 그 달의 어느 아름다운 오전 나절, 우아한 한 여기사가 멋진 알레잔 암말을 타고 불로뉴 숲의 꽃이 만발한 오솔길들을 누비고 있었다." 침묵이 돌아오자 고통 받는 도시의 웅얼거리는 소음도 함께 돌아왔다. 그랑은 원고지를 내려놓고 계속 물끄러미 바라보고 있었다. 잠시 후 그는 눈을 들더니,

"어떻게 생각하세요?"

리외는 첫 부분이 그로 하여금 다음 부분에 대한 궁금증이 생기게끔 한다고 대답했다. 그러나 상대방은 힘차게 그런 관점은 딱 맞는 관점이 아니라고 말했다. 그는 손바닥으로 원고를 두드렸다.

"이것은 대충 해둔 거죠. 내가 상상하고 있는 그림을 완전하게 묘사하는 데 도달하고, 내 문장이 하나-둘-셋, 하나-둘-셋 하고 가볍게 걷는 말을 타고 산책하는 모습을 갖게 되면 그때 나머지는 더욱 쉬워질 거예요. 특히 첫 대목부터 환상의 정도가 '모자를 벗어 경의를 보냅시다!' 하는 소리가 나올 수 있을 만큼 대단해질 거예요."

그러나 그러기 위해서 그는 이제 겨우 도마 위에 빵을 올려놓은 것뿐이었다. 그는 그 문장을 그대로 인쇄소에 넘기는 것에 결코 동의할 수 없었다. 때로는 그 문장을 만족스러워하면서도 그 문장이 아직 실재성과 완전히 맞아 떨어지지 않는다는 것과 어떤 척도에서 보면, 그 문장을 실재성에 가깝게 하지만 상투적인 것에도 마찬가지로 가깝게 하는 안이한 어조 역시 여전하다는 것을 깨닫고 있었기 때문이다. 그랑의 말은 어쨌든 그런 뜻이었는데, 그때 창 아래에서 사람들이 뛰어가는 소리가 들려 왔다. 리외가 일어섰다.

"이걸 내가 어떻게 만드는지 나중에 보세요,"라고 말하더니 그랑은 창문 쪽으로 돌아서서 덧붙였다. "이 일들이 다 끝나면 말입니다."

그러나 급한 발소리가 이어졌다. 리외는 벌써 계단을 내려가고 있었다. 그가 밖에 나왔을 때 두 남자가 그의 앞을 지나갔다. 그들은 분명 관문들을 향해 가고 있었다. 우리 시민들 중 몇몇은 사실 더위와 페스트 사이에서 정신을 잃고 이미 폭력 쪽으로 경도되어, 방책 감시망을 따돌리고 시외로 도망치려는 시도를 하고 있었다.

랑베르 같은 다른 사람들 역시 막 시작된 이런 공황의 분위기에서 벗어나기 위해, 더 좋은 성과를 거둔 것은 아니었을망정 더 끈기 있고 더 기술적으로 노력했다. 랑베르는 우선 합법적인 절차를 계속 밟아 갔다. 그의 말에 의하면, 그는 줄곧 끈기가 모든 것을 이기고야 만다고 생각했고 또 어떤 관점에서는 요령이 좋아야 하는 것이 그의 직업이었다. 그래서 그는 평상시에는 이론의 여지없이 능력 있는 사람들이던 많은 수의 관리들과 인사들을 찾아갔다. 그러나 그 문제에 있어서는 그런 능력이 그들에게는 전혀 쓸모가 없었다. 대개의 경우 그들은 은행, 수출 그리고 청과물 등을 비롯하여 포도주 거래에 관련해서는 정확하고 아주 잘 정리된 생각을 가진 사람들이었고, 소송이나 보험과 관련된 문제에서는 믿을만한 졸업장이나 눈에 보이는 상당한 의욕을 갖고 있음은 젖혀 놓더라도 정통한 지식을 갖추고 있었다. 그리고 심지어 그들 모두에게 있어서 가장 두드러진 점은 바로 선의였다. 그러나 페스트 문제에 있어서 그들의 지식은 거의 무가치했다.

랑베르는 그래도 그들 한 사람 한 사람 앞에서 그리고 가능할 때마다 그의 사정을 호소했다. 그의 주장의 취지는 그가 여전히 우리 시의 외지인이니 그의 경우는 결과적으로 특별히 검토되어야 한다고 말하는 데 있었다. 일반적으로, 그 신문기자가 만나본 사람들은 그 점을 기꺼이 수긍했다. 그러나 그들은 흔히 랑베르에게 다른 사람들 역시 같은 경우여서 그의 사례는 결과적으로 그가 상상하는 만큼이나 특수한 사정은 못 된다고 지적했다. 거기에 대해 랑베르는 그런 것이 그의 주장의 취지를 전혀 바꾸지 못한다고 대답할 수 있었고, 사람들은 그에게 그런 것이 바로, 심히 꺼려지는 표현을 쓰자면 전례라는 것을 생기게 할 위험이 있는 일체의 특별대우에 반대해 온 당국의 어려움이 아니겠느냐고 대답했다. 그런 사람들 이외에, 말 잘하는 사람들을 아직 볼 수 있었는데, 그들은 이런 일 모두가 지속될 수는 없다고 하며 청원자인 랑베르를 안심시켰고 결정을 내려달라고 부탁하면 좋은 충고들을 아낌없이 해주는 사람들이어서 이 문제는 일시적인 고초에 불과하다고 단정하며 랑베르를 위로하려 했다. 또한 높은 분들도 있었는데, 그들은 방문자에게 사정을 요약한 쪽지를 남겨달라고 부탁하며 그런 사정에 대해서 결정을 내릴 거라고 그에게 알려줬다. 숙박권이나 값이 싼 하숙집 주소를 주겠다고 그에게 제안하던 시시한 사람들. 서류를 작성하게 한 다음 잘 분류해 두던 원칙주의자들. 두 손을 들어 버리던 정신없이 바쁜 사람들. 눈을 돌리던 외면자들. 끝으로 전통파들도 있었다. 전통파들은 어떤 종류의 사람들보다 수가 훨씬 많았는데, 그들은 랑베르에게 다른 기관이나 다른 절차를 밟아보라고 일러줬다.

그렇게 그 신문기자는 사람들을 찾아다니느라 진을 빼다가 시청이니 도청이니 하는 곳이 어떤 곳인가에 대한 올바른 생각을 갖게 되었는데, 그것은 세금이 면제되는 국채를 신청하라거나 식민지 군대에 지원하라고 권하는 커다란 광고판 앞의 인조가죽 걸상에 앉아 기다리다가 직원들의 얼굴이 문서 정리함과 서류함만큼이나 쉽게 답을 예측하게 해 주던 사무실들에 들어간 적이 하도 많았던 탓이다. 좋은 점이 있었다면, 랑베르가 리외에게 씁쓸한 어조로 말했듯이 그런 모든 일이 그에게 진짜 상황을 가려줬다는 점이다. 페스트의 진행은 실질적으로 그의 관심에서 벗어나 있었다. 시간이 그래서 더 빠르게 지나갔다는 것과 주민 전체가 처한 상황에서는 죽지 않는다는 조건하에 하루하루가 지날 때마다 각자가 시련의 끝에 가까워진다고 말할 수 있었다는 것은 셈하지 않더라도. 리외는 그 점이 사실임을 인정하기는 했지만 약간 지나치게 일반적인 진리라는 생각이 들었다.

한때 랑베르는 희망을 품었다. 현청으로부터 정확히 기입해달라는 요청이 딸린 빈 신원조회 서류를 받은 적이 있었다. 신분, 가족상황, 과거와 현재의 수입, 그리고 '이력서'라고 불리는 것을 묻는 문서였다. 그는 그것이 원거주지로 송환될 후보자들의 실태 조사용 설문지라는 인상을 받았다. 어느 사무실에서 모은 몇몇 불분명한 정보들이 그런 인상을 확인해줬다. 그런데 몇 가지 정확한 탐색 끝에 그는 그 서류를 보낸 부처를 찾아내는 데 성공했고, 그때 사람들이 그에게 이런 정보들을 수집한 것은 '만일의 경우를 위해서'라고 말했다.

"무슨 만일의 경우를 위해서입니까?" 랑베르가 물었다.

사람들은 그에게 그것은 혹시 그가 페스트 병을 앓게 되어 사망하는 경우 한편으로는 가족에게 기별하고 다른 한편으로는 병원비를 시의 예산으로 처리하도록 할 것인지 또는 친척들에게 상환을 기대할 수 있는지를 알 수 있게 하려는 목적이라고 확답했다. 분명히 그것은, 사회가 두 사람에게 관심을 기울여 주고 있으므로 그를 기다리던 여인과 그가 완전히 갈라져 있지 않다는 것을 증명했다. 그러나 그런 것은 위안이 되지 않았다. 보다 주목할 만했던 것이자 결론적으로 랑베르도 주목하게 된 것은 바로 어떻게 한 기관이, 그런 업무를 위해서 만든 기관이라는 이유 하나만으로 극심한 재난 상황에서 업무를 계속 수행해 나가 흔히 최고 책임자들과 상관없이 앞장서서 다른 시기를 끌어나갈 수 있게 되었느냐는 것이었다.

그 이후의 시기는 랑베르에게 가장 쉬운 동시에 가장 어려운 시기였다. 그것은 정말 무기력한 시기였다. 그는 모든 기관들을 찾아다녔고 모든 절차들을 밟았어도 그쪽에서의 활로들은 당장에는 막힌 상태였다. 그는 그래서 이 카페에서 저 카페로 헤매고 다녔다. 아침에는 어느 테라스에서 미지근한 맥주 한 잔을 앞에 놓고 앉아 병이 머지않아 종식되리라는 어떤 징조들을 찾으려는 희망으로 신문을 읽었고, 길 가는 사람들의 얼굴을 쳐다보다 그

슬픈 표정에 질려 눈을 돌렸으며, 맞은편 상점들의 간판들에서 이미 더 이상 팔 수 없어진 유명한 술들의 광고를 백 번째로 읽은 후에 자리에서 일어나 누런 시가를 무작정 걸어 다녔다. 고독한 산책에서 카페로 그리고 카페에서 식당으로, 저녁이 될 때까지 그런 식으로 지내고 있었다. 리외는 마침 저녁에 한 카페의 문에서 랑베르를 우연히 보게 되었는데, 그 신문기자는 들어갈까 말까 망설이고 있었다. 그는 결심한 듯 홀 안쪽으로 가서 앉았다. 상부의 명령에 의해 공공장소 내에서 점등 시간을 최대한 늦게까지 미룬 시간이었다. 황혼이 마치 회색 물처럼 홀 안으로 밀려들고 있었고, 저물어 가는 하늘의 장밋빛이 유리창에 반사되고 있었으며 식탁의 대리석들은 어둠 속에서 흐릿하게 반질거렸다. 황량한 홀 한복판, 랑베르는 버려진 그림자 같았고 리외는 그때가 그의 자포자기의 시간이라고 생각했다. 그러나 그것은 또한 이 시의 모든 포로들이 자포자기를 하는 순간이기도 해서 그들의 해방을 앞당기기 위해서는 무엇인가 해야만 했다. 리외는 돌아섰다.

랑베르는 기차역 구내에서 긴 시간을 보내기도 했다. 승강장으로의 접근은 금지되어 있었다. 그러니 외부로 나 있는 대합실은 그대로 열려 있었고, 그늘지고 시원했기 때문에 무더운 날이면 종종 거지들이 들어와 자리를 잡았다. 랑베르는 거기에 가서 옛날 시간표들, 침을 뱉지 말라는 푯말들과 열차의 공안 규칙을 읽었다. 그런 다음에 그는 한 구석에 앉아 있었다. 홀은 어두웠다. 오랜 세월 물을 뿌린 흔적이 8자 모양을 이루고 있는 한복판에 낡은 주물 난로 하나가 몇 달 전부터 식은 채로 놓여 있었다.

벽에는 몇 장의 홍보물이 방돌이나 칸에서의 행복하고 자유로운 생활을 선전하고 있었다. 그곳에서 랑베르는 헐벗음의 밑바닥에서 만나는 종류의 참혹한 자유에 닿아 있었다. 어쨌든 그가 리외에게 말한 바에 의하면, 그때 그에게 가장 견디기 힘들었던 영상들은 파리의 영상들이었다. 고건물들과 강물의 풍경, 팔레 루아얄의 비둘기들, 북부역, 팡테옹의 황량한 동네들, 그리고 그가 그렇게까지 사랑했을 줄 모른 그 도시의 몇몇 다른 장소들이 그때 랑베르를 쫓아다니며 아무것도 제대로 할 수 없게 방해했다. 리외는 랑베르가 그런 영상들을 그의 사랑의 영상들과 동일시한다고만 생각했다. 그리고 랑베르가 자신은 새벽 4시에 깨어나 자신의 도시에 대해 생각하기를 좋아한다고 말한 날, 의사는 스스로의 경험을 바탕으로 결국 그가 두고 온 여자를 상상하기를 좋아한다는 말로 이해하는 데 어려움이 없었다. 그것은 실제로, 그가 그녀를 소유할 수 있던 시간이었다. 새벽 4시, 사람들은 보통 아무것도 하지 않고 비록 그 밤이 기만적인 밤이었다 해도 잠을 잔다. 그렇다, 사람들은 그 시간에 잠들어 있고 그것은 안심되는 일이다. 왜냐하면 불안한 마음이 가장 갈망하는 것은 사랑하는 존재를 한없이 갖고 있는 것이거나 부재의 시간이 온다면 이런 존재를 오직 재회의 날에만 끝이 날 아무 꿈 없는 잠 속에 가라앉혀둘 수 있어야 하는 것이기 때문이다.

설교 후 얼마 안 되어, 더위가 시작되었다. 6월 말이 되었다. 설교날인 일요일 깊은 인상을 남긴 때늦은 장마 이튿날, 여름이 하늘과 집들 위에서 대번에 작렬했다. 우선 태울 듯한 큰 바람이 일더니 하루 종일 불어대며 벽들을 말려 버렸다. 해가 눌러 앉았다. 더위와 햇빛이 줄기차게 밀려와 하루 종일 도시를 뒤덮었다. 아케이드와 아파트를 제외하고 시의 어디에도 극도로 눈을 멀게 할 듯한 반사광 속에 위치되지 않은 지점은 없는 듯했다. 태양이 우리 시민들을 거리의 구석구석까지 쫓아다니다가 그들이 멈춰서면 강타했다. 첫 더위는 주당 거의 700명을 헤아리는 희생자 수의 급상승과 일치했으므로 우리 시는 일종의 실의에 사로잡혔다. 변두리들에서, 평지의 거리들과 테라스가 있는 집들 사이에서 활기가 감퇴했고, 사람들이 항상 문 앞에서 지내던 동네의 모든 문들은 닫혀 있었으며 페르시아식 덧문들은 쳐져 있었다. 그런 식으로 막으려는 것이 페스트인지 햇빛인지 알 수 없었다. 하지만 몇몇 집에서는 끙끙 앓는 소리들이 새어나왔다. 얼마 전에는 이런 일이 생기면 거리에 서서 귀를 기울이는 호기심 많은 사람들을 자주 보았다. 그러나 그런 오랜 경계 상태 이후에는, 아마 누구나 마음이 딱딱해져 있는지, 모두들 마치 신음 소리가 인간의 타고난 언어라는 듯이 그것을 들으며 걸어다니며 살아가고 있었다.

관문들에서의 충돌이 있을 때 헌병들은 무기를 사용할 수밖에 없었는데 그런 충돌들은 드러나지 않는 동요를 일으켰다. 부상자들은 분명히 있었지만 더위와 공포의 영향으로 모든 것이 과장되던 시내에서는 사망자들이 있었다고 이야기들 했다. 어쨌거나 불만은 멈추지 않고 커져가고 있어서 우리 당국자들이 최악의 상황을 고려하여, 천재에게 붙잡힌 주민이 반항심에 휩쓸릴지 모를 경우에 취할 조치들을 진지하게 검토해뒀다는 것은 사실이다. 신문은 외출 금지령을 갱신하고 위반자들을 투옥하겠다는 시행령들을 보도했다. 순찰병들이 시내를 돌아다녔다. 황량하고 이글대는 거리에서, 포장도로를 밟는 말발굽 소리로 예고된 기마 경비병들이, 양쪽에 늘어 선 닫힌 창문들 사이로 나아가는 것을 자주 보았다. 순찰대가 사라지면, 위태한 도시 위로 묵직하고 경계하는 침묵이 다시 떨어졌다. 새로운 훈령에 의해, 벼룩을 퍼뜨렸을지 모르는 개와 고양이를 죽이는 임무를 맡은 특별 전담반원들의 발포소리가 이따금씩 탕탕거렸다. 그 둔탁한 폭발음들은 시내에 경계 태세 분위기를 조성하는 데 한몫했다.

더위와 침묵 속에서는 그리고 우리 시민들의 질겁한 마음에는 게다가 모든 것이 더 큰 비중을 갖게 되었다. 처음으로, 계절의 변화를 나타내는 하늘빛과 흙냄새가 모두에게 감지되었다. 누구나 더위가 전염병에 보탬이 될지도 모른다는 것을 질겁하며 깨달은 동시에 여름이 자리 잡고 있다는 것을 알고 있었다. 저녁 하늘 속의 귀제비 울음소리는 도시의 상공에서 더욱 가냘파졌다. 그것은 더 이상 우리 고장의 지평선을 멀리 확장하는 6월의 황혼에 어울리지 않았다. 시장의 꽃들은 이제 꽃망울이 맺혀 도착하지 않고 이미 만개한 상태여서 아침 장사 후에는 꽃잎들이 먼지투성이의 보도를 덮었다. 봄은 지고 근방 곳곳에 만개한 수많은 꽃들 속에서 아낌없이 소진되었다가 곧 페스트와 더위라는 이중의 압박 아래에서 약해지고 서서히 짓눌리게 될 것임이 명백했다. 우리 시민들 모두에게 있어서 이 여름 하늘은, 그리고 먼지와 권태의 색조를 띠며 창백해져가던 이 거리들은, 도시를 매일 무거워지게 하던 백여 구의 주검들과 똑같은 불길한 의미를 지니고 있었다. 멈추지 않는 태양, 잠과 휴가의 맛이 나는 이 시간들은 더 이상, 예전처럼 물과 육체의 축제를 즐기라는 초대장이 아니었다. 그와 반대로 그것들은 울에 갇힌 조용한 시내에서 텅 빈 소리를 내고 있었다. 그것들은 행복한 계절들의 구릿빛 광채를 잃은 상태였다. 페스트의 태양은 모든 색깔들을 꺼버리고 모든 기쁨을 달아나게 하고 있었다.

그것이 그 병이 일으킨 대변혁 중의 하나였다. 일반적으로 모든 우리 시민들은 환희에 차서 여름을 맞이해 왔다. 오랑 시는 그때 바다를 향해 활짝 열리고 그 젊음을 해변 위에 쏟아 부었다. 이번 여름에는 그와 반대로 앞바다로의 통행이 금지되어 육체는 더 이상 기쁨을 누릴 권리가 없었다. 그런 상황 속에서 무엇을 하겠는가? 타루가 다시 가장 사실적인 우리의 당시 생활상을 전해주고 있다. 그는 당연히 페스트의 전반적인 진행을 따라가고 있었는데, 병의 전환점이 사망자 수가 주당 몇 백 명이라는 식이 아니라 하루에 92명, 107명, 120명이라는 식으로 보도를 하기 시작한 라디오에 의해 획이 그어졌다고 정확히 적었다. '신문들과 당국자들은 페스트를 상대로 재주를 부린다. 그들은 130이 910보다 훨씬 적은 수이기 때문에 페스트를 상대로 점수를 얻어냈다고 상상한다.' 그는 또한 돌림병의 참담한 면모들을 떠올려주고는 했다. 블라인드들이 쳐있는 황량한 어떤 동네에서 한 여성이, 그의 머리 위에서 불쑥 창문을 열어젖히고 두 번 비명을 지르더니 짙은 그늘이 진 방 쪽으로 덧문을 다시 세차게 잡아당겨 닫았다는 이야기 같은 것이다. 그러나 그는 그 외에 박하정제가 약방에서 동이 났고, 그 이유는 많은 사람들이 전염병을 예방하기 위해 그것을 빨아먹기 때문이라고 적었다.

   그는 또한 그가 좋아하는 인물들을 계속 관찰하고 있었다. 고양이들과 놀던 그 작은 노인 역시 비극적으로 지낸다는 소식이 있었다. 어느 날 아침, 과연 총소리가 탕탕대더니 타루가 썼듯이 납으로 된 몇 발의 총알이 가래침같이 날아가 대부분의 고양이들을 죽였고 다른 고양이들을 떨게 만들었다. 고양이들은 그 거리를 떠났다. 같은 날, 그 작은 노인은 여느 때와 같은 시간에 발코니로 나왔다가 적잖은 놀라움을 내보이고는 몸을 굽혀 거리의 위아래를 둘러본 후 체념하고 기다렸다. 그는 한 손으로 발코니의 난간을 살살 두드리고 있었다. 그는 더 기다리다 종이를 조각내고는 들어가 버렸다. 그리고 다시 나와 시간이 어느 정도 지나자 갑자기 화를 내며 문을 닫고 그 뒤로 사라졌다. 그 다음 며칠간 같은 장면이 되풀이되었다. 그러나 작은 노인의 안색은 점점더 뚜렷하게 슬퍼 보이고 혼란스러워 보였다. 한 주가 끝날 때, 타루는 노인이 평상시처럼 나타나기를 헛되이 기다렸으나 창문들은 굳게 닫혀 있었는데, 그 창문 안에는 충분히 이해되는 어떤 비애가 머물러 있었다. '페스트가 돌 때에는 고양이들에게 침을 뱉지 말 것', 비망록의 결론은 이런 것이었다.

다른 한편 타루는 저녁 귀가 때면 늘, 이리저리 거니는 야간 경비원의 어두운 얼굴을 홀에서 마주치리라 확신했다. 그는 만나는 사람마다 자신은 무슨 일이 생길지 예상했다는 것을 끊임없이 상기시켰다. 타루는 그가 어떤 불행을 예언하는 것을 들은 적이 있다고 인정했지만 그것은 지진이었다고 지적하자 늙은 야간 경비원이 대답했다. "아! 차라리 지진이었으면! 크게 한 번 흔들리고 나서 더는 아무 이야기 안 하죠…… 죽은 사람 수, 산 사람 수를 헤아리면 다 끝나잖아요. 하지만 이놈의 더러운 병! 병 없는 사람조차 속병이 난다고요."

호텔 지배인이라고 덜 짓눌린 것은 아니었다. 초기에는, 시를 떠날 수 없게 된 여행객들이 시의 폐쇄로 인해 호텔에 묶여 있게 되었다. 그러나 돌림병이 길어지자 차츰 많은 사람들이 친구 집에서 묵는 쪽을 선호했다. 그리고 시의 폐쇄라는 동일한 원인으로 인해 모든 호텔방들이 차 있다가 그때부터는 비어 있었는데, 우리 시에는 더 이상 새로운 여행객들이 오지 않았기 때문이다. 타루는 남아 있는 몇 안 되는 숙박자 중의 한 사람이었다. 그런데 지배인은 기회가 있을 때마다 타루에게, 마지막 손님들에게까지 봉사하고자 하는 욕구가 자신에게 없었다면 오래 전에 업소를 닫았을 것임을 알아달라고 했다. 그는 자주 돌림병이 얼마나 계속되리라 예상하느냐고 물었다. "일설로는," 타루가 지적했다. "추위가 이런 종류의 병들을 막는다고 합니다." 지배인은 미칠 지경이었다. "그런데 여기 날씨는 정말 전혀 춥지 않아요, 손님. 좌우간에 추워지려면 아직 여러 달이 걸릴 거고요." 게다가 여행객들이 더 오랫동안 시로부터 발길을 돌리리라는 것은 확실했다. 이 페스트는 관광업의 파산 선고였다.

얼마 동안 오지 않던 부엉이 신사 오통 씨가 호텔 식당에 다시 모습을 나타냈는데 훈육된 강아지 같은 두 아이만 데리고 왔다. 알고 보니 아내는 친정어머니를 간호하고 장례를 치러 지금은 격리 보호 관찰을 받고 있었다.

"마음에 안 듭니다," 지배인은 타루에게 말했다. "격리 상태거나 아니거나, 그 여자는 보균자가 아닐까요, 저들도 그렇습니다."

타루는 그에게 그런 관점에서라면 모든 사람들이 감염의 의심이 된다고 지적했다. 그러나 상대방은 막무가내였고 그 문제에 대해서는 딱 부러진 시각들을 갖고 있었다.

"아닙니다, 손님, 손님이나 저는 보균자가 아닙니다. 저 사람들은 안 그렇고요."

그러나 오통 씨는 거의 달라진 것이 없어서 이 경우 페스트는 수고만 하고 아무것도 얻지 못했다. 그는 똑같은 방식으로 식당에 들어왔고, 아이들보다 먼저 앉아서 여전히 아이들에게 특유의 나무라는 언사를 해대고 있었다. 어린 아들의 모습만 달라져 있었다. 누이처럼 검은 옷을 입고 전보다 약간 더 웅크린 모습이 아버지의 작은 그림자 같았다. 오통 씨를 안 좋아하던 야간 경비원이 타루에게 말한 적이 있기를,

"허! 저 자는 정장하고 뒈질 거예요. 그러면 꾸밀 필요가 없어요. 그냥 가버릴 겁니다."

파늘루 신부의 설교 또한 적혀 있었지만 다음과 같은 평이 달

려 있었다. '나는 이런 호의적인 열의를 이해한다. 재앙의 초기에 그리고 재앙이 끝났을 때 사람들은 항상 약간 멋을 부려 말한다. 전자의 경우 아직 습관을 버리지 않아서이고 후자의 경우 이미 습관이 되돌아와서이다. 불행한 순간이 되어야 사람들은 진실, 다시 말해서 침묵에 익숙해진다. 기다리자.'

타루는 끝으로 의사 리외와 긴 대화를 한 적이 있다고 적었는데, 결과가 좋았다고만 기억했다. 그는 묘하게도 리외 어머니의 눈이 맑은 갈색이라고 알리고서 그렇게나 선의가 읽혀지는 시선은 언제나 페스트보다 강할 것이라고 그녀에 대해 단정했다. 끝으로 그는 리외의 치료를 받던 늙은 천식 환자에 대해 상당히 긴 대목을 할애했다.

그 대면 후 타루는 의사와 함께 그를 보러 갔었다. 노인은 억지웃음을 짓고 두 손을 비비며 타루를 맞이했다. 그는 침대에서 등을 베개에 대고 완두콩을 담은 두 개의 냄비를 앞에 하고 있었다. "오! 다른 의사군요." 타루를 보면서 노인이 말했다. "세상이 거꾸로 되서 환자보다 의사가 더 많네. 그게 빠르게 번져서죠, 그죠? 신부가 옳아요, 마땅히 일어닐 일이죠." 이튿날, 타루는 기별 없이 그 환자를 다시 찾아갔다.

그의 비망록을 믿자면, 늙은 천식 환자는 잡화상이었는데 쉰 살 때 그 장사도 할 만큼 했다고 판단했다. 그는 드러누운 후로 더 이상 일어나지 않았다. 그렇지만 그의 천식은 일어서서 지낼 만한 병이었다. 그는 소액의 연금으로 일흔다섯 살 때까지 별문제 없이 생계를 꾸려왔다. 그는 시계가 눈에 띄면 견디지를 못 하는 성격이었다. 사실 그의 집안 전체에는 시계가 단 하나도 없었다. "시계는," 그의 말이었다. "비싸고 멍청해요." 그는 두 개의 냄비를 가지고 시간을, 특히 그에게 유일하게 중요했을 시간인 식사 시간을 쟀는데 잠에서 깨면 그중 하나에 완두콩이 가득했다. 그는 시종일관 부지런하고 규칙적인 동작으로 콩을 다른 냄비에 하나하나 채워갔다. 그는 그렇게 해서 냄비로 측정되는 하루 속에서 자신의 지표들을 얻었다. "열다섯 번째 냄비가 되면," 그의 말이었다. "수저를 챙겨야만 하죠. 아주 간편해요."

그의 아내의 말대로라면 게다가 그는 아주 젊어서부터 그런 사람이 될 징조를 보였다. 실제로 일, 친구, 카페, 음악, 여자, 산책 등 그 어떤 것도 결코 그의 흥미를 끌지 못했다. 그는 결코 자기 시를 벗어난 적이 없었는데, 집안일로 어쩔 수 없이 알제에 가야 했으나 더 이상 모험을 할 수가 없어서 오랑에서 가장 가까운 정거장에서 내린 하루가 예외였다. 그는 첫차를 타고 집으로 돌아와 버렸다.

그가 해 온 은둔생활에 대해 놀라는 타루에게, 그는 종교에 따르면 한 사람의 반생은 상승이고 나머지 반생은 하강인데, 하강 중에 그 사람의 하루하루는 더 이상 그의 것이 아니어서 언제라도 빼앗길 수 있으니 그것들에 대해 아무것도 할 수 없고 최선은 바로 아무것도 하지 않는 데 있다고 대강 설명했다. 그는 게다가 모순을 두려워하지 않았다. 그도 그럴 것이 그는 얼마 후에 타루에게 신은 분명히 존재하지 않는다, 만일 신이 있다면 신부들은 필요 없으니까 그렇다, 라고 말했다. 그러나 그에 이어서 생각을 좀 해 보니 타루는 그런 철학은 노인이 속한 교구의 빈번한 헌금 모금들이 그를 짜증나게 한 것과 밀접하게 연결되어 있다는 것을 이해했다. 그러나 그 노인이 어떤 사람인지를 결정적으로 묘사해준 것은 그가 자신의 상대 앞에서 여러 차례 한 절박해 보이는 하나의 소원이었다. 그는 아주 오래 살다가 죽고 싶어 했던 것이다.

'그는 성자일까?' 타루는 자문했다. 그리고 대답했다. '그렇다, 성스러움이 조화로운 습관들이라면 말이다.'

그러나 동시에, 타루는 페스트에 휩쓸린 도시의 하루에 대해 아주 세세한 묘사를 시도함으로 해서 그 여름 동안의 우리 시민들의 관심사들과 생활에 대한 하나의 올바른 의견을 제시했다. '주정꾼들 이외에는 아무도 웃지 않고,' 타루의 말이었다. '그들은 지나치게 웃는다.' 이어서 그는 묘사를 시작해 나갔는데,

'새벽, 산들바람이 아직 텅 빈 도시를 훑고 지나간다. 밤에 죽은 자들과 송장처럼 낮을 지내는 자들 사이에 있는 이 시간, 페스트는 일순 일을 멈추고 숨을 돌리는 듯하다. 모든 가게들은 닫혀 있다. 그러나 몇몇 가게 위에 달린 "페스트로 인해 폐점"이라는 팻말은 다른 가게들과 달리 그곳들이 잠시 후에 열리지 않을 것임을 입증한다. 아직 졸음에 겨운 신문팔이들은 속보를 외쳐대지는 않았지만 길모퉁이에 등을 기대고 가로등 불빛을 받으며 몽유병자 같은 동작 속에서 상품들을 내밀고 있었다. 잠시 후면 첫 전차에 의해 잠이 깬 그들은 온 도시로 흩어져 "페스트"라는 글자가 눈에 확 띄는 신문들을 쭉 뻗어 내밀 것이다. "페스트는

가을까지 갈 것인가? B 교수…… 아니라고 대답." "사망자 124명,
페스트 발생 94일 째 집계."

용지난이 점점 심해져 몇몇 간행물들은 부득이 지면을 줄이
지 않을 수 없었음에도 불구하고 '역병일보'라는 다른 신문이 하
나 창간되었다. 그 신문이 내세운 사명은 "병세의 진행 또는 후
퇴에 대해 엄정한 객관성을 중시하면서 우리 시민들에게 정보를
주고, 돌림병의 전망에 대한 가장 신빙성 있는 증언들을 제공하
고, 유명 무명을 불문하고 천재에 대항할 준비가 된 모든 사람들
을 지면을 통해 지지하고, 주민의 사기를 진작시키고, 당국의 지
시를 전달하고, 그리고 한마디로 말해서 우리를 공격하고 있는
불행에 효과적으로 대항하기 위해 모든 선의들을 결집하는" 것
이었다. 실은 이 신문은 아주 빠르게 페스트 예방에 효력이 확실
하다는 신상품들의 광고를 게재하는 데 그쳤다.

아침 6시경, 모든 신문들이 개점 1시간 전부터 상점들의 문
앞에 늘어선 줄들에서 그 다음에는 만원이 되어 도심 근처에 도
착하는 전차들에서 팔리기 시작한다. 전차들은 유일한 교통수단
이 되어서 승강구의 계단과 바깥 난간이 깨질 정도의 사람을 싣
고 간신히 전진한다. 신기한 것은 그럼에도 불구하고 모든 승객
들이 가능한 한 상호 전염을 피하려고 서로 등을 돌리고 있다는
것이다. 정류장마다 전차가 남녀 승객을 한 무더기 쏟아놓으면
그들은 서로에게서 멀어져 혼자 있으려고 서두른다. 만성화되어
가는 언짢은 기분 탓일 뿐인 장면들이 빈번히 촉발된다.

첫 전차들이 지나간 후 도시는 차츰 잠에서 깨어나고 첫 간

이음식점들이 문을 여는데 스탠드바에는 "커피 매진", "설탕 지참" 등의 팻말들이 가득하다. 이어서 가게들이 문을 열고 거리는 활기를 띤다. 그와 동시에 햇살이 오르고 더위가 7월의 하늘을 조금씩 납빛으로 만든다. 아무 할 일 없는 사람들이 각오하고 대로로 나오는 시간이다. 대부분의 사람들은 만용의 과시를 통해 페스트를 물리치기로 결심한 듯하다. 매일 11시경 중심가에서 젊은 남녀들이 행렬을 이루는데, 사람들은 그 행렬에서 커다란 불행의 한가운데에서 자라나는 삶의 열정을 경험할 수 있다. 전염병이 확대되면 윤리의식 역시 느슨해질 것이다. 우리는 밀라노의 무덤들 근처에서 벌어지던 사투르누스 축제를 다시 보게 될 것이다.

정오, 식당들은 눈 깜박할 사이에 채워진다. 자리를 못 얻은 작은 무리들이 아주 빠르게 식당들 문에서 생겨난다. 하늘은 과도한 더위로 빛을 잃기 시작한다. 커다란 차양의 그늘 아래, 햇볕에 말라버린 소리를 내는 길가에서 사람들이 식사를 하려고 차례를 기다린다. 식당들에 손님들이 넘쳐나는 것은 식당들이 많은 점에서 식사 문제를 간단하게 해주기 때문이다. 그러나 식당들에서도 전염에 대한 불안은 변함없이 그대로이다. 함께 식사하는 사람들은 인내심을 가지고 식탁용구들을 닦느라 긴 시간을 소비한다. 얼마 전까지 몇몇 식당은 이런 광고를 붙였다. "저희 식당에서는 식탁용구들을 끓는 물에 소독합니다." 그러나 식당들은 차츰 일체의 광고를 그만뒀다. 왜냐하면 손님들은 어쩔 수 없이 식당에 와야 했기 때문이다. 다른 한편으로 소비자는 기꺼이 지갑을 열었다. 좋거나 좋을 거라는 포도주들, 가장 비싼 안주들이 있으면 앞다퉈 구매가 시작된다. 또한 어떤 식당에서는, 몸이 불편해진 한 손님이 얼굴이 창백해져 일어서더니 비틀거리며 급히 문밖으로 나간 까닭에 공황 상태라 할 장면들이 벌어졌던 것 같다.

　2시경이 되면 도시는 차츰 비어가고 그 순간 침묵, 먼지, 태양과 페스트가 거리에서 서로 만난다. 커다란 회색 집들의 한 쪽 끝에서 다른 쪽 끝까지 더위가 멈추지 않고 흐른다. 그것이 바로 긴 감옥살이 시간인데, 사람과 소음으로 가득한 도시 위로 툭 떨어지는 불붙은 저녁 무렵이 되어야 끝난다. 더위가 시작된 처음 며칠 동안 저녁 시간은 이따금씩 그리고 까닭 모르게 황량했다. 그러나 지금은 선선한 첫 기운이 희망은 아닐망정 안도감을 가져다주고 있다. 모든 사람들이 그때 거리로 나와 이야기하느라 정신을 빼거나 서로 다투거나 서로를 갈구하거나 해서, 7월의 붉은 하늘 아래 쌍쌍의 남녀들과 고성을 지르는 사람들을 실은 도시는 숨 가쁜 밤을 향해 표류한다. 매일 저녁 대로들 위에서 신들린 한 늙은이가 펠트 모자에 나비넥타이를 매고 군중들을 헤치고 다니며 "하나님은 위대하십니다, 그분에게로 오십시오"를 헛되이 쉬지 않고 되풀이하고 있고, 그와 반대로 모두가 그들이 잘 알지도 못하는 혹은 그들에게는 하나님보다 더 시급해 보이는 그 무엇을 향해 서둘러 간다. 그들이 이 병은 다른 병들과 같다고 생각한 초기에는 종교가 제 자리에 있었다. 그러나 그것이 심각하다는 것을 알았을 때, 그들은 향유라는 것을 기억해냈다. 낮 동안 얼굴에 칠해지는 고뇌 전부가 뜨겁고 먼지투성이인 황혼녘에는 일종의 광적인 흥분이나 모든 시민을 열에 들뜨게 하는 어설픈 자유 속에서 해소되어 버린다.

그리고 나 역시 그들과 같다. 그래 뭐! 죽음은 나 같은 인간들에게는 대수롭지 않다. 그건 그들이 옳다고 인정하는 하나의 사건이다.'

리외에게 만나자고 요청한 것은 바로 타루이고, 그는 비망록에서 그것에 대해 이야기하고 있다. 타루를 기다리던 날 저녁, 리외는 우연히 부엌 한쪽의 의자에 차분히 앉아 있는 어머니를 보게 되었다. 그녀는 집안일을 그만 해도 될 때면 거기서 하루를 보냈다. 그녀는 두 손을 모아 무릎에 얹고 기다리고 있었다. 리외는 그녀가 자신을 기다리는 것이라는 확신도 없었다. 그렇지만 그가 나타나자 어머니의 얼굴에서 뭔가가 변했다. 힘든 삶으로 인해 얼굴로 말하지 못해 온 것 전부가 그때 생기를 띠는 듯했다. 이어서 어머니는 또다시 침묵에 잠겼다. 그닐 저녁 그녀는 창을 통해 지금은 황량해진 거리를 살피고 있었다. 야간 조명이 3분의 2정도 줄어 있었다. 그래서 듬성듬성 아주 희미한 전등이 도시의 어둠을 희끄무레하게 비추고 있었다.

"페스트 내내 불을 줄이고 지내겠지?" 리외 부인이 말했다.

"아마도요."

"겨울까지 계속될까 봐 걱정이구나. 그러면 너무 서글퍼질 게다."

"예," 리외가 말했다.

그는 어머니의 시선이 그의 이마에 놓이는 것을 보았다. 그는 지난 며칠간의 걱정과 과로로 자신의 얼굴이 여윈 것을 알고 있었다.

"오늘 일이 잘 안 됐니?" 리외 부인이 물었다.

"아! 늘 그렇죠 뭐."

늘 그렇다! 다시 말해 파리에서 보낸 새 혈청은 처음 것보다 효력이 덜한 양상이었고 통계치는 오르고 있었다. 이미 감염된 가정들 이외의 사람들에게 예방 혈청을 접종할 가능성은 아직 없었다. 혈청을 고루 쓰려면 엄청난 양이 필요했다. 대부분의 가래톳들은 마치 경화기가 온 듯이 뚫려지려 하지를 않아 환자들을 고문했다. 전날 밤부터 시내에 새로운 형태의 돌림병 사례가 두 건 있었다. 페스트는 그때 폐(肺) 페스트가 되고 있었다. 그날 회합 도중에, 기력이 쇠진한 의사들은 갈피를 못 잡는 도지사 앞에서 입에서 입으로 이뤄지는 폐 페스트의 전염을 피하기 위한 새로운 조치들을 요구해서 얻어냈다. 늘 그렇듯이 사람들은 여전히 아무것도 모르고 있었다.

그는 어머니를 바라보았다. 그 아름다운 갈색 시선은 리외의 마음속에 정겨웠던 시절을 다시 떠오르게 했다.

"무서워요 어머니?"

"내 나이 정도 되는 사람은 더 이상 크게 두려워할 게 없단다."

"하루하루가 참 긴데 내가 이제는 전혀 여기 있지를 못하네요."

"네가 올 거라고 알고 있으면 기다리는 건 큰 일이 아니야. 그리고 네가 여기 없을 때는 나는 네가 무엇을 하고 있는지 생각한단다. 소식은 좀 있니?"

"네, 다 괜찮아요, 지난번 집사람 전보를 믿자면 그렇죠. 하지만 집사람이 나를 안심시키려고 하는 말이라는 건 알아요."

문의 초인종이 울렸다. 의사는 어머니에게 미소를 짓고 문을 열러 갔다. 층계참의 어둠 속, 타루는 회색 옷차림의 커다란 곰 같은 모습이었다. 리외는 방문객을 책상 앞에 앉게 했다. 리외 자신은 안락의자 뒤에 그냥 서 있었다. 그들은 그 방에 유일하게 켜져 있는 사무용 책상 위의 전등에 의해 나뉘어져 있었다.

"내가 알기로," 타루가 대뜸 말했다. "당신하고는 단도직입적으로 이야기할 수 있을 테죠."

리외는 침묵으로 동의를 표시했다.

"보름이나 한 달 안에 당신은 이곳에서 아무 쓸모가 없게 될 텐데, 당신은 이 난제들을 해결하기에는 역부족입니다."

"사실입니다," 리외가 말했다.

"보건위생과의 조직이 잘못되어 있습니다. 당신한테는 사람과 시간이 부족하고요."

리외는 이번에도 그것이 사실임을 시인했다.

"건강한 사람들을 일반 구조작업에 강제로 참가시키려고 도청에서 일종의 시민 의무 봉사를 검토하고 있다는 것을 알게 되었습니다."

"잘 알고 있군요. 하지만 이미 불만이 대단해서 도지사는 주저하고 있습니다."

"자원봉사자들을 모집하지 않는 이유가 뭐죠?"

"모집해봤지만 결과가 빈약했어요."

"다소 믿음 없이 사무적인 방식으로 구했죠. 그들한테 부족한 것은 바로 창의력입니다. 그들은 결코 재앙의 수위에 맞추지 못해요. 그리고 그들이 상상하는 대책들은 겨우 코감기 정도의 수준이에요. 만약 그들이 하는 대로 놔두면 그들은 급사할 것이고 우리도 그들과 함께 그렇게 될 겁니다."

"그럴 수 있죠," 리외가 말했다. "그들이 그렇지만 내가 실무라고 부르려는 것을 위해서 죄수들에 대해서도 생각했다는 것은 말해야겠네요."

"그게 자유인들이면 훨씬 좋겠어요."

"나도요. 그런데 대체 왜 그런 생각을?"

"사형선고는 질색입니다."

리외는 타루를 바라보았고,

"그래서요?" 그가 말했다.

"그래서 내게 자원 보건위생대 조직을 위한 방안이 하나 있습니다. 내가 그 일을 맡도록 승인해주고 행정당국은 빼버립시다. 더군다나 행정당국은 일에 치이고 있잖아요. 친구들이 거의 곳곳에 있어서 그들이 첫 번째 구심점을 이룰 겁니다. 그리고 나도 당연히 거기에 참여할 겁니다."

"물론," 리외가 말했다. "내가 기쁘게 받아들인다는 건 짐작할 겁니다. 특히 이런 직업에서는 도움을 받아야 할 필요가 있습니다. 그런 구상을 도청에서 받아들이도록 책임지겠습니다. 더군다나 그들은 선택의 여지가 없죠. 그러나……"

리외는 곰곰이 생각해봤다.

"그러나 이건 목숨을 잃을 수도 있는 일임을 잘 알겁니다. 그리고 무슨 일이 있어도 나는 당신한테 그것을 경고해야만 합니다. 제대로 심사숙고해 본건가요?"

타루는 회색빛 눈으로 그를 바라보고 있었다.

"의사 선생, 파늘루의 설교를 어떻게 생각합니까?"

질문이 솔직하게 제기되자 리외는 솔직하게 거기에 대답했다.

"나는 집단적 처벌이라는 생각을 좋아하기에는 병원에서 겪은 것이 너무나 많습니다. 그러나 알잖아요, 기독교인들은 가끔 그런 식으로 이야기해도 실제로는 절대 그렇게 생각하지 않아요. 그들은 보기와 달리 훨씬 훌륭합니다."

"하지만 당신은 파늘루처럼 페스트가 유익한 점이 있고 눈을 뜨게 해주며 생각하게 만든다고 믿죠!"

리외는 참지 못하고 머리를 저어댔다.

"이 세상의 모든 병들처럼요. 그러나 이 세상의 모든 악들에 대해 사실인 것은 페스트에 대해서도 역시 사실입니다. 그런 건 몇몇 사람들을 성장시키는 역할을 할 수 있죠. 그렇다 해도 그 병이 가져오는 비참과 고통을 볼 때, 체념하고 페스트를 받아들이려면 미쳤거나, 눈이 멀었거나 비겁해야만 합니다."

리외는 어조를 거의 올리지 않았다. 그러나 타루는 그를 진정시키려는 듯한 손동작을 했다. 그는 미소를 짓고 있었다.

"그래요," 리외는 어깨를 으쓱하면서 말했다. "그러나 아직 나한테 대답을 안 했습니다. 심사숙고해 봤나요?"

타루는 안락의자에서 조금 편안하게 고쳐 앉더니 밝은 쪽으로 머리를 내밀었다.

"의사 선생, 신을 믿나요?"

질문은 다시 솔직하게 제기되었다. 그러나 이번에는 리외가 망설였다.

"아니요, 하지만 그게 뭘 뜻하는 걸까요? 나는 어둠 속에서 선명하게 보려고 노력하고 있어요. 그것을 근본으로 보기를 오래전에 그만 뒀습니다."

"바로 그게 당신과 파늘루를 가르는 것이 아닐까요?"

"그렇게 생각하지 않습니다. 파늘루는 연구자입니다. 그는 사람이 죽는 것을 많이 못 봤기 때문에 진리의 이름으로 이야기하는 겁니다. 그러나 아무리 하찮은 시골 신부라도 자기 교구 사람들의 종부성사를 집전하고 임종하는 사람의 숨소리를 들어 봤다면 나처럼 생각합니다. 그는 비참함이 왜 좋은지를 증명하고 싶어 하기 전에 그것을 살펴줄 겁니다."

리외가 일어서자 그의 얼굴은 이제 그늘진 쪽에 있었다.

"그런 건 젖혀둡시다," 그가 말했다. "당신이 대답하고 싶어 하지 않으니까요."

타루는 의자에 가만히 앉아 미소를 지었다.

"질문으로 대답해도 될까요?"

이번에는 의사가 미소를 짓더니,

"수수께끼를 좋아하는군요." 그가 말했다. "해 봅시다."

"이렇습니다," 타루는 말했다. "왜 당신 자신은 신을 믿지 않는데도 그렇게나 헌신하는 겁니까? 당신의 대답이 어쩌면 나 자신이 대답하는 데 도움이 될 겁니다."

그늘에서 나오지 않고서 의사는, 그 대답은 했고 만일 어떤 전능한 신을 믿었다면 사람들을 치료하기를 그만둔 다음 이런 수고를 신에게 맡겼을 것이라고 말했다. 그러나 스스로를 전적으로 포기하는 사람은 아무도 없기 때문에 세상 어느 누구도 아니 그 신을 믿는다고 믿던 파늘루조차 그런 종류의 신은 믿지 않고, 또한 최소한 그 점에 있어서 리외의 경우 있던 그대로의 창조와 맞서 싸우면서 진리의 길 위에 있다고 생각한다고 말했다.

"아!" 타루가 말했다. "그러니까 그게 당신의 직업에 대해 당신이 가진 생각인거죠?"

"대충 그렇죠," 의사가 다시 빛 속으로 돌아오면서 말했다.

타루가 부드럽게 휘파람을 불자 의사는 그를 바라보았다.

"그렇군요," 리외가 말했다. "직업에 대한 자긍심이 있어야만 한다고 다짐하는 거군요. 그러나 나는 그저 필요한 정도의 자긍심밖에 없어요, 정말입니다. 나를 기다리고 있는 것이 무엇인지도 이 모든 일이 끝난 다음에는 무엇이 올지도 모릅니다. 당장에는 환자들이 있으니 그들을 치료해야만 합니다. 그 다음에 그들은 생각해 볼 것이고 나 역시 그럴 겁니다. 그러나 가장 시급한 것은 그들을 치료하는 것입니다. 나는 내가 할 수 있는 만큼은 그들을 보호할 뿐입니다."

"누구로부터 보호합니까?"

리외는 창문 쪽으로 돌아섰다. 그는 지평선 저 멀리, 어둠이 더욱 짙어진 곳에 바다가 있지 않을까 했다. 그는 피곤을 절감했을 뿐이다. 동시에 특이하지만 우정을 느끼던 이 사람에게 좀 더 허심탄회해지고 싶은 갑작스럽고 비이성적인 욕구에 맞서고 있었다.

"그것에 대해 아무것도 모르겠어요. 타루. 맹세컨대 아무것도 모르겠어요. 나는 어찌 보면 추상적으로 이 직업에 들어섰어요. 왜냐하면 이 직업이 필요했고, 이 직업은 다른 것들과 마찬가지인 하나의 사회적 지위, 젊은 사람들이 목적으로 삼는 사회적 지위들 중에 하나였기 때문이죠. 어쩌면 또한 나 같은 노동자의 자식으로서는 특히 어려운 일이었기 때문이기도 해요. 그런 다음에는 사람들이 죽는 것을 보아야만 했어요. 죽기를 거부하는 사람들이 있다는 것을 압니까? 한 여자가 죽는 순간에 '절대 안 돼!'라고 외치는 것을 언제 들어봤나요? 나는 있어요. 그리고 그런 것에 나는 익숙해질 수 없다는 것을 그때 깨달았죠. 그때는 젊어서 나는 세계의 질서 자체를 혐오한다고 생각했어요. 그후 더 겸손해졌어요. 다만 죽는 것을 보는 것은 여전히 익숙하지 못해요. 그 이상은 아무것도 모릅니다. 그러나 그렇다 해도……"

리외는 입을 다물고 다시 앉았다. 입이 마르는 느낌이었다.

"그렇다 해도요?" 타루가 부드럽게 물었다.

"그렇다 해도……" 의사는 말을 잇다가 타루를 유심히 바라보며 다시 망설였다. "이런 건 당신 같은 사람이면 이해 할 수 있는 일이 아닐까 해요, 그러나 세계의 질서는 죽음에 의해 조절되는 것인 까닭에 어쩌면 신으로서는 사람들이 자신을 믿지 않고, 자신이 말없이 있는 하늘을 올려다보지 않고 전력으로 죽음과 싸워주는 것이 더 낫겠죠."

"네," 타루는 동의했다. "이해할 수 있습니다. 그러나 당신의 승리는 늘 일시적일 뿐이죠."

리외는 침울해지는 듯해 보였다.

"늘 그렇죠, 그건 알아요. 그러나 그것이 싸움을 멈춰야 할 이유는 아닙니다."

"예, 그건 이유가 아니죠. 하지만 이 페스트가 그렇다면 당신한테는 어떤 것일지 생각해 봅니다."

"그래요," 리외는 말했다. "끝없는 패배죠."

타루는 잠시 의사를 응시하고 나서 일어서더니 묵직한 걸음으로 문 쪽으로 걸어갔다. 그리고 리외는 그를 따라갔다. 리외가 이미 그를 따라잡았을 때 자기 발치를 바라보고 있는 것 같던 타루가 리외에게 말하기를,

"의사 선생, 그런 모든 것을 누가 가르쳤나요?"

즉시 대답이 왔는데,

"가난입니다."

리외는 사무실 문을 열고 나와 복도에서 타루에게 변두리 동네의 환자들 중 한 사람을 보러 가려고 자신도 내려가야 한다고 말했다. 타루가 함께 가겠다고 제안하자 의사는 수락했다. 복도 끝에서 그들은 리외 부인을 만났고 의사는 어머니에게 타루

를 소개했다.

"친구예요," 그가 말했다.

"오!" 리외 부인이 말했다. "만나서 아주 반가워요."

어머니가 가자 타루는 다시 그녀 쪽으로 몸을 돌렸다. 층계참에서 의사는 자동 스위치를 켜려고 애썼으나 헛수고였다. 층계는 어둠 속에 잠겨 있었다. 의사는 그것이 새로운 절전 조치의 결과인지 궁금했다. 그러나 알 수 없었다. 벌써 얼마 전부터 집에서나 도시에서나 모든 것이 삐걱대고 있었다. 그것은 어쩌면 단순히 수위들과 우리 시민들이 전체적으로 더 이상 아무것에도 주의하지 않는 탓이었다. 그러나 의사에게는 더 추론해 볼 시간이 없었다. 타루의 음성이 뒤에서 울려 왔기 때문인데,

"한마디만 더요 의사 선생, 비록 우습게 생각한다 해도 말할게요, 당신이 전적으로 옳아요."

리외는 어둠 속에서 자기 혼자 어깨를 으쓱했다.

"나는 아무것도 모릅니다, 정말요. 그러나 당신의 경우 뭔가 알고 있습니까?"

"오!" 타루는 흔들림 없이 말했다. "나는 배워야 할 것이 별로 없어요."

의사가 멈춰 서자 그의 뒤쪽에서 타루의 발이 한 계단 미끄러졌다. 타루는 리외의 어깨를 잡으면서 균형을 잡았다.

"삶에 대해 다 안다고 생각합니까?" 리외가 물었다.

어둠 속에서 여전히 차분한 음성에 실려 대답이 나왔는데,

"네."

거리로 나서자 그들은 꽤 늦은 시간이라는 것을 깨달았다. 그때가 아마 11시쯤이었다. 도시는 말이 없었고 스치는 소리만으로 차 있었다. 아주 멀리서 구급차의 경적이 울렸다. 그들은 차에 탔고 리외는 시동을 걸었다.

"반드시" 그는 말했다. "내일 예방 백신을 위해 병원에 와야만 합니다. 그러나 그 이야기에 들어가기 전에 확실히 매듭짓자면 말입니다, 거기서 벗어날 확률은 3분의 1이라는 사실을 다짐해둬요."

"그런 추정은 무의미합니다, 의사 선생, 나처럼 그건 알고 있잖아요. 백 년 전에 페스트 돌림병이 페르시아 시민을 모두 죽였죠, 전혀 멈추지 않고 자기 일을 해 온 염하는 사람만 빼고요."

"그 사람은 3분의 1의 행운이 있었을 뿐입니다," 리외는 갑자기 더 가라앉은 목소리로 말했다. "그러나 우리가 그것에 대해 깨우쳐야 할 게 여전히 한가득 하다는 건 사실이죠."

그들은 이제 변두리 지역으로 들어서고 있었다. 차 전조등이 황량한 거리를 환하게 밝히고 있었다. 차가 섰다. 자동차 앞에서 리외가 타루에게 들어가겠느냐고 묻자 상대방은 그러겠다고 말했다. 하늘이 반사되어 그들의 얼굴을 비추고 있었다. 리외는 갑자기 정다운 웃음을 터뜨렸다.

"그런데, 타루 씨," 그가 말했다. "이런 일을 맡으라고 당신을 움직인 것이 대체 뭐죠?"

"모릅니다. 어쩌면 내 도덕관이겠죠."

"어떤 도덕관이요?"

"이해심이요."

타루는 집 쪽으로 돌아섰고 리외는 그들이 늙은 천식환자의 집에 들어갈 때까지 더 이상 그의 얼굴을 보지 못했다.

그 다음 날로 타루는 일에 착수해서 제1조를 모았고 다른 많은 조들이 그 뒤를 잇게 되었다.

서술자의 의도는 그렇지만 이 보건위생대에 실제 이상의 중요성을 부여하려는 것이 아니다. 사실 많은 우리 시민들이 서술자의 입장이 된다면 오늘날 보건위생대의 역할을 과장하고 싶은 유혹에 넘어갈지 모른다. 그러나 서술자는 오히려, 그런 훌륭한 행동들에 지나친 중요성을 부여하므로 해서 결국에는 악에 대해 간접적이고 강력한 찬사를 바치게 된다고 믿고 싶어진다. 그럴 때 사람들은 그런 훌륭한 행동들이 그렇게도 대단한 가치를 지니는 것은 아주 드물기 때문일 뿐이고 인간의 행동에 있어서는 악의와 무관심이 더 흔한 원동력이라고 미루어 짐작하게 해서 그렇다. 서술자는 이런 생각에 공감하지 않는다. 세계 속에 있는 악은 거의 항상 무지에서 오고, 어리석은 선의는 악의만큼이나 많은 피해를 입힐 수가 있다. 사람들은 악하다기보다는 선해도 사실 문제는 그것이 아니다. 그러나 사람들의 무지는 더하기도 덜하기도 한 것이고 바로 이것을 미덕 또는 악덕이라 한다. 그렇기 때문에 가장 절망적인 악덕은 모든 것을 알고 있다고 믿고서 누군가를 죽일 권리를 자신에게 인정하는 무지의 악덕이다. 살인자의 영혼은 맹목적이고, 일체의 가능한 통찰력이 없이는 참된 호의도 아름다운 사랑도 없다.

그렇기 때문에 타루의 덕택으로 조직된 우리의 보건위생대는 객관적인 만족감을 가지고 평가되어야 한다. 그렇기 때문에 서술자는 의지에 대해 그리고 그가 합리적인 중요성만을 부여할 뿐인 어떤 영웅성에 대해 지나치게 웅변적인 칭송을 하지 않을 것이다. 그러나 그는 페스트가 그때 모든 우리 시민들로 하여금 갖게끔 한 찢기고 애타는 심정을 기록하는 역사가 노릇을 계속해 나가겠다.

보건위생대에 헌신한 사람들은 사실 아주 큰 자질이 있어서 그렇게 한 것은 아니다. 그들은 그들이 해야 할 유일한 일이 그것임을 알고 있었고 그런 결단을 내리지 않는 것은 그때에는 믿기 힘든 일이었기 때문에 그렇게 한 것이다. 보건위생대는 우리 시민들이 페스트 속에서 더 앞으로 나아가도록 도와줬고 시민들에게 그 병이 거기 있는 까닭에 그것과 싸우는데 필요한 일을 해야만 한다는 것을 부분적으로 납득시켰다. 페스트는 그렇게 몇몇 사람들의 의무가 되었기 때문에 사실상 실체로서, 다시 말해 모든 사람의 문제로서 모습을 드러냈다.

그런 점은 좋다. 그러나 사람들은 2 더하기 2는 4라고 가르친다고 교사에게 찬사를 보내지 않는다. 사람들은 아마 그가 그런 훌륭한 직업을 선택한 것에 찬사를 보낼 것이다. 따라서 타루와 다른 사람들이 반대쪽을 선택하기보다는 2 더하기 2는 4였음을 입증하는 쪽을 선택한 것은 칭찬할 만했다고 하자. 뿐만 아니라 그런 선의가 또한 교사와 그들의 공통점이자, 그 교사와 같은 마음을 가지고 있고 인간의 명예를 위해서는 다행스럽게도 생각 외로 수가 많은 사람들과 그들의 공통점이었다고 하자. 서술자의 신념은 적어도 그러하다. 한편 서술자는 자신에게 가해질 반론 그러니까 그 사람들이 생명의 위협을 감수했다는 반론을 잘 안다. 그러나 역사에서는 항상, 2 더하기 2는 4라고 용기 있게 말하는 사람이 사형당하는 경우가 생긴다. 교사는 그 사실을 잘 안다. 그리고 문제는 그런 수학적 논리가 받는 보상 혹은 벌이 무엇이냐를 아는 것이 아니다. 문제는 2 더하기 2가 과연 4가 되느냐 안 되느냐를 아는 것이다. 그 당시 생명이 위태로웠던 우리 시민들에 대해 말하자면, 그들에게는 자신들이 페스트 속에 있느냐 없느냐 그리고 페스트와 싸워야만 하느냐 아니냐를 결정하는 것이 문제였다.

우리 시내의 많은 신도덕주의자들은 그때 아무것도, 아무데도 소용이 없고 무릎을 꿇는 수밖에 없다고 말하고 다녔다. 타루도 리외도 그들의 친구들도 이런저런 대답을 할 수 있었지만 그들은 항상 결론을 알고 있었다. 이런 식으로든지 저런 식으로든지 싸워야만 하지 무릎을 꿇어서는 안 된다는 것이었다. 문제는 되도록 많은 사람들이 죽는다든가 돌이킬 수 없는 이별을 겪는다든가 하지 않도록 하는 데 있었다. 그러기 위해서는 오직 페스트와 싸우는 방법밖에는 없었다. 이 진리는 놀라울 것이 없는 필연적인 것이었다.

그렇기 때문에 당연히 늙은 카스텔은 임시변통한 자재를 가지고 현장에서 혈청을 제조하는 데 모든 믿음과 정력을 바쳤다. 그와 리외는 시에 퍼져 있는 병원체 자체를 배양해서 만든 혈청이 외부에서 온 혈청들보다 더 직접적인 효과가 있어 주기를 희망했고, 그 까닭은 그 세균이 전통적인 규정대로의 페스트 간균과는 약간 달랐기 때문이다. 카스텔은 어서 빨리 자신의 첫 혈청을 얻게 되기를 바랐다.

그렇기 때문에 당연히 영웅다운 면이라고는 전혀 없던 그랑은 이제 보건대에서 일종의 서기 노릇을 맡고 있었다. 타루가 편성한 조들의 일부는 사실 과밀 지역 내에서 예방 보조 작업에 투입되었다. 그 사람들은 그곳에 필수적인 위생 환경을 마련해 주려고 노력했고, 소독반이 다녀가지 않은 헛간들과 지하실들의 수를 세었다. 그 조들의 다른 일부는 의사들의 왕진을 보조했고 페스트 환자의 이송을 맡았으며 나중에는 기술직원이 없어서 환자와 사망자용 차량을 운전하기까지 했다. 이 모든 일은 등록이나 통계 작업이 요구되었는데, 그랑이 그것을 하겠다고 받아들였다.

그런 관점에서 서술자는 그랑이 리외나 타루 이상으로 보건위생대를 살아 움직이게 한 조용한 미덕의 실재적 대표자였다고 평가한다. 그랑은 주저 없이 자신이 지녀온 선의를 가지고 긍정적인 대답을 했다. 그는 다만 자질구레한 일에 도움이 되도록 해 달라고 부탁했다. 그는 그 외의 일에는 나이가 너무 많았다. 오후 6시부터 8시까지 그는 시간을 내줄 수 있었다. 그리고 리외가 열렬히 감사를 표시하자 그랑은 놀랐다. "뭐 제일 어려운 일도 아니잖아요. 페스트가 있으니, 스스로 지켜야만 하죠, 그건 당연지사예요. 아! 모든 일이 이렇게 단순했으면!" 그리고 그는 자신의 문장 이야기로 다시 돌아왔다. 가끔씩 저녁때 목록작성 작업이 완료되면 리외는 그랑과 이야기를 했다. 그들은 결국 타루를 대화에 끼워 넣게 되었고, 그랑은 점차 눈에 띄게 기뻐하며 두 동반자들에게 마음을 털어놓았다. 두 사람은 그랑이 페스트의 한가운데에서 계속하고 있던 인내심이 필요한 작업을 관심 있게 따라가고 있었다. 그들 역시 결국에는 거기에서 일종의 여유를 얻고 있었다.

"그 여기사는 잘 지내죠?" 타루가 자주 물었다. 그러면 그랑은 한결같은 대답이었다. "걷고 또 걷고 있어요."라며 힘겹게 미소를 지었다. 어느 날 저녁, 그랑은 최종적으로 자신의 여기사에 대해 '우아한'이라는 형용사를 포기한 후로 그녀를 '날씬한'으로 묘사해 왔다고 말했다. "더 구체적이죠." 그가 덧붙인 말이었다. 언젠가 한번은 두 청중에게 다음과 같이 고친 첫 구절을 읽어주었다. "어느 아름다운 5월 오전 나절, 날씬한 한 여기사가 멋진 알레잔 암말을 타고 불로뉴 숲의 꽃이 만발한 오솔길들을 누비고 있었다."

"어때요?" 그랑이 말했다. "여인이 훨씬 잘 보이고 '5월 오전 나절'이 더 좋았어요, 왜냐하면 '5월, 그 달의'는 보폭이 좀 늘어지잖아요."

그랑은 후에 '멋진'이라는 형용사에 대해 고심하는 것이 역력했다. 그에 의하면 그것은 별로 뜻이 없었다. 그래서 그는 그가 상상하는 화려한 암말을 사진처럼 단번에 찍어줄 어휘를 찾고 있었다. '살이 오른'은 어울리지 않았는데, 구체적이지만 약간 비하하는 투였다. '윤기 흐르는'이 잠깐 그를 끌었지만 박자가 맞아 들어가지 않았다. 어느 날 저녁, 그는 의기양양하게 '검은 알레잔 암말'을 발견했다고 알려줬다. 검은 빛깔은, 이것 역시 그에 따르면 은밀하게 우아함을 가리켰다.

"그건 불가능해요," 리외가 말했다.

"왜 그렇죠?"

"알레잔은 말의 품종이 아니라 색깔을 가리켜요."

"무슨 색깔을요?"

"아 그게, 어쨌든 검은색이 아닌 어떤 색깔이죠!"

그랑은 아주 괴로워 보였다.

"고마워요," 그가 말했다. "선생님이 있어서 다행이네요. 그건 그렇고, 알겠죠, 이게 얼마나 어려운 일인지요."

"'화려한'은 어떻게 생각해요?" 타루가 말했다.

그랑은 그를 쳐다보았다. 그는 곰곰 생각하다가,

"맞아요," 그가 말했다. "맞아요!"

그리고 차츰 그의 얼굴에 미소가 생겨났다.

그로부터 얼마 있다가 '꽃이 만발한'이라는 말이 골치 아프게 한다고 토로했다. 그는 오랑과 몽텔리마르밖에는 아는 곳이 전혀 없었으니만치, 가끔 그의 친구들에게 불로뉴 숲의 오솔길들에 어떤 식으로 꽃이 만발하는지 예를 들어 달라고 부탁했다. 정확하게 말해서, 불로뉴 숲의 오솔길들이 리외나 타루에게 그런 인상을 준적은 없었지만 서기의 확신은 그들을 흔들어 놓았다. 그랑은 그들에게 확신이 없다는 것이 놀라웠다. "볼 줄 아는 것은 화가들뿐이죠." 그러나 어느 날 의사는 그가 몹시 흥분해 있는 것을 보았다. 그는 '꽃이 만발한'을 '꽃이 가득한'으로 바꿨다. 그는 두 손을 비벼대고 있었다. "드디어 꽃이 보이고, 향기가 느껴져요. 여러분, 모자를 벗어 경의를 표하세요!" 그는 의기양양하게 그 구절을 읽었다. "어느 아름다운 5월 오전 나절, 날씬한 한 여기사가 화려한 알레잔 암말을 타고 불로뉴 숲의 꽃이 가득한 오솔길들을 누비고 있었다." 그러나 그 구절을 마칠 때 큰 소리로 읽은 속격 세 개가 거슬리게 울리자 그랑은 약간 더듬거렸다. 그는 기운 빠진 모습으로 자리에 앉았다. 이어서 의사에게 집에 가도 되느냐고 양해를 구했다. 그는 생각을 좀 해볼 필요가 있었다.

나중에 알게 된 일인데, 그 무렵에 그는 사무실에서 산만한 기미를 보였는데 시청으로서는 감소된 인원을 가지고 짓누르는 업무들과 마주해야 하던 때라서 그것들은 유감스러운 것으로 판단되었다. 그로 인해 부서가 힘들어지자 과장은 그를 야단치며 그가 완수하지 못한 바로 그 일을 완수하라고 봉급을 주는 것이라고 지적했다. "내가 알기로는" 국장이 말했다. "담당 업무 외에 보건위생대에서 자원 봉사를 하고 있다던데. 그건 나와 상관이 없는 일이오. 그러나 당신의 업무는 나와 상관이 있소. 그런데 이 끔찍한 정황에서 당신이 유익한 일을 할 수 있는 첫 번째 방법은 담당 업무를 잘하는 거요. 안 그러면, 그 나머지는 아무 소용이 없소."

"그가 옳아요." 그랑이 리외에게 말했다.

"그래요, 그가 옳아요." 의사가 동의했다.

"그런데 정신이 산만해져서, 문장을 어떻게 끝내야 할지 모르겠어요."

그는 모든 사람이 알아들을 것이라고 예상하면서 '불로뉴'를 없애 버릴까 생각했다. 그러나 그때 그 구절은, 실상 '오솔길들'에 연결되던 '숲'을 '꽃'에 딸려있게 하는 모습이 되었다. 그는 또한 '꽃이 가득한 숲의 오솔길들…이라고 써볼 가능성도 검토했다. 그러나 그가 임의적으로 갈라놓은 명사와 수식어 사이의 '숲'의 위치가 그에게는 살에 박힌 가시였다. 며칠 밤, 그는 정말 리외보다 한층 더 피곤한 모습이었다.

그렇다, 그는 그를 온통 빨아들이던 그런 연구로 인해 피곤했지만 보건위생대에 필요한 합산과 통계 일을 꾸준히 해내지 못한 것은 아니다. 인내심을 가지고 매일 저녁 목록을 선명하게 정리했고 거기에 곡선 도표를 첨부했으며 가능한 한 정확한 상황도를 제시하려고 천천히 심혈을 기울이고 있었다. 아주 자주 그는 리외와 합류하러 병원으로 와서 아무 사무실이나 진료실에 책상 하나를 내달라고 부탁했다. 그는 정확히 마치 시청의 자기 책상에 앉듯이 서류들을 가지고 앉아 소독약과 병 자체에 의해 짙어진 공기 속에서 잉크를 말리려고 종잇장을 흔들고는 했다. 그는 그때 여기사에 대해 더 이상 생각하지 않고 오직 해야만 할 것을 하려고 성실히 노력하고 있었다.

그렇다, 인간은 영웅들이라 부르는 사람들을 본보기와 귀감으로 삼는 데 매달리는 것이 사실이어서 이 이야기 속에 절대적으로 영웅이 하나 있어야만 한다면 서술자는, 가진 것이라고는 그저 약간의 선한 마음과 보기에도 우스꽝스러운 이상뿐인 이 보잘것없고 존재감 없는 영웅을 제안한다. 그런 제안은 진리에게 그 본연을, 2와 2의 덧셈에 4라는 합을, 그리고 영웅주의에게 그것의 원래 자리가 되어야 하고 행복에 대한 지대한 욕구 바로 뒤이지 결코 앞이 아닌 부차적 자리를 부여할 것이다. 그런 제안이 또한 이 연대기의 성격을 부여할 것이다. 좋은 기분으로 다시 말해, 보란 듯이 기분 나빠하지 않고 천박한 흥행물 식의 자극성이 없는 기분으로 하는 진술이라는 성격 말이다.

이것은 어쨌든, 바깥 세계가 페스트에 감염된 오랑 시에 전달하려 한 후원과 격려를 신문에서 읽거나 라디오에서 들을 때 의사 리외가 갖던 의견이었다. 항공로와 육로로 보내온 구호품들과 동시에 동정적이거나 찬양적인 발언들이 전파로 또는 인쇄물로 이제는 고립된 그 도시 위에 매일 저녁 난데없이 쏟아지고 있었다. 그리고 그것들의 서사시적이거나 수상식용 연설 어조는 매번 의사를 참을 수 없게 했다. 물론, 그런 염려가 가식이 아니라는 것은 알고 있었다. 그러나 그것은 관례적인 언어로만 표현될 수밖에 없었고, 그런 언어를 통해 사람들은 그들을 인류와 연결시켜 주는 것을 표현하려 애쓴다. 그리고 그런 언어는 예를 들어, 페스트의 한복판에서 그랑이 무슨 의미인지를 설명해 줄 수 없기에 그랑의 작은 일상적 노력들에 적용될 수 없었다.

자정이 되어 황량해진 도시의 깊은 침묵 속에서 너무나 짧은 잠을 위해 잠자리에 들 때 의사는 때때로 수신기의 스위치를 돌렸다. 그리고 세계의 끝들로부터 수천 킬로미터를 가로질러 생면부지의 우정 어린 음성들은 서투르게나마 그들의 연대감을 말하려 애를 썼고 분명히 그것을 말했지만 동시에 볼 수 없는 어떤 고통을 진정으로 나눠 가질 수 없다는 모든 사람이 처한 잔혹한 무력감을 증명하고 있었다. '오랑! 오랑!' 헛되이 이런 부름이 바다를 건너왔고, 헛되이 리외는 주의를 기울이고 있었으며, 곧 웅변은 고조되어 그랑과 그 웅변가를 서로에게 낯선 두 사람으로 만들던 본질적인 경계를 훨씬 더 두드러지게 했다. '오랑! 그래, 오랑! 그러나 아니야,' 리외의 생각이었다. '함께 사랑하거나 죽거나, 그 외의 다른 수단은 있지 않아. 그들은 너무 멀리 있어.'

그리고 이때부터 페스트의 절정기에 이르기 전까지, 즉 천재가 시를 탈취하려고 온 힘을 모아 쏟아 붓던 시기에 대해 당연히 이야기해야 할 것은 랑베르 같은 마지막 별종들이 행복을 되찾기 위해 그리고 모든 침해에 저항해서 지켜 온 그들 자신의 일부를 페스트로부터 빼내기 위해 하던 전망적이고 단조로운 긴 노력들이다. 그들은 그런 방식으로, 그들을 위협하던 속박을 거부하고 있었다. 비록 그런 거부가 다른 거부만큼 보기에도 효과적이지 않다 해도 서술자의 의견으로는 그것은 정말 의의가 있었고, 비록 그것이 헛되고 심지어는 모순되어도 그때 우리 누구나의 마음속에 있던 자랑스러운 그 무엇인가의 증거였다.

랑베르는 페스트가 자신을 덮치는 것을 막으려고 저항했다.

합법적인 수단들로는 도시에서 나갈 수 없다는 확증을 얻었기 때문에, 그가 리외에게 말한 적이 있듯이 다른 수단들을 써보기로 결심했다. 신문 기자는 카페 종업원들에서부터 시작했다. 어느 카페 종업원이나 항상 모든 소식을 알고 있다. 그러나 그가 처음에 캐물었던 몇몇 종업원들은 그런 종류의 시도들에 과해지는 중벌들에 대해 특히 정통했다. 랑베르는 어떤 경우에는 심지어 선동자로 간주되기도 했다. 일이 조금 진척된 것은 리외의 집에서 랑베르가 코타르를 만나게 되면서였다. 그날 리외와 코타르는 그 신문기자가 관청들에서 했던 헛된 절차들에 대해 다시 이야기했다. 며칠 후, 코타르는 거리에서 랑베르를 마주치자 그 즈음에 그가 모든 인간관계에서 취하던 붙임성 있는 태도로 그를 대했다.

"여전히 아무것도 없어요?" 코타르가 물었다.

"네, 아무것도요."

"관청들에 기대할 수는 없습니다. 원래 그들은 이해해주려 하지를 않아요."

"사실이에요. 그건 그렇고, 다른 걸 찾아보고 있죠. 어렵네요."

"아!" 코타르가 말했다. "그래 보여요."

줄 닿는 곳이 있던 코타르는 설마 하던 랑베르에게 자신이 오래 전부터 오랑의 모든 카페들의 단골이고 거기에는 여러 친구들이 있어서 그런 종류의 일을 취급하는 어떤 조직에 대한 정보가 있다고 설명했다. 진실을 말하자면, 당시 지출이 수입보다 많아진 코타르는 배급품의 암거래에 얽혀 있었다. 그는 그러니까 담배와 값싼 술을 되팔고 있었는데, 그것들은 멈추지 않고 가격이 올라 그에게 자그마한 밑천을 가져다주는 중이었다.

"확실한가요?" 랑베르가 물었다.

"그럼요, 나한테 그걸 제안했으니까요."

"그런데 이용하지 않았다고요?"

"의심하지 말아요," 코타르는 호인 같은 태도로 말했다. "내 경우 떠날 의향이 없었기 때문에 이용하지 않았어요. 내 나름의 이유들이 있죠."

그는 침묵 후에 덧붙이기를,

"무슨 이유들인지 안 물어보네요?"

"내 생각으로는," 랑베르가 말했다. "그건 나와 상관없는 일이죠."

"어떤 의미에서는 사실 그쪽하고 상관없죠. 그러나 다른 의미에서는…… 결과적으로 단 하나 명백한 것은 우리가 페스트와 함께 한 날부터 나는 여기가 참 좋다는 느낌이라는 겁니다."

상대방은 그의 말을 자르며,

"그 조직과 접선하려면 어떻게 하죠?"

"아!" 코타르가 말했다. "쉬운 일이 아닙니다, 같이 가죠."

그때가 오후 4시였다. 무더운 하늘 아래에서 도시는 서서히 찜통이 되기 시작했다. 모든 상점들에 발이 내려져 있었다. 인도는 황량했다. 코타르와 랑베르는 아케이드로 들어서서 한참 말없이 걸었다. 페스트가 모습을 드러내지 않는 그런 시간들 중의 하나였다. 색채와 움직임이 이렇게 말이 없고 죽어 있는 것은 천재만큼이나 여름의 특성일 수 있었다. 공기가 무거운 것이 위협 때문인지 먼지와 폭염 때문인지 알 수 없었다. 생각이 다시 페스트에 닿으려면 관찰하고 깊이 생각해 봐야만 했다. 페스트는 오직 음성적인 징조들을 통해서만 정체를 드러냈기 때문이다. 페스트와 친숙한 코타르는 예를 들어 통로의 문턱에서 옆으로 드러누워 몸을 식히려 헐떡거리고 있어야 할 개들이 없음을 랑베르에게 지적했다.

그들은 팔미에 대로에 들어섰다가 아름 광장을 가로질러 마린 동네 쪽으로 내려갔다. 왼쪽에, 초록색으로 칠한 카페 하나가 노란색의 넓은 천으로 된 비스듬히 쳐진 발에 의해 가려져 있었다. 안으로 들어서며 코타르와 랑베르는 이마를 닦았다. 그들은 초록색 철판 탁자 앞의 정원용 접이식 의자에 자리를 잡았다. 홀은 텅 비어있었다. 파리들이 공중에서 윙윙거리고 있었다. 기우뚱한 스탠드바 위에 놓여 있는 노란 새장 안에는 털이 다 빠진 앵무새 한 마리가 횃대 위에 퍼져 앉아 있었다. 낡은 전쟁화들이 땟국과 빼곡한 거미줄을 뒤집어 쓰고 벽에 걸려 있었다. 모든 철판 탁자들과 랑베르 자신 앞에 있는 탁자에도 닭똥들이 말라붙어 있었는데, 그것들이 왜 생긴 것인지를 설명하기 어려웠다. 약간 소란스러운 소리가 나더니 어두운 한 구석에서 잘생긴 수탉한 마리가 팔짝대면서 나오기 전까지는.

더위가 그 순간 더 기승을 부리는 것 같았다. 코타르는 웃옷을 벗고 철판 탁자를 두드렸다. 긴 파란 앞치마에 파묻힌 조그마한 남자가 안에서 나오더니 코타르를 보고는 멀리서 인사를 했다. 그는 수탉을 발로 세게 걷어차 쫓아버리고 앞으로 와 수탉이

꼬꼬댁대는 와중에, 손님 무엇을 드릴까요, 하고 물었다. 코타르는 백포도주를 주문하며 가르시아라는 사람에 대해서 캐물었다. 그 땅꼬마에 따르면 그 사람을 카페에서 본 지 벌써 며칠 되었다.

"오늘 저녁에는 올 것 같소?"

"어이쿠!" 상대방이 말했다. "그 사람 속이야 모르죠. 그러나 손님께서는 그 사람이 언제 올지 아시죠?"

"알지만 아주 큰일은 아니지. 그저 소개해 줄 친구가 한 명 있어서 그래."

남종업원은 앞치마 자락에 축축한 손을 닦고 있었다.

"아하! 손님도 역시 그 일을 하시는군요?"

"그렇소." 코타르가 말했다.

땅꼬마는 코를 킁킁거렸다.

"그러면 오늘 저녁에 다시 오세요. 그 사람한테 애를 보낼 게요."

밖으로 나오면서 랑베르는 그 일이라는 게 뭐냐고 물었다.

"당연히 암거래죠. 물건을 시의 문을 통해 들여옵니다. 아주 센 값에 팔아요."

"그럼," 랑베르가 말했다. "공모자들이 있겠군요?"

"그거예요."

그날 저녁, 발은 걷혀 있었고 앵무새는 새장 속에서 재잘거리고 있었으며 철판 탁자들에는 셔츠 바람의 남자들이 둘러 앉아 있었다. 그중 한 사람은 밀짚모자를 뒤로 젖혀 썼고 그을린 흙 같은 색의 가슴이 드러난 흰 와이셔츠 차림이었는데, 코타르가 들어서자 자리에서 일어섰다. 반듯하고 햇볕에 탄 구릿빛 얼굴, 검고 작은 눈, 흰 이, 두세 개의 반지를 낀 그는 서른 살쯤으로 보였다.

"안녕하신가," 그가 말했다. "바에서 한 잔 해야지."

그들은 말없이 세 잔을 마셨다.

"나갈까?" 가르시아가 그때 말했다.

그들은 항구 쪽으로 내려갔다. 그리고 가르시아는 용건이 뭐냐고 물었다. 코타르는 그에게 랑베르를 소개하려 한 것은 정확히는 사업을 위해서가 아니라 코타르가 표현한 대로 '외출'을 위해서일 뿐이라고 말했다. 가르시아는 담배를 피우면서 앞으로 곧장 걸어가고 있었다. 그는 랑베르에 대해 이야기할 때는 '그 사람'이라고 말하면서 몇 가지 질문을 했는데, 랑베르가 옆에 있다는 것을 아는 것 같지도 않았다.

"그래서 뭐 하게?" 가르시아의 말이었다.

"프랑스에 아내가 있어."

"아하!"

그리고 잠시 후,

"그 사람 직업이 뭐래?"

"신문기자."

"말 많은 사람들 직업이네."

랑베르는 입을 다물고 있었다.

"친구일세," 코타르가 말했다.

그들은 아무 말 없이 앞으로 나아갔다. 커다란 철조망에 의해

진입이 금지된 부둣가에 도착했다. 그러나 그들은 정어리 튀김을 파는 자그마한 간이식당 쪽으로 향했는데, 그 냄새가 그들이 있는 곳까지 풍겨 오고 있었다.

"아무튼," 가르시아는 결론을 내렸다. "그건 내가 아니라 라울이 관련되어 있어. 내가 다시 그를 만나야만 해. 쉽지 않을 거야."

"아!" 코타르가 흥분하며 물었다. "그는 숨어 지내나?"

가르시아는 대답하지 않았다. 그는 간이식당 근처에서 멈춰 서더니 처음으로 랑베르 쪽으로 돌아섰다.

"모레 11시, 시내 위쪽에 있는 세관 건물 모퉁이요."

그는 떠나려는 듯하다가 다시 두 사람에게로 돌아섰다.

"비용이 들 거요," 그가 말했다.

그건 확인용이었다.

"물론이죠," 랑베르가 동의했다.

잠시 후에 신문기자는 코타르에게 감사를 표했다.

"오! 아니에요," 상대방은 흔쾌히 말했다. "당신을 도와줘서 즐겁습니다. 그리고 말이죠, 당신은 신문기자니까 언젠가 저를 도와주셔야 합니다."

이틀 후, 랑베르와 코타르는 우리 시의 꼭대기로 뻗은 그늘이 없는 큰 길을 올라갔다. 세관 건물의 일부분이 간병소로 변해 있어서 커다란 문 앞에 사람들이 진을 치고 있었는데, 허락될 수 없던 면회를 기대하고 왔거나 시시각각으로 무효가 되어 버리던 정보들을 찾으러 온 사람들이었다. 어찌되었거나 그런 모임터에는 많은 사람들의 왕래가 가능해서 이런 배려가 가르시아와 랑베르의 만남이 정해진 이유와 무관하지 않다고 추측할 수 있었다.

"기이하군요," 코타르가 말했다. "왜 이리 고집을 부리며 떠나려는지. 좌우간 참 재미있는 일입니다."

"그렇지 않습니다." 랑베르가 대답했다.

"오! 물론, 위험 부담이 있기는 하죠. 그러나 따지고 보면 페스트 이전에도 아주 복잡한 교차로를 건널 때 그런 정도의 위험 부담은 있었죠."

그 순간, 리외의 차가 그들 옆으로 와서 멈춰 섰다. 타루가 운전을 하고 있었고 리외는 반쯤 조는 것 같았다. 리외는 그들을 인사시켜 주려고 잠을 쫓았다.

"우리는 서로 구면이죠," 타루가 말했다. "같은 호텔에서 지냅니다."

그는 랑베르에게 시내까지 태워다 주겠다고 제안했다.

"아닙니다, 여기서 약속이 있어요."

리외가 랑베르를 쳐다보자,

"여깁니다," 랑베르는 말했다.

"아!" 코타르가 놀라워했다. "선생님도 알고 있군요?"

"저기 예심판사가 오네요." 타루가 코타르를 쳐다보면서 넌지시 말했다.

코타르의 안색이 변했다. 오통 씨가 과연 길을 내려와 힘차지만 절제된 걸음걸이로 그들 쪽으로 다가오고 있었다. 그는 그 작은 모임 앞을 지나가면서 모자를 벗었다.

"안녕하십니까, 판사님!" 타루가 말했다.

판사는 차 안의 사람들에게 답례를 하더니 뒤로 물러서 있던 코타르와 랑베르를 보며 고개로 정중하게 인사를 했다. 타루는 연금 수령자와 신문기자를 소개했다. 판사는 잠깐 하늘을 쳐다보고 나서 한숨을 쉬며 아주 서글픈 시기라고 말했다.

"제가 듣기로 타루 씨, 선생께서 예방조치들을 적용하는 일을 맡고 있다고 하더군요. 제가 선생을 칭찬할 자격이나 있을지 모르겠습니다. 의사 선생, 병이 확산될 거로 생각하십니까?"

리외가 그렇게 안 되기를 바라야만 한다고 말하자 판사는 항상 희망을 가져야만 한다고 반복했는데, 신의 섭리가 계획한 것들을 누가 알겠는가. 타루는 그에게 이번 사태로 업무가 늘었느냐고 물었다.

"그 반대입니다, 우리가 공법이라고 부르는 사건들은 줄었습니다. 제가 심리하는 것들은 새 조치들의 중대 위반 사건들밖에는 없습니다. 기존의 법률들은 결코 이만큼 잘 지켜지지 않았어요."

"그것은," 타루가 말했다. "비교해 보면 기존의 법률들이 나은 것 같아서죠, 필연적입니다."

판사는 마치 우러러보는 듯이 시선을 하늘로 향하고 꿈꾸는 표정을 짓고 있다가 거기에서 벗어났다. 그리고 차가운 표정으로 타루를 훑어봤다.

"대체 그런 것이 뭐가 대수죠?" 그가 말했다. "중요한 건 법이 아니라 판결입니다. 그건 전혀 우리가 어떻게 할 수 있는 것이 아니에요."

"저 자가" 판사가 떠나자 코타르는 말했다. "제일 원수야."

차가 출발했다.

잠시 후, 랑베르와 코타르는 가르시아가 도착하는 것을 보았다. 그는 아무 신호 없이 그들 쪽으로 오더니 인사 대신에 말했다. "기다려야 되겠어."

여자가 압도적으로 많은 그들 주위의 군중은 완전한 침묵 속에서 기다리고 있었다. 거의 모든 여자들이 바구니들을 들고 있었는데, 그것들을 병든 친척들에게 전하게 할 수 있으리라는 헛된 희망과 그들이 그것들을 식량으로 쓸 수 있으리라는 더욱더 정신없는 생각을 하고 있었다. 정문은 무장한 파수병들이 지키고 있었고 때때로 이상한 비명소리가 정문과 건물 사이에 있는 마당을 가로질렀다. 그러면 모인 사람들 중에서 여럿이 불안에 찬 얼굴을 간병소 쪽으로 돌렸다.

세 남자는 이 광경을 바라보다가 등 뒤에서 "안녕하십니까?"라는 선명하고 굵은 인사 소리가 나자 돌아섰다. 더위에도 불구하고 라울은 아주 단정한 차림새였다. 키가 크고 건장한 그는 어두운 색의 더블정장에 챙이 위로 말려 올라간 펠트 모자를 쓰고 있었다. 얼굴은 제법 핼쑥했다. 갈색 눈과 얇은 입의 라울은 빠르고 정확하게 이야기했다.

"시 쪽으로 내려갑시다," 그가 말했다. "가르시아, 너는 가도 돼."

가르시아는 담뱃불을 붙이더니 그냥 그들과 헤어졌다. 그들은 가운데 있던 라울의 보폭에 맞춰 빠른 속도로 걸었다.

"가르시아가 설명했어요." 그가 말했다. "될 수 있는 일입니다. 어쨌거나 만 프랑은 들 겁니다."

랑베르는 받아들인다고 대답했다.

"같이 점심 식사를 합시다, 내일 마린 가의 스페인 식당에서 요."

랑베르가 알았다고 말하자 라울은 처음으로 미소를 지으며 악수를 했다. 그가 떠난 후 코타르는 양해를 구했다. 그는 그 다음날 시간이 없던 데다가 랑베르는 이제 그가 없어도 되었다.

이튿날, 신문기자가 스페인 식당으로 들어서자 모든 사람들이 그가 지나가는 쪽으로 고개를 돌렸다. 햇볕에 바싹 마른 누렇고 작은 길 아래쪽에 위치한 그 그늘진 굴 같은 식당은 대부분이 스페인계인 남자 손님들만 드나들었다. 그러나 안쪽의 탁자에 자리 잡은 라울이 신문기자에게 손짓을 하고 랑베르가 그를 향해 방향을 돌리자마자 사람들은 호기심이 사라져 접시로 얼굴을 돌렸다. 라울 옆에는 한 사내가 앉아 있었는데, 키가 크고 말랐으며 수염은 덥수룩하고, 어깨가 엄청나게 넓고, 얼굴은 말상이고 머리숱이 적었다. 걷어 올린 웃옷 밑으로 시커먼 털로 덮여 길고 가느다란 두 팔이 드러나 있었다. 랑베르를 소개받자 그는 고개를 세 번 끄덕거렸다. 그의 이름은 입 밖으로 나온 적이 없었고 라울은 그저 '우리 친구'라고 말하면서 그에 대해 이야기했다.

"우리 친구는 당신을 도울 가능성이 있다고 생각해요. 그가 곧 당신을……"

라울은 말을 멈췄다. 여종업원이 랑베르의 주문을 받으러 끼어들었기 때문이다.

"이 친구가 당신을 우리 친구들 중 두 사람과 곧 연결해줄 거고 그 친구들이 우린 편인 보초병들을 당신에게 소개해 줄 거요. 그렇다고 다 끝나는 것은 아니죠. 보초병들 스스로 절호의 시기를 판단해야만 해요. 가장 간단한 방법은 그들 중에서 시의 문 근처에 사는 사람의 집에 며칠 밤을 묵는 겁니다. 하지만 그 전에 우리 친구가 필요한 접선을 해줘야 해요. 모든 일이 준비되면 비용은 이 친구한테 계산해주면 되요."

그 친구는 한 입 가득 삼킨 토마토와 피망 샐러드를 쉬지 않고 씹으며 말같이 생긴 머리를 다시 한 번 끄덕였다. 이어서 그는 약한 스페인 억양으로 이야기했다. 그는 랑베르에게 이틀 후 아침 8시에 대성당 정문에서 만나자고 제의했다.

"또 이틀 후로군요," 랑베르가 지적했다.

"쉬운 일이 아니어서 그렇죠," 라울이 말했다. "그 사람들을 다시 만나야만 해요."

말상은 한 번 더 머리를 끄덕였고 랑베르는 열의 없이 수락했다. 나머지 식사시간은 얘깃거리를 찾다가 지나갔다. 그러나 말상이 축구선수였다는 것을 랑베르가 알게 되면서부터 모든 일이 아주 쉬워졌다. 랑베르 역시 축구를 많이 했다. 그래서 프랑스 전국대회, 영국 프로 선수단의 실력, W형 전술에 대한 이야기를 했다. 점심이 끝날 무렵 말상은 한창 신이 나 있었고 축구단에서는 센터하프보다 더 훌륭한 위치는 없다는 것을 랑베르에게 납득시키려 할 때에는 말을 놓았다. "자네도 알지," 그의 말이었다. "센터 하프는 역할을 배당하는 사람이야. 그리고 역할을 배당하는 게 바로 축구라고." 랑베르는 항상 센터포드였지만 그와 같은 견해였다. 그 토론은 라디오 수상기 때문에 중단되었을 뿐인데, 라디오는 감상적인 멜로디를 은은하게 되풀이한 후 전날 페스트가 137명의 희생자를 냈다고 보도했다. 모여 있던 사람들 중 아무도 반응을 나타내지 않았다. 말상의 사내는 어깨를 으쓱하더니 자리에서 일어났다. 라울과 랑베르도 그를 따라 일어났다.

떠나면서 센터하프는 랑베르의 손을 힘차게 쥐더니,

"내 이름은 곤잘레스네," 그가 말했다.

그 이틀은 랑베르에게 끝이 없어 보였다. 그는 리외를 찾아가서 일의 경과를 자세히 이야기했다. 그런 다음, 왕진을 가는 리외와 동행했다. 그는 페스트 징후를 보이는 환자가 리외를 기다리던 집의 문 앞에서 의사와 작별 인사를 했다. 복도 안에서 뛰는 소리와 목소리가 들렸다. 누군가 가족에게 의사가 왔다고 알리는 것이었다.

"타루가 늦지 않으면 좋겠는데," 리외가 중얼거렸다. 피로한 모습이었다.

"전염병이 너무 빨리 진행되고 있죠?" 랑베르가 물었다.

리외는 그건 아니고 통계 곡선조차 전보다 덜 빠르게 오른다고 말했다. 다만 페스트에 대항할 수단들이 충분히 많지 않았다.

"물자가 부족해요," 그는 말했다. "일반적으로, 세계의 어느 군대에서나 물자가 부족하면 인력으로 보충하죠. 그러나 우리는 인력마저도 부족합니다."

"외부에서 의사들과 보건부직원이 왔잖아요."

"그렇죠," 리외는 말했다. "의사 열 명하고 백여 명 정도의 사람들이요. 그건 많죠, 분명히. 현재 병의 상황에서 그 정도로는 빠듯해요. 돌림병이 확산되면 부족합니다."

리외는 안에서 나던 소리에 귀를 기울이고 나서 랑베르에게 미소를 지었다.

"그래요." 그가 말했다. "서둘러 일을 성사시키는 게 좋아요."

랑베르의 얼굴에 어두운 그늘이 지나갔고,

"아시죠," 그는 가라앉은 목소리로 말했다. "제가 그런 걸로 인해 떠나는 건 아닙니다."

리외가 그건 안다고 대답했으나 랑베르는 이어가기를,

"저는 어쨌거나 대부분의 경우 제가 비겁하지 않다고 생각합니다. 그것을 경험할 기회가 있었어요. 단지 제가 견딜 수 없는 생각들이 있죠."

의사는 그를 정면으로 쳐다보았다.

"부인을 다시 만나게 될 겁니다," 그가 말했다.

"어쩌면요, 그러나 이런 상태가 지속된다는 것과 이 모든 시간 동안 그녀가 늙을 것이라는 생각을 견딜 수가 없어요. 서른 살에 사람은 늙기 시작하고 모든 기회를 활용해야만 하죠. 선생님이 이해하실지 모르겠어요."

리외가 자신이 생각하기에 이해가 된다고 중얼거릴 때 타루가 굉장히 신이 나서 도착했다.

"방금 파늘루 신부한테 우리와 합류하라고 부탁했어요."

"아 그랬더니요?" 의사가 물었다.

"곰곰 생각해 보더니 그러겠다고 말하던데요."

"그거 흐뭇한 일이군요," 의사가 말했다. "그가 자기 설교보다는 훌륭한 사람이라는 것을 알게 되어서 흐뭇하네요."

"모든 사람이 그렇습니다," 타루가 말했다. "다만 그들한테 기회를 줘야만 하죠."

그는 미소를 짓더니 리외를 향해 눈을 깜빡했다.

"평생 내가 할 일이 그런 거죠, 기회를 제공하는 거 말입니다."

"실례지만," 랑베르가 말했다. "가봐야겠습니다."

약속일인 목요일, 랑베르는 대성당의 정문에 8시 5분 전에 도착했다. 공기는 아직 선선했다. 치솟는 더위가 당장 한 번에 삼켜 버릴 동그랗고 작은 흰 구름들이 하늘에 떠다니고 있었다. 잔디밭에서는 아직 흐릿한 습기 냄새가 올라오고 있기는 하지만, 말라 있었다. 동쪽 집들 뒤의 태양은 광장을 장식하고 있는 전신이 금도금된 잔 다르크의 투구만을 덥히고 있었다. 시계 종 하나가 8시를 쳤다. 랑베르는 황량한 정문 아래에서 몇 발 걸었다. 안에서 지하실 냄새 그리고 향 타는 냄새와 함께 어렴풋한 잠언 낭송 소리가 그에게 이르렀다. 갑자기 낭송 소리가 멎었다. 십여 개의 자그마한 검은 형체들이 성당에서 나와 시가를 향해 잰걸음으로 걸어가기 시작했다. 랑베르는 초조해지기 시작했다. 다른 검은 형체들이 큰 계단을 거슬러 올라 정문을 향해 오고 있었다. 그는 담배에 불을 붙이고 나서야 그 장소가 어쩌면 흡연이 허락되지 않는 곳이라는 생각이 들었다.

8시 15분이 되자, 대성당의 오르간이 은은하게 연주를 시작했다. 랑베르는 어두운 궁륭 아래로 들어섰다. 얼마 안 되어, 그의 앞을 지나간 검은 그림자들을 주랑 안에서 알아볼 수 있었다. 그 그림자들은 우리 시의 한 공방에서 급조한 성(聖) 로크 상을 막 설치한 일종의 임시제단 앞의 한 모퉁이에 모두 모여 있었다. 무릎을 꿇은 그림자들은 계속 움츠러들고 있는 듯했는데, 그것들은 응고된 그림자 덩어리들처럼 단면적이었고 희뿌연 배경보다 조금 더 짙은 색을 띠고 그 속에서 떠다니고 있었다. 그림자들 위의 오르간은 끝없는 변주곡을 울리고 있었다.

랑베르가 나왔을 때 곤잘레스는 이미 계단을 내려가 시내 쪽으로 가고 있었다.

"자네가 갔다고 생각했네," 그는 신문기자에게 말했다. "보통들 그랬거든."

그는 8시 10분전에 거기서 멀지 않은 다른 약속 장소에서 친구들을 만나기로 해서 기다리고 있었다고 설명했다. 그러나 20분을 기다렸어도 허탕이었다.

"무슨 사정이 생긴 게 분명해. 우리가 하는 일이 항상 쉬운 것은 아니지."

그는 이튿날 같은 시간에 전몰용사추모비 앞에서 다시 만나자는 제안을 했다. 랑베르는 한숨을 쉬더니 펠트 모자를 뒤로 젖혔다.

"이건 아무것도 아니야," 곤잘레스가 웃으면서 결론지었다. "한 골을 넣기 전에 해야만 할 모든 작전들, 기습공격들, 패스들에 대해 생각해 보라고."

"물론 그래," 랑베르가 말했다. "그러나 축구 경기는 한 시간 반밖에 안 걸려."

오랑의 전몰용사추모비는 바다를 볼 수 있는 유일한 장소에 있었는데, 항구가 굽어보이는 낭떠러지를 아주 짧게 끼고 도는 일종의 산책로였다. 이튿날 약속 장소에 먼저 온 랑베르는 영예의 전사자 명단을 주의 깊게 읽고 있었다. 몇 분 후에 두 남자가 다가와 무심하게 그를 쳐다보더니 산책로의 난간으로 가서 팔꿈치를 괴었다. 그들은 텅 비어있는 황량한 부두를 정신없이 관망하는 듯했다. 둘 다 같은 키였고 둘 다 푸른 바지에 수부용 줄무늬 웃옷을 입고 있었다. 랑베르는 약간 멀리 가서 긴 의자에 걸터앉아 그들을 느긋하게 바라볼 수 있었다. 그는 그때 그들이 필시 스무 살 이상은 되지 않았다는 것을 알아차렸다. 바로 그 순간, 그는 곤잘레스가 사과를 하면서 자신에게로 걸어오는 것을 보았다.

"저쪽이 우리 친구들이네" 라고 말하고서 그는 랑베르를 두 젊은이 쪽으로 데려가 마르셀하고 루이라는 이름으로 소개했다. 앞에서 보니 서로 많이 닮아 랑베르는 그들이 형제 사이라고 추측했다.

"자," 곤잘레스가 말했다. "이제 인사는 끝났고. 본론으로 들어가서 정리를 해야만 되겠지."

그때 마르셀인지 루이인지 누군가 자신들의 경비 차례가 이틀 내에 시작되어 일주일간 계속 되니 가장 편리한 날을 골라야만 한다고 말했다. 네 명이 서쪽 문을 지키는데 다른 두 사람은 직업군인이었다. 그들을 이 일에 끌어들이는 것은 말도 안 되었다. 그들은 확실한 사람들도 아닌데다가 그렇게 되면 비용이 더 올라갈지도 몰랐다. 그러나 그 두 동료가 저녁 시간의 일부를 단골 술집의 뒷방에 가서 지내는 일이 생기고는 했다. 그래서 마르셀인지 루이인지 누군가 랑베르에게 관문 근처에 있는 그들의 집에 와서 묵다가 곧 찾으러 올 때를 기다리라고 제안했다. 그렇게 되면 관문 통과는 아주 쉬울 터였다. 그러나 서둘러야만 했다. 얼마 전부터 시외에 이중 감시초소들을 설치한다는 소문이 있었기 때문이다.

랑베르는 동의를 표하고 남은 담배 몇 개비를 권했다. 그런데 둘 중에서 그때까지 말이 없던 자가 곤잘레스에게 비용 문제가 해결되었느냐고 그리고 선금을 받을 수 있겠느냐고 물었다.

"아니야," 곤잘레스가 말했다. "안 그래도 돼, 가까운 친구라고. 비용은 출발할 때 낼 거야."

그들은 다시 만날 약속을 정했다. 곤잘레스가 이틀 후 스페인 식당에서 저녁을 먹자고 제의했다. 거기에서, 보초병들의 집으로 가도 되었다.

"첫날 저녁에는," 그는 랑베르에게 말했다. "내가 같이 있어 줄게."

이튿날 랑베르는 방으로 올라가다가 호텔의 층계에서 타루와 마주쳤다.

"리외를 만나러 가는 길입니다," 후자가 말했다. "같이 갈래요?"

"그분한테 방해가 안 될지 잘 모르겠네요." 잠깐 망설이다가 랑베르가 말했다.

"내 생각에는 아닐 겁니다, 당신 얘기를 자주 했어요."

신문기자는 곰곰 생각하더니,

"이렇게 하죠," 그가 말했다. "저녁 식사가 끝난 다음에 시간이 있으면 늦더라도 상관없으니 호텔 스탠드바로 두 분이 같이 오십시오."

"그거야 그 사람하고 페스트한테 달려 있죠," 타루가 말했다.

그러나 그날 밤 11시, 리외와 타루가 작고 좁은 스탠드바로 들어왔다. 30명가량의 손님들이 팔꿈치를 서로 맞대고 아주 큰 소리로 떠들고 있었다. 페스트에 걸린 도시의 침묵 속에서 온 두 손님은 약간 충격을 받아 멈춰 섰다. 아직 술을 팔고 있는 것을 보자 그들은 그 소란스러움을 이해했다. 랑베르는 스탠드바 한쪽 끝에 있었는데, 등받이 없는 의자에 올라앉아 그들에게 신호를 보냈다. 두 사람은 그의 주위에 둘러섰는데, 타루가 떠들썩한 옆자리 사람을 가만히 밀어냈다.

"두 분, 술이 겁나지 않으시죠?"

"아니오," 타루가 말했다. "그 반대입니다."

리외는 자기 잔의 쌉쌀한 허브향기를 코로 맡아 보았다. 소란스럽기도 했지만 랑베르가 특히 술을 열심히 마시고 있어서 이야기를 하기가 힘들었다. 의사는 그가 취했는지를 아직 판단할 수 없었다. 그들이 서 있던 좁은 구석의 나머지를 차지한 두 개의 탁자 중 하나에서 양팔에 여자를 하나씩 낀 한 해군 장교가 얼굴이 불그레한 뚱뚱한 사람을 상대로 카이로의 장질부사 돌림병 이야기를 하고 있었다. "수용소들 있잖아." 그의 말이었다. "원주민들을 위해 환자용 천막으로 수용소를 세우고 둘레에 보초선을 뼁 둘렀는데, 가족이 몰래 민간요법의 치료약들을 가져오려고 하면 쏴댔지. 가혹했지만 그게 옳았어." 다른 탁자에는 멋쟁이 청년들이 앉아 있었는데, 그들의 대화는 알아들을 수가 없었고 높은 곳에 올려놓은 전축이 쏟아내는 〈세인트 제임스 인퍼머리〉의 박자 속으로 사라지고 있었다.

"만족하죠?" 리외가 목소리를 돋우면서 물었다.

"그렇게 되어 갑니다." 랑베르는 말했다. "어쩌면 이번 주 내에요."

"유감이네요," 타루가 외쳤다.

"왜요?"

타루가 리외를 쳐다보았다.

"아!" 후자가 말했다. "타루가 왜 그런 말을 했냐 하면 당신이 여기서 우리한테 도움이 될 수 있을지 모른다고 생각해서입니다. 그러나 내 경우, 떠나려는 당신의 욕구를 너무나 잘 이해해요."

타루는 한 잔 더 돌렸다. 랑베르는 높은 의자에서 내려와 처음으로 그의 얼굴을 마주 보았다.

"제가 여러분한테 어떤 쓸모가 있을까요?"

"그야 뭐," 타루는 서두르지 않고 술잔에 손을 내밀면서 말했다. "우리 보건위생대 내에서죠."

랑베르는 그에게서 늘 보던 막다른 고민에 부딪힌 듯한 얼굴이 되더니 다시 의자에 올라앉았다.

"그런 단체가 필요해 보이지 않습니까?" 막 술을 마시고서 랑베르를 유심히 쳐다보던 타루가 말했다.

"대단히 필요하죠,"라고 말한 후 신문기자는 술을 마셨다.

리외는 그가 손을 떠는 것이 눈에 들어왔다. 리외는 그래 그는 완전히 취했어, 라고 생각했다.

이튿날 그 스페인 식당에 두 번째로 들어갈 때 랑베르는 작은 무리를 지어 입구 앞에 의자를 내다 놓고 겨우 더위가 고개를 숙이기 시작한 초록빛과 황금빛의 밤을 즐기던 사람들 한가운데를 지나갔다. 그들은 매콤한 냄새가 나는 담배를 피우고 있었다. 식당 안은 거의 비어있었다. 랑베르는 곤잘레스를 처음 만난 안쪽의 탁자로 가서 앉았다. 그는 여종업원에게 사람을 기다린다고 말했다. 저녁 7시 30분이었다. 차츰차츰 남자들이 식당 안으로 들어와서 자리를 잡았다. 그들은 식사를 하기 시작했고 반궁륭형 천장은 식기 부딪치는 소리와 가라앉은 대화들로 채워져 갔다. 8시, 랑베르는 여전히 기다리고 있었다. 불이 켜졌다. 새 손님들이 그의 탁자에 와서 앉았다. 그는 저녁을 시켰다. 8시 30분, 그는 곤잘레스도 두 젊은이도 못 만나고 저녁 식사를 마쳤다. 담배를 여러 대 피웠다. 홀은 서서히 비어 갔다. 밖에는 밤이 빠르게 깔리고 있었다. 바다에서 온 미지근한 바람이 창문의 커튼을 슬며시 들어 올리고는 했다. 9시가 되었을 때, 랑베르는 홀은 비고 여종업원이 놀라워하며 자신을 쳐다본다는 것을 알아차렸다. 그는 계산을 하고 나왔다. 식당 맞은편에 카페가 하나 열려 있었다. 랑베르는 스탠드바에 자리를 잡고 식당 입구를 살펴보았다. 9시 30분, 그는 어디 사는지 모르는 곤잘레스를 다시 만날 방법을 부질없이 찾으며 호텔 쪽으로 향했는데 다시 밟아야만 할 모든 절차들을 생각하니 마음이 허했다.

바로 그 순간, 그가 나중에 리외에게 말하게 되었듯이 그는 질주하는 구급차들이 가로지르던 어둠 속에서 자신을 아내로부터 갈라놓은 벽에서 출구를 찾는 일에 완전히 몰입하느라 이 모든 시간동안 어찌 보면 아내를 잊었다는 것을 깨달았다. 그러나 그 순간은 또한 모든 길이 다시 한 번 더 막히게 되자 그가 욕망의 한복판에서 그녀를 되찾은 순간이기도 했다. 그리고 그는 너무나 갑작스럽게 고통이 폭발하여 호텔 쪽으로 달리기 시작했다. 여전히 마음속에 남아 관자놀이를 파먹는 혹독한 화상으로부터 도망치기 위해.

그럼에도 불구하고, 이튿날 아주 일찍 그는 코타르를 만날 방법을 물어보기 위해 리외를 보러 와서,

"저한테 남은 할 일이라고는," 그가 말했다. "같은 줄을 다시 따라가는 겁니다."

"내일 저녁에 오세요," 리외가 말했다. "타루가 나한테 코타르를 불러 달라고 부탁했는데, 이유를 모르겠어요. 10시에 오기로 되어 있어요. 10시 30분에 오세요."

코타르가 이튿날 의사의 집에 도착했을 때, 타루와 리외는 리외의 담당 부서 내에서 일어난 기대하지 못한 완치 사례에 대해 이야기하고 있었다.

"열에 하납니다. 그 사람은 운이 좋았어요." 타루가 말했다.

"아! 그럼," 코타르가 말했다. "그건 페스트가 아니었네요."

그들은 그 병과 분명히 관련이 있다고 그에게 장담했다.

"그건 불가능하죠, 완치되었으니까요. 나만큼이나 두 분은 잘 알잖아요, 페스트는 용서가 없어요."

"일반적으로 불가능하죠," 리외가 말했다. "그러나 좀 더 고집을 부리자면, 놀라운 일도 있습니다."

코타르는 웃고 있었다.

"그래 보이지 않는데요. 오늘 저녁 수치를 들으셨어요?"

호의에 찬 시선으로 연금 수령자를 바라보던 타루가 자신은 수치를 알고 있으며 상황은 심각하지만 그것이 증명하는 바가 무엇이냐 묻는다면 그것은 더욱더 비상한 대책들이 필요하다는 것을 증명한다고 말했다.

"에이! 그런 대책들은 이미 세워봤잖아요."

"그래요, 그러나 누구나 그것들을 자기 일로 삼아야만 해요."

코타르는 이해하지 못한 채 타루를 바라보고 있었다. 타루는 너무나 많은 사람들이 아무 일도 안 하고 있다고 설명했다. 돌림병은 누구나의 문제이니 누구나 자신의 의무를 해야 된다고 말했다. 자원봉사대는 모두에게 열려 있었다.

"그건 좋은 생각이지만," 코타르가 말했다. "아무데도 쓸 데가 없을 겁니다. 페스트는 너무 세요."

"그건 두고 보면 알게 될 겁니다," 타루는 끈기 있는 어조로 말했다. "우리가 모든 걸 다 해본 후에요."

그동안에 리외는 책상에서 수치를 옮겨 쓰고 있었다. 타루는 여전히, 의자에서 몸을 흔들거리는 연금 수령자를 바라보고 있었다.

"우리와 함께 못 갈 이유가 없잖아요, 코타르 씨?"

상대방은 기분 나쁘다는 태도로 일어서더니 손으로 둥근 모자를 집어 들며,

"그건 제 직업이 아닙니다."

이어서 그는 거리낌 없는 어조로,

"게다가 저는 여기 페스트 속이 좋은데 왜 그것을 멈추게 하는 데 끼어야 할지 모르겠네요."

타루는 문득 진실을 깨달은 듯이 이마를 치더니,

"아! 맞아요, 잊고 있었어요, 이런 일이 없었다면 당신은 체포되었을지 모르죠."

코타르는 몸이 뻣뻣해져 마치 쓰러질 것처럼 의자를 잡고 있었다. 리외는 필기를 그만 둔 채 진지하고 관심어린 태도로 그를 바라보고 있었다.

"누가 그런 말을 했죠?" 연금 수령자가 소리쳤다. 타루는 놀란 듯이 말하기를,

"그야 당신이 했죠. 아니 어쨌거나 의사선생하고 내가 이해한다고 생각했던 것이 바로 그겁니다."

그리고 코타르가 스스로 제어하기 힘든 강한 격분에 휩싸여 급작스레 이해할 수 없는 말들을 주절대자,

"흥분하지 말아요," 타루가 덧붙였다. "의사선생이나 나나 당

신을 고발할 사람들이 아닙니다. 당신 개인사는 우리하고 관계가 없죠. 그 다음, 우리는 결코 경찰을 좋아해 본 적이 없어요. 어서, 좀 앉아요."

연금 수령자는 자기 의자를 쳐다보고는 한번 머뭇거린 후에 앉았다. 어느 정도 지나 그는 한숨을 내쉬었다.

"그건 오래 된 이야기인데," 그가 인정했다. "그들이 다시 끄집어낸 거죠. 그건 잊혀진 일이려니 했어요. 그러나 누군가가 그걸 떠벌렸어요. 그들이 저를 호출하더니 조사가 끝날 때까지 순순히 그들을 따라야 한다고 말했어요. 그래서 결국 저를 체포하고야 말 것이라는 것을 깨달았죠."

"중죄인가요?" 타루가 물었다.

"당신이 뜻하는 바가 뭐냐에 따라 달라요. 좌우지간 살인은 아닙니다."

"감옥이요 아니면 강제 노역이요?"

코타르는 몹시 풀이 죽어 보였다.

"감옥이겠죠, 혹시 재수가 좋으면……"

그러나 잠시 후 그는 드세게 이어가기를,

"실수였다고요. 누구나 실수를 하잖아요. 생각만 해도 지긋지긋해요. 그리고 저는 그것으로 인해 잡혀가 내 집, 내 일상, 내가 아는 모든 것들과 헤어져야 한다는 생각을 견딜 수가 없어요."

"아!" 타루가 물었다. "그것으로 인해 목을 맬 생각을 해낸 거군요?"

"네, 바보짓이죠, 물론."

리외가 처음으로 입을 떼어 코타르에게 그의 불안을 이해하지만 어쩌면 모든 것이 잘 정리될지 모른다고 말했다.

"오! 당장에는 두려워할 게 아무것도 없다는 걸 알아요."

"보아하니," 타루가 말했다. "우리 보건위생대에는 안 들어올 것 같군요."

두 손 사이에서 모자를 돌리던 상대방은 자신 없는 시선을 타루에게로 들어 올리더니,

"그렇다고 저를 탓하지는 말아요."

"물론 안 하죠. 그러나 적어도 노력해 봐요," 타루는 미소를 지으면서 말했다. "고의로 그 세균을 퍼뜨리지 않도록 말이에요."

코타르는 자신이 페스트를 원한 것이 아니라 그냥 생긴 일이고, 페스트 덕분에 당장은 자신의 일이 잘 되고 있는 것은 자기 잘못이 아니라고 항의했다. 그리고 랑베르가 문에 도착했을 때 연금 수령자는 힘이 많이 들어간 목소리로 덧붙이기를,

"어쨌거나 제 생각에 여러분은 아무것도 이루지 못할 겁니다."

랑베르는 코타르가 곤잘레스의 주소를 모르지만 그 작은 카페에 언제든지 다시 가볼 수는 있다는 것을 알게 되었다. 그들은 그 다음 날 만나기로 약속했다. 그리고 리외가 소식을 알고 싶다는 뜻을 표했으므로 랑베르는 주말 저녁에 아무 때나 자기 방으로 오라고 그를 타루와 함께 초대했다.

아침에 코타르와 랑베르는 그 작은 카페로 가서 가르시아에게 저녁에 또는 곤란하면 내일 만나자는 전갈을 남겼다. 그날 저녁, 그들은 가르시아를 기다렸으나 허사였다. 이튿날, 가르시아

가 거기에 와 있었다. 그는 말없이 랑베르의 이야기를 들었다. 그는 사정은 몰랐지만 호별 검사를 실시할 목적으로 여러 동네들 전체의 통행을 24시간 동안 차단했다는 것은 알고 있었다. 곤잘레스와 두 젊은이가 차단선을 통과하지 못했을 가능성이 있었다. 그러나 다시 그들을 라울과 접촉하게 해 주는 것은 그나마 할 수 있었다. 당연히 그것은 이틀 내에 될 일이 아니었다.

"보아하니," 랑베르가 말했다. "전부 다시 시작해야만 하는군요."

이틀 후, 한 길모퉁이에서 라울은 아래쪽 동네들의 통행이 차단되어 있었다는 가르시아의 가설을 확인시켜줬다. 다시 곤잘레스와 연락을 취해야만 했다. 이틀 후, 랑베르는 그 축구선수와 점심을 먹고 있었다.

"바보 같은 짓이야," 곤잘레스의 말이었다. "서로 다시 만날 방법을 정해 놓았어야 했어."

랑베르도 같은 의견이었다.

"내일 아침, 그 애들한테 가보자고, 다 조정해 보겠네."

이튿날, 그 애들은 집에 없었다. 그들에게 그 다음 날 정오에 리세 광장에서 만나자는 약속을 남겨 놓았다. 그리고 랑베르는 그날 오후 그를 만난 타루에게 충격을 줬을 정도의 표정이 되어 숙소로 돌아왔다.

"잘 안돼요?" 타루가 그에게 물었다.

"하도 다시 시작하다 보니 그런 거예요," 랑베르가 말했다. 그리고 초청일을 바꿨는데,

"오늘 저녁에 오세요."

그날 저녁 두 사람이 랑베르의 방에 들어갔을 때 그는 누워 있었다. 그는 일어나서 준비해둔 술잔들을 채웠다. 리외는 잔을 받으면서 그에게 괜찮은 방법인지 물었다. 신문기자는 다시 한 바퀴를 완전히 돌아 같은 지점에 도착해서 곧 마지막 단계의 만남을 하게 될 것이라고 말했다. 그는 술을 마시더니 덧붙이기를,

"당연히 그들은 안 오겠죠."

"그래도 단정 짓지는 말아요," 타루가 말했다.

"아직 이해를 못 하셨군요," 랑베르가 어깨를 으쓱하면서 대답했다.

"그러니까 뭘?"

"페스트요."

"아!" 리외가 탄성을 발했다.

"그렇습니다. 당신은 처음부터 다시 시작하는 게 그것의 속성이란 걸 이해 못 한 겁니다."

랑베르는 방 한구석으로 가서 작은 전축을 열었다.

"이 판이 뭐죠?" 타루는 물었다. "아는 판인데."

랑베르가 〈세인트 제임스 인퍼머리〉라고 대답했다.

판이 반쯤 돌아갔을 때 멀리서 총소리가 두 번 들렸다.

"개 아니면 탈주자로군," 타루가 말했다.

잠시 후, 판이 다 돌아간 후 구급차의 신호가 뚜렷해지며 점점 커지다가 호텔 방의 창 밑을 지나자 점점 작아지더니 곧 꺼졌다.

"이 판은 재미가 없어요." 랑베르가 말했다. "게다가 이걸 오늘 자그마치 열 번이나 들었어요."

"그 정도로 그 판을 좋아해요?"

"아니요, 그러나 가진 게 그것뿐이에요."

그리고 잠시 후,

"다시 시작하는 것이 그것의 속성이라고 말했잖아요.."

그는 리외에게 보건위생대는 어떻게 되어 가느냐고 물었다. 다섯 조가 활동하고 있었다. 사람들은 다른 조들을 구성하기를 희망했다. 신문기자는 침대 위에 앉아 손톱에 정신을 팔고 있는 듯해 보였다. 리외는 침대 가에 뭉쳐 있는 자그마하고 힘찬 그의 실루엣을 살펴보고 있었다. 그는 문득 랑베르가 자신을 바라보고 있었다는 것을 알아차렸다.

"저기요, 선생님." 그가 말했다. "선생님 조직에 대해 많이 생각해 봤습니다. 제가 함께 하지 않는 것은 이유들이 있어서입니다. 그 이외의 이유들이었다면 다시 제 몸을 바칠 수 있으리라 생각해요, 저는 스페인 전쟁에 종군했거든요."

"어느 편이었죠?" 타루가 물었다.

"패배한 사람들 편이었죠. 그러나 그 후에 고민을 좀 해 봤어요."

"뭐에 대해서요?" 타루의 물음이었다.

"용기에 대해서요. 인간이 위대한 행동을 할 수 있다는 것을 저는 지금 압니다. 그러나 만약 인간이 위대한 감정을 가질 수 없다면 저는 인간에 대해서 흥미가 없습니다."

"사람들은 인간이 모든 능력을 가지고 있다는 느낌을 갖죠," 타루가 말했다.

"그건 아니죠, 인간은 오랫동안 고통을 버텨내거나 오랫동안 행복해 하는 능력이 없습니다. 인간은 따라서 가치 있는 일에는 아무런 능력이 없습니다."

그는 두 사람을 쳐다보다가 이어서,

"자, 타루, 사랑을 위해서 죽을 능력이 있으세요?"

"모르겠어요, 그러나 내가 보기에 없을 것 같아요, 지금은요."

"그거예요. 그런데 당신은 하나의 이상을 위해서는 죽을 수 있어요, 그게 맨눈에도 보여요. 자 그런데, 제 경우 하나의 이상 때문에 죽는 사람들에 대해선 별로예요. 저는 영웅주의를 믿지 않고, 그것이 쉬운 일이라는 것을 알고, 그것은 살인적인 것임을 배웠어요. 제 관심을 끄는 것은 사랑을 위해 살고 또 죽는 겁니다."

리외는 신문기자의 말을 주의 깊게 듣고 있었다. 끊임 없이 그를 바라보면서 그는 부드럽게 말했다.

"인간은 하나의 이상이 아닙니다, 랑베르."

상대방은 격정에 얼굴이 상기되어 침대에서 튀어 올랐다.

"하나의 이상, 하나의 근시적인 이상입니다, 인간이 사랑에 등을 돌리는 그 순간부터요. 그리고 분명히 우리는 더 이상 사랑할 능력이 없어요. 체념하고 받아들입시다, 선생님. 그렇게 되기를 기다립시다, 그리고 정말 그것이 불가능하다면, 영웅이 되려 하지 말고 전체의 해방을 기다립시다. 제 경우 그 이상은 나가지 않겠습니다."

리외는 갑자기 피로를 느낀 모습으로 일어섰다.

"당신이 옳아요, 랑베르, 절대로 옳아요, 그리고 이 세상에 무슨 일이 벌어져도 내가 보기에 정당하고 좋은 일인 지금 당신이 하려는 일로부터 당신의 등을 돌려놓고 싶지는 않습니다. 그래도 이건 말해 둬야겠네요. 이 모든 일은 영웅주의와는 관계가 없습니다. 이건 도의의 문제입니다. 웃길 수 있는 생각이지만, 페스트와 싸우는 유일한 방법은 바로 도의입니다."

"무엇이 대체 도의죠?" 랑베르는 돌연 심각한 분위기로 물었다.

"일반적으로 그게 무엇인지 나는 모릅니다. 그러나 내 경우, 그것은 내 직업을 행하는 데 있다고 압니다."

"아!" 랑베르는 격렬하게 말했다. "저는 어떤 것이 제 직업인지를 모르겠어요. 어쩌면 결국 사랑을 택하는 제가 잘못을 저지르는 거군요."

리외는 그를 마주보았고,

"아니요," 그는 힘 있게 말했다. "잘못을 저지르는 게 아니에요."

랑베르는 그들을 곰곰이 바라보고 있었다.

"두 분은요, 이 모든 일에서 아무것도 잃을 것이 없다고 추측됩니다. 착한 편에 서는 게 더 쉽죠."

리외는 잔을 비웠다.

"가죠," 그가 말했다. "우리는 할 일이 있어요."

그는 나갔다.

타루는 그를 따라갔으나 문을 나서던 순간 생각이 바뀐 듯, 신문기자 쪽으로 돌아서며 말하기를,

"리외의 아내가 여기서 수백 킬로 떨어진 요양소에 있다는 걸 아나요?"

랑베르는 놀란 몸짓을 했지만 타루는 이미 떠났다.

이튿날 꼭두새벽에 랑베르는 의사에게 전화를 걸어,

"제가 시를 떠날 방도를 찾을 때까지 함께 일하는 걸 허락 해 주시겠습니까?"

잠시 수화기 저쪽에서 침묵이 흐르다가 이윽고,

"그럼요, 랑베르. 고마워요."

3부

그래서, 일주일 내내 페스트의 포로들은 최대한 발버둥을 쳤다. 그리고 그들 중 랑베르 같은 몇몇 사람들은 보다시피 자유인으로서 행동하고 있다고, 아직 선택할 수 있다고 상상하기에 이르렀다. 그러나 사실 그때 8월 중에는 페스트가 모든 것을 뒤덮은 상태였다고 말할 수 있었다. 거기에는 더 이상 개인적인 운명 같은 것은 없었고 페스트의 집단적인 한 역사와 모두가 공유하는 여러 가지 감정들이 있었다. 가장 큰 감정은 약간의 공포와 약간의 반항을 내포한 이별과 귀양살이였다. 바로 그런 이유로 해서 서술자는 더위와 병이 절정일 때의 전반적인 상황, 예를 들자면 살아 있는 우리 시민들의 폭거들, 사망자의 매장 그리고 헤어져 있는 연인들의 고통을 묘사하는 것이 적절하다고 생각한다.

그 해 중간쯤 되었을 때 페스트에 걸린 시에 바람이 일더니 여러 날 동안 세차게 불었다. 오랑의 주민들은 특히 바람을 무서워하고 있었다. 왜냐하면 바람은 그 시가 세워진 고원 위에서는 자연 장애물을 하나도 만나지 않고 극히 난폭하게 거리로 들이

치기 때문이다. 시를 식혀줄 비 한 방울 내리지 않고 지나간 기나긴 몇 달 후, 시는 부는 바람에 비늘처럼 벗겨진 회색 먼지 막들로 뒤덮여 있었다. 바람은 그래서 먼지와 종이의 파도를 일으켜 전보다 더 드물어진 보행객들의 다리를 때려대고는 했다. 그들이 몸을 앞으로 굽히고 손수건이나 손을 입에 댄 채 급히 거리를 다니는 것이 보였다. 저녁, 그중 하루가 마지막이 될 수도 있는 날들을 가능한 한 늘려 보기 위해 시도하는 모임들 대신에 서둘러 귀가하거나 카페로 들어가는 삼삼오오의 사람들을 마주치고는 했고 그 결과 그 시절에는 더욱 일찍 찾아온 황혼 무렵, 며칠 동안 거리는 황량했고 바람만이 거기서 하소연을 연신 내뱉고 있었다. 파고가 높아진 늘 보이지 않는 바다로부터 해초와 소금냄새가 올라왔다. 황량하고, 먼지로 희멀개져 있고, 바다 냄새가 흠뻑 배어있고, 바람의 비명들로 온통 소란한 시는 그래서 마치 불행한 하나의 섬처럼 신음하고 있었다.

이제까지 페스트는 도심에서라기보다 인구 밀도는 높고 살기는 덜 편한 외곽 지역에서 훨씬 더 많은 희생자를 냈다. 그러나 페스트는 단번에 다가와 번화가 내에 자리를 잡는 듯했다. 주민들은 바람이 감염의 씨를 날라 온다고 탓했다. '바람이 엉망진창으로 만드네요' 호텔 지배인의 말이었다. 그러나 어떻든 간에, 중심가 동네 사람들은 지척에서, 밤에 그리고 점점 자주 페스트의 음울하고도 무정한 호출을 창문아래에서 울리는 구급차 경적의 진동을 들으면서 그들의 차례가 왔다는 것을 알고 있었다.

시의 내부에 대해서도 유달리 피해가 심한 동네들을 격리시키고 오직 불가피한 직무들을 맡은 사람들만 외출을 허락하자는 계획이 있었다. 그때까지 그곳에서 살아 온 사람들은 그런 조치가 특히 자신들을 겨냥한 박대로 간주하지 않을 수가 없어서 자신들에 비해 다른 동네 주민들은 어쨌든 자유롭다고 생각하고 있었다. 다른 동네 주민들은 반대로 다른 사람들이 자신들보다 훨씬 덜 자유롭다고 상상하는 것으로 어려운 순간들 속에서 하나의 위안을 찾았다. '항상 나보다 더 갇혀있는 사람이 있는 법이다' 이것이 그래서 단 하나의 가능한 희망을 요약하는 구절이었다.

거의 그 시기에, 시의 서쪽 문들 근처의 별장 동네들에서 특히 화재가 빈발했다. 잘 알아보니 문제는 예방 격리에서 돌아와 상고(喪故)와 불행으로 인해 제 정신을 잃고 페스트를 태워 죽인다는 환상 속에서 자기 집에 불을 지른 사람들이었다. 그런 소행들은 막기가 매우 힘들었는데, 그 발생 빈도가 잦았고 거센 바람으로 인해 여러 동네들 전체를 항시적으로 위험에 빠뜨렸다. 당국에서 실시하는 가옥 소독으로 모든 전염 위험을 제거하기에 충분하다고 설명했으나 허사여서 나중에는 마침내 그런 철없는 방화자들에게 아주 엄한 형을 내리겠다는 법령을 공포해야만 했다. 그리고 필시, 그런 불행한 사람들을 주춤거리게 한 것은 그러니까 감옥에 대한 생각이 아니라, 시의 교도소에서 집계된 과도한 사망률로 볼 때 투옥은 사형이나 마찬가지라는 주민 모두의 공통된 확신이었다. 물론 그것은 근거 없는 믿음은 아니었다. 당연한 이유이지만 페스트는 유난히 군인들, 수도승들, 죄수들처럼 단체생활방식을 가진 모든 사람들을 물고 늘어지는 것 같았다.

몇몇 수감자들의 격리에도 불구하고 감옥이란 하나의 공동체라는 것을 잘 증명하는 것은 바로 우리 시의 감옥에서 죄수들만큼이나 많은 수의 간수들이 병치레를 했다는 점이다. 페스트의 높은 관점에서는 형무소장에서부터 말단 죄수에 이르기까지 모든 사람들이 유죄 선고를 받았으니 어쩌면 처음으로 하나의 절대적 정의가 감옥 안에 군림하고 있었다.

당국은 직무 수행 중에 순직한 간수들에게 훈장을 수여하는 구상을 통해 그런 동일성 속에 위계질서를 도입하려 했지만 허사였다. 계엄령이 선포되어 있었고 어떤 각도에서 보면 감옥 간수들을 동원병들로 간주할 수 있었으니만큼, 사람들은 사후 추증으로 그들에게 무공훈장을 줬다. 그러나 수감자들은 아무런 항의를 하지 않았을 테지만 군 관계자들은 그 일을 좋지 않게 여겨 당연히 담당 기관으로서, 시민 정신이 안타까운 혼란을 겪을 수 있다는 지적을 했다. 당국은 군의 요구를 참작하여 가장 간단한 방법은 간수들에게 방역훈장을 수여하는 것이라는 생각을 해냈다. 그러나 먼저 받은 사람들의 경우 잘못이야 이미 저질러졌으므로 그들에게서 훈장을 회수한다는 것은 생각할 수 없는 일이었어도 군 관계자들은 여전히 자신들의 관점을 고집했다. 다른 한편 방역훈장에 대해 말하자면, 그 훈장은 무공 훈장의 수여로 얻은 사기 진작의 효과를 내지 못한다는 난점이 있었는데, 그것은 돌림병 시기에 그런 종류의 훈장 하나 얻는 것은 흔해 빠진 일이었기 때문이다. 모두가 불만이었다.

거기에 더하여, 교도 행정은 교권처럼 그리고 더 작은 척도에서는 군권처럼 작동될 수 없었다. 시내에 오직 두 개뿐인 수도원의 수도승들은 실제로 신앙인 가정들에 임시로 분산, 기거하도록 조치되었다. 그와 마찬가지로, 소대들은 사정이 허락될 때마다 병영에서 분리되어 학교나 공공건물에 주둔하게 조치되었다. 이처럼, 그 병은 감금자들 사이의 결속을 시민들에게 강요했고, 동시에 전통적인 결합들을 깨버려 개개인을 고독으로 내몰고 있었다. 그런 것이 혼란을 만들었다.

바람에 겹쳐진 이런 모든 정황들 또한 몇몇 사람들의 정신에 불을 지폈다고 생각할 수 있다. 밤사이 여러 번에 걸쳐 그러나 이번에는 무장한 소규모의 무리들에 의해 시의 관문들이 다시 습격당했다. 총격전들이 벌어져 부상자들과 도망자들이 생겼다. 경비 초소들이 강화되고 나서 그런 시도들은 제법 빠르게 중지되었다. 그것들은 그럼에도 불구하고, 몇 건의 폭력적인 장면들을 야기한 어떤 급변하는 기운을 시중에 일으키기에 충분했다. 보건위생상의 이유로 소각되거나 폐쇄된 집들이 약탈당했다. 사실을 말하자면, 이런 행위들이 계획적이었다고 가정하기는 어렵다. 대개의 경우, 점잖은 사람들이 돌발 상황으로 인해 지탄받을만한 행동들을 하게 되었고 그런 행위들은 즉각적으로 모방되어졌다. 예컨대 고통으로 얼이 빠진 집주인 본인 앞에서 아직 불길에 싸인 집으로 정신없이 뛰어드는 미치광이들이 있었다. 집주인이 가만히 있자 많은 구경꾼들이 앞사람들을 따라 했는데, 화재의 불빛이 어른거리는 그 어두운 거리에서 꺼져가는 화염이나 어깨에 든 물건들 혹은 가구들에 의해 변형된 그림자들이 사방으로 도망치는 것이 보였다. 그런 불미스러운 사건들이 당국으로 하여금 페스트 사태를 계엄 사태와 동일시하고 그에 입각한 법률을 적용하도록 강제했다. 절도범 두 명이 총살되었지만 그런 일이 다른 사람들에게 충격을 줬는지는 의문이다. 그렇게나 많은 죽음들 사이에서 그 두 건의 사형 집행은 간과되었으니까. 바다에 떨어진 물 한 방울이었던 것이다. 그리고 진실을 말하자면, 그와 비슷한 장면들이 당국이 개입할 엄두도 내지 못했을 정도로 상당히 자주 거듭되었다. 모든 주민들에게 충격을 준 듯한 유일한 조치는 등화관제였다. 11시부터, 완전한 암흑 속에 잠긴 도시는 돌 같았다.

달이 뜬 하늘 아래 오랑 시에는 희끄무레한 담들과, 검은 나무 그림자 하나 생기지 않고 보행자의 발자국소리나 개 짖는 소리에 의해 소란스러워지지 않는 직선의 거리들이 일렬로 늘어서 있었다. 침묵의 대도시는 그래서 이미 거대하고 활기 없는 입방체들의 조립에 불과했고, 영원히 청동 속에 억눌려 있는 사라진 선행가들과 옛 위인들의 적막한 인물상들만이 그 입방체들 사이에서 돌이나 쇠로 된 모조된 얼굴로 전에는 달랐던 인간의 망가진 모습을 연상시켜보려 하고 있었다. 이 보잘 것 없는 우상들은 짙은 하늘 아래 생기 없는 교차로들에서 보좌에 올라 있었는데, 우리가 들어선 부동의 세계 혹은 적어도 그 지고한 질서, 즉 페스트와, 돌, 어둠 등이 마침내 모든 소리를 침묵하게 만들었을지 모르는 어느 지하 묘지의 질서를 잘 형상화하던 무감정한 석두들이었다.

그러나 밤은 모두의 마음속에도 있었으니 장례와 관련하여 사람들이 전하던 풍설들 및 진실들은 우리 시민들을 안심시키는 성질의 것들이 아니었다. 그러니까 장례에 대해 이야기해야만 하는 것이고 서술자는 이것에 대해 양해를 구하고자 한다. 서술자는 이런 점에 대해 사람들이 그에게 할 수도 있을 비난을 잘 느끼고는 있지만 그의 유일한 변명은 그 시절 내내 장례가 있었고 어떤 의미에 있어서는 모든 시민들이 염려할 수밖에 없게 되었던 것처럼 서술자도 장례에 대해 염려할 수밖에 없게 되었다는 것이다. 그것은 어떤 경우에도 서술자가 그런 종류의 의식들에 흥미를 가지고 있어서가 아니다. 그와 반대로 서술자는 살아 있는 사람들의 사회, 예를 하나 들자면 해수욕을 더 좋아한다. 그러나 어쨌든 해수욕은 금지된 상태여서 살아있는 사람들의 사회는 죽은 사람들의 사회에게 밀릴 수밖에 없게 될까 봐 종일 근심하고 있었다. 그것은 자명했다. 물론 그 자명함을 안 보려고 노력하여 눈을 가리고 그것을 거부할 수 있었지만 그것은 항상 모든 것을 앗아가고 마는 무시무시한 힘을 가지고 있다. 예를 들어 사랑하는 사람들을 매장해야만 하는 닐 매장을 거부할 수 있는 방법이 있겠는가?

자 그런데, 초기에 우리의 의식을 특징짓는 것은 바로 신속이었다! 모든 형식들은 간소화되었고 전반적으로 장례식은 폐지되었다. 환자들은 가족과 멀리 떨어진 곳에서 죽었고 의례적인 밤샘은 금지되었기에, 그 결과 저녁에 죽은 사람은 완전히 혼자 밤을 지내고 낮에 죽은 사람은 지체 없이 매장되었다. 물론 가족에게 통보는 하지만 대다수의 경우 가족이 만약 병자 곁에서 지냈다면 예방 격리 하에 있던 처지여서 격리되어 움직일 수가 없었다. 고인과 함께 살지 않았던 경우, 가족은 지정된 시각 즉 시신의 염이 끝나 입관되어 묘지로 떠나는 시각에 입회했다.

그런 절차가 리외가 담당하고 있는 임시병원에서 행해졌다고 해보자. 그 학교에는 본관 뒤에 출구가 하나 있었다. 복도로 난 커다란 창고에 관들이 들어 있었다. 그 복도에서 가족은 이미 뚜껑이 닫힌 관만 보게 된다. 그러자마자 가장 중요한 일 다시 말해 여러 가지 서류에 세대주가 서명하도록 하는 일로 넘어갔다. 그 다음에 시신을 일반 화물차나 개조한 대형 구급차인 자동차에 실었다. 가족들이 아직은 운행이 허가된 택시들 중의 하나에 오르면 차들은 전속력으로 외곽 도로들을 지나 묘지에 도착했다. 묘지 문에서 헌병들이 운송차를 세워 정식 통과증에 고무도장을 찍어주고 옆으로 비켜선다. 그 도장이 없으면 우리 시민들이 말하는 '마지막 거처'를 얻기가 불가능했다. 그 다음에 차들은 수많은 구덩이가 메워지기를 기다리는 네모진 공터 근처에 가서 섰다. 신부 한 명이 시신을 맞이하는 이유는 성당에서의 상례가 폐지되었기 때문이다. 기도 중에 널을 꺼내 밧줄로 감으면 그것을 끌어다가 미끄러뜨려 구덩이 밑바닥에 닿게 했고, 신부가 성수 채를 흔들 때는 이미 첫 흙이 덮개 위에 부딪쳐 튀고 있었다. 구급차는 조금 먼저 떠나 소독약 살포를 받았고, 흙 삽질 소리가 점점 더 낮게 울리는 동안 가족은 택시 안으로 몰려 들어갔다. 15분 후면 가족은 집에 돌아가 있지 않았을까.

이런 식으로 모든 일이 정말 최대한의 신속함과 최소한의 위험성을 가지고 진행되었다. 그리고 적어도 초기에는 필시 가족들이 인간적으로 기분이 상했다는 것은 분명하다. 그러나 그런 배려들은 페스트가 유행할 때 고려하기가 가능한 것들이 아니다. 효율성을 위해 모든 것을 희생시킨 것이다. 한편, 격식을 갖춰 묻히려는 욕망은 우리가 생각하는 이상으로 널리 퍼져 있으므로 초기에는 이런 처리들로 인해 민심이 상처를 받았다 해도 다행히 얼마 후에는 물자보급 문제가 까다로워져 주민들의 관심은 보다 직접적인 민생고 쪽으로 돌려지게 되었다. 먹고 살기 위해 줄을 서야 하고 수속을 밟아야 하고 서류를 갖춰야 하느라 여념 없던 사람들은 주위에서 사람들이 어떻게 죽어가고 있는지 그리고 어느 날 자신들이 어떻게 죽어갈지에 대해 생각해 볼 겨를이 없었다. 그렇게 해서 궂은 일이어야 했을 물질적인 어려움들이 나중에는 잘된 일로 나타났다. 그리고 이미 그것을 보았다시피, 돌림병이 확산되지 않았다면 다 괜찮았으리라.

병이 확산된 까닭에, 관은 그때 더욱 귀해졌고 수의를 만들 천과 공동묘지에 자리는 모자라게 되었다. 방법을 강구해야만 했다. 가장 간단하고 효율적인 방법은 합동으로 의식을 치루고 필요할 때마다 병원과 묘지 사이의 운행 횟수를 몇 배 늘리는 것으로 보였다. 그래서 리외의 부서와 관련해서 말하자면, 병원은 그 당시 활용할 수 있는 관이 다섯 개였다. 그것들이 다 차면 구급차에 실었다. 공동묘지에서 관이 비워지고 쇳빛 시신들은 들것에 실려 대기소로 쓰려고 지은 헛간 속에서 차례를 기다렸다. 관들이 살균제 세례를 받고 다시 병원으로 운반되면 작업은 필요한 횟수만큼 다시 시작되었다. 조직이 아주 잘 되어 있어 도지사는 만족을 표명했다. 심지어 그는 리외에게, 따지고 보면 옛날 페스트 기록들에서 볼 수 있는 것 같은 검둥이들이 끄는 시체 운반수레보다는 그것이 훨씬 낫다고 말했다.

"네," 리외가 말했다. "같은 장례지만 우리의 경우 목록을 만들고 있죠. 진보했다는 건 부정할 수 없어요."

그런 행정적 쾌거들에도 불구하고 도청은 이제 그 절차들이 지니게 된 불쾌한 성격으로 인해 부득이 가족들을 의식에서 배제해야만 했다. 가족들이 공동묘지 정문에 오는 것은 허용되었지만 그것 역시 공식적인 것은 아니었다. 왜냐하면 마지막 의식에 대해서는 사정이 좀 바뀌었기 때문이다. 공동묘지 맨 끝, 유향나무들로 뒤덮인 빈 터에 엄청나게 큰 구덩이를 두 개 팠다. 남자용 구덩이와 여자용 구덩이였다. 이 점에서 보면, 행정 당국은 예의를 지키고 있었다. 불가항력에 의해 그런 마지막 조심스러움이 사라져 품위에 대한 배려 없이 주검들 위에 다른 주검들을 그리고 여자들과 남자들을 섞어 묻은 것은 훨씬 뒤일 뿐이다. 다행히 그런 극한의 혼잡은 천재의 말기에만 나타났다. 우리가 언급하고 있는 시기에는 구덩이들이 구별되어 있었고 도청에서는 그것을 크게 중요시했다. 구덩이들 밑바닥마다 두꺼운 생석회 층이 김을 뿜으며 끓고 있었다. 구명의 둘레에서도 똑같이 생석회 더미로부터 거품들이 노출되어 터지고 있었다. 구급차의 왕복이 끝나면 줄을 지어 들것들로 날라다가 살짝 뒤틀린 벌거벗은 시신들을 거의 나란히 붙여 구덩이 밑바닥으로 미끄러뜨리고 생석회로 그리고 그 다음에는 흙으로, 그것도 다음에 올 주인들의 자리를 준비할 목적으로 어느 정도의 높이까지만 그것들을 뒤덮었다. 그 다음 날, 가족들은 서류에 서명하도록 초청되었는데, 이것이 사람과 가령 개 사이에 있을 수 있는 차이를 나타내는 점이었다. 통제가 가능했다는 것이다.

이 모든 작업들을 위해 필요한 일손은 늘 모자라기 일보 직전이었다. 처음에는 정식으로 나중에는 그때그때 채용된 많은 간호사들과 묘를 파는 인부들이 페스트로 죽었다. 어느 정도 조심했다 해도 어느 날 전염되고 말았다. 그러나 이 일에 대해 잘 생각해 보면, 가장 놀라웠던 것은 돌림병 기간 내내 이 일을 위한 인력이 결코 모자라지 않았다는 것이다. 고비는 페스트가 절정에 도달하기 얼마 직전에 왔고 의사 리외는 그래서 당연히 걱정이 되었다. 간부직이거나 그가 말하는 실무직이거나, 인적 자원이 충분하지 못했다. 그러나 정작 페스트가 도시 전체를 실재적으로 장악한 때부터 페스트의 과도함 자체가 아주 편리한 결과들을 가져왔다. 페스트는 모든 경제생활을 해체해 버린 것과 마찬가지로 심각한 숫자의 실업자가 생기게 했기 때문이다. 대부분의 경우, 실업자들은 간부직을 위한 충원을 채우지는 못했지만 잡역과 관련해서는 일이 순조로워졌다. 사실 그때부터 쭉, 일은 위험도에 비례하여 임금이 지불되었으니만큼 빈곤이 공포보다 더 강하다는 것을 항상 보게 되었다. 보건위생과에서는 취업 희망자 목록을 갖춰둘 수 있어서 결원이 생기게 되면 그 목록의 맨 위에 올라 있는 사람들에게 통지했고, 그 사람들은 그 사이에 그들 역시 결원되어진 경우를 제외하고는 빠지지 않고 출두했다. 유기 또는 무기 죄수들을 활용하기를 오랫동안 주저했던 도지사는 이런 곡절로 해서 그런 극단적 조치까지 가는 것을 피할 수 있게 되었다. 그는 실업자들이 있는 한은 견딜 수 있다는 의견 쪽이었다.

그럭저럭 8월 말까지 우리 시민들은 그러므로 충분히 질서 있게 그들의 최후의 거처로 옮겨질 수 있어서 행정당국은 예의를 갖춰서는 아니더라도 적어도 자기 의무를 다하고 있다는 의식을 가졌다. 그러나 어떤 마지막 조치들을 종국에는 취해야 했는지 전하려면 사건이 어떻게 진행되었는지를 조금 앞질러 말해야 할 필요가 있다. 페스트가 사실상 8월부터 오르지도 내리지도 않고 정체 상태에 머무는 동안 누적된 희생자는 우리 조그만 공동묘지가 제공할 수 있는 한도를 훨씬 초과한 상태였다. 담을 헐어 주변의 땅에 시신들을 위한 공터를 만들었지만 소용이 없어서 아주 빠르게 다른 방도를 찾아야만 했다. 우선 밤에 매장하기로 결정했다. 그것은 즉각 몇 가지 격식들을 갖추지 않아도 되게끔 해줬다. 구급차들에는 점점 더 많은 시체를 쌓을 수 있었다. 그리고 모든 규칙에 반하여 통행금지 이후에도 외곽 동네들에 있던 몇몇 늑장 보행객들은(또는 직업상 그곳에 오게 된 사람들은) 때때로, 또렷하지 않은 경적을 울리며 빈 밤거리를 전속력으로 줄달음치던 백색의 구급차들과 마주쳤다. 시신들은 서둘러 구덩이 속에 던져졌다. 삽으로 푼 석회가 얼굴에 부딪쳐 흩어지고 흙이 마구 뒤덮이는 동안 시신들은 점점 더 깊게 파낸 구덩이들 속에서 멈추지 않고 흔들거렸다.

그럼에도 불구하고 얼마 후 다른 곳을 물색해서 더 넓은 공간을 잡을 수밖에 없었다. 도지사령으로 영구 임대 묘지의 소유권을 수용해서 유해들을 모두 파내 화장터로 이송하였다. 얼마 안 있어 페스트의 사망자들 역시 화장터로 보낼 필요가 있게 되었다. 그러나 그 다음에는 시의 동쪽 관문들 밖에 있는 옛날 화덕을 이용해야 했다. 상설경비대를 더 멀리 퇴각시켰고, 한 시청 직원이 예전에는 바닷가 언덕에서 운행되었으나 지금은 사용처가 없는 전차를 이용하라고 조언하여 당국의 일을 훨씬 용이하게 해줬다. 그 용도로 전차좌석들을 걷어내어 차량들과 기관차들의 내부를 개조했고, 선로를 화덕까지 우회시켜 그곳이 이제는 노선의 한 기점이 되었다.

그리고 그 여름 끝자락 내내 그리고 가을비가 한창일 때도, 매일 한밤중에 승객 없는 이상한 전차 차량들이 바다 저 위쪽에서 흔들거리면서 해안 언덕을 따라 지나가는 광경을 볼 수 있었다. 결국 주민들이 일이 그렇게 되었다는 것을 알게 되었다. 그래서 바닷가 언덕으로의 접근을 막던 순찰대에도 불구하고 징말 자주 어러 무리의 사람들이 파도들을 굽어보는 돌산 사이로 몰래 들어가 전차가 지나갈 때 차량들 안으로 꽃들을 던지는 데 성공했다. 그때 꽃과 시신을 실은 열차가 여름밤 속에서 더 크게 요동치는 소리가 들렸다.

아침녘, 적어도 처음 며칠간은 짙고 구역질나는 수증기가 도시의 동쪽 지역 위를 떠다녔다. 모든 의사들의 견해에 의하면 그런 발산물은 불쾌한 것이기는 해도 누구에게도 해를 끼칠 수 없었다. 그러나 페스트가 그런 식으로 하늘에서 자신들 위로 떨어질 거라고 굳게 믿은 지역민들은 지역을 떠나겠다고 위협하다가 결국에는 당국이 복잡한 배관 장치를 통해 배기 방향을 돌릴 수밖에 없게 되자 진정되었다. 큰 바람이 부는 날들에만 동쪽에서 온 어렴풋한 냄새가 주민들에게 그들이 새로운 질서 속에 자리하고 있고 페스트의 불길들이 매일 저녁 제물을 집어삼키고 있다는 것을 상기시켰다.

그것들이 그 돌림병이 끼친 극한적인 영향들이었다. 그러나 돌림병이 그때 이후 전혀 확대되지 않은 것은 다행한 일이었다. 그 이유는 우리 기관들의 재치, 도청의 대책들 그리고 심지어 화덕의 소화 능력이 아마 딸리게 되었을 수도 있으리라 생각할 수 있기 때문이다. 리외는 시체를 바다에 버리는 등의 절망적인 해결책들도 그때 고려해 뒀다는 것을 알고 있어서 푸른 파도 위의 끔찍스러운 시체 거품이 쉽게 상상되었다. 그는 또한 만약 통계치가 계속해서 상승했다면 제 아무리 우수한 조직이라 해도 거기에 저항할 수 없으므로 도청으로서도 어쩔 도리 없이 사람들이 첩첩이 쌓여 죽어 거리에서 썩어갈지 모르니 오랑 시는 공공장소에서 죽어가는 사람들이 자연발생적인 증오심과 어리석은 소망이 뒤섞여져 산 사람들을 붙들고 늘어지는 것을 보게 되리라는 것을 알고 있었다.

그런 종류의 자명성 또는 두려움이 우리 시민들에게 귀양살이와 이별의 감정을 지속시키고 있었다. 이 점을 고려할 때, 서술자는 예를 들어 옛날이야기들에서 보게 되는 것들과 비슷한, 용기를 북돋워 주는 몇몇 영웅들이나 뛰어난 행동처럼 정말 장관인어떤 것도 여기에 옮겨 적을 수 없다는 것이 얼마나 유감스러운지 잘 안다. 그것은 천재만큼 볼거리 없는 것은 어떤 것도 없고, 큰 불행들은 그 지속성 자체로 인해 단조로워서이다. 페스트의 끔찍한 나날들을 겪은 사람들의 기억 속에서 그날들은 화려하고 잔인한 거대한 화염으로서가 아니라 오히려 그 여정 위에 있는 모든 것을 짓이기는 끝없는 제자리걸음으로 보였다.

그렇다, 페스트는 돌림병의 초기에 의사 리외를 괴롭힌 극도로 자극적인 엄청난 영상들과는 아무 관계가 없었다. 페스트는 우선 신중하고 흠이 없으며 잘 작동하는 하나의 체재였다. 바로 그래서, 여담이지만 서술자는 아무것도 왜곡하지 않으려고 그리고 무엇보다도 자신을 드러내지 않으려고 객관성을 지향했다. 서술자는 어느 정도 일관된 진술에 기본적으로 필요한 것들과 관련된 경우를 빼고 거의 아무것도 기교를 부려 변경하고 싶지 않았다. 그 객관성 자체가 서술자에게 이제 이렇게 말하라고 명한다. 그 시절의 거다란 고통, 가장 깊고 가장 일반적인 고통이 이별이었고 페스트의 현 단계에서 이별에 대해 새로운 묘사를 하는 것이 솔직히 필요 불가결한 것이라 해도 이 고통 자체는 그때 비장감을 잃고 있었다는 것은 여전히 사실이라고.

우리 시민들, 즉 적어도 이런 이별을 가장 고통스러워한 사람들은 그런 상황에 길들여졌을까? 그렇다고 단정하는 것이 꼭

옳지는 않을 것이다. 그들은 육체적으로나 정신적으로나 헐벗어 고통을 받고 있었다고 말하는 것이 더 정확할 것이다. 페스트의 초기 때, 그들은 잃어버린 존재를 아주 잘 기억하고 있어서 그 존재를 그리워하고는 했다. 그러나 사랑하는 얼굴을, 그 웃음을, 나중에야 행복했다는 것을 알게 된 어떤 날을 또렷이 기억하고 있었지만, 그들이 그날을 회상하던 바로 그 시간에 그리고 이제는 너무나 먼 장소들에서 상대방이 무엇을 하고 있을지를 상상하기는 힘들었다. 요컨대 그때 그 순간에 그들은 기억은 있었지만 상상력은 부족했다. 페스트의 제2단계에서 그들은 기억 또한 잃어버렸다. 그 얼굴을 잊어버렸다는 것이 아니라, 결국 같은 이야기이지만 그 얼굴이 살을 잃어버려 그들은 더 이상 그들 내부에서 그 얼굴을 알아볼 수 없었다. 그리고 그들은 처음 몇 주간, 그들의 사랑으로 상대할 대상이 이제 그림자들밖에 없다는 것에 대해 불만스러워하는 경향이 있었으나 그 후에는, 그 그림자들이 그들의 추억 속에 간직되어 온 미미한 빛깔들마저 잃어버리면서 더 희박해질 수도 있다는 사실을 깨달았다. 기나긴 시간 동안 이별을 겪고 나자 그들은 더 이상 그들의 것이었던 정감도, 언제라도 그들이 손을 얹을 수 있는 한 존재가 그들 곁에서 어떤 식으로 살았는지도 상상할 수 없었다.

이런 관점에서 볼 때, 그들은 더 하찮은 것이기에 훨씬 더 효과적인 페스트의 질서 그 자체 속에 들어가 있었다. 우리 중 누구도 더 이상 거창한 감정들을 갖고 있지 않았다. 그러나 모든 사람들이 단조로운 감정들을 경험하고 있었다. '이거 끝날 때가 됐어'

라고 우리 시민들은 말하고는 했다. 왜냐하면 천재의 시절에는 집단적인 고통들이 끝나기를 바라는 것이 정상이고 실제로 그들은 그것이 끝나기를 바라고 있었기 때문이다. 그러나 이런 말 모두가, 페스트 초기의 화염이나 쏘는 듯한 감정 없이 그리고 아직 뚜렷이 우리에게 남아있던 빈약한 약간의 이성에만 근거하여 표현되고는 했다. 체념으로 간주하는 것은 잘못일지 모르지만 적어도 일종의 임시적인 동의이던 기력부진이 처음 몇 주간의 커다랗고 거센 충동에 이어졌다.

우리 시민들은 달리 어쩔 수가 없었기 때문에 발을 맞췄고 흔히 말하듯이 적응해 있었다. 그들은 당연히 아직 불행하고 고통스러운 태도였지만 더 이상 첨예하게 느끼지는 않고 있었다. 한편, 의사 리외는 분명 그런 것이 바로 불행이고 절망에 익숙해지는 것이 절망 그 자체보다 최악이라고 간주했다. 전에는 이별당한 사람들이 정말 불행하지는 않아서 그들의 고통 속에는 방금 꺼져 버린 어떤 계시가 있었다. 이제는 길모퉁이에서, 카페에서 혹은 친구 집에서 그들은 평온하고 한가해 보였고, 어찌나 눈길이 따분했는지 그들 덕택에 시 전체가 마치 하나의 대합실과 닮아 있었을 정도였다. 직업이 있던 사람들은 페스트의 보폭에 맞춰 꼼꼼하게 그리고 튀지 않게 일했다. 모든 사람이 겸손했다. 처음으로, 이별한 사람들이 부재자에 대해 이야기를 하거나, 상투적인 말투를 쓰거나, 자신들의 이별을 돌림병의 통계치와 똑같은 각도 아래에서 검토하거나 하는 일을 꺼려하지 않았다. 그들은 지금까지는 한사코 자신들의 고통을 집단적인 불행에서 떼어

내 왔건만 이제는 그 병합을 받아들였다. 기억도 희망도 없이 그들은 현재 속에 자리를 잡고 있었다. 사실, 모든 것이 그들에게는 현재가 되었다. 분명히 말해야만 하건대, 페스트는 모두에게서 사랑의 힘과 우정의 힘마저 앗아가 버렸다. 사랑은 약간의 미래가 필요한데, 우리에게는 순간들밖에는 더 이상 아무것도 없었기 때문이다.

물론 이런 것들 중 어떤 것도 절대적이지 않았다. 이별당한 모든 사람들이 그런 상태가 되고 만 것은 사실이지만 그들 모두가 같은 시간에 거기에 도달하지 않았고 어쨌든 일단 이런 새로운 상태에 자리했어도 섬광 같은 기억, 회상, 갑작스러운 각성은 그 피해자들을 더 생생하고 더 고통스러운 감수성으로 다시 이끌어 갔다고 덧붙이는 것이 마땅해서 그렇다. 그러려면 페스트가 멈출 것을 전제로 계획을 세워 보는 안심되는 순간들이 그들에게 있지 않았을까. 그들은 느닷없기는 해도 약간의 가호가 있어서 대상 없는 질투심에 깨물린 상처를 느끼지 않았을까. 다른 사람들 또한 여러 번의 갑작스러운 갱생을 경험했고, 어떤 요일에는 그러니까 당연히 일요일 그리고 토요일 오후에는 마비 상태에서 벗어나 있었다. 왜냐하면 이런 요일은 부재자들과 함께 지낸 때에는 어떤 의식들에 할애한 날이기 때문이다. 혹은 하루가 저물어 갈 무렵이면 그들의 마음을 사로잡던 어떤 우수로 인해, 기억이 되돌아올 것이라는 한편으로 보면 항상 맞아 떨어진 것은 아닌 예감이 그들에게 들었다. 신자들에게는 자기반성의 시간인 그런 저녁 시간이란 반성할 것이라고는 단지 공허밖에 없는 감금자나 귀양객에게는 가혹한 시간이다. 그 시간이 잠시 그들을 정체시켰어도 이어서 그들은 무기력 상태로 돌아가 페스트 속에 틀어박혔다.

이미 사람들은 그런 것은 결국 그들이 지녀온 가장 사적인 것을 포기하는 것임을 이해했다. 페스트의 초기에 다른 사람들에게는 하등의 존재감이 없지만 자신들에게는 너무나도 중요한 사소한 것들의 양에 놀라 사생활이라는 것을 알게 되었다면, 그들은 이제 그와 반대로 오직 다른 사람들의 관심을 끄는 일에만 관심을 가졌고, 일반적인 관념 이외에는 가진 것이 없었으며 그들의 사랑조차 그들에게는 가장 추상적인 모습을 띄고 있었다. 그들은 잠잘 때 이외에는 더 이상 희망을 갖지 못하는 일이 생겼을 정도로 그리고 '가래톳, 그만 끝내고 싶다!'라는 생각을 하고 있는 것을 갑자기 깨닫는 경우가 종종 생겼을 정도로 페스트에 내버려져 있었다. 그러나 진실로 그들은 이미 잠들어 있어서 그 모든 시간은 하나의 긴 잠에 불과했다. 오랑 시는 선잠이 든 사람들로 가득 차 있었는데 그들이 실질적으로 자신들의 운명에서 벗어나는 것은 불현듯 한밤중에 겉보기에는 아무 상처가 다시 벌어지는 드문 순간들뿐이었다. 그리고 소스라쳐 깨어난 그들은 그때 얼빠진 듯한 모습으로 도진 상처의 가장자리를 어루만지다가 섬광 같은 순간 동안, 갑자기 생생해진 그들의 고통과 더불어 사랑 때문에 격앙된 얼굴을 되찾았다. 아침에 그들은 다시 천재로, 다시 말해 틀에 박힌 생활로 되돌아왔다.

그러나 이별당한 사람들은 말하자면 어떤 모습을 하고 있었을까? 간단하다, 그들은 아무것도 아닌 모습이었다. 혹은 이런 것이 더 나을지 모르지만, 그들은 모든 사람들과 같은 모습, 평범한 모습이었다. 그들은 도시의 평온함과 유치한 소란스러움을 나눠 갖고 있었다. 냉정한 외양을 유지하고 있다 해도 비판적 감각의 외양은 상실하고 있었다. 예를 들어 그들 중에서도 가장 총명한 사람들이 모든 사람들과 마찬가지로 신문이나 라디오 방송에서 혹시 페스트가 곧 끝날 거라고 생각할 만한 근거들을 찾는 표정을 짓거나, 겉으로 허황된 희망들을 품거나, 어떤 신문기자가 따분하다는 듯이 하품을 해대며 약간 되는대로 써버린 논설을 읽고 근거 없는 공포를 느끼거나 하는 것을 볼 수가 있었다. 나머지 사람들의 경우 그들은 맥주를 마시거나 환자를 치료하거나, 게으름을 피우거나 지치게 일하거나, 목록을 정리하거나 이것인지 저것인지 별로 구별되지 않는 전축판을 돌리거나 했다. 다르게 말하자면, 그들은 더 이상 아무것도 선택하는 법이 없었다. 페스트가 가치 판단을 억누른 상태였다. 그리고 이런 것은 누구도 자기가 사는 옷이나 식품 품질에 더 이상 신경을 쓰지 않고 있었다는 모습에서 볼 수 있었다. 사람들은 모든 것을 통째로 받아들이고 있었다.

마지막으로, 이별당한 사람들은 처음에는 그들을 보호해 준 신기한 특권을 더 이상 갖고 있지 않았다고 말할 수 있다. 그들은 사랑의 이기주의와 거기서 끌어내던 혜택을 잃어버렸다. 적어도 이제는 상황이 명백했으니, 현재는 모든 사람에게 영향을 끼쳤다. 시의 문들에 부딪히던 총성들과 우리의 생사에 박자를 주던 고무도장들의 소리 한가운데서, 화재들과 목록들, 공포와 수속 절차들 한가운데서, 무시무시한 화장터의 연기들과 구급차들의 단조로운 경적들 사이에서 굴욕적이지만 장부에 등록되는 죽음의 약속을 받은 우리 모두의 경우 우리도 모르는 사이에 똑같은 벅찬 재회와 똑같은 벅찬 평화를 기다리면서 귀양살이라는 똑같은 빵으로 끼니를 이어가고 있었다. 우리의 사랑은 필시 여전히 거기에 있었지만 사용할 수 없었고, 지니기에는 무거웠고, 우리 마음속에서 생기를 잃었고, 범죄나 유죄 선고처럼 메말라 있었을 뿐이다. 그것은 미래가 없는 인내와 좌절된 기다림에 불과했다. 그리고 이런 관점에서, 시민들 중 몇몇의 태도는 시의 여기저기에 있는 식료품 가게들 앞의 긴 줄들을 생각나게 했다. 그것은 무제한적인 동시에 환상 없는 똑같은 체념과 똑같은 자제심이었다. 다만 이별에 관해서는 그런 감정을 천 배 이상의 수위로 올려야만 할 것이다. 왜냐하면 그것은 또 다른 굶주림이자 모든 것을 삼켜버릴 수 있던 굶주림과 관련되었기 때문이다.

어쨌든 추측하건데 우리 시의 이별당한 사람들이 처한 정신 상태에 대한 정확한 개념을 얻고 싶으리라. 그래서 많은 남녀들이 거리로 쏟아져 나올 때 나무 한 그루 없는 도시로 내려오던 황금색으로 물들고 먼지가 자욱한 한없는 저녁들을 새삼 연상시켜야만 할 것 같다. 왜냐하면 이상하게도 일상적으로는 도시들의 언어 전부를 이루는 차 소리와 기계 소리가 없이, 아직 햇빛을 받고 있는 테라스 쪽으로 그때 계속 올라오던 것은 발걸음들과 낮은 음성들로 된 거대한 웅성거림, 즉 무거워진 하늘 속의 천재의 소리에 의해 박자 지워진 수천의 구두창들의 고통스러운 미끄러짐, 결국 조금씩 시 전체를 채워가 저녁마다, 우리의 마음속에서 그때 사랑 대신 자리를 틀고 있던 맹목적인 끈질김에 그 가장 충실하고 가장 음울한 소리를 제공하던 끝없고 숨 막히는 제자리걸음 소리뿐이었으니까.

4부

9월과 10월 두 달 동안 페스트는 오랑 시를 그 아래에 굴종시켜 뒀다. 수십만의 사람들이 좀처럼 끝날 줄 모르던 몇 주 동안 여전히 제자리걸음을 하고 있었다. 안개와 더위, 비가 이어지는 날씨였다. 찌르레기와 개똥쥐빠귀 떼들이 남쪽에서 찾아와 아주 높이 조용히 도시를 우회해갔다. 마치 파늘루의 천재가, 집들의 저 위에서 휙휙 소리를 내면서 돌던 이상한 나무 도리깨가 그것들을 얼씬못하게 한 듯했다. 10월 초, 큰 폭우들이 거리를 쓸어냈다. 이 시간 내내 그 거대한 제자리걸음보다 더 중요한 일은 아무것도 생기지 않았다.

리외와 그의 친구들은 그때 그들이 얼마나 지쳐 있는가를 발견했다. 사실 보건위생대의 사람들은 더 이상 그런 피로를 소화해내지 못하고 있었다. 의사 리외는 친구들과 자신에게서 기이한 무관심이 만연하는 것을 관찰함으로써 그것을 깨달았다. 예를 들어 지금까지 페스트와 관련된 모든 소식들에 대해 너무나 왕성한 관심을 보여준 사람들이 더 이상 그것들에 대해 전혀 관심을 갖지 않고 있었다. 얼마 전부터 그의 호텔에 들어선 예방 격리소의 관리를 임시로 맡게 된 랑베르는 자신이 감호하던 사람들의 숫자를 완벽하게 알고 있었다. 그가 급병 증세들을 보이는 사람들을 위해 직접 짠 즉각적 퇴실 체계의 가장 세세한 사항들까지 그는 정통하고 있었다. 예방 격리자들에게 미친 혈청의 효과에 관한 통계는 그의 기억 속에 새겨져 있었다. 그러나 그는 페스트의 희생자들의 주간 수치를 말하지 못했으니 페스트가 진전 중인지 후퇴 중인지를 정말 모르고 있었다. 그리고 그의 경우 만사불구하고 머지않아 탈출하리라는 희망을 갖고 있었다.

다른 사람들에 대해 말하자면, 그들은 밤낮으로 일에 몰입되어 신문도 읽지 않고 라디오도 듣지 않았다. 그리고 누가 어떤 결과를 알려주면 흥미롭다는 시늉은 하지만 실상 건성으로 무관심하게 응대하고 있었다. 그것은 일에 진이 빠져 일상적 의무를 그르치지 않는 데만 집중하느라 더 이상 최후의 작전도 휴전의 날도 기대하지 않는 대규모 전쟁의 병사에게서나 상상할 수 있는 그런 무관심이었다.

페스트로 인해 초래된 계산 업무를 계속 수행해오던 그랑은 분명히 종합적 결론을 일러줄 능력이 없었을 것이다. 뚜렷이 피로에 강한 타루와 랑베르, 리외와는 달리 그의 건강은 결코 좋지 않았다. 그런데, 그는 시청 보조직원직, 리외의 서기직 그리고 자신의 야간작업을 겸하고 있었다. 그렇기에 그가 지속적 탈진 상태임을 볼 수 있었는데, 그는 페스트 후에 최소한 일주일 동안은 완전한 휴가를 얻어 추진 중이던 일에 본격적으로, '모자를 벗고'

매달리겠다는 생각 같은 두세 가지의 확고한 생각으로 버티고 있었다. 그는 갑작스러운 나약감에도 잘 빠지는 편이어서 그럴 때면 굳이 리외에게 잔에 대해 이야기하며 그녀가 바로 그 순간 어디에 있을지 그리고 그녀가 신문을 읽는다면 그에 대해 생각할지를 궁금해 했다. 리외가 어느 날 극히 평범한 어조로 아내에 대해 이야기하는 자신에게 놀란 것도 바로 그와 함께 있을 때였다. 그는 그때까지 결코 그래 본 적이 없었다. 늘 안심시키려는 내용인 아내의 전보들을 믿어야만 할지 확신이 없어서, 그는 그녀가 치료받고 있던 요양소의 원장에게 전보를 치기로 결심했다. 그 답신으로 환자의 병세가 악화되었다는 통지와 병의 진행을 차단하기 위해 최선을 다하겠다는 확언을 받았다. 그는 피로 때문이 아니라면 어떻게 혼자만 알던 이런 소식을 그랑에게 털어놓을 수 있었는지 이해가 되지 않았다. 서기가 잔에 대해 이야기한 후에 아내에 대해 물어보자 리외가 대답했다. "알다시피"그랑이 말했다. "그거 요새 아주 잘 완치된다더군요." 그러자 리외는 순순히 수긍하며, 이별이 길어지기 시작했다, 어쩌면 자신의 경우 아내가 병을 극복하도록 돕고 있어야 했다, 그런데 아내는 지금 정말 혼자라고 느낄 것이다, 라고만 말했다. 이어서 그는 입을 다물더니 그랑의 질문들에 얼버무리듯이 대답했을 뿐이다.

다른 사람들도 같은 상태였다. 타루가 가장 잘 이겨내고 있었지만 호기심의 깊이는 줄어들지 않았어도 다양성을 잃었다는 것을 그의 비망록이 증명하고 있다. 그 기간 내내 사실 그는 유난히 코타르에게만 관심을 가졌다. 저녁때, 호텔이 예방 격리소로 바뀐 뒤부터 어쩔 수 없이 묵게 된 리외의 집에서 그랑이나 의사가 성과들을 이야기해도 그는 거의 듣지 않았다. 그는 곧장 대화를 그의 일반적인 관심사이던 시시콜콜한 오랑 생활사들 쪽으로 끌어가고는 했다.

카스텔에 대해 말하자면, 의사 리외에게 혈청이 준비되었다고 알리러 온 그날, 막 병원에 데려왔으나 리외가 보기에 증상이 절망적이던 오통 씨의 어린 아들에게 첫 시험을 해보기로 둘이 결정한 후 리외는 늙은 친구에게 최근의 통계를 전해주다가 상대방이 안락의자에 푹 파묻혀 깊이 잠들어 있다는 것을 깨달았다. 그리고 평소에는 부드럽고 아이러니한 어떤 분위기가 영원한 젊음을 깃들게 하던 그 얼굴의 반쯤 벌려진 입술에서 침 한 줄기가 불쑥 흘러나와 혹사와 노년을 드러내자 그것 앞에서 리외는 목이 조이는 것을 느꼈다.

바로 그런 쇠약들에 비추어 리외는 자신의 피로를 판단할 수 있었다. 그의 감성은 그에게서 벗어나 있었다. 거의 언제나 조여져 있는, 경직되고 말라버린 그 감성은 이따금씩 폭발해서 리외로서는 더 이상 통제할 수 없는 격정들에 그를 팽개쳤다. 그의 유일한 방비는 이런 경직성 속으로 피신해서 그의 내부에 형성된 매듭을 더 조이는 것이었다. 그는 바로 그것이 계속해 나갈 좋은 방법임을 잘 알고 있었다. 그 외의 점에 대해 말하자면, 그는 많은 환상을 가지고 있지 않았고 게다가 피로는 그에게서 그가 여태 간직해 온 환상들 역시 제거해 버렸다. 그 끝이 어디인지 그로서는 짐작할 수 없던 어떤 기간 동안 자신이 맡은 역할은 더 이상 병을 고치는 데 있지 않다는 것을 알고 있었기 때문이다. 그의 역할은 진단하는 일이었다. 발견하고, 보고, 묘사하고, 등록하고, 이어서 선고를 내리고, 그것이 그의 임무였다. 부인들이 그의 손목을 쥐고 울부짖고는 했다. "선생님, 저 사람 좀 살려주세요!" 그러나 그는 살리기 위해서가 아니라 격리를 명령하기 위해 거기에 있었다. 그가 그때 그 사람들의 얼굴에서 읽고는 하던 증오심이 무슨 소용이 있었겠는가? 어느 날 누군가 그에게 "인정이라곤 없군요"라고 말했다. 그러나 아니다, 그는 인정이 있었다. 그 인정이 그로 하여금 매일 스무 시간씩, 살리고 태어난 사람들이 죽어가는 것을 참고 볼 수 있게 해줬다. 그것이 그로 하여금 매일 다시 시작할 수 있게 해줬다. 이제 그에게는 딱 그런 정도의 인정밖에 없었다. 어떻게 그런 인정이 목숨을 살리기에 충분했겠는가?

그렇다, 그가 하루 종일 나눠주던 것은 구호책들이 아니라 정보들뿐이었다. 물론 그런 것을 사람의 본분이라고 할 수는 없었다. 그러나 어쨌거나, 공포에 질려 대량으로 죽어가던 군중 틈에서 사람의 본분을 행할 여유가 대체 누구에게 남아 있었겠는가? 피곤하다는 것은 그나마 다행이었다. 만약 리외가 더 원기 왕성했다면 도처에 퍼져 있는 죽음의 냄새가 그를 감상적으로 만들었을지 모른다. 그러나 네 시간밖에 못 잔 사람은 감상적이지 않다. 만사를 있는 그대로 다시 말해 정의에 따라, 흉측하고 하찮은 정의에 따라 본다. 그리고 다른 사람들, 선고를 받은 사람들 역시 그것을 잘 느끼고 있었다. 페스트 전에 사람들은 리외를 구원자처럼 맞이하고는 했다. 약 세 알과 주사 한 대로 모든 것을 바로잡으면 그의 팔을 잡고 복도 끝까지 모셨다. 흐뭇했지만 해로 웠다. 이제는 그와 반대로 그는 군인들과 함께 나타났고 가족들 이 문을 열 마음을 먹게 하려면 개머리판으로 두들겨야만 했다. 그들은 리외와 인류 전체를 자신들과 함께 죽음으로 끌고 들어 가고 싶은 마음이 간절했으리라. 아! 정말 인간들은 다른 인간들 없이 지낼 수 없었고, 그 역시 이 불행한 자들과 마찬가지로 속수 무책이었으니 그는 동정을 받을 만했다. 그들을 떠나자 그의 속 에서 절로 커져가던 것과 똑같은 울컥 솟아나는 동정을 말이다.

그 끝날 줄 모르는 여러 주 동안 의사 리외는 적어도 그런 생 각들을 자신의 이별 상태와 관련된 생각들과 더불어 떠올리고는 했다. 그리고 친구들의 얼굴에서 그런 생각들의 반영을 읽고는 했다. 그러나 재앙에 맞서 투쟁을 계속하던 모든 사람들을 조금 씩 사로잡아가던 탈진 현상의 가장 위험한 귀결은 외부 사건들 이나 다른 사람들의 격정들에 대한 무관심이 아니라 스스로를 방 치하는 부주의였다. 그들은 그때 늘, 절대 필요한 것이 아닌 경우 그들이 보기에 힘에 벅찬 모든 동작들을 피하려는 경향이 있었 기 때문이다. 그렇게 해서 그 사람들은 자신들이 체계화한 위생 규칙들에 점점 더 자주 소홀해져 스스로에게 시행해야 하는 수 많은 소독조치들 중 몇 가지를 잊어버리게 되었고 때로는 전염에 대처한 예방조치도 없이 폐 페스트에 걸린 환자들에게 달려갔다. 왜냐하면 감염된 집들에 가야만 한다는 통지를 뒤늦게 받던 그 들이 보기에 필수적인 준비들을 갖추기 위해 정해진 어느 장소 까지 되돌아가는 일은 우선 피곤한 일이었기 때문이다. 바로 그것이 정말 위험했던 점이다. 그때 그들로 하여금 페스트에 가장 취약하게끔 만든 것은 페스트에 대항하는 투쟁 자체였다. 그들은 결국 요행에 운을 걸고 있었는데 요행은 누구의 편도 아니다.

하지만 시내에는 탈진하거나 낙망해 보이지 않고 살아있는 만족감의 표상으로 남아있던 사람이 한 명 있었다. 바로 코타르였다. 그는 다른 사람들과 관계를 유지하면서도 계속 거리를 두고 지냈다. 그러나 그는 타루의 일이 허용하는 한 자주 타루를 만나려 했다. 왜냐하면 한편으로는 타루가 코타르의 처지를 잘 알고 있었고 다른 한편으로는 타루가 그 작은 연금 수령자를 변함없이 우의적으로 맞이했기 때문이다. 어떻게 그럴 수가 있었는지 모르지만 타루는 고된 작업을 해나갔음에도 불구하고 항상 자상하고 세심한 태도를 유지했다. 어떤 날 저녁에는 피곤이 그를 으스러뜨려도 다음날이면 새로이 기운을 되찾았다. "그 사람하고는" 코타르가 랑베르에게 했던 말이다. "누구나 말이 통해요. 인간적이니까요. 언제나 이해해주죠."

그런 이유로 해서 그 시기의 타루의 기록들은 조금씩 코타르라는 인물에 집중되어간다. 타루는 코타르가 자신에게 털어놓았거나 해석을 가한 대로의 반응들과 고찰들을 열거하려고 노력했다. 그것들은 '코타르와 페스트의 관계'라는 표제 아래 비망록의 몇 쪽에 걸쳐 열거되어 있다. 서술자는 여기에 그 개요를 소개하는 것이 유익하다고 생각한다. 그 작은 연금 수령자에 대한 타루의 전반적인 의견은 다음과 같은 판단 속에 요약되어 있었다. '그는 성장하고 있는 인물이다.' 어쨌든 척 보기에도 그는 좋은 기분으로 성장하고 있었다. 그는 사건들이 진행되던 추이에 불만이 없었다. 그는 가끔 타루 앞에서 이런 종류의 고찰을 통해 그의 본심을 표현했다. "물론, 아주 좋지는 않아요. 그러나 최소한 모든 사람이 같은 처지에 있죠."

타루가 덧붙였다. '물론, 그는 다른 사람들처럼 위협을 받고 있지만 분명 다른 사람들과 함께 그런 일을 겪고 있다. 그 다음으로, 단언컨대 그는 진지하게 페스트에 걸릴 수 있다는 생각을 하지 않는다. 그는 큰 병 또는 깊은 불안에 사로잡혀 있는 사람은 그와 동시에 다른 모든 병들이나 고민들을 면제받는다는 한편으로 보면 아주 어리석지 않은 생각으로 살아가는 모습이다. "알죠," 그가 내게 말했다. "사람은 병을 겹쳐서 앓을 수 없다는 걸요? 가령 당신이 위험한 불치의 병, 중증의 암이나 심한 폐병을 앓는다고 가정해 봐요, 이 경우 페스트나 장질부사에는 결코 안 걸릴 거예요. 그건 불가능하죠. 하여간 그런 일은 더욱더 범위가 넓어지겠죠, 왜냐하면 자동차 사고로 죽는 암 환자는 결코 못 봤으니까요." 맞거나 틀리거나 그런 생각이 코타르를 명랑하게 만든다. 그가 원하지 않는 단 하나는 다른 사람들과 헤어져 있는 일이다. 그는 혼자서 죄수가 되느니보다는 모두와 함께 포위당하는 쪽을 더 좋아한다. 페스트와 더불어 더 이상 사찰들, 서류들, 명단들, 수수께끼 같은 심리들과 목전의 체포 같은 것은 문젯거리가 아니다. 알기 쉽게 말하자면 거기에는 더 이상 경찰도, 해묵거나 새로운 범죄들도, 죄인들도 없고, 경찰관들 자신들도 속해 있는 가장 임의적인 사면을 기다리는 사형수들뿐이다.' 여전히 타루의 주석에 의하면 그렇기에 코타르가 우리 시민들이 보여주던 불안과 혼란의 징조들을 너그럽고 이해심 많은 만족감으로 헤아리는 것은 근거가 있었는데, 그것은 한 구절로 표현될 수 있었다. '언제든지 이야기하세요, 난 당신보다 먼저 그걸 겪었어요.'

'내가 아무리 그에게 다른 사람들로부터 떨어져 있지 않는 유일한 방법은 결국 양심을 갖는 데 있다고 말해도 그는 나를 고약하게 쳐다보며 말했다. "그럼 그렇게 치면 누구도 결코 누군가와 함께 있을 수 없죠." 그러고 나서, "믿어도 되요, 당신한테 장담합니다. 사람들을 함께 하도록 만드는 유일한 방법은 역시 그들한테 페스트를 보내주는 겁니다. 그러니 당신 주위를 좀 보세요." 그리고 사실을 말하자면 나는 그가 무슨 말을 하고픈지 그리고 현재의 생활이 그에게는 얼마나 편안하게 보일지 잘 이해한다. 어떻게 자신의 것들이었던 다른 사람들의 반응들을 그가 재빨리 알아보지 못했겠는가? 모든 사람들을 자기편으로 만들려고 각자가 하는 노력, 어떤 때는 길 잃은 행인에게 길을 알려주려고 베푸는 호의 그리고 또 어떤 때는 가끔 그 행인에게 드러내는 불쾌한 심사, 고급 식당으로 향하는 사람들의 황급한 발걸음, 고급 식당에 있고 그곳에서 시간을 보낸다는 만족감, 매일같이 영화관 앞에 줄을 서고 모든 공연장들과 심지어 댄스홀들을 채우며 모든 공공장소들 속으로 사슬 풀린 물결처럼 퍼져가는 무질서한 인파, 모든 접촉 앞에서 하는 뒷걸음질, 그럼에도 불구하고 사람들을 다른 사람들에게로, 팔꿈치를 팔꿈치에게로 이성을 이성에게로 밀어대는 인간적인 체온에 대한 갈망을 말이다. 코타르는 그들보다 앞서 이런 일을 다 경험했다는 것, 그것은 명백하다. 여자만은 예외였는데, 왜냐하면 그의 생김새가…… 그리고 내 짐작에 그는 여자를 만날 기회에 가까워졌다고 느꼈어도 나중에 자신에게 피해를 줄 수 있을 나쁜 취미는 갖지 않으려고 그 기회를 단념했다.

결론적으로 페스트는 그에게 이롭다. 페스트는 고독하면서도 고독을 원치 않던 사람을 공범으로 만든다. 가시적으로 그 자가 바로 공범이고 아주 즐기는 공범이기 때문에 그렇다. 그는 자신이 보는 모든 것, 즉 여러 가지 미신들, 당치 않은 두려움들, 경계하는 영혼들의 과민성들의 공범이다. 가능한 한 페스트 이야기는 안 하기를 바라면서도 끊임없이 그 이야기를 하는 그들의 괴벽, 그 병이 두통으로 시작된다는 것을 안 다음부터 조금만 머리가 아파도 드러나는 그들의 질색하는 모습과 파리한 모습, 그리고 사소한 기억 상실들을 큰 일로 변질시켜 바지 단추 하나만 잃어버려도 서글퍼하게 되는 신경질적이고 격해지기 쉬운 감수성 결국 불안정한 감수성의 공범이다.'

저녁 때 타루가 코타르와 함께 외출하는 일이 자주 생겼다. 그는 뒤이어 비망록에서, 어떻게 그들이 어깨를 맞대고 황혼녘이나 밤에 어두운 군중 속으로 뛰어 들어 드문드문 가로등이 희박한 섬광을 발하던 희고 검은 덩어리 속에 잠겨 페스트의 냉기를 막아 주는 뜨거운 환락을 향해 한 무리의 사람들과 동반했는지를 이야기하고 있었다. 코타르가 몇 개월 전에 공공장소에서 찾던 그것, 즉 사치와 폭 넓은 생활, 만족시킬 수 없어서 꿈만 꾸던 것, 다시 말해 고삐 풀린 향락, 그것을 이제는 주민 전체가 추구하고 있었다. 모든 물가가 걷잡을 수 없이 상승하는 때였지만 사람들이 그렇게나 돈을 낭비한 적은 결코 없었고, 또한 대다수에게 생필품이 부족하던 반면에 사람들이 그렇게나 도가 지나치게 낭비한 적은 결코 없었다. 실상은 실업을 의미했을 뿐인 한가한 시간을 위한 온갖 놀이들이 늘어나는 것을 보게 되었다. 타루와 코타르는 가끔, 전에는 서로를 이어주는 것을 감추려 애쓰다가 이제는 서로를 꼭 껴안은 채, 그들을 둘러싼 군중은 거들떠보지도 않고 커다란 열정으로 인해 약간 무례해져서 줄기차게 거리거리를 걸어 다니던 쌍쌍의 남녀들 중 한 쌍의 뒤를 한동안 눈으로 따라가 보았다. 코타르는 감상적이 되었다. "아! 청춘들아!" 그의 말이었다. 그리고 그는 큰 소리로 이야기했고, 집단적 흥분과, 그들 주위의 탁자들에서 쩌렁대던 큰 액수의 팁들과 그들의 눈앞에서 엮어지던 사건들 한복판에서 얼굴이 환해지고는 했다.

그럼에도 불구하고 타루는 코타르의 태도에 악의는 적다고 평가한다. "……난 그들보다 앞서 그런 것을 경험했다"라는 그의 표현은 승리보다는 불행을 더 많이 표했다. '생각하건대,' 타루의 말이었다. '그는 하늘과 도시의 벽 사이에 갇힌 이 사람들을 사랑하기 시작했다. 예를 늘어 그는 할 수만 있었다면 기꺼이 그들에게 그것은 그리 무서운 것이 아니라고 설명했으리라. "저들의 말이 들리죠." 그는 나에게 단언했다. "페스트 후에 이걸 할 거야, 페스트 후에 저걸 할 거야…… 저 사람들은 가만히 있지 않고 자신들의 삶을 중독시키고 있어요. 그리고 심지어 자신들의 이점을 깨닫지도 못해요. 내 경우 '체포된다면 이걸 할 거야'라는 말을 할 수 있을까요? 체포는 하나의 시작이지 끝이 아닙니다. 페스트는 반면에…… 내 의견이 궁금하죠? 저들은 일이 되어가는 대로 그냥 놓아두지 않기 때문에 불행한 거예요. 그리고 나는 사실 다 아니까 말하는 겁니다.'"

'그는 사실 다 아니까 말한다'고 타루는 덧붙였다. '서로를 가깝게 해주는 열기의 필요성을 깊이 통감함에도 불구하고 동시에 서로를 멀어지게 하는 경계심 때문에 감히 자신들을 그 열기에 내맡기지 못하는 오랑 시민들의 모순들을 그는 제대로 판단하고 있다. 자기의 이웃을 믿을 수 없다는 것, 그가 당신도 모르게 페스트를 건넬 수 있고, 당신이 포기하고 있으면 그 기회에 당신을 감염시킬 수 있다는 것을 누구나 너무 잘 알고 있었다. 코타르처럼, 자신이 사귀려고 모색하던 사람들이기는 하지만 그 모든 사람들 중에서 자신을 밀고를 할 가능성이 있는 자들을 보며 지낸 사람들은 그런 감정을 이해할 수 있다. 아직 건강하고 안전하다고 기뻐하는 그 순간, 페스트가 오늘 내일 사이에 그들의 어깨에 손을 얹을 수 있다거나 어쩌면 그럴 준비를 하고 있다는 생각을 갖고 살아가는 사람들과 그는 아주 잘 공감한다. 한껏, 그는 공포 속에서 편안하게 지낸다. 그러나 그는 그들보다 앞서 이 모든 것을 통감했기 때문에 내 생각에 그는 이런 잔인한 불확실성을 그들과 똑같이 경험할 수 없다. 결과적으로, 아직 페스트에 의해 죽지 않은 우리 모두처럼 자신의 자유와 생명이 매일 파괴되기 직전에 있음을 그는 잘 느끼고 있다. 그러나 그는 그 자신은 공포 속에서 산 적이 있는 까닭에, 이번에는 다른 사람들이 공포를 겪게 되는 것이 정상이라고 생각한다. 더 정확하게 말하자면, 공포는 그러므로 그에게 있어서 그가 온통 혼자였을 때보다 지탱하기에 덜 무거워 보인다. 바로 이런 점에서 그가 잘못된 것이고 또한 그를 이해하기가 다른 사람들보다 더 어려운 것이다. 그러나 어찌되었든지 간에 바로 그런 점에서 그는 다른 사람들보다 더 우리가 이해하고자 애써 볼 가치가 있다.'

마지막으로, 타루는 코타르와 페스트에 걸린 사람들에게 동시에 생긴 독특한 의식을 예시해주는 하나의 이야기로 이 단락을 끝낸다. 이 이야기는 그 시기의 힘들었던 분위기를 거의 재구축하고 있기 때문에 서술자는 그것에 중요성을 부여한다.

그들은 〈오르페우스와 에우리디케〉를 공연하던 시립 오페라 좌에 갔었다. 코타르가 타루를 초대했다. 페스트의 봄에 우리 시에 공연을 하러 온 오페라단이 하나 있었다. 병에 의해 갇힌 오페라단은 우리 오페라 좌와 협의 후에 주 1회씩 그 오페라를 재공연할 수밖에 없었다. 그래서 몇 달 전부터 금요일마다 우리 시립극장에서는 오르페우스의 음악적 탄식과 에우리디케의 무력한 호소가 울리고 있었다. 그럼에도 불구하고 이 오페라는 계속 내중의 인기를 얻어 늘 막대한 수입을 올렸다. 가장 비싼 좌석에 앉은 코타르와 타루는 우리 시민들 중 가장 멋쟁이들로 터질 듯이 채워진 일반석을 내려다보고 있었다. 극장에 도착한 사람들은 시작 시간을 놓치지 않으려고 눈에 보일 정도로 노심초사했다. 막이 오르기 전, 눈부신 조명 아래 악사들이 가만가만 악기를 조율하던 동안 실루엣들이 선명하게 드러나며 이 열에서 저 열로 지나가거나 고상하게 허리를 굽히거나 했다. 점잖은 대화 정도의 가벼운 웅성거림 속에서 사람들은 몇 시간 전 캄캄한 시가에서는 부족했던 안정을 되찾고 있었다. 정장 차림새가 페스트를 쫓아버리고 있었다.

1막 내내 오르페우스는 능숙히 탄식을 했고 그리스 튜닉을 입은 몇몇 여자들이 우아하게 오르페우스의 불행을 설명했으며 사랑은 소영창으로 노래되었다. 장내는 은근한 열기로 반응을 보였다. 오르페우스가 2막의 영창 속에는 표시되어 있지 않은 떨리는 소리를 넣어 지옥의 주인에게 자신의 눈물에 감동해 달라고 약간 너무 비장하게 부탁하는 것을 눈치 챈 사람은 거의 없었다. 그가 자신도 모르게 한 발작적인 몇몇 몸짓들은 가장 주의력이 깊은 사람들이 보기에 그 가수의 연기에 더욱 보탬이 되는 스타일의 효과였다.

3막에서 오르페우스와 에우리디케의 대 이중창이 (에우리디케가 연인을 떠나는 순간이었다) 되어서야 어떤 놀라움이 장내에 흘렀다. 그리고 마치 관객의 이런 움직임만을 기다렸다는 듯이 혹은 더 분명히 말해서 일반석에서 오는 웅성거림이 그가 느끼던 것을 확인시켜 줬다는 듯이, 그 가수는 그때를 택해 고대의 의상을 입은 채 팔과 다리를 벌리고 그로테스크한 몸짓으로 바닥 조명 장치 쪽으로 걸어 나오더니, 줄곧 그래 왔지만 관객들의 눈에는 처음으로 그리고 전율스러운 방식으로 시대착오적인 것이 된 목가적인 무대 장치 한복판에서 풀썩 쓰러졌다. 그와 동시에 오케스트라가 연주를 멈췄기에 일반석의 사람들이 일어나 천천히 장내를 비우기 시작했는데, 우선 조용히 예배가 끝나고 교회에서 나오듯이 혹은 문상을 하고 빈소에서 나오듯이 여자들은 치마를 여미고 머리를 숙인 채로 나갔고 남자들은 함께 온 여자들의 팔꿈치를 잡아 관람석에 걸리지 않도록 안내했다. 그러나 점차로 움직임이 급해지고 수군거리는 소리가 외침으로 변하더니 군중이 출구 쪽으로 몰려 달려가 마침내 비명을 지르면서 서로를 밀고 당기고 있었다. 일어서기만 한 코타르와 타루는 당시 자신들의 것이던 삶의 한 영상을 마주한 채 외로이 남아 있었다. 그것은 전신이 풀린 한 광대의 생김새를 하고 있는 무대 위의 페스트 그리고 홀 안의 버려진 부채들과 붉은 의자 위에 늘어진 레이스들의 형체를 하고 있는 아무 쓸모가 없어진 사치였다.

랑베르는 9월 초 며칠간 리외 옆에서 열심히 일했다. 다만 남자 고등학교 앞에서 곤잘레스와 두 청년을 만나야 하던 날에는 하루 휴가를 청했다.

그날 정오, 곤잘레스와 신문기자는 두 녀석이 웃으면서 도착하는 것을 보았다. 그들은 저번에는 운이 없었지만 그런 일은 예상했어야 마땅하다고 말했다. 어쨌거나 그 주에 그들은 당번 경비병이 아니었다. 그 다음 주까지 참아야만 했다. 그때가 되어야 다시 시작할 수 있다고들 한다. 랑베르는 그 말이 딱 맞는 말이라고 말했다. 그래서 곤잘레스가 다음 월요일로 약속을 잡자고 제안했다. 그러나 이번에는 랑베르를 마르셀과 루이의 집에서 지내게 하려 했다. "자네하고 나하고는 따로 만나자고. 혹시 내가 거기 없으면 자네가 곧장 저 애들 집으로 가. 어디 사는지 가르쳐 주겠네." 그러나 그때 마르셀인지 루이인지가 즉시 그 친구를 데려 가는 것이 가장 간단하다고 말했다. 랑베르의 입맛이 까다롭지 않아서 그들 네 명이 먹을 것은 있었다. 그리고 이런 식으로 해서 그는 집이 어딘지 알게 되리라. 곤잘레스가 그것 참 좋은 생각이라고 말하자 그들은 항구 쪽으로 내려갔다.

마르셀과 루이는 마린 동네의 끝, 해안 기슭 쪽으로 난 집들 근처에 살고 있었다. 벽이 두껍고 창에는 페인트칠을 한 나무 덧문이 달려 있으며 방들은 아무 장식 없는 어둡고 작은 스페인 식의 집이었다. 그 청년들의 어머니는 웃는 낯에 주름이 많은 늙은 스페인 여자였는데, 쌀밥을 대접했다. 곤잘레스는 깜짝 놀랐다. 시내에는 벌써 쌀이 동이 났기 때문이다. "관문에서 빼내", 마르셀이 말했다. 랑베르가 먹고 마시는 동안 곤잘레스는 이제 그가 진짜 친구라고 말했는데, 그때 신문기자는 자신이 지내야 할 1주일에 대해서만 생각하고 있었다.

사실 2주를 기다려야 했다. 경비의 당번일이 조원 수를 줄이기 위해 보름으로 늘어났기 때문이다. 그리고 그 보름 동안 랑베르는 몸을 아끼지 않고 부단하게, 어떤 의미에서는 눈을 질끈 감고 새벽부터 밤까지 일했다. 그는 밤늦게 잠자리에 들어 깊은 잠에 빠졌다. 하는 일 없이 지내다가 녹초로 만드는 노역으로, 생활이 급격하게 바뀐 그는 거의 꿈도 기력도 없는 상태에 놓여 있었다. 머지않은 자신의 탈출에 대해서도 거의 이야기를 하지 않았다. 단 한 가지 특기할 만한 사실은 한 주가 지났을 때 자신이 어제 저녁 처음으로 술에 취했다는 이야기를 리외에게 털어 놓았다는 것이다. 스탠드바에서 나왔을 때 그는 문득 서혜부가 부어오르고 겨드랑이 주위에서 두 팔을 놀리기가 어려운 느낌이 들었다. 그는 페스트라고 생각했다. 그리고 그때 그가 할 수 있었던 유일한 반응, 그도 리외와 함께 온당치 않은 짓이었다는 것을 인정한 유일한 반응은 시의 위쪽으로 뛰어 올라가서, 바다를 바라볼 수는 없는 곳임은 마찬가지이지만 하늘이 조금 더 보이는 조그만 광장에서 시의 벽 저 위를 향해 큰 소리로 아내를 부르는 것이었다. 숙소로 돌아와 몸에서 아무런 감염 증세를 발견하지 못하자 그는 그런 갑작스런 발작이 별로 자랑스럽지 못했다. 리외는 그렇게 행동할 수 있다는 것을 아주 잘 이해한다고 말했다. "어쨌거나" 그가 말했다. "그러고 싶을 때가 생길 수 있어요."

"오통 씨가 오늘 아침에 당신 이야기를 했어요," 랑베르가 막 가려고 할 때 리외가 문득 덧붙였다. "혹시 당신을 아느냐고 묻더군요. '그러면 충고 좀 해 주세요. 암거래꾼들하고 자주 접촉하지 않도록 하라고요. 주시 받고 있어요.'라고 말하던데요."

"그게 무슨 뜻인가요?"

"서둘러야만 한다는 뜻이죠."

"고맙습니다," 리외와 악수하면서 랑베르가 말했다.

문에서 그는 불쑥 몸을 돌렸다. 리외는 페스트가 시작된 후 처음으로 그가 미소를 짓고 있다는 것을 깨달았다.

"그런데 왜 내가 떠나는 것을 막지 않으시죠? 그럴 수 있잖아요."

리외는 습관적인 동작으로 고개를 끄덕이고서 그것은 랑베르의 일이고 행복을 택한 것이니 자신의 경우 반대할 논리가 없다고 말했다. 리외는 이 문제에 관해서 무엇이 옳고 무엇이 나쁜가를 판단할 능력이 자신에게 없음을 느끼고 있었다.

"그런 입장이라면 왜 나한테 빨리 하라고 말하는 거죠?"

이번에는 리외가 미소를 지었다.

"어쩌면 나 역시 행복을 위해서 뭔가 하고 싶기 때문이죠."

이튿날, 그들은 더 이상 아무것에 대해서도 이야기하지 않고 함께 일했다. 그 다음 주, 랑베르는 드디어 그 작은 스페인식 집에 자리를 잡았다. 그를 위해 거실에 침대를 하나 들여놓았다. 젊은이들이 식사를 하러 집에 오는 일은 없었으므로 또한 되도록 밖에 나가지 말라는 당부를 받았으므로 랑베르는 대부분의 시간을 혼자 거실에서 지내거나 그들의 노모와 이야기를 나눴다. 그녀는 무뚝뚝하고 활동적이었는데, 검은 옷을 입었고 아주 깨끗한 흰 머리칼 아래의 얼굴은 갈색에 주름이 많았다. 말수가 없어서 랑베르를 쳐다볼 때면 두 눈 가득 미소를 지을 뿐이었다.

언젠가 그녀가 랑베르에게 페스트를 아내에게 옮길까 봐 두렵지 않느냐고 물었다. 그는 감수해야 할 위험이야 있지만 기실 그런 위험은 거의 없는 반면에 도시에 남는다면 그들은 영원히 헤어지게 될 위험성이 있다는 생각이었다.

"부인은 상냥하죠?" 노모가 미소를 지으면서 말했다.

"아주 상냥합니다."

"예쁘고?"

"그런 것 같아요."

"아!" 그녀의 말이었다. "그래서군요."

랑베르는 곰곰 생각해봤다. 필시 그래서이지만 오직 그래서일 수는 없었다.

"우리 하나님은 안 믿으시죠?" 매일 아침 미사에 나가는 노모의 말이었다.

랑베르가 안 믿는다고 시인하자 노모는 또 바로 그래서라고 말했다.

"그녀를 만나야만 돼요, 맞아요. 그렇지 않으면 남을 게 뭐 있겠어요?"

그 외의 시간에 랑베르는 장식 없는 초벽칠이 된 벽을 따라 거닐면서 칸막이에 못으로 박아 둔 부채들을 어루만지거나 탁자보에 달린 양모로 된 술을 헤아려 보거나 했다. 젊은이들은 저녁 때 돌아왔다. 그들은 아직 때가 안 되었다고 말하려는 경우가 아니면 거의 말이 없었다. 저녁 식사 후에는 마르셀이 기타를 치고는 했고 그들은 아니스 향의 술을 마셨다. 랑베르는 생각에 잠긴 모습이었다.

수요일에 마르셀이 집으로 돌아와 말했다. "내일 저녁 자정이야. 준비해." 그들과 함께 근무하던 두 명중 한 명은 페스트에 걸렸고 평상시 그와 한 방을 쓰던 다른 한 명은 격리관찰을 받고 있었다. 그렇게 되면 이삼일 동안 마르셀과 루이만이 있게 되리라. 그날 밤중에 그들은 마지막 세부사항들을 정리해 두었다. 그 다

4부 **239**

음 날이면 일이 가능해질 터이다. 랑베르가 고맙다고 말했다. "기쁘겠네요?" 노모가 물었다. 그는 그렇다고 대답했으나 다른 것에 대해 생각하고 있었다.

이튿날, 무거운 하늘 아래 더위는 축축하고 숨 막혔다. 페스트의 소식들은 안 좋았다. 스페인 노모는 그럼에도 불구하고 평정을 지켰다. "세상은 잘못됐어요." 그녀의 말이었다. "그러니 어쩌겠어요!" 마르셀과 루이처럼 랑베르도 웃통을 벗고 있었다. 그러나 어떻게 해봐도 어깨 사이와 가슴팍 위로 땀이 흘렀다. 그래서 덧문을 닫아 반쯤 그늘진 집 안에서 상반신이 갈색을 띠며 반질반질해졌다. 랑베르는 말없이 방 안을 돌고 있었다. 오후 4시에 그는 돌연 옷을 차려입더니 외출을 하겠다고 알렸다.

"잊지 마," 마르셀은 말했다. "자정이야. 다 준비되어 있어."

랑베르는 의사의 집으로 갔다. 리외의 어머니는 랑베르에게 시 위쪽의 병원에 가면 그를 만날 수 있을 것이라고 말했다. 경비 초소 앞에는 예의 군중이 여전히 제자리를 돌고 있었다. "저리들 가요!" 눈이 튀어나온 한 하사가 말했다. 군중은 움직였으나 제자리를 돌고 있었다. "아무것도 기대하지 말아요." 땀이 저고리에 밴 그 하사가 말했다. 군중도 같은 견해였지만 살인적인 더위에도 불구하고 그냥 남아 있었다. 랑베르가 하사에게 통행증을 내보이자 하사는 타루의 사무실을 가리켰다. 사무실의 문은 마당 쪽으로 나 있었다. 그는 사무실에서 나오던 파늘루 신부와 마주쳤다.

약품과 축축한 홑이불 냄새가 나는 더럽고 작은 하얀 방에서 타루는 검은색 나무 책상 뒤에 앉아 윗옷 소매를 걷어 올린 채 팔 오금에서 흘러내리는 땀을 손수건으로 닦아내고 있었다.

"아직도 여기 있어요?" 그가 말했다.

"네, 리외한테 이야기 좀 하고 싶습니다."

"병실에 있어요. 그러나 리외 없이도 해결 될 수 있으면 좋겠다 싶네요."

"왜요?"

"혹사되고 있어요. 그러지 않도록 내가 할 수 있는 일은 하죠."

랑베르는 타루를 바라보고 있었다. 타루는 야윈 상태였다. 피로로 인해 눈과 얼굴이 흐트러져 있었다. 그의 튼튼한 어깨는 동그랗게 오그라들어 있었다. 문 두드리는 소리가 나고 흰 마스크를 쓴 남자 간호사 한 명이 들어왔다. 그는 타루의 책상 위에 한 묶음의 목록을 놓고는 마스크 천에 눌린 목소리로 "여섯"이라고 말하고 나서 나갔다. 타루가 신문기자를 쳐다보고는 목록을 부채처럼 펴서 보여줬다.

"종이는 멋있죠, 그죠? 아 근데, 안 그래요, 지난 밤 사망자들입니다."

그의 이마에 주름이 잡혔다. 그는 목록 묶음을 접었다.

"우리에게 남은 유일한 일은 통계 내는 일입니다."

타루가 탁자를 짚고 일어섰다.

"곧 떠날 건가요?"

"오늘 밤 자정에요."

타루는 랑베르에게 그렇게 되어서 기쁘다고 그리고 조심해야 한다고 말했다.

"그 말씀 진심인가요?"

타루는 어깨를 으쓱하더니,

"내 나이에 사람은 진심이지 않을 수가 없어요. 거짓말하는
건 너무 피곤하죠."

"타루" 신문기자가 말했다. "의사 선생님을 만나고 싶습니다.
이해해 주세요."

"압니다. 그가 나보다 인간적이죠. 갑시다."

"그건 아닙니다." 랑베르가 어렵게 말했다. 그리고 멈춰 섰다.

타루는 그를 바라보다가 돌연 그에게 미소를 지었다.

그들은 밝은 초록색 페인트로 벽들이 칠해져 있고 수족관 속
같은 빛이 떠도는 작은 복도를 따라갔다. 어느 이중 유리문 뒤에
서 사람들이 기괴하게 움직이는 것이 보였다. 그곳에 이르기 직
전에 타루는 온통 벽장들로 덮인 아주 작은 방으로 랑베르를 들
여보냈다. 그는 벽장들의 하나를 열어 소독기에서 수성 붕대로
된 마스크 두 개를 꺼내더니 랑베르에게 하나를 내밀며 덮어 쓰
라고 권했다. 신문기자가 그것이 무슨 소용이 있겠느냐고 묻자
타루는 소용이야 없지만 다른 사람들에게 신뢰감을 준다고 대
답했다.

그들은 유리문을 밀었다. 커다란 방이었는데, 계절에도 불구
하고 창문들은 밀봉되어 있었다. 벽 위쪽의 환풍기들이 윙윙대
고 있었고, 2열로 놓인 회색 침대들 위에서 흰 환풍기 날개들이
걸쭉하고 가열된 공기를 휘젓고 있었다. 곳곳에서 낮거나 날카롭

거나 한 신음소리들이 올라오고 있었는데, 그것들은 하나의 단조로운 탄식만을 이룰 뿐이었다. 흰 옷을 입은 사람들이 철책이 달린 높은 유리창으로 쏟아져 들어오는 쨍쨍한 햇살 속에서 느리게 이동하고 있었다. 랑베르는 그 방의 끔찍한 열기 속에서 거북한 느낌이 들어, 신음소리를 내는 한 형체 위로 몸을 수그리고 있던 리외를 가까스로 알아보았다. 의사는 침대 양쪽에서 두 간호사가 활짝 벌려 붙잡고 있던 환자의 서혜부를 째고 있었다. 그는 몸을 다시 일으켜 수술 도구들을 조수가 내민 쟁반에 떨어뜨리더니 잠시 우두커니 서서 붕대를 감던 중인 그 남자를 바라보고 있었다.

"새로운 소식인가요?" 그가 다가서던 타루에게 말했다.

"파늘루가 랑베르 대신 예방 격리소를 맡겠다고 승낙했어요. 그는 벌써 일을 많이 했죠. 남은 일은 랑베르 없이 세 번째 조사반을 다시 모으는 거예요."

리외는 고개를 끄덕여 찬성했다.

"카스텔이 첫 혈청 제조를 끝냈답니다. 시험해 보자더군요."

"아!" 리외는 말했다. "그거 잘됐네요."

"마지막으로 하나, 랑베르가 여기 와 있어요."

리외가 몸을 돌렸다. 마스크 위, 그의 눈은 신문기자를 보자 찌푸려졌다.

"여기서 뭐 해요?" 그가 말했다. "지금 다른 곳에 있어야 하잖아요."

타루가 오늘 밤 자정이라고 말하자 랑베르는 덧붙였다. "원칙적으로는요."

그들 중 누군가 말을 할 때면 붕대 마스크가 불룩해지고 입 있는 부분이 축축해졌다. 그래서 그들의 대화는 조각들의 대화처럼 약간 비현실적이 되었다.

"드릴 말씀이 있어서요," 랑베르가 말했다.

"괜찮다면 같이 나갑시다. 타루의 사무실에서 기다려요."

잠시 후, 랑베르와 리외는 의사의 자동차 뒷좌석에 자리를 잡았다. 타루가 운전을 했다.

"연료가 동이 났어요." 시동을 걸면서 타루가 말했다. "내일은 걸어 다닐 겁니다."

"선생님," 랑베르가 말했다. "떠나지 않고 함께 남아 있고 싶습니다."

타루는 꼼짝하지 않았다. 그는 계속 운전을 하고 있었다. 리외는 피로를 떨쳐 낼 기력이 없는 듯했다.

"그러면 부인은요?" 그가 가라앉은 음성으로 물었다.

랑베르는 다시 곰곰 생각해 보니 자신은 믿어 온 것을 계속 믿고 있지만 만일 떠난다면 부끄러울 것 같다고 말했다. 그렇게 되면 두고 온 아내를 사랑하기가 거북해지리라 한다. 그러나 리외는 몸을 바로 세우고 앉아 단호한 목소리로 그것은 어리석다, 행복을 우선시하는 것은 부끄러운 일이 아니다, 라고 말했다.

"그렇죠," 랑베르가 말했다. "하지만 혼자만 행복하다는 것은 부끄러울 수 있는 일입니다."

그때까지 입을 다물고 있던 타루가 그들 쪽으로 고개를 돌리지 않고, 만약 랑베르가 사람들의 불행을 나누려 한다면 행복을 위한 시간은 결코 더 이상 가질 수 없을지 모른다고 지적했다. 선택해야만 했다.

"그게 아닙니다," 랑베르가 말했다. "나는 늘 이 도시와는 남이고 여러분과는 아무 상관없다고 생각했어요. 그러나 볼 거 다보고 난 지금은 내가 이곳 사람이라는 것과 내가 그걸 원하는지 안 원하는지 알죠. 이 일은 우리 모두와 관계됩니다."

아무도 대꾸하지 않자 랑베르는 초조해 보였다.

"더구나 그건 잘 알고 계시는 일이잖아요! 그렇지 않다면 그 병원에서 무엇을 하고 있죠? 그러면 두 분은 행복을 단념하기로 선택했다는 겁니까?"

타루도 리외도 여전히 대꾸하지 않았다. 의사의 집이 가까워질 때까지 침묵이 오랫동안 이어졌다. 그리고 랑베르는 더 힘을 주어 예의 질문을 되풀이했다. 그러자 리외만이 그에게로 돌아섰다. 그는 애써 몸을 일으켰다.

"미안하지만, 랑베르," 그는 말했다. "난 모르겠어요. 원한다면 우리하고 남아 있어요."

자동차가 한 번 흔들대자 그는 입을 다물었다. 이어서 앞을 보면서 그는 말을 이었다.

"세상의 어느 것도 사랑하는 것으로부터 돌아설만한 가치는 없어요. 그렇지만 알 수 없는 이유로 해서 나 역시 그것으로부터 돌아서 있죠."

그는 다시 등받이에 몸을 기대었다.

"그건 분명한 사실이라는 것 뿐입니다," 그는 나른한 듯이 말했다. "사실을 사실로 받아들이고 거기서 결과들을 끌어내 봅시다."

"무슨 결과들이죠?" 랑베르가 물어 보았다.

"아!" 리외가 말했다. "치료하는 동시에 결과를 알기도 하다니, 그럴 수는 없죠. 그러니 가능한 한 빨리 치료부터 합시다. 그것이 급선무예요."

자정에 타루와 리외는 랑베르에게 그가 조사를 맡게 된 지역의 약도를 그려 주고 있었는데, 그때 타루가 시계를 쳐다보았다. 그는 고개를 들다가 랑베르의 시선과 마주쳤다.

"안 간다고 알려 줬어요?"

신문기자는 눈을 돌리며,

"한마디 전했어요," 그는 힘줘 말했다. "두 분을 보러 오기 전에요."

카스텔의 혈청은 10월말에 시험되었다. 현실적으로 그것이 리외의 마지막 희망이었다. 다시 실패하는 경우, 돌림병은 몇 달을 더 길게 그 효력을 지속하거나 이유 없이 멈추기로 결정하거나 하는 식으로 페스트의 변덕에 맡겨지게 될 것이라고 의사는 확신했다.

카스텔이 리외를 만나러 오기 전날 오통 씨의 아들이 병이 나온 가족이 예방 격리소에 들어가야 했다. 얼마 전에 격리소에서 나온 아이 엄마는 두 번째로 격리되어야 하는 처지였다. 주어진 규정들을 준수하던 판사는 아이의 몸에서 병의 증세들을 확인하자마자 의사 리외를 부르게 했다. 리외가 도착했을 때 아이의 부모는 침대 발치에 서 있었다. 어린 딸은 멀리 떨어져 있었다. 아이는 탈진 단계여서 보채지 않고 검사를 받았다. 고개를 다시 들었을 때, 의사는 판사의 시선과 그의 뒤에서 손수건을 입에 대고 눈이 휘둥그렇게 되어서 그의 움직임을 주시하던 어머니의 창백한 얼굴과 마주쳤다.

"그거죠, 안 그래요?" 판사가 냉담한 목소리로 물었다.

"예," 리외가 다시 아이를 바라보면서 대답했다.

어머니는 두 눈이 커졌지만 여전히 말이 없었다. 판사도 입을 다물었다가 이어서 더 나지막한 소리로 말하기를,

"그럼, 의사 선생, 우리는 지침대로 해야겠군요."

리외는 여전히 손수건을 입에 대고 있던 아이 엄마를 쳐다보지 않으려 했다.

"빨리 진행될 겁니다," 그는 주저하면서 말했다. "제가 전화를 걸 수 있으면요."

오통 씨는 그를 안내하겠다고 말했다. 그러나 의사는 부인 쪽으로 돌아서서,

"유감입니다. 부인께서 짐을 꾸려 주셔야 할 겁니다. 이게 뭔지 아시잖아요."

오통 부인은 마비된 듯해 보였다. 그녀는 땅을 쳐다보고 있었다.

"네," 그녀는 고개를 끄덕이면서 말했다. "곧 할게요."

그들과 헤어지기 전에 리외는 혹시 필요한 것은 없느냐고 묻

지 않을 수 없었다. 부인은 여전히 말없이 그를 바라보고 있었다. 그런데 이번에는 판사가 눈을 다른 데로 돌렸다.

"없습니다," 그는 말하고 나서 침을 삼켰다. "하지만 제 자식 좀 살려주십시오."

초기에는 그저 단순한 형식에 불과했던 예방 격리는 이제 리외와 랑베르에 의해 아주 엄격한 방식으로 조직화됐다. 특히 그들은 한 가족의 구성원들이 항상 따로따로 격리되어야 한다고 요구했다. 모르는 사이에 가족 구성원 중 한 명이 감염되었을지도 모르니 다른 구성원의 발병 가능성을 증폭시켜서는 안 되었다. 리외가 판사에게 그런 이유들을 설명하자 판사는 그것들을 좋게 보았다. 그럼에도 불구하고 그의 부인과 그가 서로를 어찌나 쳐다봤는지 리외는 이 이별이 그들을 어느 정도로 얼이 나가게 했는지 느껴졌다. 오통 부인과 어린 딸은 랑베르가 관리하는 예방 격리 호텔에 수용될 수 있었다. 그러나 예심판사에게는 도청이 시설관리공단에서 빌린 천막들을 도움 삼아 시립운동장에 조성 중인 격리 수용소 외에는 더 이상 자리가 없었다. 리외는 그것에 대해 양해를 구했지만 오통 씨는 만인에게 규칙은 단 하나이니 복종하는 것이 옳다고 말했다.

아이의 경우, 침대 열 개가 설비된 옛날 교실이 있는 임시병원으로 이송되었다. 스무 시간 정도가 지나자 리외는 아이의 증상이 아주 절망적이라고 판단했다. 그 작은 몸은 저항 한 번 못하고 감염에 의해 삼켜지고 있었다. 막 형성되었지만 통증성인 작은 가래톳들이 가냘픈 사지의 마디들을 꼼짝 못하게 했다. 아이는 일찌감치 패배 상태였다. 그렇기 때문에 리외는 카스텔의 혈청을 아이에게 시험해 볼 생각을 가지게 된 것이다. 그날 저녁, 저녁 식사 후에 긴 접종을 실시했으나 아이에게서 단 한 번의 반응도 얻을 수가 없었다. 이튿날 새벽, 모두가 그 막바지 실험을 평가하기 위해 아이 곁에 왔다.

아이는 마비 상태로부터 벗어나 이불 속에서 경련하듯이 뒤틀고 있었다. 의사, 카스텔과 타루는 새벽 4시부터 곁을 지키면서 병세의 진전이나 후퇴를 한발 한발 지켜봤다. 침대 머리맡에서 타루는 육중한 몸을 약간 구부정하게 하고 있었다. 카스텔은 침대 발치에 선 리외의 곁에 앉아 어느 모로 보나 침착한 모습으로 오래된 책을 읽고 있었다. 햇살이 옛날 교실 안에 넓게 퍼져가자 다른 사람들이 한 명씩 도착했다. 먼저 파늘루가 와서 타루와 마주하여 침대 다른 쪽에 자리를 잡고 벽에 등을 기대었다. 얼굴에서 괴로운 표정이 읽혀지고 있었는데, 몸을 바쳐 일해 온 이 며칠 동안의 피로가 상기된 이마에 주름들을 새겨놓은 상태였다. 이번에는 조제프 그랑이 도착했다. 그때가 7시여서 서기는 가쁜 숨을 내쉬며 사과했다. 그는 잠시만 있다가 가려 했고, 확실한 뭔가를 이미 알고 있는 것 같았다. 말 한마디 없이 리외는 그에게 아이를 가리켰는데, 아이는 이지러진 얼굴로 눈을 감고서, 있는 힘껏 이를 악물고 몸은 고정한 채 보 없는 둥근 베개 위에서 머리를 좌우로 돌렸다 되돌렸다하고 있었다. 날이 드디어 충분히 밝아져 방 안 깊숙이 원래 자리에 그대로 걸려 있던 칠판 위에서 예전에 쓴 방정식의 자국들을 구별할 수 있을 정도가 되었을 때 랑베르가 왔다. 그는 옆 침대의 발치에 기대서서 담뱃갑을 꺼냈다. 그러나 아이를 한번 쳐다본 후 담뱃갑을 다시 호주머니 속에 넣었다.

계속 앉아 있던 카스텔이 안경 위로 리외를 바라보았다.

"아이 아버지의 소식은 있소?"

"아니오," 리외가 말했다. "격리 수용소에 있어요."

의사는 아이가 신음하고 있던 침대의 가로대를 힘껏 움켜쥐었다. 그는 어린 환자에게서 눈을 돌리지 않고 있었는데, 아이는 갑자기 몸이 뻣뻣해지더니 다시 이를 악물고 허리 근처를 약간 굽히며 천천히 팔다리를 벌렸다. 군용 이불 아래의 벌거벗은 작은 몸에서 털실 냄새와 시큼한 땀 냄새가 올라오고 있었다. 아이는 조금씩 몸을 늘어트리더니 팔다리를 침대 한가운데로 모았고 여전히 눈도 못 뜨고 말도 못한 채 더 가쁘게 숨을 쉬는 듯해 보였다. 리외가 타루의 시선과 마주치자 타루는 눈을 돌려버렸다.

그 무시무시한 병은 몇 달 전부터 사람을 가리지 않았기 때문에 그들은 이미 여러 아이들이 죽어가는 것을 보아 왔다. 그러나 그들이 그날 아침부터 그렇게 하고 있던 것처럼 아이들이 괴로워하는 것을 시시각각 따라가면서 본 적은 결코 한 번도 없었다. 그리고 물론 그들에게는 늘 그 죄 없는 아이들에게 가해진 고통이 진실에 있어서 하나의 용납할 수 없는 추한 현실로 보였다. 그러나 그때까지는 어쨌든, 그들은 어찌 보면 추상적으로 울분을 느껴왔다. 왜냐하면 죄 없는 한 아이의 극한의 고통을 그렇게나 오랫동안 정면으로 바라본 적이 결코 없었기 때문이다.

바로 그때 아이는 배를 물린 듯이 가냘픈 신음을 하며 다시 몸을 구부렸다. 아이는 몇 초 동안 그런 식으로 몸을 구부린 채로 마치 연약한 뼈대가 페스트의 광풍 아래 꺾이고 반복되는 신열의 입김에 깨어지는 듯이 경련과 오한으로 뒤흔들렸다. 그 돌풍이 지나가자 아이는 약간 몸을 늘어뜨렸고, 신열이 물러가니 헐떡거리던 아이는 휴식이 이미 죽음인 곳 즉 습하고 독이 서린 모래사장 위에 내버리는 것 같았다. 타오르는 파동이 재차 세 번째로 아이를 쳐 약간 들어 올렸을 때 아이는 몸을 다시 바싹 오그리며 그를 태우던 불꽃이 무서워 침대 깊숙한 곳으로 물러났다가 담요를 젖혀버리면서 미친 듯이 머리를 저어댔다. 벌겋게 부운 눈꺼풀 아래에서 큼직한 눈물이 솟아 납빛 얼굴 위로 흐르기 시작했고, 발작이 끝나갈 무렵 탈진한 아이는 48시간 만에 살이 녹아버려 뼈만 앙상해진 그의 팔다리를 떨듯이 오그라트리며 헝클어진 침대 속에서 십자가에 못 박힌 듯한 괴이한 자세를 취했다.

타루가 몸을 굽혀 무거운 손으로 눈물과 땀으로 흠뻑 젖은 그 조그만 얼굴을 닦아 주었다. 얼마 전부터 카스텔은 책을 덮고 환자를 바라보고 있었다. 그는 무슨 말을 시작하려 했지만 갑자기 음성이 갈라졌기 때문에 그 말을 끝낼 수 있으려면 기침을 하지 않을 수 없었고,

"아침에 있는 증상 완화 현상도 없었고, 그렇죠 리외?"

리외는 없었다고 대답했으나 아이가 그 이후로 보통의 경우보다 더 오래 저항하고 있다고 말했다. 그러자 벽에 약간 쓰러질 듯이 기대어 있던 파늘루가 들릴까 말까하게 말하기를,

"죽게 된다면 더 오래 고통을 겪고 나서겠죠."

리외는 돌연 그에게로 몸을 돌리더니 뭔가 말하려 입을 벌렸지만 아무 말 없이 자신을 억제하려고 눈에 보이게 애를 쓰다가 다시 아이에게로 시선을 향했다.

햇빛이 방 안에 불어나고 있었다. 다른 다섯 개의 침대 위에서 여러 형체들이 꿈틀거리며 신음하고 있었지만 서로 짜기라도 한 듯이 조심스러운 양상이었다. 방의 저쪽 끝에서 비명을 지르던 한 환자만 규칙적인 간격으로, 고통보다는 차라리 놀라움을 나타내는 듯한 작은 탄식을 발했다. 그것은 환자들에게조차 발병 초기에 기겁해서 지르던 탄식이 아닐 것 같았다. 이제 병을 대하는 그들의 방식 속에는 일종의 동의 같은 것이 있었다. 오직 그 아이만이 온 힘을 다해서 발버둥 치며 싸우고 있었다. 리외는 어찌 보면 필요 없이 그리고 무엇보다 자신이 처한 무력한 정체 상태에서 벗어나기 위해 가끔 아이의 맥을 쟀는데, 눈을 감으면 그 움직임이 자기 자신의 피의 동요와 뒤섞이는 것이 느껴졌다. 그럴 때 그는 그 고통 받는 아이와 섞여 아직 성한 자신의 온 힘으로 아이를 받쳐 주려 했다. 그러나 1분 정도 일치하던 두 사람의 심장의 고동이 서로 엇갈려가자 아이는 그에게서 빠져나갔고 그의 노력은 헛일이 되었다. 그는 그때 그 가느다란 손목을 놓고 자기 자리로 돌아왔다.

석회로 바른 벽을 따라서 햇빛이 장밋빛에서 노란빛으로 바뀌고 있었다. 유리창 너머에서 더운 아침이 타닥거리기 시작했다. 그랑이 떠나면서 다시 오겠다고 말한 것도 사람들은 제대로 듣지 못했다. 모두들 기다리고 있었다. 아이는 여전히 눈을 감고 있었고 약간 진정된 것 같았다. 짐승의 발톱처럼 되어 버린 두 손이 침대 가장자리를 살며시 긁적대고 있었다. 아이는 두 손을 위로 올려 무릎 근처의 덮개를 긁다가 갑자기 두 다리를 접어 허벅지를 배 근처로 끌어당기고는 움직이지 않았다. 아이는 그때 처음으로 눈을 뜨더니 자신의 앞에 있는 리외를 쳐다보았다. 이제는 잿빛 찰흙처럼 굳어버린 그 패인 얼굴에서 입이 벌어지는 것과 거의 동시에 한마디의 연속된 비명이 터져나왔다. 그 비명은 호흡으로 인해 약간 변조되어 있었고 단조롭고 음정이 고르지 못하며 너무나 비인간적이어서 마치 전 인류로부터 한꺼번에 오는 것 같은 항변으로 갑자기 방 안을 가득 채웠다. 리외는 이를 악물었고 타루는 얼굴을 돌렸다. 랑베르는 카스텔 곁의 침대로 다가갔고, 카스텔은 무릎 위에 펼쳐져 있던 책을 덮었다. 파늘루는 병에 의해 더럽혀지고 모든 세대의 비명으로 가득 찬 그 앳된 입을 바라봤다. 그리고 그가 무릎을 꿇고서 약간 목이 메인 음성이기는 하지만, 멈추지 않던 그 익명의 탄식 다음으로 또렷한 음성으로 이렇게 말하는 것을 듣는 것은 누가 보기에도 당연했다. "하나님, 이 아이를 구해 주세요."

그러나 아이가 계속 비명을 질러대자 아이의 주위 사방에서 환자들이 동요했다. 방 저쪽 끝에서 줄곧 소리를 지르던 환자의 탄식 속도가 더 빨라지더니 드디어 그 역시 진짜 비명을 질러댔고, 그러는 동안 다른 환자들의 신음은 점점 더 커져갔다. 오열의 물결이 방 안에서 일어나 파늘루의 기도를 뒤덮어 버렸고, 리외는 침대의 가로대에 달라붙어 피로와 혐오에 겨워 두 눈을 감았다.

다시 눈을 뜨자 타루가 가까이에 있었다.

"난 가야겠어요," 리외가 말했다. "저 소리들을 더 이상 못 견디겠어요."

그러나 다른 환자들이 돌연 입을 다물었다. 의사는 그때, 약해졌던 아이의 비명이 더 약해지더니 막 멎었다는 것을 알게 되었다. 그의 주위에서 탄식들이 다시 이어졌지만 가라앉아 있어서 막 마무리된 싸움의 머나먼 메아리 같았다. 기실 그 싸움은 마무리되어 있었으니까. 카스텔이 침대의 다른 쪽으로 가며 끝났다고 말했다. 입은 벌리고 있지만 말을 못하는 아이는 헝클어진 이부자리에 파묻혀 누워 있었는데, 갑자기 더 작아져 있었고 얼굴에는 눈물 자국들이 잔뜩 했다.

파늘루가 침대로 다가가서 십자성호를 그었다. 이어서 그는 사제복을 다시 여미고 중앙 통로를 통해 밖으로 나갔다.

"전부 다시 시작해야 하나요?" 타루가 카스텔에게 물어 보았다.

늙은 의사는 고개를 끄덕거렸다.

"어쩌면 그렇죠," 그는 쓸쓸한 미소를 지으면서 말했다. "여하튼 아이가 오래 싸우기는 했어요."

그러나 리외는 이미 방에서 나가고 있었다. 너무나 서두르는 걸음걸이였고 파늘루를 지나쳐갈 때 파늘루가 그를 붙잡으려고 팔을 내밀었을 정도의 기세였다.

"저기, 의사 선생," 그가 말했다.

리외는 여전히 몰아치는 듯한 동작으로 몸을 돌리더니 난폭하게 그에게 내뱉기를,

"아! 적어도 저 아이는 아무 죄가 없었어요, 그건 잘 알고 계시죠!"

이어서 등을 돌려 파늘루보다 먼저 방문들을 넘어 교정의 깊숙한 곳으로 갔다. 그는 먼지가 내려앉은, 두 그루의 작은 나무 사이의 벤치에 앉아 이미 눈 속까지 흘러내리는 땀을 씻었다. 심장을 조르는 격렬한 매듭을 어떻게든 풀어버리려고 다시 소리를 내지르고 싶었다. 더위가 무화과나무 가지들 사이로 서서히 내리쬐고 있었다. 푸른 아침 하늘은 대기를 더 숨 막히게 만드는 희멀건 막으로 덮여가고 있었다. 리외는 벤치에 몸을 축 늘어뜨렸다. 그는 나뭇가지들과 하늘을 바라보며 천천히 호흡을 가다듬고 조금씩 피로를 삭히고 있었다.

"왜 저한테 그렇게 화가 나서 말씀하셨죠?" 그의 뒤에서 한 음성이 말했다. "저도 그 광경은 견딜 수 없었어요."

리외는 파늘루를 향해 돌아서며,

"맞습니다," 그가 말했다. "용서하십시오. 하지만 피곤해서 정신을 잃은 겁니다. 그리고 어떨 때 저는 이 도시에서 반항심 이외에는 아무것도 못 느낍니다."

"이해합니다," 파늘루가 중얼거렸다. "그런 것은 우리의 기준을 넘어서니까 반항감이 생기는 일이죠. 그러나 우리가 이해할 수 없는 것을 어쩌면 우리는 사랑해야 해요."

리외는 벌떡 몸을 바로 세웠다. 그는 자신이 할 수 있는 모든 힘과 정열을 기울여서 파늘루를 바라보고는 고개를 흔들었다.

"아닙니다, 신부님," 그가 말했다. "저는 사랑에 대해 다르게 생각합니다. 그리고 아이들이 고문당하는 이런 창조는 죽어도 거부하겠습니다."

파늘루의 얼굴에는 격동의 그림자가 스쳤다.

"아! 의사 선생," 그는 서글프게 내뱉었다. "무엇을 자비라고 하는지 방금 이해하게 되었어요."

그러나 리외는 다시 벤치에 몸을 늘어뜨렸다. 그는 다시 밀려온 깊은 피로감으로 인해 더 부드럽게 대답했다.

"그것이 저한테는 없어요, 알고 있습니다. 그러나 그런 것을 신부님과 따지고 싶지 않아요. 우리는 신성 모독이나 기도를 초월해서 우리를 모이게 하는 뭔가를 위해 함께 일하고 있어요. 그것만이 중요합니다."

파늘루가 리외의 곁에 앉았다. 그는 벅찬 모습이었다.

"그래요," 그가 말했다. "그래요, 당신 역시 인간의 구원을 위해서 일하고 있어요."

리외는 미소를 지으려 애썼다.

"인간의 구원이란 저한테 너무나 거창한 말입니다. 그렇게까지 멀리 안 가겠습니다. 제 관심은 인간의 건강이죠, 인간의 건강이 우선입니다."

파늘루는 머뭇거렸다.

"의사 선생……" 그가 말했다.

그러나 말을 멈췄다. 그의 이마에도 땀이 흐르기 시작했다. 그는 중얼거렸다. "또 뵙죠." 그리고 일어섰을 때 그의 눈은 반짝거리고 있었다. 그가 막 떠나려 할 때, 생각에 잠겨 있던 리외 역시 일어나서 그에게로 한 걸음 내밀었다.

"다시 사과드립니다," 그가 말했다. "그런 물의는 다시 일어나지 않을 겁니다."

파늘루는 손을 내밀고 서글프게 말했다.

"한데 저는 당신을 납득시키지는 못했어요!"

"그게 뭐 어떻습니까?" 리외가 말했다. "제가 증오하는 것은 죽음과 악이라는 건 잘 아시잖아요. 그리고 원하시든지 안 원하시든지, 우리는 함께 그것들을 괴로워하고 그것들과 싸우고 있습니다."

리외는 파늘루의 손을 잡고 있었다.

"아시죠" 그는 파늘루를 바라보지 않으려고 하면서 말했다. "이제 하나님도 우리를 갈라놓을 수 없습니다."

보건위생대에 들어온 이후 파늘루는 페스트와 부딪히던 병원들과 공간들을 떠난 적이 없었다. 그는 구조원들 사이에서 마땅히 자신이 있어야 한다고 보던 대열, 다시 말해 선두에 섰다. 그는 죽음의 광경들을 빠짐없이 봤다. 그리고 비록 이론적으로는 혈청에 의해서 안전이 보장되어 있었다 해도 자신의 죽음에 대한 우려조차 그에게 없던 것은 아니었다. 겉으로 보기에는 언제나 침착함을 유지하고 있었다. 그런데 한 아이가 죽어가는 것을 오랫동안 지켜본 그날부터 그는 변해 보였다. 그의 얼굴에서 고조되는 긴장이 읽히고는 했다. 그리고 그가 리외에게 미소를 지으면서 자신이 지금 '사제가 의사의 진찰을 받을 수 있는가?'라는 주제로 짧은 논문을 준비하고 있다고 말한 날, 의사는 그것이 파늘루가 말하려는 듯한 것보다 더 심각한 무엇인가와 관련된다는 인상을 받았다. 의사가 그 작업에 대해 알고 싶다는 뜻을 표했으니만큼 파늘루는 남성 미사에서 설교를 해야 해서 그 기회에 그의 견해 중 적어도 몇 가지를 설명할 작정이라고 알려줬고,

"오시면 좋겠습니다, 의사 선생, 당신한테 흥미로운 주제일 겁니다."

신부는 큰 바람이 불던 어느 날 두 번째 설교를 했다. 사실을 말하자면 청중석은 첫 설교 때보다 더 한산했다. 그런 종류의 행사에는 우리 시민들을 끌어당기는 새로운 것이 더 이상 없었기 때문이다. 시가 겪던 여러 가지 어려운 정황들 속에서는 '새로운 것'이라는 단어 자체가 의미를 잃고 있었다. 게다가 대부분의 사람들은, 종교적 의무들을 완전히 저버리지 않았어도 혹은 그 의무들을 상당히 부도덕한 개인적 삶에 맞추려 하지 않고 있었어도 일상적인 종교적 행위들을 별로 이성적이지 못한 미신들로 대체했다. 그들은 미사를 다니기보다는 수호용 목걸이라든가 성(聖) 로크의 부적을 지니는 데 더 자발적이었다.

우리 시민들이 예언들을 남용한 사실을 그 예로 들 수 있다. 봄에는 실제로 이제나 저제나 병이 끝나기를 기다렸지 아무도 돌

림병의 기한에 대한 전망을 다른 사람에게 물어 볼 생각을 하지 않았다. 모두가 그 병에 기한이란 없으리라 확신한 까닭이다. 그러나 며칠이 지나자, 사람들은 이런 불행이 정말 끝나지 않을지도 모른다고 두려워하기 시작한 동시에 모두가 돌림병이 끝나기를 선망했다. 그래서 점성가들이나 가톨릭교회의 성인들에 의한 다양한 예언들이 이 손에서 저 손으로 넘나들었다. 시의 인쇄업자들은 그런 열광을 이용해 큰 이익을 볼 수 있다는 것을 아주 재빠르게 알아채고 전래되는 이야기들을 대량으로 발행했다. 대중의 호기심이 끝이 없다는 것을 깨닫자 그들은 야사에서 따올 수 있는 그런 종류의 모든 증언들을 시립도서관에서 조사하게 해서 시중에 퍼뜨렸다. 이야기 자체에 예언들이 짤막할 때는 기자들에게 이야기를 쓰라고 주문했는데, 기자들은 적어도 이런 일에 있어서는 그들의 모방대상인 지난 시대의 기자들만큼이나 능력이 있음을 보여 주었다.

심지어 그런 예언들 중의 어떤 것들은 신문에 연재되었고 건강 시대에 신문에서 볼 수 있었던 염문들 못지않게 마구 읽혀졌다. 그런 예보들 중의 몇몇은 그 해의 연도와, 사망자이 수, 페스트의 개월 수의 합이 끼워진 괴상한 계산들에 근거를 두고 있었다. 또 다른 몇몇은 역사상의 대규모 페스트들과의 비교표를 세워보고 거기에서 비슷한 점을(예언들이 불변의 사실이라고 한 것을) 뽑아내서 앞의 것들 못지않게 괴상한 계산들을 수단으로 해서 현재의 시련과 관련된 교훈들을 끌어낸다고 주장했다. 그러나 대중이 가장 높이 쳐준 것들은 이론의 여지없이 묵시록의 언어로 일련의 사건들을 알려주는 것들이었는데, 그 각각의 사건은 그때 오랑 시가 당하고 있던 사건일 수 있었고 그 복잡성은 온갖 해석들을 가능하게 해줬다. 그렇게 해서 노스트라다무스와 성(聖) 오딜에게 일상적으로 조언을 구했고 항상 결실이 있었다. 한편 모든 예언들에 공통되게 남아 있던 것은 그것들이 결국 마음을 놓이게 하는 예언들이었다는 것이다. 다만, 페스트는 그렇지 않았다.

우리 시민들에게는 따라서 그런 미신들이 종교를 대신하고 있었다. 그렇기 때문에 파늘루의 설교는 청중이 4분의 3밖에 채워지지 않은 교회에서 행해졌다. 설교일 저녁 리외가 도착했을 때 바람이 입구의 여닫이문들을 통해 가는 줄기들로 스며들어 청중들 사이를 유유히 흘러 다니고 있었다. 그리고 그는 싸늘하고 고요한 교회 안의 남성만으로 구성된 청중들 사이에 앉아 신부가 설교대에 오르는 것을 보았다. 이 사람은 처음 설교보다 더 부드럽고 더 신중한 어조로 이야기를 했고, 청중들은 여러 번 그의 연설에서 어떤 망설임을 발견했다. 더욱 기이한 일은 그가 이제는 '여러분'이 아니라 '우리'라고 말하고 있었다는 것이다.

그렇지만 그의 음성은 차츰 확고해져 갔다. 그는 페스트가 여러 달 전부터 우리 사이에 있어 온 지금, 페스트가 우리의 식탁이나 우리가 사랑하는 사람들의 침대 협탁에 앉아 있고 우리 옆에서 걷고 우리의 일터에서 우리가 오기를 기다리는 것을 하도 자주 보았기에 우리가 페스트를 훨씬 잘 알고 있는 지금에는 따라서 페스트가 쉬지 않고 우리에게 말해 왔으나 처음에는 놀라서 우리가 잘 알아듣지 못했을 가능성이 있는 어떤 것을 어쩌면 훨씬 잘 받아들일 수 있을 것임을 환기시키면서 시작했다. 파늘루 신부가 같은 장소에서 이미 설교한 내용은 여전히 옳았다— 아니 최소한 그것이 그의 신념이었다. 그러나 어쩌면 또한, 우리 모두에게 그런 일이 생겼듯이 그리고 그가 그런 일에 대해 가슴을 쳤듯이 그는 아무런 자비심 없이 그런 생각과 말을 하지 않았나 싶다. 그래도 모든 일에는 항상 배울 점이 있다는 것은 여전히 사실이었다. 가장 잔인한 시련은 기독교도에게는 더욱이나 특전이었다. 그리고 기독교도는 당연히 그런 종류의 시련에서 자신의 특전을, 그 특전이 무엇으로 되어 있고 어떻게 그것을 발견하느냐를 추구해야 했다.

그때 리외의 주위 사람들은 의자 팔걸이 사이로 깊숙이 들어앉아 한껏 편한 자세를 취하려는 듯해 보였다. 출입구의 가죽문 하나가 부드럽게 덜거덕거렸다. 누군가 그것을 고정시키려 일어섰다. 그리고 이런 어수선한 분위기에 정신이 산란해져서 리외는 파늘루가 다시 이어가던 설교를 겨우 들었다. 그의 말은 대강, 페스트가 보여주는 것의 의미를 알려고 애써서는 안 되지만 그것에서 배울 수 있는 것을 배우려고 시도해야 한다는 것이었다. 리외는 신부에 의하면 그것에는 아무것도 설명할 것이 없다는 것을 희미하게나마 이해했다. 파늘루가 강하게 세상에는 하나님에 견주어 설명할 수 있는 것과 그렇지 않은 것이 있다고 말했을 때 그의 관심은 집중되었다. 선과 악이 분명히 있어 왔고 일반적으로 그것들을 가르는 것의 의미는 쉽게 알 수 있었다. 그러나 어려움은 악의 내부에서 시작되었다. 예를 들어 악의 내부에는 분명히 필요한 악과 분명히 불필요한 악이 있었다. 지옥에 빠진 돈 후안과 한 아이의 죽음이 있었다. 왜냐, 탕아가 벼락을 맞는 것은 옳은 일이겠지만 아이가 고통 받는 것은 이해할 수 없으니까. 그리고 지구상에서 한 아이의 고통, 그런 고통이 함께 끌고 다니는 공포 그리고 그 아이에게 찾아줘야만 하는 보상들보다 더 중대한 것은 정말이지 아무것도 없었다. 그 밖의 삶 속에서 신은 우리에게 모든 것을 용이하게 해주니 그때까지 종교가 할 가치 있는 일은 없었다. 여기서는 그와 반대로 신은 우리를 고통의 벽 밑에 몰아넣었다. 우리는 그런 식으로 해서 페스트의 담벼락 밑에 있게 되었으니 그 담벼락의 치명적인 그림자에서 우리의 특전을 찾아내야만 했다. 파늘루 신부는 심지어 그 벽을 기어오를 수 있게 용인했을 안이한 우선권들을 갖기를 거부했다. 그 아이를 기다리던 더없는 즐거움의 영원한 시간이 고통을 보상해 줄 수 있다고 말하는 것이 그에게는 쉬웠어야 했는데, 진실로 그는 그 점에 대해서 아무것도 알지 못했다. 사실 어떤 영원한 기쁨이 한순간의 인간적 고통을 보상해 줄 수 있다고 누가 단언할 수 있었겠는가? 단정하건대 그런 사람은 그의 '주님'이 육신과 영혼의 고통을 겪은 기독교도가 아닐 것이다. 그렇다, 신부는 십자가가 상징하는 사지가 찢기는 고통을 충실하게 본받아서 아이가 받는 고통과 마주하고 여전히 그 벽 아래에 있으리라. 그리고 그는 그날 그의 말을 듣고 있던 사람들에게 거리낌 없이 말하게 되었다. "형제님들, 때가 왔습니다. 모든 것을 믿거나 모든 것을 부정해야만 합니다. 그리고 대체 우리 형제님들 중 누가 감히 모든 것을 부정할 수 있겠습니까?"

신부가 이단에 가까워지고 있다는 생각이 리외에게 들던 순간 상대는 벌써 힘차게 말을 이어가 그런 명령, 그런 무조건의 요구가 기독교도의 특전이라고 단언했다. 그것은 또한 기독교도의 미덕이었다. 신부는 자신이 말하고자 하는 미덕 속에 과격한 점이 있다는 것이 더 관대하고 더 전통적인 도덕에 익숙해진 많은 영혼들에게 충격을 줄 것임을 알고 있었다. 그러나 페스트 시대의 종교는 여느 때의 종교일 수 없었고, 하나님은 행복한 시절에는 영혼의 안식과 향유를 허용하고 염원하기도 할 수 있었지만 과도한 불행 속에서는 그 영혼이 과해지기를 원했다. 하나님은 오늘날 자신의 피조물들에게, '전부' 아니면 '무'인 가장 위대한 미덕을 되찾아 떠맡아야만 하는 하나의 불행 속에 그들을 넣어두는 선의를 베풀었다.

지난 세기에 세속의 한 작가가 '연옥'은 없다고 단언하면서 교회의 비밀을 폭로한다고 주장했다. 그는 그 말에 의해서 중간 방아이란 없고 '천당'과 '지옥'만 있으니 스스로 선택한 것에 따라 구원을 받거나 저주를 받는 수밖에 없다고 암시했다. 파늘루를 믿자면 그것은 방종한 마음속에서만 생겨날 수 있을 뿐이므로 하나의 이단이었다. 왜냐하면 '연옥'이란 있었으니까. 그러나 그런 연옥이 지나치게 희망되어서는 안 되고 죄의 경중을 따져서는 안 되는 시대들이 있었다. 모든 죄는 치명적이었고 모든 무관심은 범죄였다. 전부 아니면 무였다.

파늘루가 말을 멈추자 리외는 그 순간 문 아래를 통해, 성당 밖의 몇 배 더 심해지는 것 같은 바람의 탄식들을 아주 잘 들었다. 신부는 바로 그때, 자신이 이야기하는 완전수용이라는 미덕은 사람들이 그것에 일상적으로 부여하는 제한된 의미로 이해될 수 없고 천한 체념과도 심지어 고도의 겸손함과도 무관하다고 말했다. 그것은 굴종이지만 굴종하는 사람이 동의하는 굴종의 문제였다. 아이가 고통 받는 것은 정신적으로나 심적으로나 당연히 굴욕적이었다. 그러나 바로 그렇기 때문에 그 고통 속으로 들어가야만 했다. 그러나 바로 그렇기 때문에, 다시금 파늘루는 자신이 하려는 말을 하기가 쉽지 않음을 청중에게 분명히 했는데, 신이 그 고통을 원하면 그것을 원해야만 했다. 그래야만 기독교도는 아무것도 아끼지 않게 되고 모든 출구들이 닫혔을 때는 근원적 선택의 토대로 갈 수 있게 된다. 그는 모든 것을 부정하는 지경에 있지 않기 위해 모든 것을 믿는 쪽을 택하게 된다. 그리고 가래톳들이 형성되는 것은 인간의 몸이 그것들을 통해 감염을 물리치는 자연의 이치임을 깨닫고 이 순간에 교회에서 '하나님, 저 사람에게 가래톳을 주세요'라고 말하는 씩씩한 여인들처럼 기독교도는 이해할 수 없는 신적 의지에도 자신을 내맡길 줄 알게 된다. '그건 이해하지만 받아들일 수는 없다'고 말할 수 없었으니 우리의 선택을 끝마치려면 당연히 우리에게 제기된 이런 받아들일 수 없는 것의 핵심을 향해 도약해야만 했다. 아이들이 고통 받는 것은 우리의 쓰디 쓴 빵이었지만 이 빵이 없으면 우리의 마음은 영적 굶주림으로 죽게 된다.

여기서 흔히 파늘루 신부가 쉴 때마다 함께 나던 가라앉은 소음이 귀에 들려오기 시작했는데도 고집스레 그 설교자는 청중들을 대신하여 결과적으로 어떻게 처신해야 올바른가를 묻는 모습을 지으면서 힘차게 말을 이어갔다. 혹시나 곧 숙명론이라는 깜짝 놀랄 단어를 입에 담지 않을까. 과연, 그는 물러서지 않고 그 말을 하게 된다. 다만 그가 거기에 '능동적'이라는 수식어를 붙이게 해 달라는 전제였다. 마땅히 그리고 이번에도 역시, 그가 이야기한 아비시니아의 기독교도들을 따라 해서는 안 되었다. 기독교도 방역반원들에게 자신들의 헌 옷들을 던지면서, 신이 보낸 악을 무찌르려는 불신자들에게 페스트를 주라고 목청을 높여 하늘에 기도한 페르시아인 페스트 환자들을 따라 할 생각을 해서도 안 되었다. 그러나 역으로, 지난 세기의 돌림병 기간 때 감염균이 자고 있을 수도 있는 축축하고 열이 나는 입술들과의 접촉을 피하려고 집게로 성체 빵을 집어서 영성체를 준 카이로의 수도승들을 따라 해서도 안 되었다. 페르시아의 페스트 환자들과 수도승들은 똑같이 죄를 지었다. 전자에게는 아이들의 고통이 헤아려지지 않았고 후자에게는 그와 반대로 고통에 대한 참으로 인간적인 두려움이 모든 것을 덮었으니까. 두 경우, 문제가 회피되었다. 모두가 신의 음성에 귀를 닫고 있었다. 그러나 파늘루는 다른 예들을 상기시키려 했다. 마르세유의 대 페스트의 기록자를 믿자면, 메르시 수도원의 81명의 수도사 중에서 네 명만이 열병에서 살아남았다. 그리고 이 네 명 중에서 세 명은 도망쳤다. 기록자들은 그렇게 이야기했는데, 그것에 대해 더 말하는 것은 그들의 직분이 아니었다. 그러나 그것을 읽으면서 파늘루 신부의 생각은 온통, 77구의 시체 그리고 특히 세 형제들의 예에도 불구하고 홀로 남아 있던 수도승에게 향했다. 그리고 신부는 주먹으로 설교대의 가장자리를 두드리면서 외쳤다. "형제님들, 남아 있는 사람이 되어야만 합니다!"

그것은 한 사회가 무질서한 천재의 시기에 도입한 안전수칙들을, 현명한 규율을 거부하라는 것이 아니었다. 무릎을 꿇고 모든 것을 포기해야만 한다는 도덕론자들의 말을 들어서는 안 되었다. 다만, 어둠 속에서 약간 더듬대며 앞으로 걸어가기 시작하여 선을 행하려고 노력해야만 했다. 그러나 그 밖의 것에 대해서는, 아이의 죽음에 대해서조차 그리고 개인적 구제를 모색하지 않고 가만히 지내며 하나님의 손에 맡기기를 받아들여야만 했다.

여기서 파늘루 신부는 마르세이유의 페스트 시절의 뻴정스 주교의 대표적 사례를 언급했다. 파늘루는 그 주교가 돌림병이 끝날 무렵 해야 할 일을 모두 한 후 더 이상 치료책은 없다고 생각하여 먹을 것을 가지고 손수 담을 쌓은 집으로 칩거하자, 그를 우상화해 온 주민들이 과도한 고통 속에 있는 사람에게서 볼 수 있는 감정의 기복으로 인해 주교에게 분개해서 그를 감염시키기 위해 시체들로 그의 집을 둘렀고 더 확실하게 그를 파멸시키기 위해 시신들을 담 너머로 던져 넣기조차 했다는 것을 상기시켰다. 그런 연유로 해서, 마지막 순간에 마음이 약해져 죽음의 세계로부터 동떨어져 있으려고 생각한 주교의 머리 위로 주검들이 하늘에서 떨어지게 되었다. 우리의 경우 또한 마찬가지이니, 우리는 페스트 속에서 섬이란 없다고 다짐해야 했다. 그렇다, 거기에는 중간이란 없었다. 터무니없는 일을 받아들여야만 했다. 왜냐하면 우리는 신을 증오하기를 아니면 사랑하기를 택해야만 했다. 그리고 누가 감히 신에 대한 증오를 선택할 수 있었겠는가?

"형제님들," 마침내 파늘루는 결론을 짓겠다고 알리면서 말했다. "하나님에 대한 사랑은 힘든 사랑입니다. 그것은 전적인 자기 포기와 자기 인격의 무시를 전제로 합니다. 그래도 그분만이 아이들의 고통과 죽음을 지울 수 있고, 어찌되든지 간에 유용하게 할 수 있습니다. 왜냐하면 그것을 이해하기는 불가능해서 받아들일 수밖에 없기 때문입니다. 바로 이것이 제가 형제님들과 나누고 싶은 어려운 교훈입니다. 바로 이것이 인간들의 눈에는 잔인하고 신의 눈에는 결정적인 신앙인데 그것에 가까워져야만 합니다. 우리는 이 끔찍한 형상에 필적할 수 있어야만 합니다. 이 꼭대기 위에서 모든 것이 서로 섞여 동등하게 될 것이며, 진리는 표면적인 불의로부터 솟아나올 것입니다. 프랑스 남부의 많은 교회들 안에 수세기 전부터 성당 내진(內陣)의 판석들 밑에는 페스트로 쓰러진 많은 사람들이 잠들어 있는 것이고 그들의 무덤 위에서 많은 사제들이 이야기를 하는 것이며 그들이 전파하는 정신이 아이들조차 그 일부를 보탠 재로부터 솟아나오는 것처럼 말입니다."

리외가 밖으로 나오려 할 때 반쯤 열린 문 사이로 거센 바람이 쏟아져 들어와 신자들의 얼굴을 정면으로 덮쳤다. 바람이 비의 냄새와 젖은 보도의 향기를 교회 안에 실어다 줘서 신자들로 하여금 밖으로 나가기도 전에 거리의 모습을 짐작할 수 있게 해 줬다. 그때 의사 리외의 앞에서 밖으로 나가던 늙은 신부와 젊은 부제가 모자를 붙잡아 두느라 애를 먹고 있었다. 그렇지만 나이 많은 사람은 쉬지 않고 설교에 대해 평하고 있었다. 그는 파늘루 의 웅변에 대해서는 경의를 표했지만 파늘루가 보여준 사유의 대 담성들에 대해서는 우려했다. 그는 설교가 힘보다는 불안을 더 많이 보여줬는데 파늘루 나이 정도의 사제라면 불안해서는 안 된다고 여겼다. 젊은 부제는 바람을 피해 머리를 수그린 채, 자신 은 파늘루 신부 집을 많이 드나들어 그의 변화를 잘 아는데 그의 논문은 훨씬 더 대담할 것이므로 필시 교회 출판 인가를 얻지 못 할 것이라고 장담했다.

"그래서 어떤 사상이라는 건가?" 늙은 신부가 말했다.

그들이 성당 앞뜰에 다다르자 바람이 큰 소리를 내면서 그들 을 둘러싸며 두 사람 중 나이어린 사람의 말을 끊었다. 말을 할 수 있게 되자 그는 이렇게만 말했다.

"신부가 의사의 진찰을 받는 것은 모순된다는 거죠."

타루는 파늘루의 설교 내용들을 전하던 리외에게, 두 눈알이 파인 어떤 청년의 얼굴을 우연히 보게 되어 전쟁 때 신앙을 잃은 한 신부를 안다고 말했다.

"파늘루가 맞아요," 타루가 말했다. "죄 없는 사람이 두 눈알 을 파인 경우 기독교인이라면 신앙을 잃거나 눈알이 파인 것을 받아들이거나 해야 하죠. 파늘루는 신앙을 잃고 싶지 않으니 끝 까지 갈 거예요. 그는 바로 이걸 말하고 싶었던 겁니다."

이런 타루의 고찰은 파늘루의 행동이 주위 사람들에게는 이해할 수 없어 보였던 나중에 일어난 불행한 사건들을 조금 해명하는 데 도움이 되는가? 각자 알아서 판단해보라.

그 설교 후 며칠 있다가 파늘루는 사실 이사하느라 바빴다. 병의 확산으로 인해 시내에서 연이은 이사가 발생하던 때였다. 그리고 타루가 호텔을 떠나 리외의 집에서 묵어야 했던 것과 마찬가지로 신부 역시 교구에서 거주하도록 해줬던 아파트를 두고 근실히 교회에 다니고 아직 페스트의 해를 입지 않은 한 노부인 집에 가서 묵어야만 했다. 신부는 이사 때 피로와 시름이 커져가는 느낌이었다. 그리고 그로 인해 민박집 여주인의 존경을 잃었다. 이분이 성 오딜의 예언의 장점들을 열렬히 격찬하는데 십중팔구 피로한 탓에 그가 아주 조금 바쁘다는 기색을 드러내 보였기 때문이다. 노부인에게서 하다못해 너그러운 중립적 태도라도 얻어 보려고 곧바로 어느 정도 노력했지만 성공하지 못했다. 그는 이미 나쁜 인상을 준 상태였다. 그래서 매일 저녁 뜨개질한 레이스들로 가득한 방으로 돌아가기 전에 그는 그녀가 돌아보지도 않고 무뚝뚝하게 그에게 드리는 "안녕히 주무세요, 신부님"이라는 밤 인사를 기억에 새기는 동시에 거실에 앉아 있는 여주인의 등을 우두커니 바라봤다. 그와 같은 어느 날 저녁 잠자리에 들 때 그는 머리가 쑤시고 며칠 전부터 품어 온 신열이 걷잡을 수 없이 손목과 관자놀이로 빠져나오는 느낌이었다.

그 다음 일은 나중에 여주인의 이야기들을 통해 알려졌다. 아침에 그녀는 습관대로 일찍 일어났다. 어느 정도 시간이 지나자,

신부가 방에서 나오는 것을 보지 못해 놀란 그녀는 많이 망설인 끝에 방문을 두드려 보기로 결심했다. 밤새 잠을 못 자고 아직 자리에 누워 있던 신부를 그녀는 보았다. 그는 가슴이 답답해서 고통스러워했고 평상시보다 더 충혈이 되어 보였다. 그녀의 말에 의하면, 그녀는 의사를 부르자고 공손하게 제안했으나 그녀가 섭섭하다고 여길 정도로 거칠게 거절당했다. 그녀는 물러나 올 수밖에 없었다. 잠시 후 신부가 벨을 눌러 그녀에게 와 달라고 청했다. 그는 기분 나쁜 행동에 대해 사과하고 페스트일 리가 없다, 그런 증세는 아무것도 보이지 않으니 일시적인 피로가 문제다, 라고 공언했다. 노부인은 의젓하게 자신의 제안은 그런 종류의 불안에서 나온 것이 아니다, 하나님의 손에 있는 자기 자신의 안전은 안중에도 없지만 부분적으로나마 자신의 책임도 있다고 여기는 신부의 건강에 대해서만 생각했다, 라고 대답했다. 그러나 신부가 아무 대꾸가 없자, 그녀의 말을 믿자면 자기 의무를 다하고 싶어 여주인은 한 번 더 의사를 부르자고 제안했다. 신부는 노부인의 판단으로는 아주 불분명했던 설명들을 덧붙이기는 했지만 다시 거절했다. 다만 그녀는 신부가 진찰이 그의 원칙에 부합하지 않기 때문에 거부하는 것으로 이해했다는 생각이었고 그녀가 보기에 이해할 수 없던 것이 바로 그것이었다. 그녀는 신열로 인해 하숙인의 생각이 흐트러졌다고 결론짓고 차를 갖다 주는 데 만족했다.

그 상황에서 비롯된 자신의 의무를 아주 정확하게 완수하리라 단단히 마음먹은 그녀는 두 시간마다 규칙적으로 환자를 들여다보았다. 신부가 끊임없이 뒤척거리며 그날을 지낸다는 사실이 가장 그녀의 눈에 띄었다. 그는 이불을 젖혔다가 자신 쪽으로 끌어 당겼다 하다가 연신 손을 축축한 이마에 갖다 대기도 하고 가끔 몸을 일으켜 거칠고 축축하고 막힌 기침을 쥐어짜듯이 뱉어내보려 했다. 그래도 그는 그를 숨 막히게 하는 듯한 솜 같은 덩어리들을 목구멍 깊숙이에서 뽑아낼 수 없는 듯했다. 그런 발작들이 지나자, 그는 완전히 탈진한 모습으로 뒤로 나자빠졌다. 그런 후에 그는 다시 반쯤 일어나더니 잠시 동안 이전의 모든 흥분 상태보다 더 강렬히 집중해서 정면을 바라보았다. 노부인은 의사를 부르면 환자의 기분을 거스를까 봐 여전히 망설였다. 아주 심해 보일 수는 있어도 단순한 발열 증세일 수 있었다.

그럼에도 불구하고 그날 오후 부인은 신부에게 이야기를 해보았다. 그러나 들은 말이라고는 그저 혼란스러운 말들뿐이었다. 부인은 거듭 제안했다. 그러나 이번에는 신부가 몸을 일으키더니 반쯤 막힌 목소리로 의사를 원치 않는다고 또박또박 대답했다. 그때, 집주인은 이튿날 아침까지 기다려 보다가 신부의 상태가 나아지지 않으면 랑스도크 통신에서 라디오를 통해 하루에 두열 번씩 반복하던 전화번호로 전화를 걸리라 결심했다. 항상 의무를 다하고자 그녀는 밤에 환자를 찾아가서 밤을 새고 돌봐 줄 생각이었다. 그러나 그날 저녁 신부에게 막 끓인 차를 갖다 주고나서 그녀는 잠깐 누워 있으려 했지만 이튿날 새벽에야 잠이 깼다. 그녀는 그의 방으로 달려갔다.

신부는 미동도 않고 누워 있었다. 전날에는 극도로 충혈이 되어 있던 얼굴에는 납빛 기운이 돌고 있었는데, 얼굴 윤곽이 아직 멀쩡하니만치 그런 기운이 더 현저하게 느껴졌다. 신부는 침대 위로 늘어뜨려진 여러 가지 색의 작은 유리구슬로 된 샹들리에를 응시하고 있었다. 노부인이 들어서자 그는 그녀 쪽으로 고개를 돌렸다. 그녀의 말에 의하면 그때 그는 밤새도록 시달려 반응할 모든 힘을 잃은 듯했다. 그녀는 몸이 어떠냐고 물어 보았다. 그녀가 이상할 정도로 무관심한 투라고 느낀 목소리로 그는 몸이 안 좋은데 의사는 필요 없고 규정대로 자신을 병원으로 이송하라고 말했다. 질겁한 노부인은 전화로 달려갔다.

정오에 리외가 도착했다. 여주인의 이야기에 그는 파늘루의 말이 맞고 때가 너무 늦은 것 같다고만 대답했다. 신부는 여전히 초연한 자세로 그를 맞았다. 리외는 그를 진찰해 보더니 울혈과 폐의 압박을 빼고는 선(腺) 페스트 또는 폐(肺) 페스트의 기본 증세들은 하나도 발견할 수 없어서 놀랐다. 아무튼 맥박이 너무 낮았고 전반적인 몸 상태가 너무 위태로워서 가망이 거의 없었는데,

"그 병의 주요 증상은 하나도 없습니다," 그가 파늘루에게 말했다. "하지만 사실대로 말하자면 석연치 않으니 격리해야 합니다."

신부는 예의를 갖추려는 듯 이상하게 미소를 지었지만 대꾸가 없었다. 리외는 나가서 전화를 걸고 돌아왔다. 그는 신부를 쳐다보았다.

"제가 곁에 있겠습니다," 그가 신부에게 부드럽게 말했다.

상대방은 약간 생기를 되찾는 듯이 보이더니 온기가 되돌아온 것 같은 눈을 의사 쪽으로 돌렸다. 이어서 가까스로 한마디씩 끊어 말했는데, 그가 슬프게 말하고 있는지 아닌지를 알 수 없는 말투였는데,

"감사합니다," 그가 말했다. "그러나 성직자들한테 친구란 없습니다. 모든 것을 하나님께 맡겼죠."

그는 침대 머리에 걸려 있는 십자가를 달라고 부탁했고 십자가를 쥐자 그것을 바라보려고 시선을 돌렸다.

파늘루는 병원에서도 이를 꽉 물고 입을 열지 않았다. 그는 마치 하나의 물건처럼, 자신에게 가해지는 모든 치료들에 자신을 맡겼지만 내내 십자가를 놓지 않았다. 그럼에도 불구하고 신부의 사례는 여전히 애매했다. 리외의 머릿속에서 계속 의문이 일었다. 페스트이기도 했고 아니기도 했다. 게다가 페스트는 얼마 전부터 진단을 엇갈리게 하는 데 재미가 붙은 것 같았다. 그러나 파늘루의 사례에 있어서는 그 결말이 증명하게 될 것처럼 그런 불확실성은 중요성이 없었다.

신열이 높아졌다. 기침은 점점 더 거칠어져 온종일 환자를 고문했다. 마침내 그날 저녁, 신부는 그의 숨을 막아 온 솜 같은 덩어리들을 토해 냈다. 새빨간 색이었다. 신열이 들끓는 와중에도 파늘루는 초연한 시선을 유지했고, 이튿날 아침 침대 밖으로 몸을 반쯤 내놓고 죽은 채 발견되었을 때 그의 시선은 아무런 표정도 없었다. 그의 병록에는 이렇게 기록되었다. '병명 미상.'

그 해의 만성절은 여느 때의 만성절이 아니었다. 날씨는 확실히 제철 날씨였다. 날씨가 갑작스레 변하더니 늦더위가 대번 선선한 공기에 자리를 내줬다. 이제는 예년처럼 찬바람이 줄기차게 불고 있었다. 큼직한 구름들이 이쪽 지평선에서 저쪽 지평선으로 달려가면서 집들에 그늘을 드리웠고, 그것들이 지나간 후에는 11월의 차가운 금빛 햇빛이 집들 위에 다시 내리쬐었다. 처음으로 우비가 등장했다. 그러나 번들거리는 고무질의 천들이 놀랄 만큼 많이 눈에 띄었다. 사실 신문들이 지금부터 2백 년 전 프랑스 남부의 대페스트 때 의사들이 스스로를 보호하려고 기름먹인 천들을 둘렀다는 보도를 했다. 상점들은 그 틈을 타서 유행이 지난 재고품들을 방출했고, 누구나 그것들 덕택에 면역력이 생기기를 기대했다.

그러나 그런 모든 계절적인 징후들이 공동묘지가 황량하다는 것을 잊게 할 수는 없었다. 예년에는 전차들이 텁텁한 국화꽃 냄새로 가득 찼고 여자들이 친지들의 무덤에 꽃을 바치려고 그들이 묻혀 있는 곳으로 줄 지어 갔다. 여러 달 동안 고립되어 망각 속에 지낸 고인을 위로하려고 노력하는 날이었다. 그러나 이번 해에는 더 이상 누구도 죽은 사람들에 대해 생각하고 싶어 하지 않았다. 정확히 말해서 사람들은 이미 지나치게 그들에 대해 생각하고 있었다. 그리고 그것은 더 이상 약간의 회한과 가득한 우수에 잠겨 그들을 되찾는 문제가 아니었다. 죽은 사람들은 더 이상 사람들이 1년에 하루 자신들을 변명하러 찾아가는 소외된 자들이 아니었다. 그들은 오히려 잊고 싶은 침입자들이었다. 바로 그런 이유로 해서 그 해에는 고인들을 기리는 축제가 어찌 보면 기피되어졌다. 타루가 보기에 말투가 점점 야유조로 변해가던 코타르에 의하면, 매일 매일이 죽은 사람들을 기리는 축제였다.

그리고 실제로, 페스트의 신명난 불꽃은 항상 더 크게 흥을 내며 화덕 속에서 타오르고 있었다. 사실을 말하자면, 사망자 수가 날마다 증가한 것은 아니었다. 그러나 페스트는 정점에 편안히 자리 잡고서 착실한 관리처럼 정확성과 규칙성을 기해 매일같이 살인을 저지르는 것 같았다. 이론적으로 그리고 관계전문가들의 견해로는 좋은 징조였다. 페스트의 진행 도표는 끊임없는 상승기 다음으로 긴 정체기가 이어지고 있어서 가령 의사 리샤르에게는 아주 다행스러워 보였다. "좋아, 훌륭한 도표야" 그의 말이었다. 그가 마지막 계단이라 부르는 곳에 병이 도달했다고 그는 평가했다. 이제부터 병은 감소할 수밖에 없게 되리라. 그는 그것을 카스텔의 새 혈청의 공으로 돌렸는데, 혈청은 실제로 얼마 전에 기대 밖의 성공을 몇 건 거뒀다. 늙은 카스텔은 그것을 부인하지 않았지만 돌림병들의 역사에는 예기치 못한 변화가 많으므로 실상 아무것도 예견할 수 없다고 평가했다. 오래 전부터 민심을 가라앉힐 뭔가를 주고자 갈망했지만 페스트가 그럴 여력을 주지 않자, 도청은 이 안건에 대해 보고해 달라고 부탁하기 위해 의사들을 모을 작정이었는데 그런 때에 의사 리샤르 역시 페스트로 그리고 정확히 그 병이 마지막 계단에 있을 때 세상을 떠났다.

이런 예는 필시 충격적이지만 결론적으로 아무런 증거가 아닌데도 행정 당국은 초기에 낙관론을 환영했던 것만큼이나 심각한 비일관성을 보이며 비관론으로 돌아섰다. 카스텔의 경우 가능한 한 최대로 심혈을 기울여 혈청을 준비하는 일에 만족했다. 어쨌든 병원이나 검역소로 개조되지 않은 공공장소는 이제 한 곳도 없었고, 도청을 아직 손대지 않은 채 그대로 둔 것은 분명 모일 장소를 한 군데 남겨둬야만 했기 때문이다. 그러나 전체적으로 보거나 시기적으로 보거나, 페스트는 비교적 일정한 상태에 있었으므로 리외에 의해 준비된 조직은 조금도 무력해지지 않았다. 의사들과 보조원들은 탈진할 정도의 노력을 쏟고 있기는 했어도 더욱더 큰 노력을 생각해야 할 정도는 아니었다. 그들은 다만 규칙적으로 초인적이라고 말할 수도 있을 일들을 계속해야 했다. 이미 나타난 폐장성 감염 형태들은 마치 바람이 사람들의 가슴속에 불을 지펴 올렸듯이 시의 구석구석에서 확대되고 있었다. 환자들은 객혈을 하다가 훨씬 더 빨리 세상을 떠났다. 이런 새로운 돌림병 형태와 더불어 전염성은 이제 더 커질 위험이 있었다. 사실이지 전문가들의 의견은 이 점에 있어서 늘 서로 상충되고 있었다. 그럼에도 불구하고 더욱 안전을 기하기 위해 보건위생 관계자들은 계속 소독된 붕대 마스크를 한 채 호흡했다. 얼핏 보면 어쨌든 병은 확산되고 있어야 했다. 그러나 선(腺) 페스트의 사례들이 감소되고 있었으므로 총계는 평형 상태였다.

그럼에도 불구하고 시간이 흐름에 따라 물자 보급의 어려움이 증가해서 다른 불안한 문제들이 생기게 되었다. 투기가 극성을 부려 일반 시장에는 부족하던 일차적 필수 식품들이 어처구니없는 가격에 팔리고 있었다. 부유한 가정들은 부족한 것이 거의 없던 반면에 빈곤한 가정들은 그래서 무척 괴로운 상황에 처하게 되었다. 페스트는 그 군림기에 효과적으로 발휘하던 무차별성으로 인해 우리 시민들 사이의 평등을 강화해야 했을 터인데 그와 반대로 이기심들의 자연스러운 상호 작용을 일으켜 사람들의 마음속에서 불공정이라는 감정이 더 첨예해지게 했다. 물론 죽음이라는 나무랄 데 없는 평등은 여전했지만 그것은 아무도 받아들이지 않았다. 그래서, 배고픔에 시달리던 가난한 사람들은 더욱더 향수에 잠겨 삶이 자유롭고 빵이 비싸지 않은 이웃 도시들이나 시골들에 대해 생각했다. 그들은 자신들을 충분히 먹일 수 없으니 떠나게 해줘야 한다는 한편으로 보면 별로 이성적이지 못한 심정을 갖고 있었다. 그 결과 하나의 구호가 퍼지고야 말았는데, 그것을 때로는 담벼락에서 읽기도 했고 또 때로는 지사가 지나가는 길에서 외치고들 했다. '빵 아니면 공기를.' 이런 비유적 문구는 빠르게 진압된 몇몇 시위들의 기폭제가 되었지만, 그 심각한 본질을 모르는 사람은 아무도 없었다.

신문들은 당연히 무조건적인 낙관론이라는 하달된 명령에 복종했다. 신문들을 읽어보면, 주민들은 당시에 '침착과 냉정의 감동적인 본보기'를 뛰어나게 보여주었다. 그러나 아무것도 비밀로 남아있을 수 없는 고립된 어느 도시에서 공동체가 보여주는 '본보기'라는 말에 누가 속았겠는가. 그리고 문제가 되는 그 침착과 냉정이 대체 무엇인지 정확히 생각해 보려면, 행정 당국에 의해 설립된 예방 격리소 혹은 격리 수용소들 중 한 곳에 들어가 보는 것으로 충분했다. 다른 일에 바빴던 서술자는 그곳들에 대한 경험이 없다. 그렇기 때문에 서술자는 여기서 타루의 목격담을 인용할 수밖에 없다.

타루는 과연 비망록에서 랑베르와 함께 시립운동장에 설치된 수용소를 방문한 이야기를 전하고 있다. 운동장은 도시 관문들 가까이에 있었는데 한쪽에는 전차가 지나다니는 거리가, 또 한쪽에는 도시가 건설된 고원의 끝까지 뻗은 공터가 나 있다. 그곳은 어디나 높은 콘크리트 담으로 둘러져 있어서 네 군데의 출입구에 보초병을 세워 두는 것만으로 충분히 탈주를 어렵게 했다. 동시에 그 담은 외부 사람들이 호기심으로 인해 예방 격리에 처한 불행한 사람들을 불편하게 하는 것을 막았다. 그 대신 그 불행한 사람들은 보이지도 않는 전차가 지나가는 소리를 하루 종일 듣고 있었고 전차가 싣고 가는 더욱 큰 웅성거림으로 출퇴근 시간을 짐작하기도 했다. 그들은 그러므로 그들로부터 몇 미터 떨어진 곳에서 그들이 배제된 삶이 계속 이어지고 있고 콘크리트 담이 서로 다른 별에 있는 것보다 더 이질적인 두 개의 세계를 가르고 있다는 것을 알고 있었다.

타루와 랑베르는 어느 일요일 오후를 택해 그 운동장에 갔다. 그들은 랑베르가 다시 만났고 결국 운동장의 경비를 교대로 관리하는 일을 받아들인 축구선수 곤잘레스를 데리고 갔다. 랑베르는 그를 수용소의 소장에게 소개해야 했다. 곤잘레스는 두 사람과 다시 만났을 때, 페스트 이전에는 그때쯤이 경기를 시작하려고 운동복을 입는 시간이었다고 말했다. 그것은 경기장이 징발된 지금은 더 이상 가능하지 않은 일이어서 곤잘레스는 완전히 낙이 없는 사람 같은 기분이었고 그런 모습이었다. 그가 주말에만 수행한다는 조건으로 감시 업무를 받아들인 이유들 중 하나가 그것이었다. 하늘이 반쯤 구름에 덮여 있어서 곤잘레스는 공기 냄새를 맡아보더니 아쉽다는 듯이 비도 안 오고 덥지도 않은 이런 날씨가 제대로 한 경기 하기에는 제격이라고 말했다. 그는 한껏 탈의실의 찜질약 냄새, 무너질 듯한 관람석, 엷은 황갈색 그라운드 위의 산뜻한 빛깔의 축구복들, 중간 휴식 시간의 레몬들이나 바싹 마른 목구멍을 수천 개의 바늘처럼 콕콕 시원하게 해 주는 레모네이드 탄산수 등을 떠올려줬다. 타루가 거기에 더해 기록한 바로는, 그 선수는 변두리의 푹 꺼진 길들을 지나가던 내내 돌멩이가 보이는 족족 끊임없이 발길질을 해댔다. 그는 돌멩이를 정통으로 하수구 속에 날려 보내려고 애쓰다가 성공하면 "1대0"이라고 말했다. 그리고 담배를 다 피우면 꽁초를 앞으로 내뱉고는 재빨리 몸을 날려 떨어지는 꽁초를 발로 차려 했다. 운동장 근처에서 놀던 아이들의 공이 길을 가던 그들 쪽으로 날아오자 곤잘레스는 몸을 움직여 그것을 정확하게 돌려보냈다.

그늘은 느니어 운동징에 들이섰디. 관림서은 사람들로 꽉 차 있었다. 그러나 운동장은 수백 개의 붉은 천막으로 덮여 있었고, 멀리서도 천막 안에 들어 있는 침구들과 보따리들을 볼 수 있었다. 관람석은 몹시 덥거나 비가 오는 날에는 수용자들이 그곳으로 피할 수 있도록 그대로 뒀다. 다만 해질 녘에는 각자의 천막으로 되돌아가야 했다. 관람석 밑에는 얼마 전에 설치한 욕실들과 예전의 선수용 탈의실을 개조한 사무실들 그리고 병실들이 있었다. 대부분의 수용자들은 관람석에 자리하고 있었다. 다른 사람들은 터치라인 근처에서 서성댔다. 몇몇 사람들은 천막 입구에 쭈그리고 앉아 흐릿한 시선으로 두리번거렸다. 관람석에서 많은 사람들이 털썩 주저앉아 뭔가를 기다리는 것 같았다.

"저 사람들은 하루 종일 뭘 하죠?" 타루가 랑베르에게 물었다.

"아무것도 안 해요."

대다수의 사람들이 사실 두 팔을 떨구고 있었고 맨손이었다. 그 거대한 인간 집단은 기이하게 조용했다.

"여기서 처음 며칠 동안은 서로가 하는 말소리도 안 들렸어요." 랑베르가 말했다. "그런데 날이 갈수록 점점 말수가 적어졌죠."

타루의 기록들을 믿는다면, 타루는 그들을 이해할 수 있어서 겹겹이 쌓인 천막 속에서 파리 소리를 듣거나 몸을 긁적거리다가 기꺼이 귀를 기울여 줄 사람을 찾게 되면 큰 소리로 분노와 공포를 이야기하는 그들의 초기 모습이 눈에 선했다. 그러나 수용소가 대만원을 이룬 때부터 기꺼이 귀를 기울여 줄 사람들이 점점 적어졌다. 따라서 입 다물고 경계하는 것 외에는 더 이상 남은 일이 없었다. 사실 거기에는 잿빛이지만 밝은 하늘에서부터 붉은 수용소 위로 쏟아져 내리는 일종의 경계심이 있었다.

그렇다, 그들은 모두 경계하는 모습이었다. 그들은 다른 사람들로부터 분리된 사람들이기 때문에 아무 이유 없이 그런 것은 아니었고, 그들은 트집을 잡으려 하고 두려워하는 자들의 얼굴을 드러내고 있었다. 타루가 바라보던 사람들은 하나같이 텅 빈 눈이었고, 모두가 자신들의 삶을 이뤄 온 것으로부터 완전히 떨어져 있게 되어 고통 받는 모습이었다. 그리고 늘 죽음에 대해 생각할 수는 없었으므로 그들은 어떤 것에 대해서도 생각하지 않았다. 그들은 휴가 중이었다. '그러나 가장 나쁜 것은' 타루의 글이었다. '그들이 잊힌 사람들이리라는 것, 그들이 그것을 알리라는 것이다. 그들을 아는 사람들은 다른 것들을 생각하느라 그들을 잊었고, 그것은 쉽게 이해할 수 있는 일이다. 그들을 사랑하는 사람들에 대해 말하자면, 이 사람들 또한 수용자들을 빼내기 위한 절차들이나 계획들에 안간힘을 쓰느라 그들을 잊어버렸다. 그런 퇴소에 대해 많은 생각을 하다 보니, 이 사람들은 더 이상 빼내야 할 사람들에 대해 생각하지 않았다. 그것 역시 당연하다. 그리고 필경, 어떤 사람도 심지어 그것이 가장 처참한 불행 속이라 해도 누군가에 대해 생각할 실질적인 힘이 없다는 것을 사람들은 깨닫는다. 어떤 사람에 대해 실체적으로 생각한다는 것은 살림살이, 날아다니는 파리, 식사, 가려움 등 다른 어떤 것에 의해서도 산만해지지 않고 그 사람에 대해 매순간 생각한다는 것이기 때문이다. 그러나 파리들과 가려움은 항상 있는 법이다. 그렇기 때문에 삶다운 삶은 어려운 일이다. 그리고 이 사람들은 그것을 잘 알고 있다.'

그들을 향해 돌아오던 소장이 오통 씨가 그들을 만나고 싶어한다고 말했다. 소장은 곤잘레스를 사무실로 안내한 후 관람석의 한 모퉁이로 그들을 데려갔는데, 혼자 떨어져 앉아 있던 오통 씨가 그들을 맞이하기 위해 일어섰다. 그는 여전히 같은 옷차림에다가 여전히 빳빳한 깃이 달린 옷을 입고 있었다. 타루는 그러나 그의 관자놀이 부분의 머리털이 훨씬 곤두서있고 한쪽 구두 끈이 풀려 있는 것을 주시했다. 판사는 지친 모습이었고 말하는 동안에 단 한 번도 상대방을 정면으로 바라보지 않았다. 그는 그들을 만나서 기쁘고 의사 리외에게 그가 베푼 것에 대한 감사를 전해 달라고 말했다.

다른 사람들은 입을 다물었다.

"바라건대" 어느 정도 후에 판사는 이렇게 말했다. "필립이 너무 고통 받지 않았겠죠."

그가 아들의 이름을 부르는 것을 들은 것은 타루로서는 그것이 처음이어서 뭔가 변했다는 것을 깨달았다. 해가 지평선으로 기울어 두 개의 구름 사이로 햇살이 비스듬히 관람석으로 들어오며 세 사람의 얼굴을 금빛으로 물들이고 있었다.

"아닙니다." 타루가 말했다. "안 그랬어요. 정말 고통 받지 않았습니다."

그들이 떠날 때 판사는 햇빛이 오는 쪽을 계속 바라보고 있었다.

그들은 곤잘레스에게 또 보자는 인사를 하러 갔다. 그는 감시 교대 일정표를 살펴보고 있었다. 축구 선수는 그들과 악수하며 웃었다.

"적어도 탈의실은 되찾았네," 그의 말이었다. "그게 어디야."

곧이어 소장이 타루와 랑베르를 다시 인도할 때 찌지직거리는 커다란 소음이 관람석에서 들려 왔다. 이어서, 좋은 시절에는 경기 결과를 알리거나 선수단들을 소개하는 데 사용된 확성기가 코맹맹이 소리를 내며 저녁 식사가 배급될 수 있도록 수용자들은 각자의 천막으로 돌아가야 한다고 공고했다. 천천히 사람들은 관람석을 떠나 발을 끌며 천막 안으로 들어갔다. 그들이 모두 제자리로 돌아갔을 때 기차역에서 볼 수 있는 조그만 전기 자동차 두 대가 천막들 사이로 커다란 냄비를 싣고 다녔다. 사람들이 팔을 내밀자 국자 두 개가 두 냄비에 담겼다 나오더니 두 개의 식기로 옮아갔다. 차는 다시 움직였다. 다음 천막에서 같은 일이 다시 시작되었다.

"과학적이군요," 타루가 소장에게 말했다.

"예," 소장은 그들과 악수하면서 만족스러운 듯 대답했다. "과학적이죠."

황혼녘이 되어 가자 하늘은 개었다. 부드럽고 신선한 햇빛이 수용소를 감싸고 있었다. 저녁의 평화 속에서 숟가락과 그릇 소리가 도처에서 들려왔다. 박쥐들이 천막 저 위에서 이리저리 날다가 급히 사라졌다. 전차 한 대가 벽 저쪽에서 분기선(分岐線) 위를 지나며 크게 삐걱대고 있었다.

"불쌍해라," 타루가 문턱을 넘어서면서 중얼거렸다. "뭘 좀 해줘야겠는데. 하지만 어떻게 판사인 사람을 돕지?"

이렇게 시내에는 다른 수용소들이 몇 개 있었는데, 서술자는 마음에 걸리기도 하고 직접적인 정보도 없기 때문에 더 이상 그것들에 대해 얘기할 수 없다. 그러나 확실히 말할 수 있는 것은 그런 수용소들의 현존, 거기서 오는 사람들의 냄새, 황혼 속 커다란 확성기 소리, 그 담들의 비밀 그리고 그런 배척된 장소들에 대한 두려움 등이 우리 시민들의 사기를 무겁게 짓눌러 모두의 당황과 거북함을 더욱 가중시키고 있었다는 것이다. 행정부와의 분규와 충돌은 더욱 늘어났다.

11월 하순, 여하튼 아침 기온이 아주 차가워졌다. 억수 같은 비가 물을 붓듯이 포장도로를 닦아버리고 하늘을 맑게 씻어내어 반질거리는 거리 저 위에 구름 없이 깨끗한 하늘을 남겨뒀다. 기운을 잃은 해는 매일 아침 반짝이는 차가운 햇빛을 도시 위에 퍼뜨렸다. 저녁 무렵에는 그와 반대로 공기가 다시 훈훈해졌다. 타루는 그때를 택해 의사 리외에게 속을 조금 털어놓았다.

어느 날 저녁 열 시 경, 길고 힘든 하루를 보낸 후 타루는 늙은 천식 환자에게 저녁 왕진을 가던 리외를 따라갔다. 오래된 동네의 집들 저 위에서 하늘은 부드럽게 윤이 흐르고 있었다. 산들바람이 어두운 교차로들을 소리 없이 가로질러 가고 있었다. 조용한 거리들을 지나 온 두 사람은 노인의 수다에 걸려들었다. 노인은 그들에게 못마땅해 하는 자들이 있다든가, 맛있는 반찬은 늘 같은 자들의 것이라든가, 그릇도 너무 자주 물로 닦다보면 결국 깨진다든가, 십중팔구―여기서 그는 손을 비벼댔다―무슨 사단이 날거라든가 하는 소식을 전했다. 의사는 노인이 사건들에 끊임없이 토를 다는 와중에도 그를 치료했다.

그들은 위에서 누군가 걸어 다니는 소리를 들었다. 늙은 부인이 타루가 궁금해 하는 모습을 눈치 채고 그들에게 이웃집 여자들이 테라스에 나와 있는 것이라고 설명했다. 그들은 저 위쪽은 전망이 좋은 동시에 집 테라스들이 대부분 서로 잇닿아 있어서 동네 여자들이 집 밖으로 나가지 않고도 다른 집을 방문할 수 있다는 것을 알게 되었다.

"그래요." 노인이 말했다. "자 좀 올라가 봐요. 저 위는 공기가 좋아요."

그들은 인적이 없고 의자가 세 개 놓여 있는 테라스에 섰다. 한쪽으로는 시선이 닿는 곳까지 어두운 바위더미를 등진 테라스들만 보였는데, 그들은 그 바위더미가 첫 번째 산언덕임을 알아보았다. 다른 한쪽으로는 몇몇 거리와 보이지 않는 항구 너머로, 하늘과 바다가 희미한 약동 속에서 서로 섞이고 있는 수평선이 내려다보였다. 그들의 생각으로는 벼랑들이 있어야 할 곳 저 너머에서, 그들로서는 어디서 오는지 알 수 없던 섬광 하나가 규칙적으로 다시 나타났다. 봄부터 해협의 등대가 다른 항구들로 항로를 돌리는 선박들을 위해 계속 돌아가고 있었던 것이다. 바람에 쓸리고 닦인 하늘에서는 맑은 별들이 빛나고 있었고, 멀리에서 등대의 섬광이 잠시 그치며 반짝했다가 사라지는 잿빛을 하늘에 보태고 있었다. 미풍은 향료와 돌의 냄새를 실어다 주고는 했다. 완전한 침묵이었다.

"날씨가 좋습니다." 리외가 앉으면서 말했다. "마치 여기는 페스트가 전혀 올라오지 못했던 것 같아요."

타루는 그에게 등을 돌리고 바다를 보고 있었다.

"예," 잠시 후에 그는 말했다. "날씨가 좋네요."

그는 의사 옆에 와서 앉아 그를 유심히 보았다. 세 번, 섬광이 하늘에 다시 나타났다. 접시 부딪치는 소리가 길의 안쪽 깊숙한 곳으로부터 그들에게까지 들려 왔다. 집 안에서 문이 탁하고 닫히는 소리가 났다.

"리외!" 타루는 아주 꾸밈없는 어조로 말했다. "내가 어떤 사람인지 알려고 해본 적이 한 번도 없지 않나요? 나를 친구로 여기죠?"

"예," 리외가 말했다. "친구로 여기죠. 그러나 지금까지 우리에게는 시간이 없었어요."

"좋습니다, 그럼 안심입니다. 이 시간이 우정의 시간이기를 원하죠?"

대답으로 리외는 그에게 미소를 지었다.

"좋아요, 자, ……"

조금 떨어진 거리에서 자동차 한 대가 젖은 포장도로 위를 오랫동안 미끄러져 가는 듯했다. 자동차가 멀어져간 후에는 멀리서 들려오는 혼잡스러운 고함들이 또 한 번 침묵을 깨뜨렸다. 그리고는 침묵이 다시 하늘과 별들의 무게처럼 무겁게 두 사람 위에 떨어졌다. 타루가 일어서더니 여전히 의자에 몸을 깊이 묻고 있던 리외의 맞은편 난간에 걸터앉았다. 그에게서 보이는 것이라고는 하늘을 배경으로 한 윤곽이 뚜렷한 육중한 형태뿐이었다. 타루는 아주 오랫동안 이야기를 했고, 그가 털어놓은 바를 간추리면 대략 이렇다.

"간단히 하자면, 리외, 나는 이 도시와 돌림병을 만나기 훨씬 전에 이미 페스트로 고통을 받았다고 말할 수 있습니다. 나는 모든 사람과 똑같다는 말은 할 필요가 없죠. 그러나 세상에는 그걸 모르거나 모르는 상태 속에서 잘 지내는 사람들이 있고, 그걸 알고 거기서 빠져나오고 싶어 하는 사람들도 있어요. 내 경우 항상 거기서 빠져나오고 싶었죠.

젊었을 때는 순진한 생각으로 다시 말해 아무 생각 없이 지냈습니다. 고뇌하는 성격도 아니었고, 순조롭게 사회생활을 시작했죠. 모든 것이 성공적이었고, 머리도 괜찮았고, 여자들과의 관계도 순조로웠던 데다가 혹시 걱정들이 생겼어도 쉽게 해결되었어요. 어느 날 곰곰 생각해보기 시작했죠. 이제는……

당신과 달리 가난하지 않았다는 것은 말해 둘 필요가 있습니다. 아버지가 차장검사셨으니, 좋은 환경이죠. 하지만 아버지는 정말 호인이셔서 검사 같은 모습은 없었어요. 어머니는 편한 성격이셨고 얌전한 분이셨어요, 나는 어머니를 늘 사랑했지만, 어머니 이야기는 하고 싶지 않아요. 아버지는 애정을 가지고 나를 돌보셨고 나는 아버지가 나를 이해하려고 노력하셨다는 생각도 합니다. 아버지는 바람을 피우셨어요. 나는 지금은 그러셨으리라 확신하고 있어도 어쨌거나 그것에 대해 조금도 분개하지 않아요. 아버지는 이런 모든 일 속에서 누구의 감정도 상하게 하지 않고, 마땅히 지켜야 할 도리대로 처신하셨죠. 간단히 말하자면, 그렇게 특출한 인물은 아니셔서 돌아가시고 난 지금 생각해보면 아버지는 성인처럼 살지도 않았고 악인 역시 아니셨던 것 같아요. 그

중간을 지키신 것뿐인데, 사람들은 바로 그런 류의 사람에 대해 적당한 애정, 계속 유지할 수 있는 애정을 느낍니다.

그럼에도 불구하고 아버지한테는 한 가지 특이한 점이 있었습니다. 아버지는 《종합열차시간표》를 머리맡에 두고 읽고는 했어요. 휴가 때 이외에, 땅이 조금 있던 브르타뉴로 여행을 하려고 그런 것은 아닙니다. 그러나 파리-베를린 선의 출발 및 도착 시각, 리용에서 바르샤바로 가기 위해 해야 할 환승 시각, 그곳이 어떤 곳이든지 각 수도들 사이의 정확한 킬로미터를 누구에게나 정확하게 말해줄 정도였어요. 브리앙송에서 샤모니로 어떻게 가는지 말할 수 있겠어요? 어떤 역장이라도 그런 질문에는 허둥댈 겁니다. 아버지는 허둥대지 않았어요. 그런 부분에 대한 지식을 풍부히 하려고 거의 매일 저녁 연습하셨고 그것을 오히려 자랑으로 여기셨죠. 나는 그런 것이 상당히 재미있어서 아버지한테 자주 문제를 냈는데, 안내서에서 아버지의 대답들을 검토하고 안 틀렸다는 것을 확인하게 되어 기뻤죠. 그런 자질구레한 연습들이 우리를 가깝게 묶어줬어요. 아버지의 청중이 되어 드렸기 때문인데 아버지는 그런 호의를 가상히 여기셨습니다. 나는 어땠느냐 하면, 철도에 관해서 뛰어난 것도 다른 것에 관해서 뛰어난 것만큼이나 가치가 있다고 봤어요.

그러고 보니 생각 없이 그 양반한테 너무 큰 비중을 둔 것이 아닐까 걱정입니다. 결론을 내리자면 아버지는 나의 결심에 대해 간접적인 영향만을 미쳤을 뿐이니까요. 기껏해야 어떤 기회만을 제공해 주신 겁니다. 내가 17살 때 사실, 아버지는 당신의 논고를 들으러 오라고 권하셨어요. 지방 법원에서 공판 중인 한 중대 사건과 관련된 것이었는데, 분명히 당신의 가장 훌륭한 모습을 보여줄 수 있을 거라고 생각하셨죠. 또한 아버지는 나 역시 당신이 택하여 걸어 온 길에 들어서도록 나를 고무하려고 젊은이의 상상력을 자극하는데, 적합한 그런 의례에 뭔가 기대했다고 생각해요. 받아들였죠. 왜냐하면 아버지가 좋아하실 것 같기도 했던 데다가 가족에게 하시던 것과 다른 역할을 하시는 것을 보고 들으려는 호기심도 있었기 때문이에요. 그 이상은 어떤 것에 대해서도 생각하지 않았어요. 어느 법정에서 일어나는 일이든지 늘 나한테는 7월 14일의 열병식이나 표창식과 마찬가지로 자연스럽고 불가피한 것으로 보였습니다. 법정에 대한 나의 생각은 대단히 추상적이었지만 거북한 것은 아니었어요.

하지만 그날 나는 단 하나의 영상, 죄인의 영상만큼은 간직했습니다. 나는 그 사람이 정말 유죄였다고 생각하는데, 무슨 죄인지는 중요하지 않아요. 그러나 서른 살 정도 된 그 작고 불쌍한 빨강 머리 남자는 모든 것을 인정하기로 얼마나 굳게 결심을 한 듯이 보였는지, 그리고 그가 행한 일과 그에게 행해질 일로 인해 얼마나 겁먹어 보였는지 몇 분 지나자 내 눈은 오직 그 사람만 보고 있었습니다. 그는 너무 강한 빛을 받아 질겁한 올빼미의 모습이었죠. 넥타이의 매듭도 웃옷의 옷깃에 반듯하게 맞춰져 있지 않았어요. 그는 한쪽 손의 손톱만 깨물고 있었는데, 오른쪽…… 간단히 말해서, 이 정도로만 말하죠, 그가 생명체였다는 건 이해했을 겁니다.

그러나 내 경우 그때까지 '용의자'라는 편리한 범주를 통해서만 그에 대해 생각해 오다가 이 사실을 문득 깨달았어요. 그때 내가 아버지를 잊고 있었다고는 말할 수 없지만 무엇인가가 배를 조여, 그 피고한테 기울이던 주의 이외의 다른 모든 것들을 앗아가 버렸죠. 나는 거의 아무것도 듣지 않고 있었고 사람들이 생명체인 이 사람을 죽이려 한다고 느꼈는데 파도처럼 엄청난 어떤 본능이 나로 하여금 고집스럽게 맹목적으로 그의 편에 서게 했죠. 아버지의 논고와 더불어 나는 정신을 차리고 현실로 돌아왔습니다.

붉은 옷을 입자 달라지신 호인도 다정한 사람도 아닌 아버지의 입에서 엄청난 말들이 우글대다가 마치 뱀들처럼 멈추지 않고 튀어나왔습니다. 그리고 나는 아버지가 사회의 이름으로 그 사람의 죽음을, 그리고 심지어 목을 치기를 요구한다는 것을 깨달았어요. 사실 말이죠, 아버지는 이렇게 말했을 뿐이에요. '그의 머리는 떨어져야 합니다.' 그러나 결국 뭐 크게 다를 바가 없죠. 그리고 실제로 아버지는 그 머리를 얻으셨으니까 같은 결과가 된 겁니다. 다만 그때 그런 일을 한 사람이 아버지가 아니었을 뿐이죠. 이어서 만사 제쳐놓고 그 사건을 끝까지 지켜본 나는 그 불행한 사람에 대해 아버지가 결코 느끼지 못할 정도로 아주 강한 아찔한 친밀감을 느꼈어요. 그러나 아버지는 관례대로, 사람들이 완곡하게 최후의 순간이라고 부르는 일에, 가장 비열한 살인이라고 이름을 지어야만 할 일에 입회해야 했죠.

그날부터 나는 《종합열차시간표》를 끔찍이 역겹게 쳐다볼 수밖에 없었죠. 그날부터 치를 떨며 법, 사형 선고, 형의 집행에 관심을 갖게 됐는데, 아버지가 여러 번 살인에 입회해야 했고 아버지가 아침 일찍 일어나는 날이 바로 그런 날이었다는 것을 확인하고는 아찔했습니다. 그래요, 아버지는 그런 날들에는 자명종을 맞춰뒀어요. 나는 차마 어머니한테 그런 이야기를 하지는 못했지만 그때 어머니를 훨씬 잘 관찰하게 되어 어머니는 두 분 사이에 더 이상 아무것도 없어서 체념하고 살아가신다는 것을 이해하게 되었죠. 그런 일이 내가 어머니를 용서하는 데 도움이 되었어요. 나는 그때 그렇게 말했습니다. 나중에, 어머니가 용서받아야 할 것이 아무것도 없다는 것을 알았습니다. 왜냐하면 어머니는 결혼하기 전까지 평생 가난했고 가난은 어머니한테 체념을 가르쳐줬기 때문입니다.

내가 즉시 집을 떠났다고 말하기를 아마 기다리고 있겠죠. 아닙니다, 나는 그대로 수개월을, 거의 일 년 동안 집에 남아 있었어요. 그러나 마음은 병이 들어 있었습니다. 어느 날 저녁 아버지가 일찍 일어나야하니 자명종을 가져오라고 하셨어요. 나는 그날 밤 잠을 못 잤죠. 그 다음날 아버지가 돌아왔을 때 나는 집을 떠나고 없었습니다. 곧상 얘기하죠, 나는 아버지가 나를 찾아 나서시자 당신을 찾아가서 아무 설명 없이 침착하게 만약 강제로 돌아오게 하시면 자살할 거라고 말했어요. 아버지는 본성이 온순한 편이셨기 때문에 결국 수락하셨고, 제 멋대로 살고 싶어 하는 게 어째서 어리석은지에 대한 연설(아버지는 내 행동을 그런 식으로 해석하고 있었어도 나는 전혀 아버지를 납득시키려 하지 않았죠), 수천 가지 주의를 주시더니 진심에서 우러나오는 눈물을 눌러 참으셨어요. 그 후에, 제법 오랜 후의 일이지만 나는 정기적으로 어머니를 만나러 집에 들렀고 아버지를 뵈었어요. 내 생각에 아버지는 그런 만남들로 만족해 하셨어요. 나는 아버지한테 분한 것은 없었고 다만 약간 슬픈 마음이었습니다. 아버지가 돌아가시자 어머니를 모셨는데 어머니가 돌아가시지 않았다면 여전히 모시고 있었겠죠.

내가 길게 이 이야기의 시작 부분을 강조한 것은 사실 그것이 모든 것의 시작이었기 때문입니다. 이제 이야기를 더 빨리 할게요. 나는 18살 때 안락한 생활에서 벗어나 가난을 맛보았습니다. 먹고 살기 위해 많은 일을 했어요. 결과가 아주 나쁘지는 않았죠. 그러나 내 흥미를 끈 것은 사형선고였습니다. 그 빨강 머리 외톨이 올빼미하고 결말을 내고 싶었어요. 결과적으로 소위 정치 운동을 하게 됐어요. 페스트 환자가 되고 싶지 않았다는 것뿐이죠. 내가 살고 있는 사회는 사형 선고를 근거로 하고 있고 이것을 물리침으로써 살인을 물리치게 될 거라고 생각했어요. 나는 그렇게 믿었고 다른 사람들도 나한테 그렇게 말했으며 또한 결론을 짓자면 그것은 대체로 진실이었습니다. 그래서 내가 좋아해 왔고 늘 좋아한 다른 사람들과 한편이 되었죠. 나는 오랫동안 계속 그 편에 서 있었고 유럽 국가들 중에서 내가 대항해 투쟁하지 않은 국가는 없었어요. 다음으로 넘어갑시다.

물론 우리 역시 때에 따라 사형 선고를 내리리라는 것을 나는 알고 있었어요. 그러나 사람들은 나한테 그런 몇몇 사람의 죽음이 어떤 사람도 더 이상 살해당하지 않을 세계를 가져오기 위해 필요한 일이라고 말하고는 했죠. 어떤 점에서는 그것이 진실이었다 해도 결론적으로 어쩌면 나는 그런 종류의 진실을 견지할 능력이 없었어요. 내가 흔들렸다는 것은 확실합니다. 그러나 나는 외톨이 올빼미 씨에 대해 생각했고 그런 일이 계속되어 왔습니다. 사형 집행을 본 날이자(헝가리에서였어요) 어린 나를 휘어잡았던 바로 그 현기증이 어른이 된 내 눈을 멀게 한 그날까지는 그랬죠.

사람을 총살하는 것을 본 적 없죠? 물론 없을 겁니다, 그건 일반적으로 초청받은 사람들한테만 보여 주게 되어 있고 참석자는 미리 선정되어 있어요. 결과적으로 선생이 아는 바는 그것에 대한 그림이나 책에 한정되어 있죠. 눈가리개, 말뚝, 멀리 몇 명의 병사들. 아 근데, 아닙니다! 그렇기는커녕 총살 집행자들의 열은 사형수로부터 1.5미터 거리에 있다는 것을 아나요? 사형수가 두 걸음만 앞으로 나가면 총부리에 가슴이 치일지 모른다는 것을 아나요? 이런 짧은 거리에서 사격수들이 굵직한 탄환들로 다 같이 심장 근처를 집중 사격해서 주먹이라도 들어갈 만한 구멍을 만든다는 것을 아니요? 아니요, 모르겠죠, 왜냐하면 이야기되지 않는 세부사항이니까요. 사람들의 숙면이 페스트 환자들의 목숨보다 더 신성하죠. 선량한 사람들의 잠을 방해하지 말아야 합니다. 당연히 나쁜 맛이 남게 되니 맛이란 곱씹지 않아야 한다는 것은 누구나 알아요. 그러나 내 경우 그 무렵부터 잠을 제대로 못 잤습니다. 나쁜 맛이 계속 입 속에 있었는데 그 맛을 곱씹었어요, 다시 말해 그것에 대해 생각하고 있었죠.

나는 그때 적어도 내 경우 긴 세월 동안 끊임없이 페스트에 걸려 있었다는 것을 이해했습니다. 분명히 페스트에 반대해 혼신을 다해 싸우고 있다고 생각해 온 세월이었음에도 불구하고 말입니다. 내가 간접적으로 수천 명의 사람들의 죽음에 동의했다는 것을, 숙명적으로 이런 죽음을 유도한 행위나 원칙들을 선(善)이라고 봄으로써 그것을 야기하기조차 했다는 것을 알게 되었습니다. 다른 사람들은 그런 일로 인해 거북해하는 것 같지 않았거나 적어도 결코 선뜻 그것에 대해 얘기하지 않았죠. 내 경우 목이 콱 잠겼어요. 나는 그들과 같이 있었지만 혼자였죠. 나의 꺼림칙함을 표현하기라도 하면 그들은 나더러 무엇이 달린 일인지 잘 생각해야만 한다고 말하고서 나로서는 소화할 수 없는 것을 삼키게 하려고 자주 엄청난 여러 가지 이유들을 갖다 댔죠. 그러나 나는 그런 경우, 최상급의 페스트 환자들, 붉은 법복을 입은 그들 역시 훌륭한 이유들이 있으니 만약 내가 최하급의 페스트 환자들이 주장하는 불가항력적 이유들과 필요성들을 용인한다면 최상급 환자들의 그것들을 거부할 수 없지 않겠느냐고 대답했습니다. 그들은 나한테 사형 선고 독점권을 붉은 법복들한테 남겨 둔 것은 그들이 옳다고 인정하는 좋은 수법이었다는 지적을 했죠. 그러나 그때 나는 일단 양보하게 되면 멈출 리가 없다고 생각했어요. 내가 보기에 역사는 내가 옳다는 것을 증명해서, 오늘날에는 너도 나도 최대한 죽이려고 하죠. 그들은 모두 살인에 광분하고 있고, 달리 어떻게 할 수 없어요.

어쨌든 나와 직접 관계된 문제는 이치를 따지는 게 아니었습니다. 문제는 빨강 머리 외톨이 올빼미였고, 페스트에 걸린 더러운 입이 쇠고랑을 찬 한 사람에게 죽게 될 거라고 알리고 결국에 가서는, 그로 하여금 살해당할 순간을 뜬 눈으로 기다리다가 수많은 처절한 밤이 지난 후에 죽게끔 모든 것들을 조절해 둔 더러운 사건이었습니다. 나와 관계된 문제는 가슴의 구멍이었습니다. 그리고 참고 기다리면서 그리고 최소한 나의 역할을 하기 위해 나는 단 하나의 정당성이라도, 그래요 그것이 오직 하나뿐일지라도 그런 역겨운 도살 행위에 정당성을 부여하는 것은 절대로 거부하겠다고 다짐했죠. 그래요, 나는 그 문제에 대해 더 뚜렷하게 보게 되기를 기다리면서 그런 외골수적인 맹목성을 선택했습니다.

그 이후로 나는 바뀌지 않았습니다. 멀리에서거나 선의에 의해서거나 일단 내가 한 명의 살인자였다는 것에 대해 부끄러워한 지가, 죽을 정도로 부끄러워한 지가 오래됩니다. 시간과 함께, 다른 사람들보다 훌륭한 사람들조차 살해하거나 살해하도록 놓아두거나 하는 일이 그들이 살아 온 논리 속에 들어 있어서 그런 일을 오늘날에는 막을 수 없고 우리는 사람을 죽게 하는 위험을 무릅쓰지 않고서는 이 세상에서 어떤 행동도 할 수 없다는 것을 깨닫게 되었죠. 그래요, 우리 모두 페스트 속에 있다는 것, 이걸 나는 알게 되어 계속 부끄러웠고 평화를 잃어버렸습니다. 나는 오늘도 여전히, 그들 모두를 이해해서 그 누구에게도 치명적인 적이 되지 않으려고 애쓰면서 평화를 찾고 있어요. 다만 페스트에 걸린 자로 있지 않으려면 마땅히 해야만 할 일을 해야만 하고 바로 거기에 우리로 하여금 평화를, 또는 평화가 없을 때는 떳떳한 어떤 죽음을 희망할 수 있게 해줄 수 있는 유일한 어떤 것이 있다는 것은 압니다. 그런 것이 사람들을 편하게 해줄 수 있고, 그들을 구원해 주지는 못한다 하더라도 어쨌거나 가능한 한 최소로 해를 끼치며 종종 약간의 선까지도 행하도록 해줄 수 있는 그것입니다. 그리고 바로 그렇기 때문에 가까이에서거나 멀리에서거나, 좋은 이유에서거나 나쁜 이유에서거나, 사람을 죽게 하는 것 또는 죽이는 일을 정당화하는 것은 다 거부하기로 결심한 겁니다.

또한 바로 그렇기 때문에 이 돌림병은 당신 편에서 그것과 싸워야 한다는 것 이외에는 나한테 아무것도 가르쳐주는 바가 없어요. 내가 명명백백히 알고 있는 것은(그래요 리외, 나는 인생에 대해 다 알고 있고 당신도 그건 잘 알고 있죠) 각자가 그것을, 페스트를 자신 속에 지니고 있다는 것인데 왜냐하면 누구도, 그래요 세상에 그 누구도 그 해를 입지 않는 사람은 없기 때문입니다. 그리고 잠시 방심하다가 감염균을 내쉬어 다른 사람의 얼굴에 붙이지 않기 위해서는 멈추지 않고 스스로를 경계해야만 한다는 것도 나는 알아요. 세균은 자연적입니다. 그 외의 것, 건강, 온전함, 무결성 등은 원하신다면 의지에 달려 있다고 할 수 있죠. 결코 멈춰서는 안 될 의지에 달려 있습니다. 선량한 사람, 거의 누구도 감염시키지 않는 사람이란 가능한 최소로 방심하는 사람입니다. 그리고 결코 방심하지 않기 위해서는 의지가 있어야 하고 정신을 바짝 차려야 합니다! 그래요, 리외, 페스트 환자로 있어야 하는 것은 참 피곤한 일입니다. 그러나 페스트 환자로 있기를 원치 않는 것은 더욱더 피곤한 일입니다. 바로 그래서 모든 사람이 피곤해 보이는 것인데, 그것은 오늘날 모든 사람이 약간 페스트에 걸려있기 때문이죠. 그러나 바로 그래서 이런 상태를 끝내고 싶어 하는 몇몇 사람들이 죽음 이외에는 아무것도 그들을 해방시켜 주지 않을 극도의 피로를 겪는 겁니다.

지금부터 죽을 때까지, 나는 내가 더 이상 이 세상 자체에 아무 가치가 없다는 것과 살인을 단념한 그 순간부터 나 자신한테 영원한 추방을 선고한 것임을 알고 있어요. 역사를 만들 사람들, 그건 다른 사람들입니다. 나는 또한 내가 이 사람들을 분명 비판할 수 없다는 것도 압니다. 나한테는 이성적인 살인자를 만들 자질이 부족해요. 그것은 따라서 어떤 우월성이 아닙니다. 그러나 이제 나는 본래의 나로 있는 것에 대해 동의하고 겸손이라는 것을 배웠습니다. 다만 나는 지상에 재앙과 희생자들이 있으므로 할 수 있는 만큼은 천재의 편이 되기를 거부해야만 한다고 말하는 겁니다. 그런 것이 당신한테는 어쩌면 좀 단순해 보일 수 있고, 나는 그런 것이 단순한 것인지 아닌지는 잘 모르지만 진실이라는 것을 알죠. 나는 내 머리를 돌아 버리게 할 뻔했고 다른 사람들로 하여금 살인 행위에 동의하게 만들 정도로 충분히 머리를 돌아 버리게 한 많은 이론들을 들었는데, 그것들은 하도 많아서 사람들의 모든 불행은 그들이 선명한 언어를 쓰지 않는 데서 온다는 것을 내가 이해하게 되었을 정도입니다. 나는 그때 정도를 걸어가기 위해 선명하게 말하고 행하기로 작정했습니다. 결과적으로 나는 재앙과 희생자들이 있다고 말하고 오직 그 말만 하는 겁니다. 그렇게 말함으로써 내 자신이 천재가 된다 해도 나는 어쨌거나 그것에 동조하는 상태가 아닌 겁니다. 나는 죄 없는 살인자로 있으려고 노력합니다. 보다시피 이건 큰 야심은 아닙니다.

물론 세 번째 카테고리, 진정한 치유사들이라는 카테고리가 있어야만 될 것이나, 이런 것은 많이 보게 되는 일이 아니고 당연히 어려운 일일 겁니다. 그렇기 때문에 나는 되도록 피해를 줄이기 위해 어떤 경우에서든지 희생자들 편에 서기로 결심한 겁니다. 적어도 그들 사이에서 나는 어떻게 하면 세 번째 카테고리에, 즉 평화에 이를 수 있는가를 찾아볼 수 있습니다."

이야기를 마치면서 타루는 한쪽 다리를 흔들다가 발로 부드럽게 테라스를 두드렸다. 잠시 침묵이 흐른 뒤, 의사는 몸을 약간 일으켜 세우고 평화에 이르기 위해 걸어야 할 길에 대해 타루가 가진 생각이 있느냐고 물었다.

"예, 공감이죠."

먼 곳에서 구급차의 경적이 두 번 울렸다. 조금 전에는 흐릿하던 아우성들이 바위 언덕 근처, 시의 경계 쪽으로 모였다. 동시에 폭발음 같은 어떤 소리가 들렸다. 그러더니 다시 조용해졌다. 리외가 세어본 바로는 등대불이 두 번 깜빡거렸다. 미풍이 더 강해지는 듯하자 동시에 바다로부터 온 바람이 소금 냄새를 실어다 줬다. 이제 낭떠러지에 부딪히는 둔탁한 파도의 숨소리가 뚜렷이 들려왔다.

"결국," 솔직한 어조로 타루가 말했다. "내 관심사는 어떻게 성자가 되는지를 아는데 있죠."

"그러나 신은 안 믿잖아요."

"맞아요. 신 없이 성자일 수 있느냐, 이것이 오늘날 내가 겪고 있는 단 하나의 구체적인 문제예요."

갑자기, 고함들이 들려오던 쪽에서 큰 섬광이 솟아오르더니 바람결을 거슬러 뭔지 모를 함성이 두 사람에게까지 다다랐다. 섬광은 바로 꺼졌고, 멀리 테라스들의 경계에 불그스레한 빛만이 남았다. 바람이 잠시 멈췄을 때 사람들의 고함들, 이어서 발포음과 군중의 함성이 뚜렷하게 들렸다. 타루가 일어서서 귀를 기울였다. 더 이상 아무것도 들리지 않았다.

"또 관문에서 싸웠나 봅니다."

"이제 끝났어요." 리외가 말했다.

타루는 절대 끝이 아니어서 희생자가 더 생길 것이다, 왜냐하면 그렇게 정해져 있기 때문이다, 라고 중얼거렸다.

"어쩌면요." 의사가 대답했다. "그런데 말이죠, 나는 성인들보다는 패배자들과 더 연대감을 느껴요. 나는, 내가 믿는 바로는 영웅수의와 성스러움에 취미가 없습니다. 내 관심사는 한 사람으로 있는 겁니다."

"그래요, 우리는 같은 것을 추구하고 있어요, 그러나 내가 야심이 덜하죠."

리외는 타루가 농담을 한다고 생각하고 그를 쳐다보았다. 그러나 그는 하늘에서 내려오는 희미한 미광 속에서 그의 슬프고 심각한 표정을 보았다. 바람이 다시 일기 시작하자 리외는 피부에 닿는 바람이 미지근하다고 느꼈다. 타루는 굳은 몸을 풀더니,

"그거 알죠," 그가 말했다. "우정을 위해서 우리가 뭔가 해야 한다는 걸요?"

"아무거나 괜찮아요," 리외가 말했다.

"해수욕이요. 미래의 성인을 위해서도 그건 합당한 쾌락입니다."

리외는 미소를 짓고 있었다.

"우리의 통행증이면 방파제까지 갈 수 있어요. 아무리 봐도 페스트 속에서만 살아야 한다는 건 너무 어리석어요. 물론 인간은 희생자들을 위해 싸워야 하죠. 그러나 한편으로 보면, 아무것도 사랑하지 않는다면 뭐 하러 싸우겠어요?"

"그렇죠," 리외가 말했다. "갑시다."

잠시 뒤, 자동차는 항구의 철책 근처에 멈춰 섰다. 달이 떠 있었다. 젖빛 하늘이 도처에 옅은 그늘을 드리우고 있었다. 두 사람 뒤에서 오랑 시는 층계 형태를 이루고 있었고, 그곳으로부터 불어오던 뜨겁고 병든 바람이 그들을 바다 쪽으로 밀었다. 그들은 경비병에게 신분증을 보여 줬다. 경비병은 제법 오랫동안 그것을 검사했다. 그들은 그곳을 지나자 큰 통들로 뒤덮인 살짝 높게 다진 평지들을 가로질러 포도주와 생선 냄새 속에서 방파제 쪽으로 방향을 잡았다. 거기에 이르기 얼마 전 쯤에 요오드와 해초 냄새가 바다를 예고해 주었다. 이어서 그들은 바다 소리를 들었다.

바다는 방파제의 커다란 돌덩어리들 발치에서 부드러운 숨

소리를 내고 있었고, 그들이 방파제 위로 기어 올라가자 우단처럼 두툼하고 짐승처럼 유연하고 매끈한 모습을 드러냈다. 그들은 대양을 마주한 바윗돌들 위에 자리를 잡고 앉았다. 물은 서서히 부풀어 올랐다가 다시 가라앉았다 했다. 바다의 고요한 숨결은 물 표면에 기름기 있는 반사광들을 나타냈다 사라지게 하고 있었다. 그들 앞, 밤은 무한했다. 손바닥으로 울퉁불퉁한 바위 표면을 느끼던 리외는 이상한 행복감에 가득 찼다. 타루 쪽으로 돌아선 그는 친구의 침착하고 무게 있는 얼굴에서 그 어느 것도 심지어는 살해 행위까지도 잊지 않는 자신의 것과 똑같은 행복을 짐작할 수 있었다.

그들은 옷을 벗었다. 리외가 먼저 물에 뛰어들었다. 처음에는 차갑던 물이 다시 떠올랐을 때는 미지근하게 느껴졌다. 몇 번 팔짓을 하고 나서 그는 그날 저녁 바다가 여러 달 동안 축적된 열을 대지로부터 되받은 가을 바다의 온도 정도로 따뜻하다는 것을 알았다. 그는 규칙적으로 헤엄을 쳤다. 그의 발짓은 솟구치는 물거품을 뒤에 남겼고 두 팔을 따라 흘러내린 물이 다리에 감겼다. 무거운 풍덩 소리가 그에게 타루가 뛰어든 것을 알렸다. 리외는 등을 대고 누워, 달과 별들로 가득 찬 고개 숙인 하늘을 마주하고서 미동도 하지 않았다. 그는 길게 숨을 내쉬었다. 이어서 점점 더 선명하게, 밤의 침묵과 고요 속에서 이상하게도 맑은 물 튀는 소리를 느꼈다. 타루가 가까워지자 곧 그의 숨소리가 들렸다. 리외는 몸을 돌려 친구와 나란히 서서 같은 리듬으로 헤엄을 쳤다. 타루가 그보다 더 힘차게 전진해서 그는 속도를 올려야 했다.

그리고 몇 분 동안 그들은 똑같은 장단과 세기로 나아갔다. 단 둘이서 세상에서 멀리, 도시와 페스트로부터 드디어 해방되어 있었다. 리외가 먼저 멈췄고 그들은 천천히 되돌아왔는데, 얼음 같은 조류를 만난 한순간은 예외였다. 바다의 돌변에 후려 맞은 그 순간 둘 다 아무 말 없이 동작을 서둘렀다.

그들은 다시 옷을 입고서 말 한마디 없이 발길을 돌렸다. 그러나 그들은 한 마음이었고, 그날 밤의 추억은 그들에게 포근했다. 멀리 페스트의 보초병이 그들의 시야에 들어왔을 때, 리외는 타루도 자신처럼 그 병이 방금 전까지 자신들을 잊고 있어서 좋았으나 이제는 다시 시작해야만 한다는 생각이었음을 알고 있었다.

그렇다, 다시 시작해야만 했고 페스트는 그 누구라도 너무 오랫동안 잊어버리는 적이 없었다. 12월 내내, 페스트는 우리 시민들의 가슴속에서 타올랐고, 화덕을 밝혔고, 수용소들을 맨손의 그림자들로 들끓게 했다. 결국 끈덕지고 발작적인 보폭으로 그칠 줄 모르고 전진했다. 당국자들은 그런 진행을 멈출 수 있는 동절기에 기대를 걸고 있었다. 하지만 페스트는 물러섬 없이 겨울의 첫 혹한을 뚫고 지나갔다. 기다려야만 했다. 그러나 기다림이 너무 길어지면 기다리지 않게 되는 법이어서 우리 시 전체는 미래 없이 살아가고 있었다.

의사에 대해 말하자면, 그에게 주어졌던 짧은 평화와 우정은 그 다음 날로 사라졌다. 병원이 하나 더 개설되어 리외는 이제 환자들 이외에는 만나지 못했다. 그는 그렇지만 돌림병이 이런 단계에 접어들자 페스트가 점점 폐질환 형태를 띠어가던 반면에 환자들이 어찌 보면 의사에게 협조하려는 듯하다는 느낌이 들었다. 허탈이나 광기로 자포자기했던 초기의 모습 대신에 그들은 자신들의 이익에 대해 더 올바른 생각을 갖는 듯이 보였고 자신들에게 가장 이로울 수 있는 것을 스스로 요구했다. 그들은 끊임없이 마실 것을 청했고 모두가 따뜻한 것을 원했다. 의사로서는 피곤하기는 마찬가지였음에도 불구하고 이 경우에 외롭다는 느낌은 덜했다.

12월 말 무렵, 리외는 아직 수용소에 있던 예심판사 오통 씨로부터 편지 한 통을 받았다. 예방 격리 기간이 지났는데도 그가 격리소에 들어간 날짜를 당국이 확인하지 못해서, 착오로 인해 그를 아직 격리 수용소에 억류하고 있는 게 확실하다는 사연이었다. 얼마 전에 퇴소한 그의 아내가 도청에 항의했지만 그녀는 냉대를 받았고 결코 그런 착오는 있을 수 없다는 말을 들어야 했다. 리외는 랑베르에게 중재를 부탁해서 며칠 후 오통 씨가 도착하는 것을 보게 되었다. 실상 착오가 있었고 리외는 그것에 대해 화를 냈다. 그러나 몸이 야윈 오통 씨는 힘없는 손을 들어 올리더니 신중하게 누구나 실수할 수 있다고 말했다. 의사는 뭔가 달라졌다고만 생각했다.

"뭘 하실 겁니까, 판사님? 처리할 사건들이 많겠군요," 리외가 말했다.

"그건, 아니예요," 판사는 말했다. "휴직을 하고 싶습니다."

"사실, 좀 쉬셔야 됩니다."

"그런 게 아닙니다, 수용소로 다시 돌아가렵니다."

리외는 깜짝 놀랐다. "아니 거기서 나오셨잖아요!"

"오해하게 했군요. 수용소 내에 행정 자원봉사자들이 있다고 들었습니다." 판사는 그의 둥근 눈을 살짝 굴리며 한쪽 머리칼을 눌러두려 애를 썼고…… "이해하시죠, 뭔가 집중할 일을 가질 수 있을 것 같아요. 그 다음에, 어리석은 말이지만 아들 녀석하고 헤어졌다는 느낌이 덜해질지도 모르죠."

리외는 그를 바라보고 있었다. 그 딱딱하고 멋없는 눈 속에 갑자기 어떤 부드러움이 깃든다는 것은 있을 수 없는 일이었다. 그러나 그의 두 눈은 더 흐릿했고 금속과 같은 정기를 잃은 상태였다.

"물론이죠," 리외가 말했다. "원하시니 곧 알아 봐 드리겠습니다."

의사는 자신이 말한 대로 그 일을 알아봤고 페스트에 걸린 도시의 삶은 성탄절까지 다시 지속되었다. 타루는 어디에서나 계속 그의 효과적인 차분함을 내보이고 있었다. 랑베르는 의사에게 두 젊은 보초 덕분에 아내와 비밀리에 서신을 왕래할 방편을 마련했다고 털어 놓았다. 그는 드문드문 아내의 편지를 받았다. 랑베르가 자신이 쓰는 방법을 써 보라고 권하자 리외는 받아들였다. 그는 여러 달 만에 처음으로 편지를 썼지만 이만저만 어려운 일이 아니었다. 그가 잃어버린 어떤 언어가 있었다. 편지는 발송

되었다. 답장은 도착이 늦어졌다. 코타르의 경우, 장사가 잘 되어 그의 자질구레한 투기들이 그에게 돈을 안겨줬다. 그랑에 대해 말하자면, 좋지 못한 명절이 되었다.

그 해의 성탄절은 복음의 축제라기보다는 차라리 지옥의 축제였다. 텅 빈 불 꺼진 가게들, 진열장들 속의 모형 초콜릿들과 빈 상자들, 어두운 얼굴들을 실은 전차들, 어느 것도 지난 성탄절들을 떠오르게 해주지 않았다. 전에는 부유하거나 가난하거나 모든 사람이 함께 모였던 그 명절에 꾀죄죄한 가게 뒷방 깊숙이에서 일부 특권층이 금값을 주고 장만한 이기적이고 부끄러운 몇 가지 명절 용품들을 위한 자리만 있을 뿐이었다. 성당들은 하나님에 대한 감사보다는 오히려 푸념들로 가득했다. 음울하고 얼어버린 시내에서는 그들을 위협하는 것이 뭔지 모르고 몇몇 아이들이 뛰어 놀고 있었다. 그러나 감히 누구도 그 아이들에게 공물들에 싸여 있고 인간의 고통만큼이나 나이가 많지만 젊은 유망주만큼이나 신선한 옛적의 신을 일러 주지 못했다. 이제 모두의 마음속에는 아주 늙고 아주 우울한 희망을 위한 자리밖에 없었는데, 그것이 바로 사람들로 하여금 죽음에 초연할 수 없게끔 막는 삶에 대한 단순 집착일 뿐인 희망이다.

성탄 전야에 그랑이 약속시간을 어겼다. 리외는 걱정이 되어 이른 새벽에 그의 집에 갔으나 만나지 못했다. 모든 사람이 촉각을 곤두세웠다. 11시 경, 랑베르가 병원으로 와서 의사에게 그랑이 일그러진 모습으로 거리를 헤매는 것을 멀리서 봤다고 일러 줬다. 이어서 그는 그랑을 시야에서 놓쳤다. 의사와 타루는 차를 타고 그랑을 찾으러 나섰다.

정오, 싸늘한 시간, 리외는 차에서 내려 조잡하게 조각된 나무 장난감들로 가득 찬 어느 가게 진열장 앞에 바싹 붙어 있던 그랑을 멀리서 바라보고 있었다. 그 늙은 공무원의 얼굴 위에서 눈물이 하염없이 흘러내리고 있었다. 그리고 그 눈물은 리외를 뒤흔들었다. 왜냐하면 그 눈물을 이해하던 그 역시 목구멍 깊숙한 곳에서 그것을 느끼고 있었기 때문이다. 리외 역시, 그 불행한 사람이 성탄절용품 가게 앞에서 한 약혼과 그에게 기대면서 기쁘다고 말하던 잔의 모습을 기억하고 있었다. 먼 세월의 밑바닥으로부터 이런 광기의 한복판에서조차 잔의 생생한 목소리가 그랑에게 되돌아오고 있다는 것은 분명했다. 리외는 슬피 우는 그 늙은 남자가 그 순간 무엇을 생각하는지 알고 있어서 그 늙은 남자처럼 그것을 생각하고 있었다. 사랑이 없는 이 세상은 하나의 죽은 세상이나 마찬가지라는 것, 감옥들, 일, 용기 등에 진저리가 나서 누군가의 얼굴과 감동적인 사랑의 마음을 바라는 시간이 항상 온다는 것을.

그런데 그랑이 유리에 비친 리외를 알아봤다. 울음을 멈추지 못한 채 그는 돌아서서 진열장 유리에 등을 기대고 리외가 다가오는 것을 바라봤다.

"아! 선생님, 아! 선생님," 그가 내뱉은 말이었다.

리외는 말을 할 수가 없어서 그에게 고개를 끄덕였다. 리외는 말도 못하게 비통했다. 그리고 모든 사람들이 함께 받는 고통과 마주한 인간에게 생기는 거대한 분노가 그 순간 그의 마음을 주리 틀었다.

"예, 그랑," 그가 말했다.

"그녀한테 편지를 쓸 시간을 갖고 싶어요. 그녀가 알 수 있도록…… 그리고 회한 없이 행복하게 살 수 있도록……"

리외는 어찌 보면 우악스레 그랑을 앞세우고 걸었다. 상대는 거의 끌려가듯이 몸을 맡기더니 몇 마디 더듬거리며 말을 이어갔다.

"이건 너무 오래 가고 있어요. 될 대로 되라는 생각이 들고, 안 그럴 수가 없어요. 아! 선생님! 내가 그런대로 침착해 보이죠. 그러나 그저 보통 정도만 되기 위해서도 늘 엄청난 노력이 필요했어요. 그런데 이제, 이건 지나쳐도 너무 지나쳐요."

그는 사지를 부들부들 떨며 정신 나간 눈을 하고서 멈춰 섰다. 리외가 그의 손을 잡았다. 손이 불덩이 같았다.

"돌아가야 돼요."

그러나 그랑은 그에게서 빠져나와 몇 발자국 뛰어가다가 이내 멈춰 서서는 두 팔을 벌리고 앞뒤로 휘청거리기 시작했다. 그는 제자리에서 돌다가 얼어버린 인도 위에 쓰러졌는데, 얼굴은 계속해서 흘러내리는 눈물로 범벅이 되었다. 행인들이 급히 서더니 감히 더 다가서지 못하고 저만치에서 바라보고 있었다. 리외가 두 팔로 그 늙은 남자를 부축해야만 했다.

그랑은 이제 자기 침대 속에서 숨을 가쁘게 쉬고 있었다. 폐가 감염되어 있었던 것이다. 리외는 곰곰 생각했다. 서기에게는 가족이 없었다. 그를 병원으로 이송해서 좋을 게 뭐 있겠는가?

자신이 타루와 함께 그를 돌볼 수 있는 유일한 사람일 텐데……

　그랑은 베개에 푹 박혀 있었고, 피부는 푸르스름하고 눈은 광채가 없었다. 그는 타루가 궤짝 부스러기로 벽난로에 지핀 가느다란 불길을 응시하고 있었다. "몸이 안 좋아요." 그랑이 말했다. 그리고 그가 말을 할 때마다 불붙은 폐 깊숙한 곳에서 바스락거리는 괴상한 소리가 삐져나왔다. 리외는 그에게 말을 하지 말라고 타이르고 금방 다시 오겠다고 말했다. 환자의 얼굴에 묘한 미소가 떠오르더니 아픈데도 불구하고 어떤 다정함이 얼굴에 나타났다. 그는 애써 윙크했다. "만약 내가 여기서 벗어나면, 모자를 벗어 경의를 표해요, 선생님!" 그러나 그랑은 곧바로 탈진 상태에 빠졌다.

　몇 시간 후, 리외와 타루는 침대에서 반쯤 일어나 있던 환자에게 다시 왔는데, 리외는 그의 얼굴에서 그를 불태우는 병세의 진전을 보게 될까 몹시 걱정스러웠다. 그러나 환자는 훨씬 정신이 또렷해져있는 듯했고, 곧 묘하게 허전한 목소리로 두 사람에게 서랍에 넣어 둔 원고를 갖다 달라고 부탁했다. 타루가 원고를 건네주자 그는 그것을 쳐다보지도 않고 껴안아본 후 의사에게 내밀면서 몸짓으로 그것을 읽어 달라고 부탁했다. 그것은 손으로 쓴 50쪽 정도의 짧은 글이었다. 리외는 원고를 훑어보고서 거기에는 수없이 다시 베끼고, 고치고, 가필하거나 삭제한 동일한 구절밖에 없다는 것을 알게 되었다. '5월, 그 달', '여기사' 그리고 '숲의 오솔길들' 같은 말들이 여러 가지 방법으로 쉬지 않고 대조, 배열되어 있었다. 그 작품은 또한 종종 엄청나게 긴 여러 가지 설명들과 문장 변화들을 담고 있었다. 그러나 마지막 쪽의 끝부분에는 잉크가 채 마르지도 않은 힘줘 쓴 글씨가 있었다. '소중한 잔, 오늘은 성탄절이요……' 그 위에는 아주 공들인 필체로 그 문장의 최종 문안이 실려 있었다. "읽어 줘요." 그랑이 말했다. 그러자 리외가 읽었다.

"어느 아름다운 5월 오전 나절, 날씬한 한 여기사가 화려한 알레잔 암말을 타고 꽃이 가득한 숲의 오솔길들을 누비고 있었다." 그게 맞나요?" 그 친구는 열에 뜬 목소리로 말했다.

리외는 그를 쳐다보지 않았다.

"아!" 상대는 흥분해서 말했다. "잘 알겠어요, 아름다운, 아름다운, 그건 적절한 말이 아니에요."

리외는 이불 위로 그의 손을 잡았다.

"놔둬요, 선생님. 나한테는 시간이 없을 겁니다……"

힘겹게 그의 가슴이 부풀어 오르더니 그는 별안간 소리를 질렀다.

"태워 버려요!"

의사는 망설였지만 그랑이 너무나 무서운 말투와 괴로운 목소리로 거듭 요구하자 거의 꺼진 불 속에 원고를 던졌다. 방 안이 순간적으로 밝아지며 잠깐의 열기가 방을 덥혔다. 의사가 환자에게로 돌아왔을 때 그는 등을 돌린 채 얼굴을 거의 벽에 닿을 듯이 두고 있었다. 타루는 국외자처럼 창밖을 내다보고 있었다. 혈청 주사를 놓은 다음 리외가 친구에게 그랑이 밤을 못 넘길 것이라고 말하자 그는 자신이 남아 있겠다고 자청했다. 의사는 받아들였다.

그랑이 죽을 것이라는 생각이 밤새 리외를 쫓아다녔다. 그러나 이튿날 아침, 리외는 침대 위에 일어나 앉아 있는 그랑을 보게 되었는데, 그는 타루와 이야기를 나누고 있었다. 고열이 사라져 있었다. 전신 탈진 증세들만 남아 있었다.

"아! 선생님," 그의 말이었다. "내가 틀렸어요. 그러나 다시 시작할 겁니다. 다 기억하고 있거든요, 두고 보세요."

"기다려 봅시다," 리외가 타루에게 말했다.

그러나 정오까지 아무런 변화가 없었다. 저녁 때, 그랑은 살아났다고 간주될 수 있었다. 리외는 그런 회복이 전혀 이해되지 않았다.

그런데 거의 같은 시기에 리외에게 한 여자 환자가 인도되었는데, 그는 병세가 절망적이라고 판단하고 그녀가 병원에 오자마자 격리시키도록 했다. 그 처녀는 완전히 혼수 상태였고 폐(肺) 페스트의 온갖 증세를 나타내고 있었다. 그렇지만 이튿날 아침에는 열이 내렸다. 의사는 이번에도, 그랑의 사례에서처럼 자신의 경험으로 인해 습관적으로 나쁜 징조라고 여겨 온 아침녘의 일시적인 병세 완화로 보인다고 생각했다. 그러나 정오가 되었음에도 불구하고 열은 다시 올라가지 않았다. 저녁때 열은 겨우 소수점 이하로 몇 도 정도 올라갔을 뿐, 이튿날 아침에는 말끔히 가서 있었다. 그 처녀는 쇠약하기는 해도 침대에 누워서 자유롭게 호흡을 하고 있었다. 리외는 타루에게 그녀가 모든 법칙과 반대로 살아난 것이라고 말했다. 그러나 그 주 동안에 리외의 관할

부서에서 유사한 사례가 네 건 나타났다.

바로 그 주가 끝날 때쯤, 늙은 천식 환자가 몹시 흥분한 기색으로 리외와 타루를 맞이했다.

"됐어요," 그의 말이었다. "그것들이 다시 나와요."

"누가요?"

"아 그야, 쥐죠!"

4월 달 이후로 죽은 쥐는 단 한 마리도 발견되지 않고 있었다.

"또 나올까요?" 타루가 리외에게 말했다.

노인은 손을 비벼댔다.

"그것들이 뛰어다니는 것을 봐야만 해요! 좋은 일이에요."

그는 산 쥐 두 마리가 거리로 난 문을 통해 집으로 들어오는 것을 봤다. 이웃 사람들이 그에게 그들 집에도 그 짐승들이 다시 나타났다고 전했다. 어떤 서까래에서는 몇 달 전부터 잊고 지낸 바스락 소리가 다시 들렸다. 리외는 매주 초에 실시되어 온 전체 통계의 발표를 기다렸다. 통계는 병의 일보 후퇴를 드러내 보여줬다.

5부

병의 급격한 퇴각은 뜻밖의 일이었으나 우리 시민들은 성급히 기뻐하지는 않았다. 지나간 몇 개월은 해방에 대한 그들의 욕망을 증가시키면서도 그들에게 조심스러움을 가르치므로써 조만간 전염병이 끝난다는 기대는 점점 덜 갖도록 길들였다. 그렇다 해도 그런 새로운 사실은 모두의 입에 오르내렸고, 사람들의 마음 깊은 곳에서는 밖으로 내뱉지 못하던 하나의 커다란 희망이 꿈틀거리고 있었다. 그 외의 모든 일은 부수적인 것이 되어졌다. 페스트의 새로운 희생자들은 통계치가 내려갔다는 엄청난 사실에 비긴다면 정말 별 의미가 없었다. 건강 시대가 오기를 거리낌 없이 바라지는 않았음에도 불구하고 은근히 기대하고 있었다는 징조들의 하나는 우리 시민들이 그 시기부터 비록 무관심한 표정이기는 해도 페스트 후에 어떤 식으로 삶이 재구성될지에 대해 기꺼이 이야기했다는 것이다.

모든 사람이 예전 생활의 편의가 일거에 회복될 리 없고 파괴하기가 건설하기보다 더 쉽다는 데 의견을 같이했다. 다만 물자 조달만큼은 좀 나아질 수 있을 것이고 또 그런 식으로 해서 가장 시급한 근심은 덜 수 있으리라고 추정했다. 그러나 사실 그런 하찮은 소견들 아래에서 비상식적인 희망도 덩달아 굴레를 벗었고 그 정도가 하도 심해서 우리 시민들은 종종 이런 사실을 자각하게 된 경우에는 급히, 여하튼 내일 당장 해방되지는 않을 것이라고 언명했다.

그리고 실제로 페스트는 그 다음 날 당장 멈추지는 않았다. 그러나 외관상, 상식적으로 기대할 수 있던 것 이상으로 빠르게 약해지고 있었다. 1월 초순 동안, 추위가 여느 때와 다르게 지속적으로 자리를 잡아 오랑 시 위에서 굳어진 듯했다. 아무튼 하늘이 그렇게나 푸르렀던 적은 결코 없었다. 며칠 내내 요지부동의 차가운 그 광채가 끊임없이 밝게 우리 시를 뒤덮었다. 이런 깨끗해진 대기 속에서, 3주 만에 그리고 연속적인 하락으로 인해 페스트는 그것이 늘어놓던 점점 줄어드는 시체의 숫자만큼씩 약해져가는 것 같았다. 짧은 시간 사이에 페스트는 여러 달 걸려 축적한 힘의 대부분을 잃었다. 리외가 돌본 그랑이나 그 처녀 같은 완전히 점찍은 먹이를 놓치고, 어떤 동네들에서는 이삼일간 기승을 부리던 반면에 다른 동네들에서는 완전히 사라지고, 월요일에는 희생자의 수를 배가하고 수요일에는 그들 대부분이 피해 가게 놔두고 하는 것을 볼 때, 그와 같이 페스트가 숨가빠하거나 서두르는 것을 볼 때 페스트는 신경질과 피로에 의해 붕괴되어 스스로를 제어하지 못하는 동시에 강점이었던 수학적이며 지고한 효율성을 잃고 있다고 말할 수 있었으리라. 카스텔의 혈청은 그때까지는 그에게 거부되었던 연이은 성공들을 단숨에 거두고 있었다. 의사들에 의해 처방되고 전에는 아무런 성과를 주지 못한 각각의 조치들이 갑자기 확실하게 효과를 올리는 양상이었다. 이번에는 페스트가 쫓겨 다니는 듯했고 그 갑작스러운 허약함은 그때까지 페스트에 맞섰던 무딘 무기들에게 힘이 되는 듯했다. 가끔이지만 병은 거세지더니 마구잡이로 뛰어올라 사람들이 완치를 기대하던 서너 명의 환자를 앗아갔다. 그들은 운 나쁘게 페스트에 당한 사람들, 희망이 가득할 때 페스트가 죽인 사람들이었다. 예방 격리 수용소에서 퇴소시켜야 했던 오통 판사가 그런 경우였는데, 타루는 실제로 그에 대해서 운이 없었다고 말했음에도 불구하고 그의 생각이 판사의 죽음에 대해서인지 삶에 대해서인지는 알 수 없었다.

그러나 총괄적으로 말하자면, 모든 전선에서 감염이 퇴각하고 있어서 도청의 공보들은 처음에는 소심하고 은근한 소망만 갖게 하다가 급기야 승리가 확보된 상태이고 병은 그 진지들을 버리고 있다고 인정했다. 사실상 그것을 승리로 규정하기는 어려웠다. 다만 그 병이 올 때와 같은 식으로 떠나는 듯하다는 것을 실감할 수밖에 없었다. 병에 대응하는 전략은 바뀌지 않았는데 어제는 효과가 없다가 오늘은 뚜렷이 맞아 떨어졌다. 병이 제 풀에 지쳤거나 어쩌면 모든 목적들을 달성하고 나서 스스로 물러가고 있다는 느낌뿐이었다. 이를테면 병의 역할은 끝나 있었다.

그렇다 해도 시에는 아무런 변화가 없다고 말할 만했다. 낮에는 늘 조용하던 거리로 저녁마다 비슷하게 군중이 몰려들고 있었다. 다만 압도적으로 많은 사람들이 외투와 목도리 차림이었다. 영화관들과 카페들의 장사는 여전했다. 그러나 더 가까이에서 보면, 사람들의 얼굴이 한결 더 느긋하고 가끔 미소를 짓는다는 것을 깨달을 수 있었다. 그리고 지금까지 거리에서 누구도 미소를 짓고 있지 않았다는 것을 실감하는 계기가 되었다. 사실 몇 달 전부터 시를 둘러싸온 불투명한 장막의 한 부분이 막 찢겨졌고, 월요일마다 라디오 보도들을 통해 누구나 그 찢겨진 부분이 더 커져가고 있고 결국 곧 숨을 쉴 수 있게 될 것임을 실감할 수 있었다. 그것은 아직 걱정거리만 없어진 것뿐이어서 솔직하게 표출되지 않던 위안감이었다. 그러나 이전에는 기차가 떠난다든지 배가 도착한다든지 또는 자동차의 운행이 다시 허가된다든지 하는 소식을 조금도 의심 없이 받아들이지 못했겠지만 이런 사건들이 정월 중순에 발표되었다면 그와 반대로 어떤 놀라움도 야기하지 않았을지 모른다. 그것은 필시 별것 아니었다. 그러나 사실 그런 가벼운 차이는 우리 시민들이 소망의 길에서 이룬 굉장한 진전을 뜻했다. 한편 주민들에게 가장 미미한 희망이라도 가능해진 그 순간부터 페스트의 실질적인 군림은 끝났다고 말할 수 있다.

그렇다 해도 1월 달 내내 우리 시민들은 모순적인 방식으로 반응했다. 정확히 말해서, 그들은 흥분과 우울을 번갈아 겪었다. 통계치가 가장 희망적이던 그 시점에 기록적인 새로운 탈주 시도들이 있었던 것은 그래서이다. 이런 일은 관계 당국들과 해당 감시 초소들을 크게 놀라게 했다. 대부분의 탈주가 성공했기 때문이다. 그런데 기실 그 시기에 탈주하던 사람들은 본능적인 감정에 따르고 있었다. 어떤 사람들에게 있어서, 페스트는 그들이 떨쳐낼 수 없던 깊은 비관주의를 뿌리박아 둔 상태였다. 희망은 더 이상 그들에게 영향을 미칠 수 없었다. 페스트의 시대는 만료되었어도 그들은 계속 페스트의 기준들에 따라 살고 있었다. 그들은 시대적 추이에 뒤떨어져 있었다. 다른 사람들에게 있어서는 그와 반대로 이런 장기간의 유폐와 낙심을 겪은 후 일어나는 희망의 바람은 그들에게서 모든 자제력을 앗아가는 흥분과 초조감에 불을 질러 놓은 상태였는데, 이런 사람들은 그때까지 사랑하는 존재들로부터 떨어져 지내 온 사람들 중에서 특히 늘고 있었다. 일종의 갑작스런 공포감이 그들로 하여금, 목표에 거의 다다랐지만 어쩌면 죽을 수도 있어서 그리운 존재를 다시 못 보게 될 것이니 이런 오랜 고통이 보상을 받지 못할 수도 있다는 생각에 붙잡혀 있게 했다. 그들은 여러 달 동안 감옥살이와 귀양살이에도 불구하고 은근한 끈기를 가지고 꾸준히 기다려 온 반면, 처음 갖게 된 희망은 공포나 절망이 망가뜨릴 수 없었던 것을 파괴하기에 충분했다. 마지막 순간까지 페스트에 보조를 맞출 수 없던 그들은 페스트를 앞지르려고 미친 사람들처럼 서둘렀다.

한편, 같은 시기에 예상 밖의 낙관적 징후들이 여럿 보였다. 물가가 현저하게 떨어지는 현상을 보게 된 것이 그렇다. 순수 경제학의 관점에서 보면, 그런 움직임은 설명될 수 없었다. 어려움은 그대로였고, 관문에서 방역 격리 체제가 유지되고 있어서 물자 배급이 개선되기에는 아직 요원했다. 사람들은 따라서 마치 페스트의 후퇴가 도처에서 반영되는 듯하던 순전히 정신적인 어떤 현상을 목격했다. 그와 동시에 전에는 집단생활을 하다가 병 때문에 서로 떨어져 살아야했던 사람들에게 낙관주의가 번지고 있었다. 시의 두 수도원이 재립하기 시작하여 공동생활이 재개될 수 있었다. 군인들의 경우도 마찬가지였다. 그들은 빈 병영으로 재집결되었다. 정상적인 병영 생활을 재개한 것이다. 그런 작은 일들이 큰 징조들이었다.

주민들은 1월 25일까지 그런 은밀한 동요 속에서 지냈다. 그 주에 통계치가 아주 바닥으로 떨어지자 도청은 의사협회의 자문을 구한 후 돌림병은 제거된 것으로 간주될 수 있다고 발표했다. 공보는 사실, 주민들이 찬성하지 않을 수 없던 신중한 취지에서 향후 2주간 관문들은 계속 폐쇄될 것이고 예방 조치들은 1개월 더 계속될 것이라고 덧붙였다. 만일 그 기간 중에 위기가 재발할 수 있는 징후가 조금이라도 있었다면, '현 상태가 유지되어야 했고 조치들은 이후에도 유효했다.' 그렇지만 모든 사람들이 의견이 일치되어 그런 추가 항목들을 형식적인 조항들로 간주해서 1월 25일 저녁 즐거운 소동이 도시를 가득 채웠다. 도지사는 전반적인 희열에 부응하고자 거리 조명을 건강 시대로 복구하라는 명령을 내렸다. 차갑고 깨끗한 하늘 아래에서 우리 시민들은 그때 떠들썩하고 웃음이 가득한 무리를 지어 불이 환하게 켜진 거리로 쏟아져 나왔다.

물론 많은 집들은 여전히 덧문이 닫혀 있었고 많은 가정은 다른 사람들이 환호로 채우던 그날 밤을 침묵 속에서 보냈다. 그럼에도 불구하고 다른 친지들이 목숨을 잃는 것을 보게 되는 공포가 마침내 진정되어서든지 자신을 보전하려는 감정이 더 이상 경계 태세에 있지 않아도 되어서이든지, 슬픔에 잠긴 사람들 중 상당수의 안도감 역시 깊었다. 그러나 전체의 기쁨에 대해 가장 이질적인 상태로 있어야 하는 가족들은 두말할 필요 없이 가족 중의 누군가가 그 순간에 병원에서 페스트와 씨름하는 환자여서 예방 격리처에서 혹은 집에서 천재가 다른 사람들에게 끝났듯이 그들에게도 정말 끝나기를 기다리는 가족들이었다. 그런 가족들은 분명 희망을 품고 있었지만 그것을 아껴 창고에 간직해두고 진정으로 그럴 권리가 생기기 전까지는 꺼내 쓰기를 마다했다. 그리하여 고뇌와 기쁨의 중간 지점에서의 이런 기다림, 이런 조용한 전야는 전반적인 환희의 한복판에서는 그들에게 더욱더 잔인해 보였다.

그러나 그런 예외들은 다른 사람들의 만족감을 하나도 앗아가지 못했다. 필시 페스트는 아직 끝나지 않았고 그것을 증명할 것이다. 그러나 이미 모든 사람들의 머릿속에서는 몇 주를 앞질러 기차들이 기적을 울리면서 끝없는 철로 위로 떠나고 있었고 선박들이 빛나는 비다를 가르며 나아가고 있었다. 내일, 사람들의 정신은 더 침착해질 터이고 의혹은 되살아날지 모른다. 그러나 당장은 시 전체가 뒤흔들리며 그 돌 같은 뿌리를 뻗어 둔 어둡고 움직임 없는 유폐지를 떠나 생존자들을 실고 드디어 전진하기 시작했다. 그날 저녁 타루와 리외, 랑베르와 다른 사람들은 군중들 사이에서 걸었는데 그들 역시 발 디딜 곳이 없다는 느낌이었다. 대로에서 벗어난 지 한참이 지나 인적 없는 골목길들에서 덧문이 닫힌 창문들을 따라 걷던 시간에도 타루와 리외는 여전히 그런 기쁨이 그들을 따라오는 것을 듣고 있었다. 그리고 단지 그들의 피로 탓에 그들은 덧문들 뒤에서 이어지던 괴로움을 거기서 좀 떨어진 거리들을 채우던 기쁨으로부터 분리시킬 수가 없었다. 다가오던 해방은 웃음과 눈물이 뒤섞인 얼굴을 하고 있었다.

웅성대는 소리가 더 크고 즐겁게 울려 퍼진 어느 순간, 타루가 멈춰 섰다. 어두운 포장도로 위를 한 형체가 가볍게 달려가고 있었다. 고양이, 지난 봄 이후로 처음 본 고양이였다. 고양이는 도로 한복판에서 잠시 움직이지 않고 망설이더니 한쪽 발을 핥고는 그 발로 재빨리 오른쪽 귀를 문지르고서 다시 소리 없이 달려가 어둠 속으로 사라졌다. 타루는 미소를 지었다. 작은 노인 역시 만족하겠지.

그러나 어느 미지의 굴에서 소리 없이 나온 페스트가 그곳으로 되돌아가려고 멀어져가는 듯하던 순간 시내에서 적어도 누군가는 이런 동향에 의해 내쳐져 망연자실했는데, 타루의 비망록을 믿자면 그것은 코타르였다.

사실을 말하자면, 그 비망록은 통계치가 내려가기 시작하는 순간부터 상당히 이상해지고 있다. 피로 탓인지, 글씨가 읽기 어려워지고 너무 빈번하게 이 화제에서 저 화제로 넘어간다. 거기에 더해 처음으로 객관성을 잃고 사적 배려들에 할애된다. 코타르의 사례와 관련된 제법 긴 대목 안에 고양이들과 장난하는 노인에 대한 짧은 보고문이 있는 것이 그렇다. 타루를 믿자면, 돌림병이 끝난 후에도 페스트는 흥미를 끌던 이 인물에 대한 그의 평가를 결코 아무것도 앗아가지 못했다. 전에도 흥미를 끌었으므로 그리고 불행히도 그 인물은 더 이상 흥미를 끌 수 없게 될것이므로. 그 원인은 타루 자신이 호의가 없어서가 아니었다. 타루는 그 노인을 다시 보려 했으니까. 1월 25일 저녁부터 며칠 후에 그는 그 작은 길의 한 모퉁이를 지켜보고 있었다. 고양이들은 약속한 대로 저쪽 따뜻한 양지에서 몸을 녹이고 있었다. 그러나 평소와 같은 시간이 되어도 덧문들은 굳게 닫혀 있었다. 그날 이후 타루는 결코 더 이상 그 문들이 열려 있는 것을 보지 못했다. 그는 그것으로부터 희한하게 결론을 내렸다. 즉, 그 작은 노인은 화났거나 죽었는데, 만약 화났다면 노인은 자신이 옳다고 생각했는데 페스트가 그에게 해를 끼쳤기 때문이지만, 만약 죽었다면 늙은 천식 환자에 관해서와 마찬가지로 그에 관해서도 그가 과연 성인이었는지를 생각해 볼 필요가 있다는 것이었다. 타루는 그가 성인이라고 생각하지 않았지만 노인의 경우 어떤 '실마리'가 있다고 평가하고 있었다. '어쩌면' 수첩의 관찰이었다. '우리는 오직 성스러움의 근사치까지만 갈 수 있을 뿐이다. 그렇다면 절제되고 자비로운 어떤 악마주의에 만족해야만 할지 모른다.'

비망록에는 코타르와 관련된 관찰들과 항상 섞여 있고 흔히 여기저기 분산되어 있는 많은 고찰들이 있는데, 어떤 것들은 이제는 회복 중이었고 아무 일도 없었다는 듯이 다시 일을 시작한 그랑과 관련되어 있고, 다른 것들은 의사 리외의 어머니에 대해 언급하고 있다. 한집에서 지냈기에 가능했던 그녀와 타루 사이의 약간의 대화들, 노부인의 자태, 그녀의 미소, 페스트에 대한 그녀의 소견 등이 상세하게 적혀 있었다. 타루가 특히 강조한 점들은 리외 부인의 얌전함, 모든 것을 단순한 말로 표현하던 그녀의 재능, 점점 짙어지는 회색빛 속에서 녹아 없어지던 그녀의 실루엣, 그 회색빛 방에서 검은 그림자로 화해가던 그녀, 방에 황혼이 넘칠 때까지 저녁마다 두 손을 가만히 하고 주의 깊은 시선으로 약간 꼿꼿하게 앉아 있던 조용한 거리로 난 한쪽 창문에 대해 보여준 그녀의 특별한 애착, 이 방에서 저 방으로 옮겨 다닐 때의 경쾌한 모습, 결코 타루 앞에서 분명한 증거들로 내보인 적은 없으나 타루가 그녀의 모든 행동이나 말에서 그 번뜩임을 알아보던 선량함, 끝으로 타루에 의하면 리외 부인은 결코 성찰을 해 본 것이 아님에도 모든 것을 다 알고 있어서 깊은 침묵과 어둠에도 불구하고 그 어떤 빛과도, 심지어 그것이 페스트의 빛이라 해도 어깨를 견줄 수 있었다는 사실 등이다. 더군다나 여기서 타루의 글씨는 괴상한 휘어짐의 기미를 보이고 있었다. 뒤이은 줄들은 읽기가 어려웠고 이런 휘어짐의 새로운 증거를 주려는 듯이 마지막 이야기는 처음으로 사적인 것이었다. '나의 어머니는 그런 분이셨지, 내가 어머니에게서 좋아하던 점은 그런 얌전함이었고 내가 늘 다시 만나고 싶었던 것은 어머니이다. 8년째, 나는 어머니가 돌아가셨다는 말을 못한다. 어머니는 평소보다 조금 더 얌전하게 계실 뿐이었는데 뒤돌아보면 더 이상 거기에 안 계셨다.'

그런데 코타르에 대한 이야기로 돌아가야겠다. 코타르는 통계치가 내려가기 시작한 때부터 이런저런 핑계를 대고 리외를 몇 차례 방문했다. 그러나 기실은 매번 리외에게 돌림병의 진로에 대한 관측을 물어봤다. "그 병이 이렇게 갑자기 예고도 없이 끝날 거라고 생각하세요?" 그는 그 점에 대해서 회의적이었거나 적어도 그렇다고 공언했다. 그러나 그가 반복해서 의문을 제기한다는 것은 확신이 덜 견고함을 가리키는 듯했다. 1월 중순에 리외는 상당히 낙관적인 어투로 대답했다. 그리고 매번 그 대답들은 코타르를 기쁘게 해 주기는커녕 그 사람으로부터 날에 따라 다르지만 불쾌감에서부터 우울증까지 이르던 여러 가지 반응을 끌어냈다. 그 뒤로 의사는 그에게 통계치에 의해 주어진 유리한 지표들에도 불구하고 아직은 승리를 외치지 않는 것이 훨씬 낫다고 말하게 되었다.

"달리 말하면," 코타르가 지적했다. "아무것도 알지 못하고, 오늘이나 내일 재개될 수 있다는 거죠?"

"그렇죠, 완쾌 속도가 가속될 수 있는 것 역시 가능한 것처럼요."

이런 불확실성은 모든 사람을 긱정시키는 것인데도 눈에 보이게 코타르를 진정시켰고, 그는 타루 앞에서 자기 동네의 상인들에게 말을 걸어 리외의 의견을 전파하려 애썼다. 사실, 그가 그렇게 하기는 힘들지 않았다. 첫 승리의 열광 이후 많은 사람들의 머릿속에서 도청의 공고가 야기한 흥분보다 오래 가기 마련이던 어떤 의심이 다시 생겨나고 있었기 때문이다. 코타르는 그런 불안한 광경에 안도감을 느꼈다. 그리고 때로는 낙심하는 경우 역시 있었다. "그래요," 그가 타루에게 말했다. "관문들은 결국 열리고 말겠죠. 그리고 두고 봐요, 사람들 모두 내가 곤두박질하도록 놔둘 거예요!"

1월 25일까지 모든 사람이 그의 성격 변덕을 확인했다. 그는 동네 사람들이나 아는 사람들과 어울려보려 애쓴 후 며칠 내내 그들과 심하게 대립했다. 그러더니 적어도 겉으로 보기에는 세상에서 물러나 덮어놓고 야만인처럼 생활하기 시작했다. 그가 좋아한 식당, 극장, 카페에서 그를 다시 볼 수 없었다. 그렇다고 해서 그가 돌림병 이전에 꾸려간 조심스럽고 은밀한 생활을 되찾은 것 같지는 않았다. 그는 철저하게 아파트에 틀어박혀 지내며 근처 식당에서 식사를 시켜 먹었다. 저녁에만 몰래 외출해서는 필요한 물건들을 사서 가게를 나와 한적한 거리들로 달음질했다. 그 당시에는 그와 마주쳤어도 타루는 그에게서 짧막한 말들만 얻어 들을 수 있었다. 이어서 난데없이 그는 다시 사교적이 되었는데, 페스트에 대한 이야기를 잔뜩 했고 각자의 의견을 구했으며 매일 저녁 고분고분하게 군중의 물결 속으로 다시 빠져들었다.

도청의 발표가 있던 날 코타르는 행로에서 완전히 종적을 감췄다. 이틀 후, 타루는 거리를 헤매던 그와 마주쳤다. 코타르는 그에게 변두리까지 같이 가달라고 부탁했다. 타루는 자신의 일과에 유난히 피곤을 느껴 주저했다. 그러나 상대방은 졸라댔다. 그는 몹시 흥분되어 보였는데, 큰 몸짓을 하며 빠르고 크게 말했다. 그는 동행자에게 도청의 공고가 정말 페스트에 종지부를 찍었다고 생각하느냐고 물었다. 물론 타루는 행정적 공고가 그 자체로서

재앙을 멎게 하기에는 충분하지 않지만 예기치 못한 경우를 빼고 돌림병은 곧 끝난다는 생각을 당연히 할 수 있다고 평가했다.

"그렇죠," 코타르가 말했다. "예기치 못한 경우를 빼고요. 그리고 예기치 못한 경우는 늘 생깁니다."

코타르는 그에게, 게다가 도청은 관문 개방까지 2주간의 연장 기간을 정함으로써 예기치 못한 경우 같은 것에 대비하고 있다고 지적했다.

"그러니 도청이 잘한 거죠," 코타르는 여전히 우울하고 흥분한 모습으로 말했다. "왜냐하면 상황이 흘러가는 것을 볼 때 도청이 공연한 소리를 한 것이 될지도 모르니까요."

타루는 그럴 가능성이 있다고 평했지만 임박한 관문 개방과 정상 생활로의 복귀를 예상하는 것이 그래도 훨씬 낫다는 생각이었다.

"그렇다고 치죠," 코타르가 그에게 말했다. "그렇다고 쳐요, 그러나 어떤 것을 정상 생활로의 복귀라고 부르는 겁니까?"

"영화관에 새 영화가 들어오는 거죠." 타루가 미소를 지으면서 말했다.

그러나 코타르는 웃지 않았다. 그는 페스트가 시내에서 아무것도 바꾸지 않을 것이니 모든 것이 전처럼 다시 시작될 것이라고, 다시 말해 마치 아무 일도 없었던 것처럼 생각할 수 있는지를 알고 싶어 했다. 타루는 페스트가 도시를 바꿀 수도 안 바꿀 수도 있는데, 우리 시민들의 가장 강한 욕망은 물론 마치 아무것도 안 바뀐 것처럼 행동하는 것이었고 그렇게 될 것이니 그로부터 어떤 의미에 있어서는 아무것도 안 바뀔 테지만, 다른 의미에 있어서는 어지간한 의지가 있다 해도 모든 것을 잊을 수는 없어서 페스트는 적어도 마음속에 흔적들을 남길 것이라고 생각했다. 그 작은 연금 수령자는 마음에는 관심이 없고 심지어 마음에 대해 거의 신경 쓰지 않는다고 아주 야무지게 공언했다. 그의 관심을 끌던 것은 혹시 조직 자체가 변화하지 않을지를, 혹시 예를 들어 모든 기관들이 예전처럼 기능할지를 아는 것이었다. 그리고 타루는 그것에 대해서 아무것도 모른다는 것을 인정해야 했다. 그에 의하면, 돌림병 중에 훼손된 그런 모든 기관들이 새로이 가동되는 데는 약간의 어려움이 있을 것이라고 상정해야만 했다. 상당수의 새로운 문제들이 생기게 될 것이고 그 문제들은 최소한 기존 기관들의 재편성을 필요로 할 것이라는 생각 또한 할 수 있을 터이다.

"아!" 코타르가 말했다. "그럴 수 있네요, 사실, 모두들 전부 다시 시작해야 할 거예요."

두 산책자는 코타르의 집 근처에 다다랐다. 코타르는 활기를 되찾았고 낙관적이 되려고 애썼다. 그는 무에서 다시 출발하기 위해 과거를 지워버리고 다시 삶을 시작하는 도시를 그려보고 있었다.

"그래요," 타루가 말했다. "어쨌든 아마 당신한테도 역시 일이 잘 정리될 거예요. 어떤 점에서는, 새로운 삶이 곧 시작되는 겁니다."

그들은 문 앞에서 서로 악수했다.

"맞아요," 코타르가 점점 더 흥분해서 말했다. "무에서 다시 출발한다는 것은 참 좋은 일일 겁니다."

그런데 어두운 복도에서 두 남자가 불쑥 나타났다. 타루는 자신의 동행자가 그 짭새들이 대체 뭘 원하는지를 묻는 소리를 겨우 들었다. 그 짭새들은 주일용 옷을 입은 공무원들 같은 모습이었는데, 당신 이름이 코타르가 맞느냐고 묻자 코타르는 짓눌린 탄성 같은 것을 지르면서 몸을 빙글 돌리더니 그들이나 타루나 손짓 한 번 해 볼 틈도 없이 이미 어둠 속으로 달음질치고 있었다. 놀라움이 가시자 타루는 두 남자에게 뭘 원하느냐고 물었다. 그들은 신중하고 친절한 모습을 취하면서 조사할 일이 있어서 그런다고 말하더니 태연하게 코타르가 간 방향으로 떠났다.

타루는 집에 돌아와서 그 장면을 옮겨 적었고 곧바로(글씨가 그것을 충분히 증명하고 있었다) 자신의 피로감에 대해 기록해 뒀다. 자신에게는 아직 할 일이 많지만 그것이 마음의 준비를 하지 않아도 되는 이유가 될 수는 없다고 덧붙이고는 자신은 분명히 준비가 되어 있는지를 그는 자문했다. 끝으로 그리고 또 타루의 비망록이 끝나는 여기에서 그는 대답했다. 낮이고 밤이고 어느 인간이나 비겁해지는 시간은 항상 있고 그가 두려운 것은 그런 시간뿐이라고.

그 이틀 후, 관문들이 열리기 며칠 전 정오에 의사 리외는 기다리던 전보를 보게 될까 궁금해 하면서 집에 돌아왔다. 그때에도 그의 일과는 페스트가 가장 강했던 때만큼이나 고단했지만 최종적인 해방에 대한 기대가 모든 피로를 해소해 버린 터였다. 그는 이제 희망을 갖고 있었고 그 사실이 기뻤다. 항상 의지를 다지거나 항상 강건해지거나 할 수는 없는 법이니 투쟁을 위해 돋운 뭉쳐진 힘을 마침내 풀어버린다는 것은 정말 행복한 일이다. 만약 기다리던 전보 역시 좋은 내용이었다면 리외는 다시 시작할 수 있게 되리라. 그리고 그는 모두가 다시 시작해야 한다는 의견 쪽이었다.

그는 수위실 앞을 지나갔다. 새로 온 수위가 들창에 착 붙어서 그에게 미소를 지었다. 리외는 층계를 올라가면서 피로와 영양 부족으로 창백해진 수위의 얼굴을 떠올렸다.

그렇다, 추상이 끝날 때 그는 다시 시작할 테고, 좀 운이 좋다면…… 그러나 바로 그 순간에 그는 그의 집 문을 열고 있었는데 어머니가 마중하며 타루 씨가 몸이 안 좋구나, 라고 일러줬다. 타루는 아침에 일어났으나 나가지를 못하고 곧 자리에 다시 누웠다. 리외 부인은 불안했다.

"아마 별로 심각한 건 아닐 거예요," 아들이 말했다.

타루는 길게 드러누워 둥근 베개에 머리를 깊이 파묻고 있었고 튼튼한 가슴의 윤곽이 여러 겹의 홑이불 밑에서 뚜렷이 드러났다. 열이 있었고 두통으로 괴로워하고 있었다. 그는 리외에게 페스트 증세일 가능성도 얼마든지 있는 애매한 증세라고 말했다.

"아니 아직 아무것도 확실하지 않아요," 그를 진찰하고 나서 리외가 말했다.

그러나 타루는 갈증으로 인해 극심하게 괴로워하고 있었다. 복도에서, 의사는 어머니에게 페스트의 초기일 수 있다고 말했다.

"아!" 그녀가 말했다. "이럴 수가, 더구나 지금!"

그러고 나서 곧바로,

"집에 있게 하자, 베르나르야."

리외는 생각해보다가,

"나는 그래서는 안 돼요," 그가 말했다. "그러거나 말거나 관문들은 곧 열리겠죠. 정말 엄마만 없었다면 처음으로 내 마음대로 할 거라는 생각이에요."

"베르나르야," 어머니가 말했다. "우리 둘 다 집에 있게 해 다오. 내가 얼마 전에 백신을 다시 맞았다는 걸 잘 알잖니?"

의사는 타루도 백신을 맞았지만 어쩌면 피로해서 마지막 혈청주사를 빼 먹었거나 몇 가지 주의 사항들을 잊어버렸을 것이라고 말했다.

리외는 이미 진료실로 들어가고 있었다. 그가 방으로 돌아왔을 때 타루는 그가 큼직한 혈청병을 들고 있는 것을 보았다.

"아! 역시 그거군요," 그가 말했다.

"아니오, 하지만 예방 차원입니다."

타루는 대답 대신에 말없이 팔을 내밀어 자신이 다른 환자들에게 놓았던 그 길디 긴 주사를 맞았다.

"오늘 저녁에 어떤지 봅시다,"라고 말하고 나서 리외는 타루를 마주 바라봤다.

"그리고 격리는요, 리외?"

"페스트에 걸린 건지 전혀 확실치 않아요."

타루는 애써 미소를 지었다.

"혈청을 주사하면서 격리 지시를 같이 안 내리는 건 처음 보는데요."

리외는 얼굴을 돌렸다.

"어머니와 내가 간호할 거예요. 여기가 훨씬 나을 겁니다."

타루가 입을 다물자 의사는 혈청병들을 정리하면서 그가 무슨 말을 하면 돌아서려고 기다렸다. 결국에는 그가 침대 쪽으로 몸을 향했다. 환자는 그를 바라보고 있었다. 환자의 얼굴은 피곤해 있었으나 회색빛 눈은 담담했다. 리외는 그에게 미소를 지었다.

"될 수 있으면 잠을 좀 자요. 조금 있다 다시 올게요."

문 앞에 다 왔을 때 의사는 타루가 그를 부르는 소리를 들었다. 그는 타루 쪽으로 돌아섰다.

그러나 타루는 자신이 말해야 하는 것을 표현하는 일조차 힘이 들어 보였는데,

"리외," 마침내 그는 한 음절씩 말했다. "전부 말해줘야 해요, 나한테는 그게 필요해요."

"약속할게요."

상대방은 얼굴 가득이 억지 미소를 짜냈다

"고마워요. 나는 죽고 싶지 않고 싸울 겁니다. 그러나 이미 진판이면 깨끗하게 최후를 마치고 싶어요."

리외는 몸을 낮추더니 그의 어깨를 잡았다.

"아니에요," 리외가 말했다. "성자가 되려면 살아야죠. 싸워요."

매서웠던 추위가 낮 동안 약간 줄어든 대신에 오후에는 비와 우박이 세차게 쏟아졌다. 황혼녘에는 하늘이 좀 개었고 추위가 더 뼛속을 파고들었다. 리외는 저녁 때 집에 돌아왔다. 그는 외투도 벗지 않고 친구의 방으로 들어갔다. 리외의 어머니는 뜨개질을 하고 있었다. 타루는 움직이지 않는 듯했지만 열 때문에 허옇게 된 입술이 그가 버텨내는 중인 싸움에 대해 말해 주고 있었다.

"어때요?" 의사가 물었다.

타루는 두툼한 어깨를 침대 밖으로 약간 으쓱했다.

"어떠냐하면," 그가 말했다. "판은 지고 있어요."

의사는 그에게로 몸을 숙였다. 몹시 뜨거운 살갗 아래에 신경 절들이 맺혀 있었고, 그의 가슴에서는 땅속 대장간의 풀무소리가 울려나오는 듯했다. 타루는 기이하게도 두 종류의 증세를 보이고 있었다. 리외는 몸을 다시 일으켜 세우면서 혈청이 아직 효력을 다 나타낼 시간이 없었다고 말했다. 그러나 물밀듯한 신열이 타루의 목구멍으로 굴러 내려가 타루가 내뱉으려 애쓴 몇 마디를 덮어 버렸다.

저녁 식사 후, 리외와 어머니는 환자 옆에 와서 앉았다. 타루에게 있어서 밤은 싸움과 함께 시작되었고, 리외는 페스트의 전령과의 힘든 싸움이 새벽까지 지속될 것임을 알고 있었다. 타루의 최선의 무기는 단단한 어깨와 넓은 가슴이라기보다는 오히려 리외가 조금 전에 주사바늘로 솟구치게 한 피와 그 핏속의 영혼보다도 더 내밀하고 어떤 과학도 밝힐 수 없던 무엇인가였다. 그리고 리외의 경우 친구가 싸우는 것을 바라보고만 있어야 했다. 그가 하려던 일 즉 화농 촉진술, 필수적인 강장제 주입 따위는 여러 달간의 거듭된 실패의 교훈으로 그로 하여금 그 효과가 무엇인지 가늠하게 해줬다. 사실에 있어서 그의 유일한 임무는 건드려야만 움직이는 경우가 지나치게 잦은 요행이 일어날 기회들을 주는 것이었다. 그리고 그런 요행이 움직여 줘야만 할 터였다. 리외는 그를 어리둥절하게 만드는 페스트의 일면을 마주하고 있었기 때문이다. 다시 한 번 더 페스트는 그것에 대항하여 수립된 전략들을 교란시키는 데 주력했고, 이미 자리를 잡았다고 보이던 곳에서는 사라진 대신 예상하지 못한 곳에서 나타났다. 다시 한 번 더 페스트는 놀라게 하는 데 주력했다.

타루는 가만히 싸우고 있었다. 밤새 단 한 번도 고통의 엄습에 몸부림으로 대응하지 않고 몸집과 침묵을 다해서만 다투고 있었다. 하여간 단 한 번도 말을 하지 않았는데, 그렇게 그는 더 이상 다른 것에 신경 쓸 여유가 없음을 자기 방식으로 토로하고 있었다. 리외는 번갈아 가며 떴다가 감았다가 하는 친구의 눈, 안구를 더 바짝 조이거나 그와 반대로 축 늘어지는 눈꺼풀, 뭔가를 응시하거나 리외와 그의 어머니에게로 돌아온 시선 등을 통해서만 투쟁의 단계들을 좇아가고 있었다. 의사의 시선과 마주칠 때마다 타루는 안간힘을 써서 미소를 지었다.

한순간 거리에서 급한 발소리들이 들려 왔다. 발소리들은 멀리서 들리는 폭음을 피해 도망치는 듯했는데, 폭음이 차츰 가까워지더니 결국 쏴하고 쏟아지며 거리를 가득 채웠다. 비가 다시 시작되었고 곧 우박이 비에 섞여서 인도를 때려댄 것이다. 큰 창문 커튼들이 일렁거렸다. 그늘진 방 안, 리외는 잠시 비에 정신이 팔려 있다가 다시 침대 협탁의 전등 빛을 받아 빛나는 타루를 주시했다. 리외의 어머니는 뜨개질을 하고 있었는데, 이따금 고개를 들어 유심히 환자를 바라봤다. 의사는 이제 해야 할 일은 다한 상태였다. 비가 내린 후, 눈에 보이지 않는 전쟁의 소리 없는 소용돌이만 가득한 방 안에서 침묵이 더욱 짙어져갔다. 불면으로 인해 경직된 의사는 돌림병 내내 그를 따라다닌 부드럽고 규칙적인 소리가 들릴 듯 말 듯하다는 착각이 들었다. 그는 신호를 해서 어머니에게 주무시라고 권했다. 그녀는 고갯짓으로 거절하더니 눈이 또렷해졌고 이어서 뜨개바늘 끝으로 찬찬히 확신이 들지 않던 뜨개코 하나를 살폈다. 리외는 일어나서 환자의 목을 축여주고 다시 돌아와 앉았다.

행인들이 비가 잠시 멈춘 틈을 타 급히 인도를 걸어가고 있었다. 발소리가 줄어들며 멀어져갔다. 의사는 늦게까지 산책객들이 가득하고 구급차들의 경적이 없는 그날 밤이 예전의 밤들과 비슷하다는 것을 처음으로 알아보았다. 그야말로 페스트에서 해방된 하룻밤이었다. 그런데 추위와, 가로등, 군중에 의해 쫓겨난 그 병은 도시의 어두운 깊은 바닥들로부터 도망쳐 나와 이 더운 방 속으로 피신해서 타루의 생기 없는 몸에 그 최후의 공격을 가하는 것 같았다. 천재는 더 이상 도시의 하늘을 휘젓고 있지 않았다. 그러나 방 안의 무거운 공기 속에서 나직이 획획 소리를 내고 있었다. 리외는 몇 시간 전부터 바로 그것을 듣고 있었다. 그곳에서도 역시 천재가 멎기를, 그곳에서도 역시 페스트가 패배를 선언하기를 기다릴 수밖에 없었다.

새벽이 되기 조금 전에 리외는 어머니 쪽으로 몸을 수그리더니,

"8시에 나하고 교대하려면 엄마는 자야죠. 자기 전에 안약을 넣고요."

리외 부인은 일어서서 뜨개질용품을 정리하고 환자의 침대로 다가갔다. 타루는 이미 몇 시간 전부터 눈을 감고 있었다. 머리카락들이 단단한 이마 위에 땀으로 엉겨 붙어 있었다. 리외 부인이 한숨을 쉬자 환자가 눈을 떴다. 그를 굽어보는 부드러운 얼굴을 보자 신열이 파상적으로 흐르는 얼굴 아래에서 끈질긴 미소가 다시 떠올랐다. 그러나 곧 눈이 감겼다. 리외는 혼자 남게 되자 막 어머니가 비운 안락의자에 앉았다. 거리는 잠잠해져 이제 완전한 침묵이 흐르고 있었다. 방 안에서 아침 추위가 느껴지기 시작했다.

의사는 선잠이 들어 있었지만 새벽의 첫 자동차 소리가 그를 잠에서 끌어냈다. 그는 부르르 떨었다. 그리고 타루를 바라보자 병이 잠시 가라앉아서 환자 역시 잠이 들었음을 깨달았다. 멀리서 나무와 쇠로 된 마차바퀴가 계속 구르고 있었다. 창문에는 날이 아직 어두웠다. 의사가 침대 쪽으로 다가서자 타루는 무표정한 눈으로 그를 바라보았는데, 마치 아직 꿈나라에 있는 듯했다.

"잠은 좀 잔거죠?" 리외가 물었다.

"예."

"숨쉬기가 훨씬 나아요?"

"약간요. 그게 어떤 의미가 있는 건가요?"

리외는 입을 다물었다가 잠시 후에 말했다.

"없어요, 타루, 아무 의미도 없죠. 아침에 일시적으로 나아진다는 걸 나만큼이나 잘 알잖아요."

타루는 마음에 들어했다.

"고마워요," 그가 말했다. "계속 정확하게 대답해 줘요."

리외는 침대 발치에 앉았다. 그는 가까이에서 환자의 다리를 느꼈는데, 묘 와상의 사지처럼 길고 딱딱했다. 타루는 더 세차게 숨을 내뱉었다.

"열이 다시 나겠죠, 그죠 리외?" 그가 숨이 가쁜 목소리로 말했다.

"그래요, 그러나 정오가 되면 결과를 알게 되요."

타루는 힘을 가다듬는 듯 눈을 감았다. 그의 모습에서 지친 표정이 읽혀졌다. 그는 그의 몸 깊숙한 어느 곳에서 이미 꿈틀거리고 있던 열이 올라오기를 기다리고 있었다. 그가 눈을 떴을 때 시선은 흐릿해져 있었다. 곁에서 몸을 수그리고 있는 리외를 보고서야 그의 시선은 또렷해졌다.

"마셔요," 리외가 말했다.

상대는 물을 마시고 고개를 다시 떨어뜨렸다.

"오래 걸리네요," 그가 말했다.

리외가 팔을 잡았지만 타루는 시선을 돌린 채 더 이상 반응하지 않았다. 돌연, 신열이 그의 이마까지 눈에 보이게 밀려 올라왔다. 마치 그것이 무슨 냇둑을 무너뜨린 것처럼. 타루의 시선이 자신 쪽으로 돌아오자 의사는 집중하라는 표정을 지어 그의 용기를 돋우었다. 타루가 다시 지어 보이려고 애썼던 미소는 악문 턱과 뿌연 거품에 의해 시멘트처럼 붙은 입술 밖으로 나올 수가 없었다. 그러나 굳은 얼굴 속의 두 눈은 여전히 용기의 광채를 가득 발했다.

7시에 리외 부인이 방에 들어왔다. 의사는 서재로 가서 병원에 전화를 걸어 그를 대신할 근무자를 찾아주었다. 그는 진료 또한 미루기로 결심하고 잠시 진찰실의 긴 의자 위에 드러누웠다. 그러나 이내 일어나서 방으로 돌아왔다. 타루는 리외 부인 쪽으로 고개를 돌리고 있었다. 그는 그의 곁에서 의자에 앉아 무릎 위에 두 손을 모아 올려놓고 있는 작고 구부정한 형체를 바라보고 있었다. 그리고 그가 하도 강렬하게 응시하고 있어서 리외 부인은 입술에 손가락을 갖다 대었다가 일어나서 침대 협탁의 전등을 껐다. 그러나 커튼 뒤로부터 햇살이 빠르게 스며들어 잠시 후 환자의 모습이 어둠으로부터 솟아나자 리외 부인은 그가 계속 자신을 바라보고 있었다는 것을 알 수 있었다. 그녀는 그를 향해 몸을 수그려 베개를 제대로 해줬고 몸을 다시 세우면서 축축하게 젖어 엉킨 그의 머리칼 위에 잠깐 손을 얹었다. 그녀는 그때 고맙다고 그리고 이제 다 편하다고 말하는 멀리서 들려오는 듯한 가라앉은 목소리를 들었다. 그녀가 다시 자리에 앉았을 때 타루는 눈을 감고 있었는데, 딱 붙어버린 입술에도 불구하고 그의 기진맥진한 얼굴은 다시 미소를 짓고 있는 것 같았다.

정오, 열이 절정에 달했다. 일종의 내장성 기침이 환자의 몸을 뒤흔들었는데, 환자는 그때서야 피를 내뱉기 시작했다. 신경절들은 부어오르지 않았다. 그것들은 아직 관절의 오금마다 나사들처럼 단단하게 박혀 있어서 리외가 판단하기에 절개가 불가능했다. 열과 기침의 사이사이에 타루는 간간이 친구들을 바라봤다. 그러나 곧 눈을 뜨는 빈도가 점점 줄었고 황폐해진 그의 얼굴을 밝혀주러 오던 눈빛은 매번 더 창백했다. 그 육신을 발작적인 경련으로 뒤흔들던 뇌우가 섬광을 일으켜 그것을 밝혀주는 일이 차츰 드물어졌고 타루는 폭풍의 깊숙한 곳으로 서서히 표류해 갔다. 리외가 앞에 마주하던 것은 이제는 미소가 사라진 생기 없는 하나의 얼굴 가죽에 불과했다. 그에게 너무나 친근했던 그 인간 형상은 이제 사냥용 창에 의해 구멍이 뚫리고, 초인적인 악에 의해 불타고, 하늘의 온갖 증오의 바람들에 의해 뒤틀려서 그의 눈앞에서 페스트의 검은 물속으로 빠져 들어가고 있었는데, 그는 이 난파를 막기 위해 아무것도 할 수 없었다. 그는 이 재난에 대항할 무기도 의지할 것도 없이 다시 한 번 더 텅 빈 두 손으로 그리고 주리를 당한 마음으로 물기에 남아 있어야 했다. 그리고 결국, 분명 무력함의 눈물이 앞을 가려 리외는 타루가 돌연 벽 쪽으로 돌아눕더니 벽에 부딪쳐 울리는 단말마 속에서 마치 그의 몸 어디에선가 생명의 끈이 끊어져버린 것처럼 숨을 거두는 것을 보지 못했다.

그날 밤은 투쟁의 밤이 아니라 침묵의 밤이었다. 세상으로부터 단절된 그 방 안에서 리외는 언젠가 밤에 페스트 저 위의 테라스에서 관문 습격 소리를 뒤이었던 놀라운 정적이 이제는 수의 차림인 이 죽은 육신 위를 떠다니는 것을 느꼈다. 이미 그 당시에 리외는 그가 많은 사람들이 죽어가도록 놔둔 침대들에서 올라오는 침묵에 대해 생각했다. 전투들에 이어지는 것은 어디서나 똑같은 일시정지, 똑같은 의례적인 휴전기, 항시 똑같은 유화책이었으니, 그것은 패배의 침묵이었다. 그러나 지금 그의 친구를 에워싸고 있던 침묵에 대해 말하자면, 그것은 너무나 촘촘했고 페스트에서 해방된 거리와 도시의 침묵과 너무나 긴밀하게 일치하고 있었기에 리외는 이번 패배는 결정적인 패배임을, 전쟁들을 종식시켜 평화 자체를 완치될 수 없는 고통이 되게 만드는 패배임을 잘 느끼고 있었다. 의사는 타루가 마침내 평화를 되찾았는지 알 수 없었으나 정말 적어도 그 순간에는, 아들을 빼앗긴 어머니에게 또는 친구를 묻은 사람에게 종전이란 없는 것과 마찬가지로 자신에게 가능한 평화란 결코 더 이상 있을 수 없음을 아는 것 같았다.

밖은 여전히 추운 밤이었고 맑고 차가운 하늘 속에는 얼어버린 많은 별들이 있었다. 반쯤 어둠이 깃든 방 안에서는 유리창을 누르는 추위가, 북극의 어느 밤 같은 핏기 없는 큰 바람이 느껴졌다. 침대 곁에는 리외 부인이 낯 익은 자세로 침대 협탁의 전등이 비추는 오른쪽에 앉아 있었다. 방 한가운데, 불빛으로부터 먼 곳에서 리외는 안락의자에 앉아 대기하고 있었다. 그는 아내 생각이 났지만 그때마다 그것을 뿌리쳤다.

초저녁이 되자 차가운 밤공기 속에서 행인들의 구두 굽 소리

·가 선명하게 울렸다.

"일은 다 봤니?" 리외 부인이 말했다.

"네, 전화했어요."

두 사람은 그때 침묵의 밤샘을 다시 시작한 상태였다. 리외 부인은 가끔 아들을 바라보았다. 어쩌다 어머니의 시선과 마주치게 되면 그는 미소를 지었다. 거리에서는 익숙한 밤 소음들이 이어졌다. 아직 허가가 나지 않았는데도 많은 차들이 다시 돌아다니고 있었다. 차들은 빠르게 포장도로를 훑고 사라졌다가 뒤이어 다시 나타나고는 했다. 사람들의 말소리, 부르는 소리, 다시 돌아온 침묵, 말굽소리, 어느 모퉁이를 도는 전차 두 대의 삐걱거리는 소리, 불분명한 웅성거리는 소리, 그리고 다시 밤의 숨소리.

"베르나르야?"

"예."

"피곤하니?"

"아니요."

그는 이 순간 어머니가 무슨 생각을 하는지 그리고 그를 사랑한다는 것을 알고 있었다. 그러나 한 존재를 사랑한다는 것은 큰 일이 아니라는 것, 아니 적어도 어떤 사랑이든지 결코 제대로 표현될 수 있을 만큼 충분히 강하지 않다는 것 역시 알고 있었다. 그래서 그의 어머니와 그는 언제나 침묵 속에서 서로를 사랑하리라. 그리고 때가 되면, 그들의 애정을 살아있는 내내 그 이상으로 드러내 말하지 못한 채 그의 어머니는—아니면 그가—죽을 것이다. 그런 식으로 그는 타루의 곁에서 지냈고 타루는 진정으로 그들의 우정을 체험할 시간을 갖지 못한 채 이날 저녁 죽어 있었다. 타루는 스스로 말했듯이 판을 잃었다. 그러나 리외의 경우 무엇을 얻었는가? 그가 얻은 것은 오직 페스트를 겪었고 그것을 기억한다는 것, 우정을 알게 되었고 그것을 기억한다는 것, 정을 알고 언젠가는 그것을 기억해야 한다는 것이었다. 인간이 페스트나 삶과의 경기에서 얻을 수 있는 전부는 인식과 기억이었다. 어쩌면 바로 그런 것을 타루는 판을 얻는다고 불렀다!

다시 자동차가 한 대 지나가자 리외 부인은 의자 위에서 약간 몸을 움직였다. 리외는 어머니에게 미소를 지었다. 그녀는 피곤하지 않다고 말하더니 곧바로,

"너 산에 가서 쉬어야 할 거다, 거기로 말이다."

"그래야죠, 엄마."

그렇다, 그는 거기서 휴식을 취하리라. 당연하지 않은가? 그것 역시 기억을 되살리는 구실이 될 터이다. 그러나 판을 얻는다는 것이 이런 것이었다면, 희망하는 것은 뺏긴 채 오직 아는 것과 추억에 남은 것만을 가지고 살아가는 것은 힘들기 마련이다. 타루는 필시 그런 식으로 살아 왔기에 환상이 없이 산다는 것은 뭔가 메마른 삶이라는 것을 인식하고 있었다. 소망 없는 평화란 있을 수 없다. 그런데 타루라는 사람은 인간에게 누군가를 단죄할 권리를 주기를 거부했으면서도 인간은 어쩔 수 없이 누군가를 단죄하고 희생자들조차 종종 사형 집행인이 된다는 것을 알고 있었기에 분열과 모순 속에서 사느라 결코 소망을 경험하지 못했다. 그래서 그는 성스러움을 원했고 인간에 대한 봉사에서 평화

를 찾으려 한 것일까? 사실에 있어서, 리외는 그것에 대해 아는 것이 아무것도 없었다는 점은 별로 중요하지 않았다. 그가 간직하게 될 유일한 타루의 모습들은 두 손으로 리외의 차 핸들을 움켜잡고 운전하는 한 인간의 모습들이거나 혹은 움직임 없이 누워있는 이 육중한 육체의 모습들이리라. 살아있는 어떤 따뜻함과 죽어 있는 모습 그런 것이 바로 의식이었다.

아침에 의사 리외가 담담하게 아내의 부고를 받은 것도 필시 그런 이유에서였다. 그는 서재에 있었다. 어머니가 뛰다시피 들어와 전보 한 장을 건네주고서 배달부에게 수고비를 주기 위해 나갔다. 그녀가 돌아왔을 때 아들은 손에 전보를 펼쳐 들고 있었다. 어머니가 그를 바라보았지만 그는 창을 통해 항구 위로 떠오르던 찬란한 아침을 집요하게 응시하고 있었다.

"베르나르야," 리외 부인이 말했다.

의사는 멍한 표정으로 어머니를 살폈다.

"그 전보니?" 어머니가 물었다.

"그거예요," 의사가 시인했다. "일주일 전에요."

리외 부인은 창 쪽으로 고개를 돌렸다. 의사는 입을 디 물고 있었다. 이윽고 그는 어머니에게 울지 말라고, 각오는 하고 있었는데도 힘들다고 말했다. 다만, 그는 그렇게 말하면서 그의 고통이 뜻밖의 것이 아니라는 것은 알고 있었다. 여러 달 전부터 그리고 이틀 전부터 똑같은 아픔이 계속되어 왔다.

어느 아름다운 2월 아침 동틀 무렵에 시민들, 신문들, 라디오와 도청 관보들의 환호를 받으며 관문들이 열렸다. 따라서 서술자에게 남은 일은 관문 개방에 이어진 기쁨의 시간들의 기록자가 되는 것이다. 비록 그는 거기에 완전히 섞일 자유가 없는 사람들 중의 한 명이었지만.

큰 행사들이 주야로 개최되었다. 그와 동시에, 몇몇 외양선들이 벌써 우리 항구 쪽으로 뱃머리를 돌리던 동안 기차들은 역에서 연기를 뿜어내기 시작했는데, 그것들 나름의 방식으로 그날이 이별을 한탄해온 모든 사람들에게는 성대한 재회의 날임을 표했다.

그렇게나 많은 우리 시민들에게 서려있던 이별의 감정이 무엇으로 변할 수 있었을까 하는 것은 여기서 쉽게 상상될 것이다. 낮 동안에 우리 시에 들어 온 열차들은 시를 떠난 열차들 못지않게 많은 승객들을 싣고 있었다. 모두들 이날을 위해 2주간의 유예 기간 중에 좌석을 예약해두고는 도청의 결정이 마지막 순간에 취소되지나 않을까 전전긍긍하고 있었다. 더욱이 시로 접근하던 승객들 중의 몇몇은 그런 우려를 완전히 떨쳐버리지 못하고 있었는데, 그것은 그들이 보통 가까운 친척들의 소식은 알고 있었어도 다른 사람들에 대해서나 그들이 무시무시한 모습이리라 추측하던 시 자체에 대해서는 도무지 몰랐던 까닭이다. 그러나 이런 것은 그 모든 기간 동안 열정이 소멸되지 않았던 사람들에게만 맞는 사실이었다.

열정적인 사람들은 실제로 고정관념에 빠져있었다. 단 한 가지만이 그들에게는 변한 상태였다. 그것은 시간이었다. 그들은 귀양살이의 몇 달 동안 서둘러 가라고 시간을 앞으로 떠밀고 싶었을지 모르고, 자신들은 이미 우리 시가 보이기 시작하는 곳에 있었는데도 그것을 더 재촉하려고 악착을 부린 반면에, 그와 반대로 기차가 역에 정차하려고 제동을 걸기 시작하자마자 그것을 늦추고 붙잡아 세우기를 원했다. 이 몇 달간 그들의 사랑을 잃어버린 채 살아왔다는 그들 마음속의 망막하고도 날카로운 감정으로 인해 그들은 막연히 기쁨의 시간이 기다림의 시간보다 두 배는 더디게 흘러가야 한다는 일종의 보상을 요구하게 되었다. 그리고 방에서 혹은 아내가 몇 주 전에 소식을 전해 듣고서 서로 올 채비를 해 둔 랑베르처럼 승강장에서 이들을 기다리던 사람들은 이들과 똑같이 초조했고 혼란스러웠다. 왜냐하면 랑베르는 몇 달 간의 페스트로 인해 추상으로 쪼그라든 사랑 혹은 애정과 그 토대였던 실체적 존재의 대면을 뒤숭숭히 기다리고 있었으니까.

그는 다시 돌림병의 초기에 한달음으로 시 밖으로 달려 나가 사랑하는 그녀를 만나러 뛰어가고 싶어 한 그 사람이 되고 싶었으리라. 그러나 그것은 더 이상 불가능하다는 것을 알고 있었다. 그는 변해 있었다. 페스트는 그가 온 힘을 다해 부정하려 애써왔는데도 불구하고 그의 마음속에서 폐쇄적인 시름으로 지속되던 어떤 산만한 요소를 그에게 불어넣어 둔 상태였다. 어떤 의미에 있어서 그는 페스트가 너무나 별안간에 끝났다는 기분이 들어 정신을 차릴 수가 없었다. 행복은 전속력으로 도착하고 있었고, 대단원은 기대보다 더 빠르게 진행되고 있었다. 랑베르는 모든 것이 한꺼번에 그에게 닥쳐올 것이고 기쁨은 음미할 수 없는 하나의 쓰라림이라는 것을 깨닫고 있었다.

모두가 어느 정도 의식에 있어서는 적어도 랑베르와 비슷했으므로 해서 그들 모두에 대해 이야기해야 되겠다. 그들은 개인 생활을 다시 시작하던 역 승강장에서 서로 눈짓과 미소를 교환할 때는 아직 공동체 의식을 느끼고 있었다. 그러나 기차의 연기를 보자마자 혼돈스럽고 정신을 잃게 하는 기쁨이 쏟아져 내려 그들의 귀양살이의 감정은 돌연 꺼져 버렸다. 기차가 멈춰 서자, 대개가 그 역 승강장에서 시작된 한없는 이별들은 그들이 그 살아있는 형체를 잊어버렸던 몸을 신명이 난 아귀처럼 다시 팔로 얼싸 안던 순간 같은 곳에서 순식간에 끝이 났다. 랑베르의 경우, 그 형체가 그를 향해 달려오는 것을 볼 겨를도 없었는데 그것은 이미 그의 가슴에 쓰러지듯이 안겼다. 그리고 그는 두 팔을 활짝 벌려 그 형체를 잡아 낯익은 머리카락밖에 안 보이는 머리를 가슴에 껴안자 눈물을 주르륵 흘렸다. 지금의 행복에서 오는 것인지 아니면 너무나 오랫동안 억눌려진 고통에서 오는 것인지는 모르나 적어도 그 눈물이 자신의 어깨놀이에 파묻혀 있는 그 얼굴이 과연 자신이 그렇게나 꿈꿨던 얼굴인지 아니면 그와 반대로 어느 낯선 사람의 얼굴인지를 확인하지 못하게 막아 주리라는 것에 안심하고 있었다. 그는 나중에 그의 추측이 맞는가를 알게 되리라. 당장에는, 그는 페스트란 왔다가 다시 떠날 수 있으나 그것으로 인해 인간의 마음이 변하지는 않는다고 믿던 모습인 주위의 모든 이들처럼 행동하고 싶었다.

서로를 꺼안은 사람들 모두가 그런 다음에는 집으로 돌아갔다. 그 사람들은 겉으로 보아 페스트를 이겨냈기에 다른 사람들은 안중에 없었고, 그들 역시 같은 기차를 타고 왔지만 아무도 만나지 못했다가 집에서 오랫동안의 무소식으로 인해 이미 마음속에 생겨난 두려움들을 확인하게 되려는 참이던 사람들과 모든 비참함을 잊고 있었다. 이제 동반자라고는 아주 생생한 고통밖에 없던 이런 사람들, 당시 사라진 존재에 대한 추억에 몰입하던 다른 사람들에게는 사정이 전혀 다르게 돌아가서, 이별의 감정은 절정에 달해 있었다. 이런 사람들에게, 즉 지금은 이름 없는 구덩이 속을 헤매거나 한 무더기의 분골 속에 뒤섞여 있는 존재와 더불어 모든 기쁨도 잃은 어머니, 배우자, 연인에게 페스트는 여전했다.

　그러나 누가 그런 고독들에 대해 생각하고 있었겠는가? 정오, 아침부터 맞서던 차가운 기류를 이겨 낸 태양은 잔잔한 햇살을 끊임없이 도시 위에 잔뜩 쏟아 붓고 있었다. 낮은 정지되어 있었다. 언덕들의 꼭대기에 있는 요새 대포들의 소리가 맑은 하늘에서 쉬지 않고 쾅쾅 울렸다. 고통의 시간은 끝나가고 망각의 시간은 아직 시작되지 않은 이 짓눌린 순간을 축하하려고 시 전체가 밖으로 쏟아져 나왔다.

　어느 광장에서나 사람들이 춤을 추고 있었다. 하루 사이에 교통이 현저하게 늘어나 있어서 수가 더 많아진 자동차들은 밀집된 거리를 간신히 지나다니고 있었다. 도시의 모든 종들이 오후 내내 힘껏 울렸다. 그 진동음이 파란색과 금색이 어우러진 하늘을 채우고 있었다. 교회마다 사람들이 감사 기도를 올리고 있었다. 그건 그렇고, 같은 순간에 축하 장소들에는 인파가 미어터졌고 카페들은 앞날 걱정 없이 마지막 남은 술까지 내줬다. 카페들의 스탠드바 앞에는 어지간히 흥분한 한 무더기의 사람들이 북적대고 있었고 그들 중에는 구경거리가 되는 것에 아랑곳하지 않고 서로를 부둥켜안은 많은 연인들이 있었다. 모두가 고함치거나 웃고 있었다. 그들은 영혼의 불을 낮추고 지내 온 이 몇 달 동안 각자가 비축해온 활기를 회생의 날이나 다름없던 그날 써 버리고 있었다. 내일, 조심스럽게 본래의 삶이 시작될 터이다. 당장에는, 근본이 아주 제각기인 사람들이 서로 팔꿈치를 맞대고 우애를 나누고 있었다. 해방의 기쁨은 죽음의 군림이 현실화하지 못한 평등을 몇 시간이나마 구현하고 있었다.

그러나 그런 흔한 야단법석이 전부는 아니었다. 오후가 끝날 무렵 랑베르의 근처에서 거리를 채우던 사람들은 흔히들 담담한 태도로 더 미묘한 기쁨들을 가려두고 있었다. 많은 연인들과 많은 가족들의 겉모습은 실제로 평화로운 산책객들의 그것과 다름없었다. 사실 그들 대부분은 그들이 고통을 겪은 장소들로 조심스러운 순례들을 하고 있었다. 새로 온 사람들에게 역력하거나 숨겨진 페스트의 흔적들을, 그 역사의 잔해들을 보여주는 일이었다. 어떤 경우에는 안내자, 많은 것을 본 사람, 페스트의 동시대인 등의 역할을 하는 데 만족해서 공포감을 일으키지 않고 그 위험에 대해 이야기하고 있었다. 그런 즐거움들은 무해했다. 그러나 다른 경우들에는 더 떨리는 노정이어서 한 쪽 연인은 마음이 저리는 기억에 빠져 동반자에게 이렇게 말했다. "이곳에서, 그 시절에 네가 간절했는데 거기 없는 거야." 이런 연정의 탐방객들은 그러므로 눈에 확 뜨일 수 있었다. 그들은 북새통 한가운데에서 속삭임과 은밀한 이야기로 된 외딴 섬들을 이루고 헤쳐 나가고 있었던 것이다. 바로 그들이 교차로들의 어느 오케스트라보다더 잘 진정한 해방을 알려주었다. 왜냐하면 희색이 가득하고 서로에게 달라붙어 말을 삼키던 이런 연인들은 그 북새통 한가운데서 행복의 승리와 불공정함을 전부 누리며, 페스트가 끝나 공포는 시간이 다했다고 단정하고 있었으니까. 그들은 자명한 사실과는 전혀 반대로, 사람 하나 죽이는 일이 파리 죽이는 일만큼이나 일상적이던 어처구니없는 세상, 분명하게 규정된 야만성, 계산된 광기, 모든 것을 가두는 동시에 현재가 아닌 것들에게는 소름끼치는 자유를 가져온 감금생활, 죽이지는 않았으나 모든 사람들을 아연실색하게 하던 그런 치명적 냄새 등을 우리가 언젠가 경험했음을, 마지막으로 우리가 매일매일 일부의 사람들이 화덕의 아귀 속에 쌓여 지방질의 연기로 증발하던 순간에 다른 사람들은 무력감과 공포의 쇠사슬들을 이고 자기 차례를 기다리던 질겁한 민중이었음을 태연하게 반박하고 있었다.

어쨌든 바로 그때 이런 사실이 리외의 눈에 확 들어오고 있었는데, 그는 그날 오후 늦게 변두리로 가고자 종소리들과, 대포 소리, 음악 그리고 귀를 먹먹하게 하던 고함들의 한가운데를 홀로 헤쳐 나가고 있었다. 그의 일은 계속되고 있었으니, 환자는 쉬지 않고 아프지 않은가. 오랑 시에 내리쬐던 화창하고 섬세한 햇빛 속에서 예전처럼 구운 고기와 아니스 술 냄새가 피어오르고 있었다. 그의 주위에서 사람들이 하늘을 향해 행복한 얼굴을 젖히고 있었다. 많은 남녀들이 서로를 꼭 잡고 있었는데, 그들은 아주 흥분해서 달아오른 얼굴이었고 욕망의 외침을 질렀다. 그렇다, 이제 페스트는 공포와 더불어 끝났고 서로 얽힌 그 팔들이 실제로 뜻하던 바는 페스트란 그 깊은 본뜻에 있어서 귀양살이이자 이별이었다는 것이다.

처음으로, 리외는 여러 달 동안 모든 행인들의 얼굴에서 읽은 낯 익은 분위기에 이름을 줄 수가 있었다. 지금은 주위를 둘러보기만 해도 그는 충분히 그럴 수 있었다. 비참함과 궁핍함과 더불어 페스트의 끝에 이른 모든 사람들은 결국 이미 오래 전부터 해온 분장을, 즉 처음에는 그 얼굴 그리고 지금은 그 겉모습이 부재와 머나먼 고향을 뜻하던 이민자의 분장을 한 상태였다. 페스트가 관문들을 폐쇄한 그 순간부터 그들은 이별 속에서만 살았을 뿐이어서 모든 것을 잊게 해주는 인간적 온기로부터 잘려나가 있었다. 강도는 달라도 도시 어디에서나 이런 남녀들은 모두에게 같은 성격의 것은 아니었지만 모두에게 똑같이 불가능하던 재결합을 동경했다. 그들 대부분은 부재자를 향해 전력으로 체온과 애정 혹은 일상성을 외쳤다. 몇몇 사람들은 자기도 모르게, 인간적 교제 밖에 놓여 있게 되어서 즉 편지, 기차, 배 등의 일상적인 교제 수단들로는 더 이상 사람들에게 닿을 수조차 없게 되어서 고통받아 왔다. 어쩌면 타루 같은 보다 드문 다른 사람들은 그들이 정의를 내릴 수는 없었지만 그들이 보기에 정말 유일하게 바람직한 것이던 무엇인가와의 재결합을 간절히 바랐다. 그리고 다른 이름이 없어서 그들은 가끔 그것을 평화라고 불렀다.

리외는 걷고 또 걸었다. 앞으로 나아갈수록 주위에서 군중이 불어났고 소음은 커졌으며 그가 보기에 그의 목적지인 변두리는 그만큼 뒷걸음치는 것 같았다. 차츰차츰 그는 그 시끌벅적하고 커다란 집단 속으로 녹아들어 갔는데, 적어도 일부분은 자신의 것인 그 집단의 외침을 갈수록 잘 이해하게 되었다. 그렇다, 다들 함께 힘든 무위, 치유책 없는 귀양살이 그리고 결코 가시지 않는 갈증으로 인해 육체적으로 만큼이나 심적으로도 고통당했다. 이 시체 더미들, 구급차의 경적들, 응당 운명이라고 불러야 할 것의 충고들, 공포의 끈질긴 제자리걸음과 그들의 처절한 반항심 사이를 하나의 커다란 기운이 부단히 누비고 다니며 겁에 질린 이 존재들에게 진정한 고향을 되찾아야만 한다고 말하면서 경각심을 불러일으켰다. 그들 모두에게 있어서 진정한 고향은 질식된 도시의 담 저 너머에 있었다. 그것은 언덕들 위의 향기로운 덤불 속에, 바다, 자유로운 고장들과 사랑의 무게 속에 있었다. 그리고 그들은 나머지 것에 대해서는 역겨워 고개를 돌리고 고향을 향해, 행복을 향해 되돌아가고 싶었다.

이런 귀양살이와 이런 재결합 욕구가 무슨 의미를 지닐 수 있었는지에 대해 리외는 아는 것이 없었다. 걷고 또 걷다가 사방에서 떠밀리고 재촉을 받던 그는 덜 붐비는 거리에 차츰 다다르고 있었고 이런 것들이 어떤 의미가 있을지 없을지는 중요하지 않지만 사람들의 희망에 주어진 대답만큼은 알아야만 한다는 생각이었다.

그의 경우 이제 주어진 대답을 알고 있었고 거의 인적이 없는 변두리의 어귀에서 그것을 더욱 잘 볼 수 있었다. 보잘 것 없던 자신들로 만족하기에 사랑의 보금자리로 돌아가기만을 간절히 원한 사람들은 간혹 보답을 받았다. 그래도 분명히, 그들 중 몇몇 은 기다려온 사람을 빼앗긴 채 고독하게 시내를 계속 걸어 다녔 다. 돌림병 이전에 그들의 사랑을 단번에 이루지 못해서 생각 없 이 여러 해 동안 힘든 교제를 이어 오다가 결국 서로가 서로에게 싫은 연인이라는 낙인을 찍은 사람들처럼 두 번 이별하지 않았 던 사람들 또한 다행이었다. 이런 사람들은 리외 자신처럼 시간 에 의지하는 경솔한 짓을 했다. 그들은 영원히 헤어져 있었던 것 이다. 그러나 의사 리외가 그날 아침에 《용기를 내요, 지금이야말 로 정신을 바짝 차려야만 할 때입니다》라고 말해주면서 헤어진 랑베르 같은 사람들은 잃었다고 생각한 부재자를 서슴없이 다시 만났다. 그들은 적어도 얼마간은 행복하리라. 그들은 이제, 언제 나 갖고 싶어 할 수 있고 가끔은 얻을 수 있는 것이 있다면 그것 은 인간적 애정이라는 것을 알고 있었다.

그와 반대로 자신들로서는 상상조차 할 수 없던 어떤 것을 인간을 초월하여 지향한 모든 사람들에게는 답이 없었다. 타루 는 그가 말한 얻기 힘든 평화에 닿은 듯했지만 죽은 후에야, 그 러니까 그에게는 아무 소용이 없던 때에 그것을 얻었다. 리외가 노을 진 집집의 문턱에서 서로를 힘껏 얼싸안고 벅찬 시선을 나 누는 것을 발견하던 다른 사람들은 그와 반대로 원하던 것을 얻었는데, 그것은 그들이 그들의 힘에 달려있는 것만을 요구했기 때문이다. 그리고 리외는 그랑과 코타르가 사는 거리로 꺾어들 때 인간으로 그리고 인간의 부족하고 지독한 사랑으로 만족하는 사람들에게 적어도 가끔씩은 기쁨이 보답하러 와야 옳았다고 생각했다.

이 연대기는 거의 끝났다. 의사 베르나르 리외가 이 연대기의 작가임을 고백해야 할 시간이 되었다. 그러나 이 연대기의 마지막 사건들을 기술하기 전에 그는 적어도 그의 행위의 정당성을 밝히고 그가 객관적 증인의 어조를 취하는 것을 중시했음을 이해시키고 싶은 마음이다. 페스트의 기간 내내 그는 직업상 대부분의 시민들을 볼 수 있어서 그들의 감정을 모을 수 있는 상황이었다. 따라서 보고 들은 것을 전달하기에 좋은 자리에 있었다. 그러나 그것을 되도록 절제 있게 전달하고 싶었다. 전반적으로 말하자면, 그는 그가 볼 수 있었던 것 이상의 일들을 전달하거나 페스트를 함께 겪은 그의 동반자들에게 결국 그들이 품지 않아도 되었던 생각들을 전가하거나 하지 않고 우연이나 불행한 일에 의해 그의 손에 오게 된 글들만을 사용하는 데 주의를 기울였다.

일종의 범죄에 대해 증언해야 했으므로 그는 선의의 증인이 응당 그래야 하듯이 신중을 기했다. 그러나 동시에 그는 의로운 마음의 지시대로 단호하게 희생자의 편을 들었고 사람들과 즉 그의 동시민들과 함께하고 싶었다. 그들이 공통적으로 지닌 사랑과 고통, 귀양살이라는 유일한 확실성 속에서. 그렇기에 그는 그의 동시민들의 시름을 나눠 가졌고, 그들의 상황은 곧 그의 상황일 수밖에 없었다.

그는 충실한 증인이 되기 위해서 조서와, 문헌, 소문 같은 것들을 우선적으로 전달해야 했다. 그러나 그가 개인적으로 가지고 있던 말해야 할 것, 그의 기대, 그의 시련들, 그런 것들에는 재갈을 물렸다. 만일 그가 그런 것들을 사용했다면 그것은 다만 그의 동시민들을 이해하기 위해서나 이해시키기 위해서이고, 그들이 대개의 경우 깊이 혼란스럽게 느끼던 것에 되도록 정확한 어떤 형태를 주기 위해서이다. 사실대로 말하자면, 이런 이성적인 노력이 그에게는 전혀 힘들지 않았다. 페스트 환자들의 수많은 목소리에 직접 자신의 속내를 섞고 싶은 충동을 느낄 때마다, 그가 겪은 하나하나의 괴로움은 다른 사람들 역시 동시에 겪은 괴로움일 수밖에 없었고 또한 너무나 자주 고독하게 고통을 겪던 사람들 속에서는 이런 사실이 하나의 이점이었다는 생각에 의해 그는 자제가 되었다. 정말 그는 모두를 대신해서 이야기해야 했다.

그러나 우리 동시민들 중 의사 리외가 대신 이야기할 수 없는 한 사람이 있다. 사실 언젠가 타루가 리외에게 그 사람에 대해 이렇게 말했다. "그의 단 하나의 진짜 범죄는 아이들과 사람들을 죽이는 일에 마음으로 찬동했다는 겁니다. 나머지 것은 그를 이해하지만 이것은 말이죠, 내가 그를 용서해야 하느냐는 문제일 수밖에 없어요." 이 연대기는 무정한 마음, 다시 말해 외로운 마음을 지녀온 그 사람에 대한 이야기로 끝나는 것이 맞다.

축제가 벌어져 소란스러운 큰 길을 빠져 나와 그랑과 코타르가 사는 거리로 꺾어들 때 의사 리외는 경찰의 비상선에 의해 저지당했다. 예상 못한 일이었다. 멀리서 들려오는 축제의 웅성거림이 이 동네를 조용한 것처럼 보이게 해서 그는 그곳이 소리도 없는 만큼이나 인적도 없으리라고 상상했다. 그는 신분증을 내 보였다.

"안 됩니다, 의사 선생님," 경관이 말했다. "어떤 미치광이가 군중에게 총질을 해댑니다. 하지만 여기 계세요, 선생님이 필요할 지도 모릅니다."

그때 리외는 그의 쪽으로 오고 있던 그랑을 봤다. 그랑 역시 아무것도 모르고 있었다. 사람들이 그의 길을 막으려 하자 그는 총이 그의 집에서 발사되고 있음을 깨달았다. 실제로 멀리 식은 태양의 마지막 광선에 금빛으로 물든 건물 정면이 보였다. 그 주위에는 맞은 편 인도까지 닿은 커다란 빈 공간이 선명하게 드러나 있었다. 도로 한가운데에서 모자와 더러운 헝겊 조각이 유난히 눈에 띄었다. 리외와 그랑은 아주 멀리 길 건너편에서 경찰의 방어선을 볼 수 있었는데, 그 방어선은 그들의 앞길을 막던 경찰의 방어선과 평행이었고 동네 사람들 몇몇이 그 뒤에서 빠르게 오고갔다. 자세히 바라보니 권총을 손에 들고 그 집과 마주한 건물들의 문 안에 달라붙어 있는 경관들도 눈에 띄었다. 그 집의 덧문들은 모두 닫혀 있었다. 그렇지만 3층의 덧문 하나는 반쯤 떨어져 있는 듯했다. 거리에는 온통 정적이 흐르고 있었다. 중심가에서 그곳까지 흘러온 단편적인 음악들이 들릴 뿐이었다.

한순간 그 집 맞은편의 건물에서 권총이 두 번 격발되자 망가진 덧문에서 파편이 튀었다. 이어서 다시 잠잠해졌다. 한낮의 북새통 이후에 벌어지던 이런 일이 단연 리외에게는 좀 비현실적으로 느껴졌다.

"코타르의 창이에요," 그랑은 몹시 흥분해서 한달음에 말했다. "아니, 코타르는 종적을 감췄는데 어떻게."

"왜 총을 쏘는 겁니까?" 리외가 경관에게 물었다.

"저자의 신경을 다른 곳으로 돌리고 있는 겁니다. 건물 문으로 들어가려고 하려는 사람들한테 총을 쏴 대서 필수 장비들하고 경찰버스를 기다리고 있어요. 경관 한 명이 총에 맞았죠."

"저 사람은 왜 총을 쐈죠?"

"모르죠. 사람들이 거리에서 즐기고 있었어요. 첫 발이 발사되었을 때는 영문을 몰랐죠. 두 번째에는 비명들을 질렀는데 한 명은 다쳤고 다들 도망쳤습니다. 미친놈이죠, 뭐!"

다시 조용해지자 시간이 기어가는 듯해 보였다. 곧 그들은 거리의 저쪽에서 개 한 마리가 튀어 나오는 것을 봤다. 리외가 오랜만에 본 첫 번째 개이자 그때까지 주인들이 숨겨 둔 것이 분명한 지저분한 스파니엘 개는 벽을 따라 걷고 있었다. 개는 문 근처에 다다르자 망설이다가 꽁지 쪽을 땅에 대고 앉아 몸을 젖히고는 벼룩들을 잡아먹었다. 경관들이 호루라기를 불어 개를 불렀다. 개는 고개를 들더니 이윽고 결정을 했는지 천천히 도로를 건너가 모자의 냄새를 맡았다. 그때 3층에서 다시 권총이 발사되었고, 개는 크레프처럼 뒤집어져 네 발을 격렬하게 휘젓다가 마침내 옆으로 쓰러지더니 여러 번 길게 경련을 일으켰다. 그 반격으로 맞은편 문에서 터져 나온 대여섯 발의 총격에 덧문이 조각났다. 다시 조용해졌다. 날이 약간 저물어서 어둠이 코타르의 창으로 가까워지고 있었다. 의사 뒤쪽의 거리에서 브레이크가 부드럽게 끼익 댔다.

"드디어 왔네," 경관이 말했다.

경찰들이 밧줄과, 사다리, 기름먹인 천으로 싼 길쭉한 통 두 개를 들고 그들의 등 뒤에서 쏟아져 나왔다. 그들은 그랑의 건물 반대편에 있는 주택단지를 끼고도는 길로 들어갔다. 잠시 후, 보이지는 않았지만 그 집들의 문에서 어떤 동요가 일어나는 것이 감지되었다. 그 다음에 사람들은 기다렸다. 개는 더 이상 움직이지 않았으나 이제는 칙칙한 액체 속에 잠겨 있었다.

갑자기 경찰들이 배치된 집들의 창에서 기총 사격이 시작되었다. 다시 표적이 된 그 덧문은 사격 내내 문자 그대로 산산조각이 되어가다가 그 뒤로 검은 면이 노출되었는데, 리외와 그랑이 서 있는 곳에서는 그 속에 뭐가 있는지 전혀 분간할 수가 없었다. 사격이 멎자 두 번째 기관총이 조금 더 떨어진 어느 집에서 다른 각도로 따다닥거렸다. 탄환들 중의 하나가 벽돌 파편을 튀어 오르게 한 것을 보면 그것들은 필시 네모진 창 안으로 들어가고 있었다. 같은 찰나에 세 명의 경관이 달음박질로 도로를 건너가 대문으로 돌입했다. 거의 곧바로 다른 세 명의 경관이 그곳으로 뛰어 들어가고 나서 기총 사격은 멎었다. 다시 시간이 흘렀다. 건물 안에서 어렴풋한 총성이 두 번 울렸다. 이윽고 웅성거리는 소리가 커지더니 그 집에서 셔츠 차림의 작은 사내가 끊임없이 소리를 지르면서 거의 들리다시피 끌려나오는 것이 보였다. 정말 기적적으로 거리의 덧문들이 전부 열리더니 창문들이 호기심에 찬 사람들로 채워지는 반면에 많은 사람들이 집집에서 나와 바리케이드 앞으로 몰려들었다. 작은 사내가 이제 발은 땅을 딛고 두 팔은 경찰들에 의해 뒤로 붙잡힌 모습이 도로 한복판에서 잠깐 보였다. 그는 소리를 질러대고 있었다. 경찰 한 명이 그에게 다가가서 여유 있게 찍듯이 주먹으로 있는 힘껏 두 번 후려쳤다.

"코타르네요." 그랑이 더듬거렸다. "미쳤군요."

코타르가 쓰러졌다. 그 경찰이 땅 위에 웅크리고 누워 있던 그를 세게 걷어차는 것 또한 보였다. 이윽고 한 떼의 사람들이 뒤범벅이 되어 움직이더니 의사와 그의 늙은 친구 쪽으로 다가왔다.

"다들 비켜요!" 그 경찰이 말했다.

리외는 그 무리가 앞을 지나갈 때 눈을 돌려버렸다.

그랑과 의사는 저무는 황혼 속에서 자리를 떴다. 마치 그 사건이 마비 상태에 빠진 그 동네를 흔들어 깨웠다는 듯이 외진 골목골목에서는 기쁨에 찬 군중의 웅성거리는 소리가 새로이 넘쳐나고 있었다. 그랑은 집 앞에서 의사에게 작별 인사를 했다. 그는 작업을 해야 했다. 그러나 집으로 올라가려다가 그는 잔에게 편지를 써 보내서 지금은 아주 흐뭇하다고 리외에게 말했다. 그 다음에는 예의 그 구절을 다시 쓰기 시작했다고 했다. "지웠어요," 그가 말했다. "형용사들은 다요."

그리고 짓궂은 미소를 지으며 모자를 벗어 정중하게 인사했다. 그러나 리외는 코타르에 대해 생각하고 있었고, 코타르의 얼굴을 으깨는 주먹질 소리가 늙은 천식환자의 집을 향해 가던 내내 그를 쫓아다녔다. 어쩌면 죄지은 사람에 대해 생각하는 것이 죽은 사람에 대해 생각하는 것보다 더 괴로운 일이었다.

리외가 늙은 환자의 집에 도착했을 때는 이미 어둠이 온 하늘을 덮고 있었다. 어렴풋한 자유의 웅성거림을 방에서 들을 수가 있었고 노인은 단조로운 분위기로 계속해서 콩을 통에 옮겨 담고 있었다.

"저 사람들이 옳아요, 즐겨야지," 그가 말했다. "궂은 일 좋은 일 다 있어야 세상 아니요. 근데 선생님의 동료 분은 어떻게 됐소?"

폭발음이 몇 번 그들에게까지 들려 왔지만 평화로운 소리였다. 아이들이 폭죽놀이를 하고 있었던 것이다.

"죽었습니다." 의사는 노인의 거품 소리 나는 가슴에 청진기를 대고서 그렇게 말했다.

"아!" 약간 얼이 빠져 노인이 소리를 냈다.

"페스트로요," 리외가 덧붙였다.

"예," 잠시 후에 노인은 알아들었다. "가장 좋은 사람들이 떠나게 되죠. 산다는 게 그래요. 하지만 그 사람은 자기가 뭘 원하는지 알던 사람이었어요."

"왜 그런 말씀을 하시죠?" 청진기를 거두면서 리외가 말했다.

"그냥요. 그 사람은 무의미한 이야기는 하지 않았어요. 여하튼 나는요 그 사람이 마음에 들었죠. 정말 그랬다니까요. 다른 사람들은 '페스트라고, 우리가 페스트를 이겨냈어.'라고 말하고 있겠네요. 그 사람들은 조그만 일로 훈장을 달라고 할지 몰라요. 그러나 페스트라는 게 대체 무슨 뜻이겠어요? 살다보면 생기는 일일 뿐이죠."

"때 맞춰서 훈증하세요."

"오! 걱정 마요. 나는 아직 살날이 창창해요. 난 저 사람들 모두가 죽는 것을 볼 겁니다. 나는 말이죠, 어떻게 살아야할지 알아요."

멀리서 기쁘게 외치는 소리가 그에게 대답했다. 의사는 방 한복판에서 멈춰 섰다.

"테라스에 좀 가 봐도 괜찮을까요?"

"오 물론이죠! 저기 위에서 저 사람들을 보고 싶죠, 그죠? 그렇게 해요. 그렇지만 저 사람들은 정말 늘 똑같아요."

리외는 층계 쪽으로 갔다.

"그런데요, 선생님, 페스트로 죽은 사람들을 위해서 추모비를 세운다는 게 정말인가요?"

"신문에서 그러더군요. 석주나 동판이래요."

"그럴 줄 알았다니까요. 그리고 연설들을 하겠군요."

노인은 킥킥 웃어댔다.

"여기서도 그것들이 훤히 들려요. '고인들께서는……' 그리고 허겁지겁 주전부리하겠죠."

리외는 이미 층계를 오르고 있었다. 커다랗고 싸늘한 하늘이 집들 저 위에서 빛나고 있었고, 언덕들 근처의 별들은 수정처럼 반짝거리고 있었다. 오늘 밤은 타루와 그가 테라스에 올라 와 페스트를 잊었던 그날 밤과 별로 다르지 않았다. 바다는 절벽 아래에서 그때보다 훨씬 더 요란한 소리를 내고 있었다. 공기는 잔잔하고 가벼웠으며 따스한 가을바람이 날라 오던 짭짤한 맛이 없었다. 도시의 웅성거림은 그럼에도 불구하고 파도소리를 내며 계속해서 테라스 밑을 쳐대고 있었다. 그러나 오늘 밤은 해방의 밤이었지 반항의 밤이 아니었다. 멀리, 대로와 휘황한 광장이 암적색으로 빛나고 있었다. 막 해방된 밤 속에서 굴레를 벗게 된 욕망의 으르렁거림이 리외에게까지 이르고 있었다.

어두운 항구로부터 공식적인 축하 행사의 첫 불꽃들이 올라갔다. 도시는 길고 귀를 먹먹해지게 하는 함성으로 그 불꽃들을 반겼다. 코타르, 타루, 리외가 사랑했고 잃은 남자들과 여자, 죽었거나 범죄자였거나 그들 모두가 잊히고 있었다. 노인이 옳았다, 사람들은 늘 같았다. 그러나 그것이 그들의 힘이요 무고함이었고, 바로 여기에서 리외는 모든 고통을 넘어 자신이 그들과 하나가 되었다는 것을 느꼈다. 온갖 빛깔의 불꽃 다발들이 더 많은 수로 하늘로 솟아올라감에 따라 더욱 커지고 더욱 늘어나 테라스 발치까지 길게 울려오던 함성들 사이에서, 의사 리외는 그리하여 여기에서 완결되어가는 이야기를 쓰기로 결심했는데, 그것은 다만 입 다물고 지내는 사람들에 속하지 않고 페스트에 걸린 사람들을 위해 증언을 해서, 적어도 그들에게 가해진 불의와 폭력의 기억을 남겨 재앙의 한복판에서 배우는 것, 즉 인간에게는

경멸해야 할 것들보다는 찬양해야 할 것들이 더 많다는 것만큼
은 말하기 위해서였다.

그러나 그는 그럼에도 불구하고 이 연대기가 최후의 승리의
연대기일 수 없다는 것을 알고 있었다. 이 연대기는 공포에 대항
하여 그리고 공포의 지칠 줄 모르는 무기에 대항하여 그가 수행
해야 했던 것이자, 성자가 될 수는 없으나 재앙을 받아들이기를
거부하고 치유자가 되기 위해 최선을 다하는 모든 사람들이 개
인적 아픔들에도 불구하고 계속 수행해나가야 할 것에 대한 증
언일 뿐이었다.

실제로, 도시에서 올라오던 환희에 찬 함성들에 귀를 기울이
자 리외는 그런 환희가 항상 위협을 받아 왔다는 사실이 떠올랐
다. 그것은 그가 기쁨에 찬 이 군중은 모르고 있었어도 책들에서
읽을 수 있는 이것을 알고 있었기 때문이다. 페스트 간균은 결코
죽거나 사라지지 않고 수십 년간 가구나 옷 속에서 잠들어 있을
수 있어서 방, 지하실, 짐 가방, 손수건 그리고 폐지 속에서 끈기
있게 기다리며 페스트가 사람들에게 불행과 교훈을 주려고 자기
의 쥐들을 깨워 어느 행복한 도시에서 죽으라고 보낼 날이 아마
오리라는 것을.

페스트

초판 1쇄 인쇄 2013년 6월 27일

초판 1쇄 발행 2013년 6월 29일

지은이 알베르 카뮈

옮긴이 김성범

발행인 신현부

발행처 부북스

주소 100-835 서울시 중구 신당2동 432-1628

전화 02-2235-6041

팩스 02-2253-6042

이메일 boobooks@naver.com

ISBN 978-89-93785-58-6 04080

ISBN 978-89-93785-07-4 (세트)

이 도서의 국립중앙도서관 출판시도서목록(CIP)은 서지정보유통지원시스템 홈페이지
(http://seoji.nl.go.kr)와 국가자료공동목록시스템(http://www.nl.go.kr/kolisnet)에서
이용하실 수 있습니다.(CIP제어번호: CIP2013009969)